EL PRÍNCIPE Y LA COYOTE

DAVID BOWLES

MONTCLAIR | AMSTERDAM | HOBOKEN

Este es un libro de Ediciones LQ
Publicado por Levine Querido

www.levinequerido.com · info@levinequerido.com
Levine Querido es distribuido por Chronicle Books, LLC

Número de Control Biblioteca del Congreso: 2023931922
ISBN 978-1-64614-277-4
Impreso y encuadernado en China

Publicado en abril de 2024
Primera impresión

Para mi nieto, Daibidh Nicancoyotl "Coyo" Navarro.
Nimitztlazohtla, noxhuiuhtziné.

CASA DE ACAMAPICHTLI

FAMILIA REAL DE TENOCHTITLAN

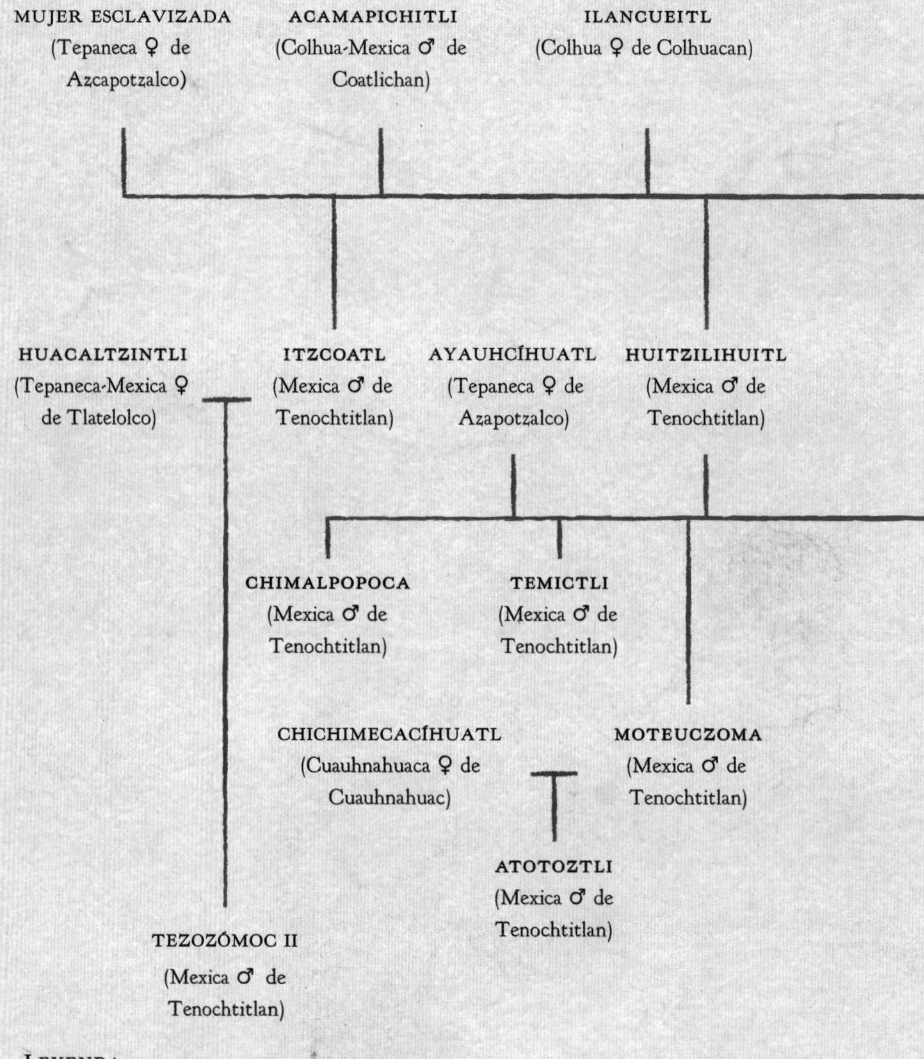

LEYENDA

♂ - Hombre

♀ - Mujer

⚥ - Xochihuah o patlacheh (persona dos espíritus, no binaria, o trans)

Cursiva - Personaje ficticio o novelado

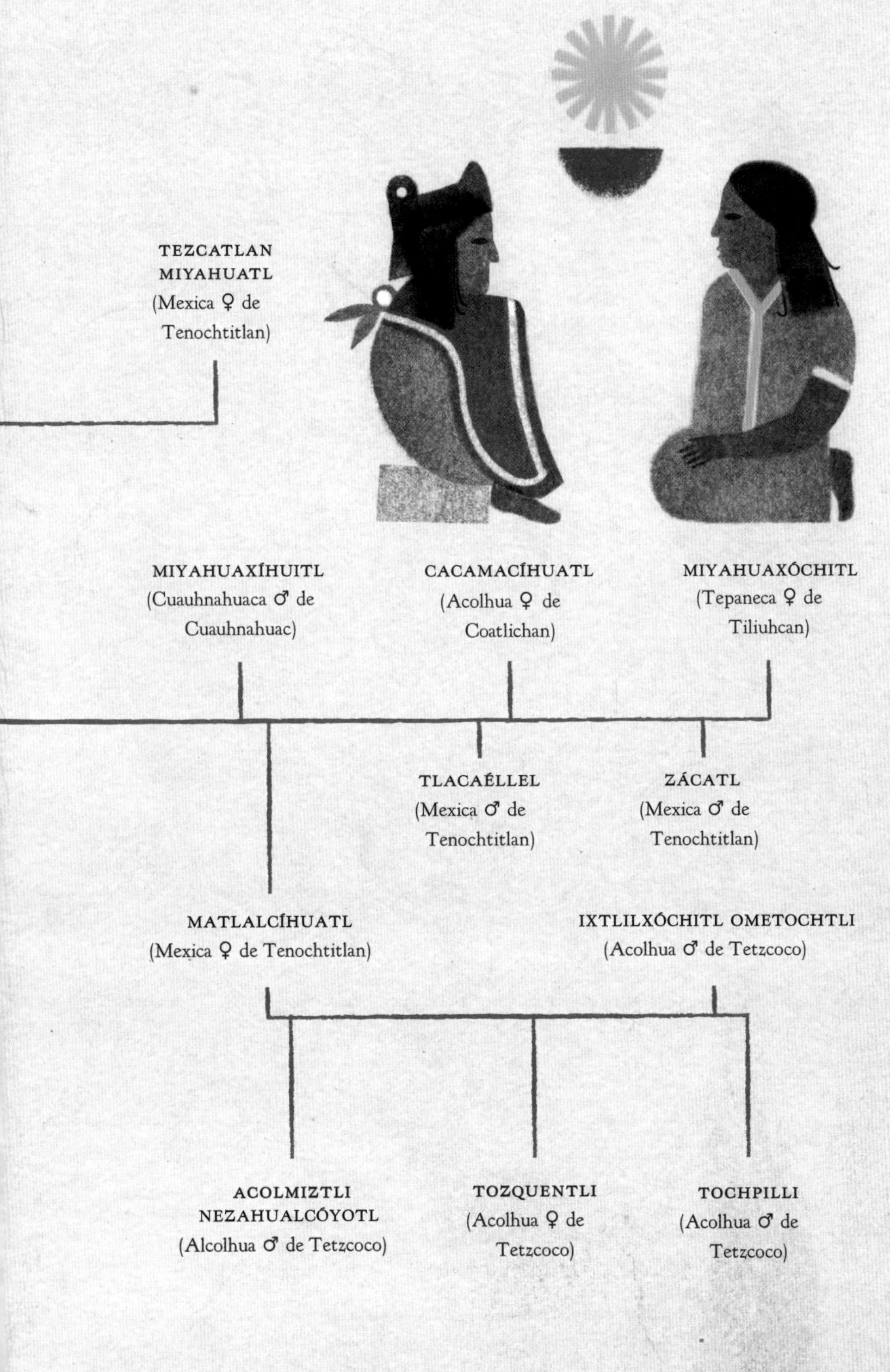

TEZCATLAN MIYAHUATL
(Mexica ♀ de Tenochtitlan)
MIYAHUAXÍHUITL
(Cuauhnahuaca ♂ de Cuauhnahuac)
CACAMACÍHUATL
(Acolhua ♀ de Coatlichan)
MIYAHUAXÓCHITL
(Tepaneca ♀ de Tiliuhcan)
TLACAÉLLEL
(Mexica ♂ de Tenochtitlan)
ZÁCATL
(Mexica ♂ de Tenochtitlan)
MATLALCÍHUATL
(Mexica ♀ de Tenochtitlan)
IXTLILXÓCHITL OMETOCHTLI
(Acolhua ♂ de Tetzcoco)
ACOLMIZTLI NEZAHUALCÓYOTL
(Alcolhua ♂ de Tetzcoco)
TOZQUENTLI
(Acolhua ♀ de Tetzcoco)
TOCHPILLI
(Acolhua ♂ de Tetzcoco)

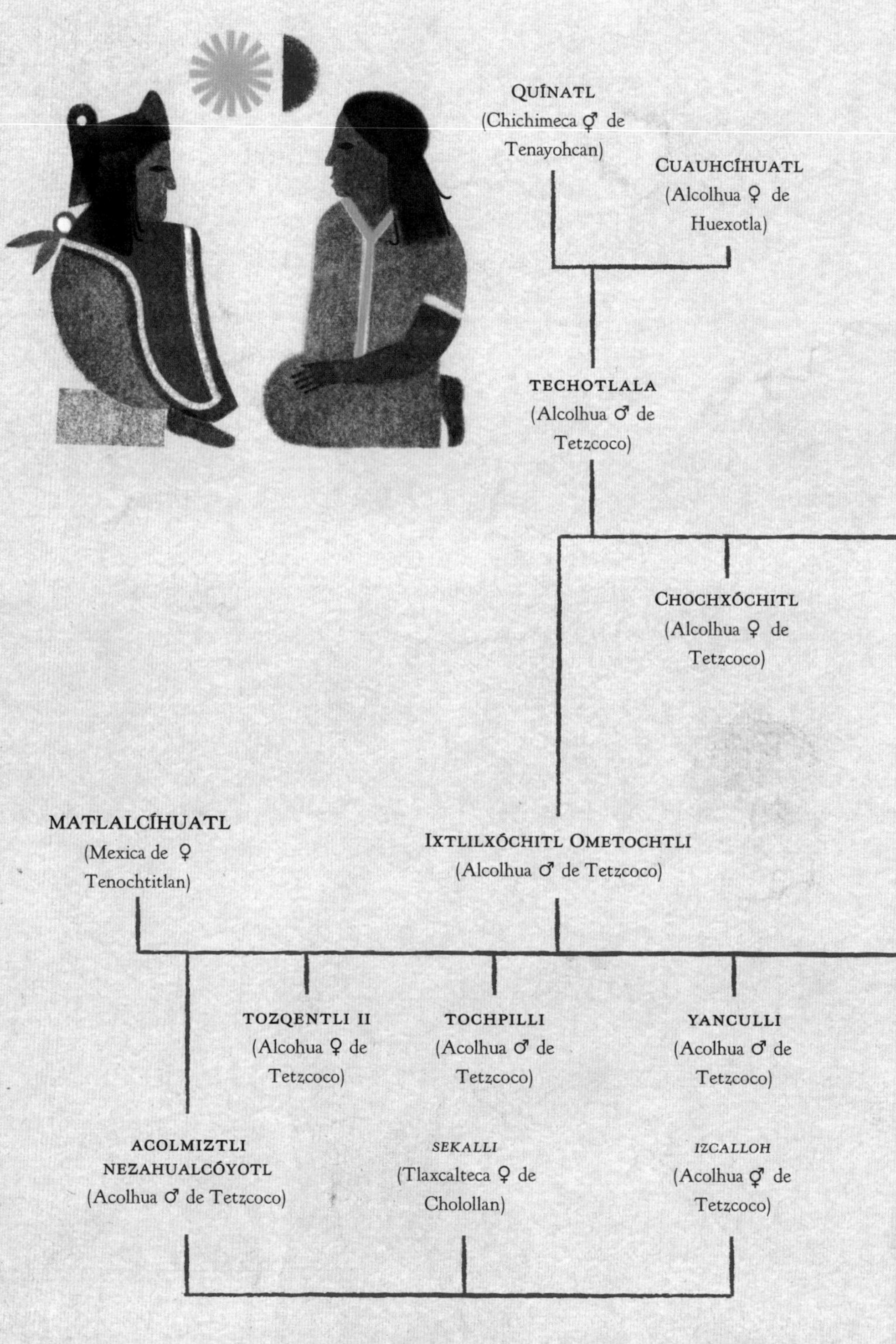
QUÍNATL
(Chichimeca ⚥ de Tenayohcan)
CUAUHCÍHUATL
(Alcolhua ♀ de Huexotla)
TECHOTLALA
(Alcolhua ♂ de Tetzcoco)
CHOCHXÓCHITL
(Alcolhua ♀ de Tetzcoco)
MATLALCÍHUATL
(Mexica de ♀ Tenochtitlan)
IXTLILXÓCHITL OMETOCHTLI
(Alcolhua ♂ de Tetzcoco)
TOZQENTLI II
(Alcohua ♀ de Tetzcoco)
TOCHPILLI
(Acolhua ♂ de Tetzcoco)
YANCULLI
(Acolhua ♂ de Tetzcoco)
ACOLMIZTLI NEZAHUALCÓYOTL
(Acolhua ♂ de Tetzcoco)
SEKALLI
(Tlaxcalteca ♀ de Chalollan)
IZCALLOH
(Acolhua ⚥ de Tetzcoco)

CASA DE QUINATZIN

FAMILIA REAL DE TETZCOCO

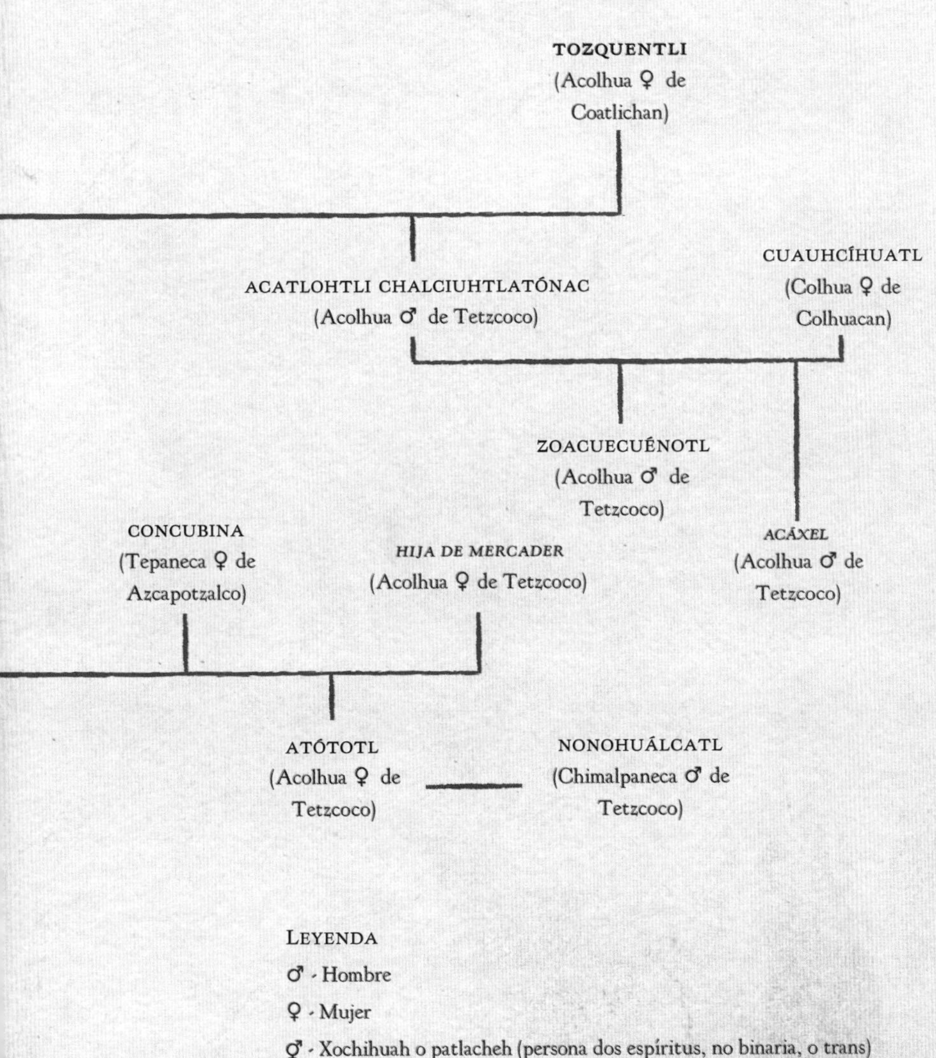

LEYENDA

♂ - Hombre

♀ - Mujer

⚥ - Xochihuah o patlacheh (persona dos espíritus, no binaria, o trans)

Cursiva - Personaje ficticio o novelado

TEPANECAPAN

LAGO TZOMPANCO

LAGO XALTOCAN

Tepotzotlan

Teotihuacan

Tenayohcan

LAGO DE LA LUNA

Tetzcoco

Azcapotzalco

Tlacopan

Huexotla

Tlatelolco

Tenochtitlan

Coatlichan

Chapoltepec

Chimalhuacan

Mixcoac

Coyoacan

Colhuacan

CERRO DE IZTAPAYOCAN

LAGO XOCHIMILCO

LAGO CHALCO

Xochimilco

CIUDAD DE CHALCO

Tlalmanalco

CONFEDERACIÓN
CHALCA

ANAHUAC

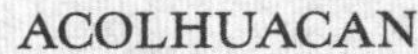

ACOLHUACAN

Y LAS TIERRAS ALTAS ORIENTALES

TLAXCALLAN

Tlaloc

Ciudad de Tlaxcallan

Iztaccihuatl

Huexotzinco

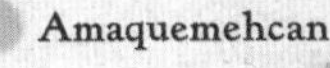

Amaquemehcan

Cholollan

La Granja de Pólok

Popocatepetl

NOTA SOBRE LOS NOMBRES DE LAS PERSONAS Y LOS LUGARES

La mayoría de los nombres desconocidos que encontrará en este libro provienen del idioma náhuatl. Se pronuncian casi igual que en español, con unas excepciones:

u—nunca se pronuncia como vocal sola, sino como la «w» inglesa
h—muda cuando precede una vocal; como saltillo después de una vocal
ll—como dos eles («calli» se pronuncia cal-li)
x—como la «sh» inglesa de «show»
uc—igual que la combinación «cu» de «cuando», pero después de una vocal (kw)
uh— igual que la combinación «hu» de «huerta», pero después de una vocal (w)
tl—un sonido que no existe en español, una combinación de «t» and «l.» Está bien si lo pronuncies como una «t» al final de las palabras.

Diferencias ortográficas entre nombres en español y en náhuatl

Todas las palabras en náhuatl se acentúan (llevan el golpe de voz) en la penúltima sílaba:

Neẓahualcóyotl—ne/sa/hual/CO/yotl
Tetẓcoco—tetẓ/CO/co
Teẓcatlipoca—teẓ/ca/tli/PO/ca
Sekalli—se/KAL/li

Quetzalcóatl—que/tzal/CO/atl
Yancuilli—yan/CUIL/li

Esto significa que algunas palabras que han sido adoptadas al español experimentaron un cambio de acentuación que no existe en náhuatl. Este libro emplea la pronunciación original. Por ejemplo, *Tenochtitlán* en náhuatl se pronuncia *Tenochtitlan*, y así aparecerá en estas páginas.

Hay también algunos nombres que experimentaron todavía más cambios al adaptarse al español, como «Moctezuma», que en náhuatl se dice «Moteuczoma», o «Chapultepec» que debería ser «Chapoltépec». Este libro utiliza las versiones originales de tales palabras.

Al final de este libro, hemos incluido una «Guía de conceptos desconocidos» que puedes usar como referencia para aclarar muchos de los términos en náhuatl.

PRÓLOGO

La colorida procesión comienza en el palacio y se abre camino por las calles de Tetzcoco como la cola de la Serpiente Emplumada, con tropas selectas marchando detrás de la vanguardia de músicos y ministros. Mamá va sentada a mi lado, erguida y majestuosa, en la litera, sonriendo con benevolencia a su ciudad adoptiva. La amplia espiral de nuestro viaje nos lleva a través de los seis distritos, cada uno con su variación particular en la arquitectura típica de nuestra región:

Baños de vapor y santuarios públicos, cubos de ladrillo llenos de gente, vapor, incienso. Casas de obreros agrupadas alrededor de patios compartidos que resuenan con los gritos de los niños, los aullidos de los perros y el cacareo de los guajolotes. Fincas comerciales con sus almacenes vigilados que rebosan de bienes preciosos. Mansiones aristócratas con sus paredes de piedra blanca que se extienden silenciosas a la sombra de los cipreses.

Las calles están llenas de ciudadanos, alegres ante la posibilidad de una paz duradera, después de tantos años de batallas y pérdidas. Algunos gritan alabanzas a la reina consorte, pero la mayoría corea mi nombre.

—¡A-col-miz-tli! ¡A-col-miz-tli!

Es difícil describir el amor humilde que me llenan el pecho al escuchar ese sonido. Soy el príncipe heredero: un día gobernaré sobre esta multitud feliz. Aunque nunca podré ser uno de ellos, y aunque el lujo y el privilegio son mi derecho de nacimiento, he aprendido de mi padre, el rey, que mi trabajo será protegerlos, trabajar para mejorar sus vidas y brindarles cultura y estabilidad.

Y sobre todo, defender la herencia híbrida de nuestro pueblo: el Camino Acolhua.

Es una gran responsabilidad, pero la espero con entusiasmo. Pasar mis días defendiendo y compartiendo conocimientos, aprendiendo y creando cosas hermosas, mejorando la suerte de mis semejantes, ¿qué más podría desear? Las bendiciones del cielo caen sobre mí como pétalos de flores.

Dos rostros aparecen en medio de un grupo de aristócratas en el barrio Chimalpaneca para agitar mi alegría por un momento. Atótotl, mi media hermana, y su esposo, el señor Nonohuálcatl. Aunque asienten con deferencia, veo que cambian sus sonrisas cuando me doy la vuelta.

Sus muecas se enredan en mis pensamientos como una nota desafinada que arruina una hermosa melodía.

Pasamos por los jardines municipales y el zoológico, cruzamos el río y entramos al recinto sagrado. Mi mirada recorre los escalones de la Pirámide de la Dualidad que se eleva sobre la ciudad como una montaña simbólica que nos acerca al cielo.

Pienso en mi dedicación pública que sucedió en la cumbre de esa pirámide hace dos años, mi consagración solemne como príncipe heredero de Tetzcoco. Mientras me arrodillaba, mi padre, robusto como una ceiba, alto e imponente, colocó la corona sobre mi frente.

—Acolmiztli —dijo—, mi mechón y mi uña, mi carne y mi sangre. Con el tiempo te sentarás en mi trono.

Sin embargo, hasta hoy no había asimilado totalmente la realidad de la sucesión real.

Yo seré el rey de este pueblo.

Afortunadamente, ese día está muy lejos en el futuro. Mi padre está sano y fuerte, invicto. Entonces ¿por qué siento esta inquietud en el corazón?

Es la sonrisa irónica de mi media hermana. Dudo de su lealtad.

Trato de disipar mi preocupación con mi pasatiempo favorito: imaginar todo lo que construiré a mi alrededor cuando sea rey. Nuevos templos que se eleven desde la tierra, un centro para la música y la literatura, mejores sistemas de drenaje para los plebeyos, crear un fondo real para reparaciones de las casas más antiguas, para que los plebeyos puedan cumplir más cómodamente con su deber hacia los dioses y hacia el rey.

Cuando giramos para acercarnos por última vez a la puerta sur, una esquina de la litera se baja inesperadamente. Sostengo a mi madre quien, sorprendida, se recupera con su elegancia habitual y me endereza la corona sobre la frente.

Miro a los guardias que escoltan nuestra litera. Mi padre ha confiado ese papel a los capitanes jóvenes del calmécac . . . incluyendo a mi medio hermano mayor, el bastardo Yancuilli, quien me devuelve la mirada con una mueca desafiante.

Siento una opresión en el pecho. No puedo evitar sospechar de las sonrisas de mis rivales. Mi media hermana intrigante o mi medio hermano cruel podrían tomar la decisión de gestionar mi muerte. Mi título les causa resentimiento, detestan quedarse al margen del poder. Y hay facciones en esta ciudad que, insatisfechas con la guerra que desató mi padre hace catorce años, podrían valerse de ellos para legitimar un golpe de estado . . . que comenzaría con mi asesinato.

Es una posibilidad que enfrentamos todos los príncipes, en todas partes. El palacio suele ser más peligroso que un campo de batalla.

Cambian las alianzas. Crecen los celos. Después de todo, sólo un príncipe puede convertirse en rey a la vez. Estar tan cerca de ese poder supremo es intoxicante. No es de sorprenderse que las familias reales se desintegren en distintas facciones vencidas por la traición y por los intentos de asesinato.

—No le hagas caso —susurra mamá.

Me doy cuenta de que había fijado la mirada en Yancuilli. Me vuelvo para mirar a la reina consorte, que continúa saludando sin que se altere el barniz de su sonrisa.

—Si él fuera el único, no habría problema. Sin embargo . . .

Mis palabras son interrumpidas por el sonido de las trompetas de caracola que anuncian nuestra llegada a la puerta de la ciudad. Somos recibidos con reverencias y saludos de mis tíos Acatlohtli y Coyohuah,

así como de otros líderes de nuestro ejército y comunidad, reunidos allí para marcar el comienzo de una nueva era de paz.

Los porteadores bajan la litera, esta vez con cuidado. Los asistentes se apresuran a ayudarnos a mi madre y a mí a descender.

A través del arco de la puerta vemos dos grupos de hombres que se acercan por el camino del sur, flanqueados al este por campos de maíz, que brillan como oro a la luz de la mañana. A la derecha camina mi padre, el rey de Tetzcoco, acompañado de su primer ministro y hermano, el general Acatlohtzin, y de su guardia personal. A su izquierda viene un grupo similar encabezado por mi abuelo materno, el rey de Tenochtitlan, vasallo del imperio tepaneca que nos hizo la guerra durante catorce años.

Los dos reyes intercambian miradas amistosas mientras caminan, riéndose de las bromas del otro. Acaban de firmar uno de los tratados más importantes de nuestro tiempo. Debería alegrarme de verlos tan relajados.

En cambio, tengo un nudo en el estómago.

A mi lado, madre suspira, contenta. Sus ojos brillan con lágrimas de felicidad.

—Durante mucho tiempo he orado por este momento. Reunida con mi padre, viendo a tres generaciones de hombres de mi familia juntos en armonía.

Tomo su mano. Ella aprieta la mía.

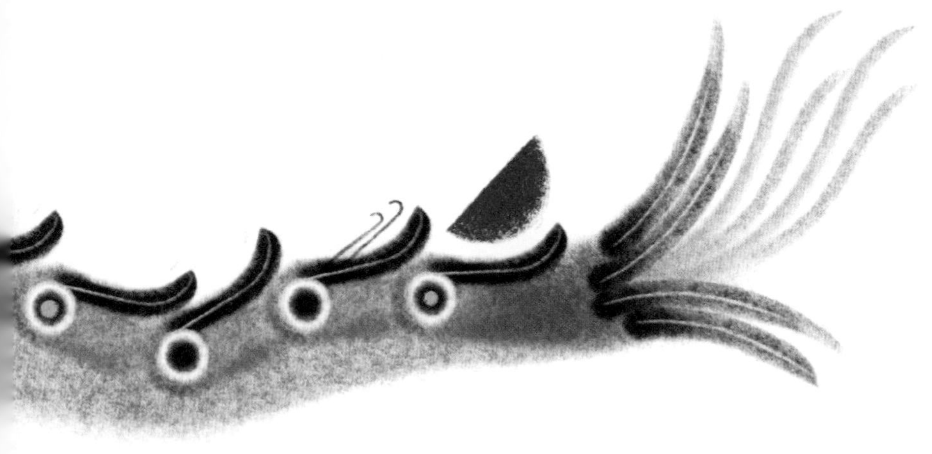

—Te mereces esta felicidad y paz, madre.

Como impulsado por mis palabras, el maíz se estremece con el movimiento.

Cientos de guerreros mexicas salen disparados de su escondite entre los tallos, con las armas en alto mientras descienden sobre el grupo de mi padre. Su hermano y su guardia personal se ven envueltos en una feroz pelea, tratando de mantener a los enemigos alejados del rey de Tetzcoco.

Pero mi padre es uno de los más grandes guerreros de Acolhuacan. Se aleja de los atacantes y agarra a su suegro, con la espada ceremonial en el cuello del rey mexica.

—¡No! —grita mi madre, corriendo hacia la puerta, arrastrada por el batallón de guerreros selectos que han acompañado nuestra procesión y que ahora se apresuran a proteger al rey y la ciudad. Pero sus asistentes la detienen, aferrándose a ella y suplicándole que se detenga.

Nuestros soldados entran en liza, apoyando a la guardia del rey, chocando con los mexicas traidores mientras mi padre continúa empujando a mi abuelo hacia la ciudad. Pero el rey de México-Tenochtitlan logra zafarse, arrebatando una espada de obsidiana a un guerrero caído. Es un arma grande de dos manos: su hoja de madera tiene la longitud y la forma de un remo, con navajas negras a lo largo de los bordes que brillan mortalmente a la luz del sol.

Los dos hombres se enfrentan, dando vueltas alrededor del otro, ciegos a la batalla a su alrededor mientras se preparan para el duelo.

Mi corazón palpita salvajemente. Me apresuraría a ir al lado de mi padre, pero acabaría muerto en unos momentos si traspasara estos muros.

No soy un guerrero. Mis habilidades marciales son francamente mediocres.

Hay movimiento a mi derecha. Volteo la mirada y veo a Yancuilli avanzando poco a poco hacia mí, espada en mano. Me doy cuenta de que estoy en peligro incluso dentro de la ciudad.

Mi medio hermano avanza con una sonrisa que atraviesa sus facciones rugosas. Los músculos de su pecho y abdomen desnudos se contraen como si se prepararan para un ataque. El rodete que corona su cabeza me recuerda que ha estado en batalla y ha capturado a uno o dos soldados enemigos.

Un chillido atraviesa el estruendo. Arriba, un tecolote vuela sobre la ciudad.

Un heraldo de la muerte.

Pero antes de que Yancuilli pueda intentar algo, el tío Coyohuah le pasa un brazo por los hombros y lo acerca a mí con rapidez. El cuñado de mi padre está desarmado, pero su brillante atuendo y su voz autoritaria son tan buenos como cualquier escudo o arma.

—Bien pensado, Yancuilli —dice Coyohuah, lanzándome de reojo una mirada de advertencia—. Debemos proteger al príncipe heredero de los mexicas, sin importar el costo. Cubre su flanco izquierdo. Dame tu daga y yo cubriré su derecha.

El bastardo murmura una maldición mientras obedece.

Mi mirada vuelve al punto del camino justo afuera de la puerta. Mi padre y mi abuelo golpean sus armas contra el escudo del otro, tratando de desgastarse entre sí. Pero el peso del arma que ha elegido el propio abuelo lo agota. Puedo ver sus músculos tensarse con cada golpe.

Entonces el escudo de mi abuelo se rompe, y él cae de rodillas.

—¡Ríndase! —grita mi padre, levantando su espada para dar el golpe de gracia.

—¡Nunca! —escupe el rey de México-Tenochtitlan—. ¡Viva el emperador Tezozómoc!

Saca una daga de su cinturón y la entierra en el muslo de mi padre.

La espada cae, trazando un arco, y las navajas de obsidiana en sus bordes se deslizan a lo largo de la garganta desafiante de mi abuelo.

Un chorro de sangre salpica el suelo acolhua y al rey que lo protege.

Y el cuerpo de mi abuelo se tumba sin vida en el polvo.

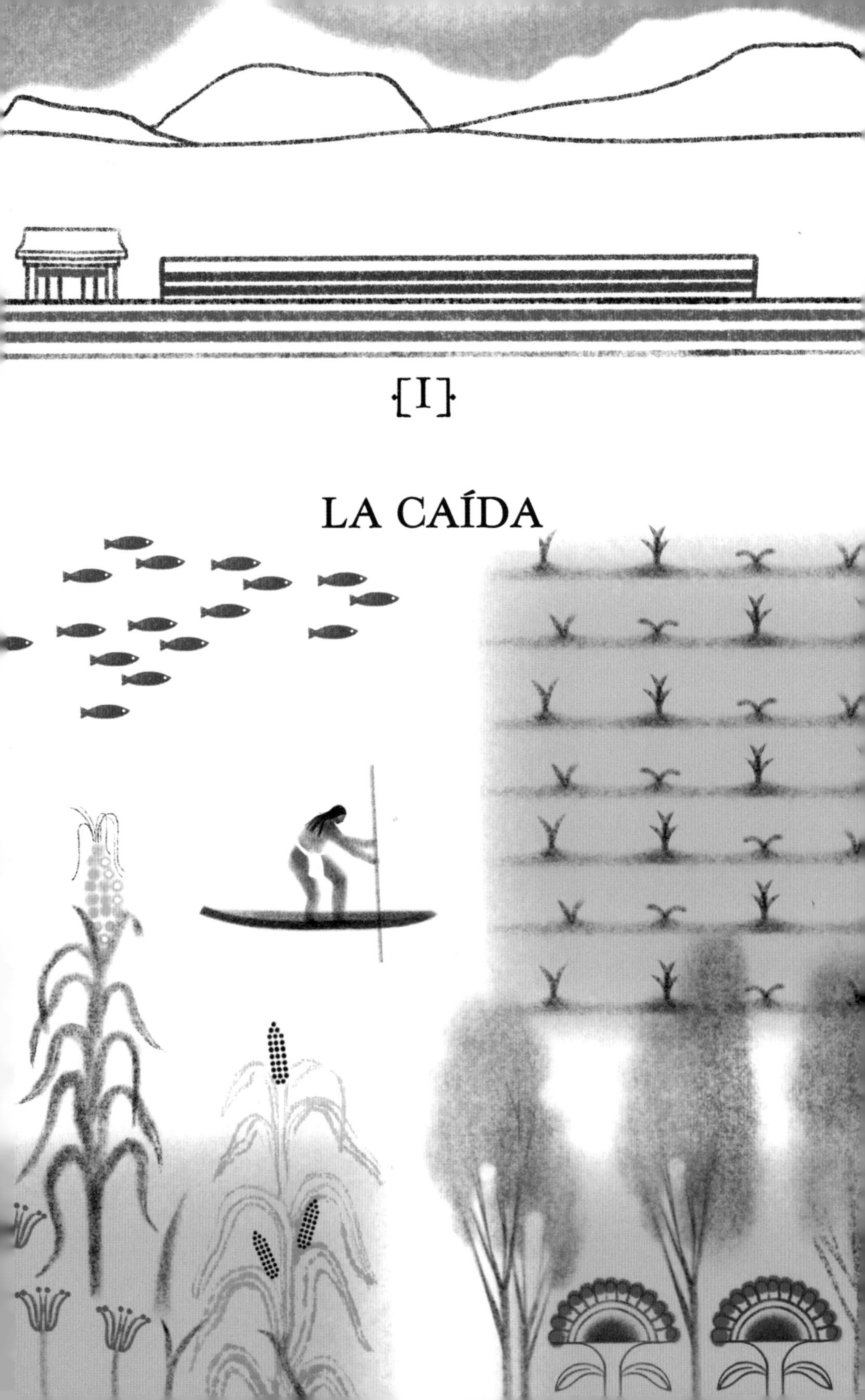

[I]

LA CAÍDA

[1] TREGUA

Seis meses después, me siento abrumado por los exámenes.

Estoy a unas semanas de mi decimosexto cumpleaños, cuando por fin seré admitido en el calmécac. De todas las escuelas en Tetzcoco, es la más renombrada, abierta solo a los jóvenes nobles y a los pocos plebeyos que sobresalen en habilidad o conocimiento, muy por encima de otros de su clase social.

Como príncipe heredero, *debo* asistir. Pero todavía tengo que hacer los exámenes, y cada uno de mis tutores privados tiene que aprobarme. Si no lo logro, y el rey aprueba de todos modos mi entrada al calmécac, mi nombre quedaría manchado . . . así como el de toda la Casa de Quinatzin, familia real de Tetzcoco.

No me molesta admitir que soy . . . brillante en casi todo lo que elijo. Estos últimos días he estado enclaustrado con Huitzilíhuitl, el consejero de mi padre y mi tutor principal. Con la mirada impasible bajo sus pobladas cejas blancas, me ha puesto a prueba en matemáticas, ingeniería y estrategia militar a gran escala. Yo había supuesto que mi tutore más atractive, le encantadore Izcalloh, me cuestionaría sobre historia, filosofía y etiqueta cortesana, pero no, el principal consejero del rey fue quien se encargó de interrogarme en esas áreas también.

A regañadientes, me informó de mis puntajes perfectos en todas las materias.

Hoy, sin embargo, me presento ante Itzcuani, comandante de la guardia real. Ese hombre pedregoso y sin sentido del humor ha sido mi instructor de artes marciales y armamento desde que tenía doce años. Ahora me pone a prueba mientras demuestro mi estilo de combate.

—Eres como un niño —se burla mientras me seco el sudor de la frente—. Simplemente imitas los movimientos de los hombres. No hay poder, ni voluntad detrás de tus ataques. Ten.

Me arroja una espada de madera. Lo atrapo hábilmente. Eso sí lo puedo hacer.

—Golpéame, Acolmiztli. Si puedes.

Apretando el pomo, examino su cuerpo sólido de arriba abajo antes de balancearme hacia él.

Se hace a un lado y me da una palmada en la parte posterior de la cabeza, que comienza a palpitar dolorosamente.

—De nuevo.

Fallo una vez más en asestar el golpe. Esta vez, Itzcuani me da un puñetazo en el hombro. Todo mi brazo se entumece.

—De nuevo. No entrarás en el calmécac hasta que tu arma me saque un moretón.

—¿Príncipe heredero Acolmiztli?

Huitzilíhuitl ha entrado en la cámara de combate. Nunca he sido más feliz de ver su vieja cabeza blanca y sus rasgos piadosos.

—¿Sí, consejero principal? —respondo.

—El rey solicita tu presencia.

Mientras devuelvo la espada de madera al estante de armas, Itzcuani dice con voz áspera:

—Pronto reanudaremos tus pruebas. Prepárate. Tu futuro depende de ello.

Muy pronto estoy de pie junto a mi padre en la sala de estrategia del palacio. Hay un gran mapa pintado en el suelo. Es Anáhuac, la vasta meseta del altiplano rodeada de montañas, con una cadena de anchos lagos en su centro, es donde los acolhua convivimos con enemigos y aliados.

Catorce ciudades se extendían en forma de media luna al este del agua, cada una con una población de entre diez y cincuenta mil habitantes, si contamos asentamientos rurales y granjas. Una cuarta parte de esos individuos son hombres sanos, entrenados para el combate. El rey de cada comunidad tiene la autoridad principal sobre sus tropas, pero como parte de la confederación, han acordado llamarlos a las armas en tiempos de guerra y ponerlos bajo el mando del señor de los acolhuas.

En resumen, mi padre puede desplegar ciento cincuenta *mil* guerreros cuando surja la necesidad. Y la necesidad ha surgido por al menos seis meses de cada año durante más de una década.

En este momento, el señor de los acolhuas está moviendo representaciones de piedra de tropas y barcos con un palo largo, explicando las novedades militares.

—La ironía —dice, acariciando su perilla canosa—, es que la traición de los mexicas trajo una especie de paz forzada. Después de la muerte de tu abuelo, se retiraron para guardar luto y luego comenzaron a debatir quién sucedería a su rey. Mientras tanto . . . bueno, dime lo que tú ves.

Considero el mapa. El cuerpo de agua más grande, justo en el centro, es el lago de la Luna. Tetzcoco se encuentra cerca de los pantanos de su costa oriental. Cerca de su extremo suroeste la isla de México, donde los mexicas viven en sus ciudades gemelas de Tenochtitlan y Tlatelolco. Más allá, desde la orilla occidental hasta las laderas de las montañas occidentales, se encuentra Tepanecapan.

El imperio.

Nuestros enemigos mortales.

Reflexionando sobre las tropas que mi padre ha desplegado alrededor de la capital imperial de Apotzalco, me aclaro la garganta.

—Vuestra merced ha aprovechado la ausencia de los mexicas. Envió tropas sobre el lago de la Luna para asediar la capital.

—Correcto. Ochenta mil hombres, más de la mitad de los guerreros de Acholhuacan. Sin embargo, no pude hacerlo de inmediato. Muchos ciudadanos aquí y en las catorce ciudades estaban muy molestos por el fracaso de las negociaciones de paz.

Entrecierro los ojos.

—Eso no fue su culpa, señor. Mi abuelo lo traicionó. Ni los mexicas ni su titiritero, el emperador, tenían la intención de poner fin a esta guerra de manera pacífica.

—En efecto. Pero muchos plebeyos no pueden apreciar esas sutilezas. Otros simplemente se dejan influir por los rumores difundidos por mis rivales políticos y los espías del emperador. Así que tuve que reforzar mi apoyo, especialmente en Coatlichan.

Coatlichan está gobernado por Paíntzin, el tío materno de mi padre. Más allá de la cultura y la patria, nuestras ciudades están unidas por lazos familiares, por tenues que sean. Tal vez ese rey no haya podido resistir la tensión de la tentación imperial. La posibilidad me ilumina.

—Ah, es por eso que puso vuestra merced al príncipe heredero de esa ciudad al mando de su fuerza invasora.

—En parte, sí. El señor Tochinteuctli también es un guerrero formidable que tomó desprevenido al emperador Tezozómoc, distraído en sus intentos de influir en las deliberaciones de sucesión en Tenochtitlan. Ahora, el segundo al mando del príncipe heredero, tu primo

Zoacuecuénotl, ha rechazado todos los intentos de otras tropas tepanecas de proporcionar alimentos o ayuda a la capital imperial. Así que al emperador no le quedó otra opción . . .

—¿Ha cedido? —No logro ocultar la emoción en mi voz.

Mi padre sonríe mientras toca el glifo que representa a Azcapotzalco en el mapa.

—Sí. O mejor dicho, pidió un armisticio. Cese de hostilidades mientras se realiza la ceremonia de coronación en Tenochtitlan. Durante la tregua, nuestras tropas permanecerán fuera de la capital imperial, pero los miembros de la nobleza tepaneca podrán viajar a la isla de México. Y el emperador jura que posteriormente entablará negociaciones de paz.

Tomo aliento, inquieto.

—No confío en él, padre.

—Yo tampoco. Pero este alto el fuego se aplica a todos los estados vasallos del Imperio, incluido el reino de México. Y eso nos da una oportunidad, Acolmiztli, de apelar al nuevo rey de Tenochtitlan. De convencerlo de aliarse con nosotros contra los tepanecas.

Es una esperanza tenue, pero me acelera el pulso.

—¿A quién han elegido para el trono?

—A uno de los hermanos menores de tu madre —responde el rey, deslizando su bastón a través del lago de la Luna hacia México—. Tu tío Chimalpopoca.

Luego me mira con seriedad mortal.

—Haz que tus asistentes empaquen suficiente ropa para quince días. He pospuesto tus exámenes restantes, Acolmiztli. Vendrás con nosotros. Salimos al despuntar el alba.

Mi primera misión diplomática en territorio hostil. Debería sentirme eufórico, orgulloso.

Pero realmente me siento aliviado.

No tendré que enfrentar el examen de combate.

Al menos no por un tiempo.

[2] CORONACIÓN

Las trompetas de caracola suenan, trinando en la evanescente niebla matutina.

Luego viene el estruendo de los tambores, un ritmo majestuoso que señala la llegada de un rey.

El sol corona los volcanes en el este y los rayos de luz convergen en el vértice de la nueva pirámide. La piedra y el mortero han reemplazado a la madera vieja y la tierra apisonada. Los dioses del viento y la lluvia barren la neblina restante, revelando a cinco hombres de pie ante el templo doble en la cima.

Los nuevos gobernantes del pequeño reino de México.

Tres de ellos son mis tíos maternos. Chimalpopoca, que será el rey, flanqueado por sus medios hermanos Tlacaélel y Moteuczoma, nuevos miembros del consejo gobernante. Son casi irreconocibles en sus poses de solemne dignidad, nada parecidos a los jóvenes bromistas que recuerdo.

Del interior de los templos salen sacerdotes que visten a los cinco nobles mexicas con capas ceremoniales. Están tejidas con el mismo tipo de tela que envuelve los huesos de su dios principal, Huitzilopochtli: nacido hombre, hecho divino después de la muerte.

—He aquí —declara uno de los sacerdotes—, ¡al futuro rey y su consejo! Como la gran Serpiente Emplumada y nuestro Señor el Sol, deben descender para ascender. Orad por ellos, oh mexicas, mientras entran en la cámara sagrada debajo del templo para morir una muerte simbólica. ¡Entonces, ya no serán simplemente humanos; emergerán para gobernar!

Los gritos estallan a mi alrededor. Unas diez mil almas se han volcado en el centro ceremonial de Tenochtitlan, no sólo de pie, hombro con hombro, en la amplia plaza frente a la pirámide, sino también agrupadas en las escalinatas de otros templos menores cercanos, e incluso— en el caso de algunos atrevidos jóvenes de mi edad —aferrándose a las imágenes de piedra de los dioses. Las voces de esta masa de mexicas llenan el aire de la mañana con un estruendo de aprobación que hace vibrar las losas bajo mis pies.

Los cinco hombres son guiados al templo de Huitzilopochtli, donde me imagino que una especie de escalera desciende en espiral hacia las entrañas de la pirámide, hasta la cueva sobre la que fue construida.

El ruido alegre se reemplaza por fuertes gritos y lamentos ante la desaparición de los príncipes. Una trompeta de caracola señala el comienzo de una fiesta comunal, y los presentes se dirigen en grupos hacia las tres puertas accesibles.

Con el ceño fruncido, mi padre llama a los guardias a nuestro lado.

—Debemos abandonar el recinto sagrado de inmediato. Llévennos a la quinta de mi cuñado —ordena—, antes de que algún patriota insensato decida romper el armisticio matándonos aquí y ahora.

Las miradas que recibimos mientras caminamos hacia el este por el ancho camino de tierra apisonada sugieren que la decisión de mi padre fue oportuna. A nuestro alrededor se extiende Tenochtitlan, la ciudad

donde nació mi madre. Capital de México. Esta isla rocosa en el extremo suroeste del lago de la Luna debería ser mi segundo hogar, donde tíos, tías y primos me recibieran con una sonrisa y los brazos abiertos. Mi corazón debería llenarse de alegría al ver a los nobles, comerciantes y plebeyos mexicas abarrotados en la calle a mi alrededor, discutiendo con entusiasmo el futuro de su pueblo bajo un nuevo rey.

Pero soy un extraño. Mi madre, una traidora a la Casa de Acamapichtli, la familia real.

Y mi padre, el enemigo. El regicida.

Sin embargo, yo camino entre los dos manteniendo la cabeza en alto; mientras nos abrimos paso entre la multitud que se dispersa, me imagino lo que perciben los mexicas que nos observan.

A mi izquierda está la reina Matlalcíhuatl, Dama Verde, llamada así por la diosa del mar, vestida con hermosos tonos que hacen eco de su nombre. Su padre fue Huitzilíhuitl, anterior soberano de México, cuya reciente muerte a manos de mi padre ha desencadenado estos ritos de sucesión.

A mi derecha está el rey Ixtlilxóchitl, Flor Ennegrecida, moreno y mortalmente hermoso como un campo de batalla abrasado por el fuego. Ha desafiado la tradición y los tratados, arriesgándose a la ira del emperador tepaneca por estar con mi madre.

Soy su hijo, el príncipe Acolmiztli, Puma del pueblo Acolhua, heredero al trono de mi padre. Cantante. Poeta. De quince años de edad.

Nuestros nombres, pronunciados en susurros por los boquiabiertos transeúntes, son maldiciones en este lugar.

Pero mi padre quiere cambiar esa dinámica. Es la única razón por la que estamos aquí, arriesgando nuestras vidas.

Aún así, una tregua se puede romper en un abrir y cerrar de ojos. Igual que sucedió hace seis meses. De modo que me preparo, en cuerpo y mente, para lo que pueda venir.

La quinta se encuentra a la orilla del lago, no lejos de la calzada que une Tenochtitlan con Tlatelolco. Llegamos y encontramos a la media hermana mayor de mi madre, Ázcatl, supervisando la preparación de una gran comida de celebración.

—¿Por qué no asistió vuestra merced a la ceremonia, tía Azcatzin? —pregunto con honoríficos mientras ella les indica a los sirvientes que coloquen una mesa baja adicional.

Me arquea una ceja con tranquila picardía. El gris brillante de su peinado de dos cuernos la hace parecer una lechuza esperando pacientemente a su presa.

—Ayudé a cambiar y lavar los pañales de mis hermanos, pequeño puma bonito. Tengo miedo de estallar en carcajadas en medio de algún rito digno.

Le sonrío.

—Es realmente extraño pensar en ellos como hombres, como los líderes del pueblo mexica. Los hemos visto en sus peores momentos.

Ázcatl mira a su alrededor. Mis padres aún no han salido de nuestros aposentos.

—Aún así, no nos corresponde ni a ti ni a mí hablar fuera de estos muros de nada que pueda resultarles vergonzoso. Puede que seas sobrino del nuevo rey, pero su abuelo sigue siendo el emperador Tezozómoc. ¿Es decrépito? Absolutamente. Pero también está empeñado en destruir a tu familia. En cuanto a mí, no quisiera darles a mis hermanos motivos para deshacerse de una hermana mayor de mal carácter.

—Oh, dudo que eso suceda— dice mi madre, conducida por un sirviente a su lugar alrededor en la mesa—. Las mujeres nobles de esta ciudad o te respetan o te temen. La extensión de tu conocimiento inspira asombro.

—¿Su conocimiento? —pregunto.

—De chismes y secretos de los clanes —dice mi padre, ocupando su puesto a la cabecera de la mesa, al lado de mi madre—. Se remonta a varias generaciones. La princesa Azcatzin no es una mujer con la que se pueda jugar. Sin embargo . . . es prudente no arriesgarse a molestar a los nuevos gobernantes de esta ciudad.

La brillante voz de tenor de mi tío Zácatl atraviesa nuestra conversación mucho antes de que él entre a la villa. Canta el coro de *La esposa del guerrero*, una balada primaveral, y va batiendo palmas siguiendo el ritmo.

Pero esto te prometeré,
a ti un día volveré,
conquistador o colibrí,
mariscal o mariposa,
por el amor y por los dioses
atado siempre a mi esposa.

Cuando aparece, viene abrazando a su propia esposa, Nazóhuatl, cuyo vientre se hincha con su primer hijo. Ambos son jóvenes y hermosos, como imágenes en un libro pintado que hubieran cobrado vida. También son los dos mexicas más tontos y alegres que he conocido.

—¡Ah! —grita Zácatl—. ¡Hermanas mayores! ¡Pequeño puma! ¿Fueron expulsados del recinto sagrado por unos plebeyos molestos o algo así? ¿Cómo llegaron tan rápido?

Mi padre, un hombre mucho más serio de lo que jamás será mi tío, mira a Zácatl con ojos desapasionados.

—Reverenciado cuñado —murmura mi tío, bajando la cabeza—. Os pido perdón por retrasar vuestra comida, rey Ixtlilxochitzin.

—Al contrario, príncipe Zacatzin. —Mi padre se acerca para detener suavemente a Zácatl antes de que haga una reverencia—. Después de todo, es tu hogar. Estamos agradecidos por tu hospitalidad en estos tiempos difíciles.

Después de la deliciosa comida del mediodía y una conversación que privilegia el recuerdo familiar sobre la especulación política, Zácatl se pone de pie y me hace un gesto. Aunque está fingiendo madurez y seriedad frente a los otros adultos, puedo ver travesura y diversión brillando en sus ojos.

—Acolmiztli —me dice informalmente, ya que yo soy más joven—, ¿nos relajamos con un poco de música?

Tenía la esperanza de que lo sugiriera. Asiento, emocionado.

—Sí, tío. ¡Sería un deleite!

Salimos al exterior, a una plataforma elevada entre la quinta y su muelle para canoas. Zácatl llama a su sirviente, un anciano de Huexotzinco lleno de cicatrices, uno de los muchos esclavizados por los mexicas cuando conquistaron esa ciudad-estado para el emperador Tezozómoc.

—Eyozomah, saca los tambores.

El hombre mayor inclina su cabeza calva.

—Sí, mi señor.

Miro más allá de la barandilla hacia las chinampas: jardines rectangulares que bordean la orilla, suelo dragado anclado por raíces de sauces tenues. Es una hazaña de ingeniería agrícola que los mexicas aprendieron de los xochimilcas conquistados, quienes han estado cultivando sus jardines de este modo durante muchas vueltas del calendario. Pero mi abuelo y su familia han adaptado la técnica para otras maravillas, extrayendo sedimentos para construir la impresionante calzada aquí y su gemela al sur, que conecta México-Tenochtitlan con el islote de Acachinanco.

—Tienes la frente muy arrugada para un chico de quince años —bromea mi tío mientras barre unas hojas de la plataforma—. ¿Qué ideas dan de vueltas detrás de esos surcos?

El propio Zácatl solo tiene diecinueve años, un año menos que sus tres hermanos que pronto gobernarán esta ciudad. Es desconcertante cómo un puñado de años puede cambiarlo todo. Me pregunto qué transformaciones me esperan más allá del mañana.

—Las calzadas —digo—. Sirven como diques, ¿no? Evitan que el agua salobre del lado este del lago se filtre fácilmente. Estos jardines son más verdes y exuberantes que el resto de la ciudad.

—En efecto. ¿Ves a esos trabajadores en la distancia, dragando más tierra? —Es difícil distinguir mucho desde aquí, más allá del hecho de que están cubiertos de fango de pies a cabeza—. Es el plan de mi padre, que mis hermanos continuarán. Si podemos hacer puentes y jardines, ¿por qué no hacer más *grande* a México?

Lo entiendo en un instante. Es brillante.

—Rellenar los espacios entre todos los islotes con sedimento. Ampliar el territorio mexica sin soltar una sola flecha.

Eyozomah regresa con los brazos llenos de instrumentos de percusión. El huéhuetl, con su parche de cuero; cascabeles de ayacachtli; y un gong de tetzilácatl.

—Buen hombre —digo, dirigiéndome al sirviente en la variedad del náhuatl que se habla en su nativo Huexotzinco, con sus vocales anchas y sus consonantes entrecortadas—, ¿me puede traer el tecomapilohua? Sé que es difícil de maniobrar, pero me encantan sus tonos.

Con el rostro iluminado al escuchar su propio dialecto, Eyozomah asiente.

—Sí, su alteza real. Lo haré deprisa.

Mi tío me mira con la boca abierta.

—Realmente eres un sinsonte, ¿no?

Le guiño un ojo.

—Todavía no tengo cuatrocientas voces —digo—, pero puedo hablar seis idiomas y cambiar entre una docena de dialectos del náhuatl. Tetzcoco es una ciudad diversa, y su príncipe heredero sería negligente si no pudiera comunicarse con todos sus súbditos.

Zácatl me da una palmada en el hombro.

—Sabio. Y cuando te conviertas en rey, tendrás que hablar con la voz del dios patrón de tu ciudad, por lo que es vital tener un registro flexible.

En sólo unos minutos, Eyozomah instala el tecomapilohua ante mí. Del fondo del tambor de madera de dos tonos cuelgan tres calabazas, lo que le da al instrumento una resonancia suave que es difícil de describir.

—Está bien, pequeño puma, o ruiseñor, o cualquier animal que esté ascendiendo en tu alma hoy —anuncia Zácatl, colocándose frente al huéhuetl—. Escucha atentamente. ¿Distingues el canto de esos trabajadores en la otra orilla? ¿Ese *compás* que usan para marcar el pulso de su trabajo?

Entrecierro los ojos e inclino la cabeza. Suaves pero seguras, sus voces unidas llegan a mi oído, sincronizadas con sus diligentes movimientos para sacar lodo y pasarlo en cadena.

—Sí, tío. Es como un ritmo para remar.

—Entonces improvisemos sobre eso —sugiere, comenzando a tocar el ritmo en el tenso pergamino de su tambor—, hasta que formemos nuestro propio teponazcuícatl especial.

Tocar la percusión me transporta. Mi madre me dice que cuando era niño, me sentaba en el patio del palacio, escuchando el ruido sordo de la Casa de la Canción, donde mi padre y sus mejores soldados se reunían para cantar y bailar. Mientras me balanceaba, embelesado por el repiqueteo, golpeaba con mis manitas las losas de barro, en perfecta sincronía.

Ahora, con los ojos cerrados al mundo, siento el eco ornamental que hace Zácatl de los trabajadores, y mis manos se deslizan dentro y fuera del ritmo, haciendo que suenen unas notas incidentales, salpicándolas rápido entre el constante flujo y reflujo. Imagino los latidos del corazón de cada trabajador y los enhebro en contrapunto, llevando el ritmo colectivo con la mano izquierda y sondeando sus pulsos individuales en las calabazas colgantes. Mis sandalias rozan las tablas imitando a los vientos que se deslizan por las laderas de las montañas, a las ondas del agua en el lago de la Luna.

Dicen que el Señor del Fuego y el Tiempo, el primer dios que emergió del mar cósmico, pasó cuatrocientos mil años flotando sobre las aguas, escuchando sus silenciosas olas y profundas corrientes hasta que finalmente vio el patrón. Luego, golpeando ese latido eterno sobre su propio pecho en una ráfaga de chispas, puso en marcha las ruedas cósmicas.

Entonces, el tiempo por fin comenzó.

Aunque sea una blasfemia, no puedo evitar sentirme un maestro del tiempo cuando mis manos bailan así sobre una superficie que resuena con mi toque.

¿Se puede remodelar el mundo a través del ritmo? ¿Qué tipo de compás podría emplear? ¿Qué metro? ¿Majestuoso y lento, con pocas y pesadas notas? ¿O galopante y belicoso, un frenesí de staccatos?

—Draga a los ricos y muertos —empiezo a cantar, las palabras brotan espontáneamente—, desde la profundidad insondable del mar, y forja un nuevo imperio, un destino imprevisto sin par.

Cualquiera que sea la fuente sagrada a la que he accedido, dejo que continúe fluyendo a través de mí.

Toma las múltiples hebras de estas vidas.
y en el telar del tiempo, teje un nuevo tapiz,
voces entrelazadas en armónico matiz,
una sinfonía que sube al cielo en espiral.

Después de un tiempo, me doy cuenta de que mi tío ya no está tocando. Mis manos ralentizan su loca danza y yo abro los ojos. Me está viendo fijamente, las lágrimas corren por sus mejillas.

—Sois incomparable, príncipe heredero Acolmiztzin. —Ahora usa honoríficos, elevando su discurso como se hace cuando se dirige a un superior o a un anciano—. Sólo puedo escuchar con asombro. Los hombres que un día sigan vuestro ritmo en el campo de batalla deberán considerarse afortunados. Cualquier enemigo caerá con seguridad cuando se enfrente a guerreros que luchen a esos ritmos.

Bajo los ojos avergonzado.

—Tío, ¿de qué me sirve ejecutar estos ritmos si no puedo pelear? La vida de mi padre estaba en peligro a pocos metros de mí, pero no hice nada. Porque no había nada que pudiera hacer. No soy un guerrero. Solo un espadachín mediocre, en el mejor de los casos. ¿Quién me seguiría a la batalla?

Zácatl me abraza.

—Sobresalís en tantas cosas, sobrino mío. Quizá vuestro fuerte sea la estrategia militar en lugar de la destreza en el campo de batalla. Pero sospecho que solo necesitáis tiempo. Práctica. Disposición.

—*Estoy* dispuesto —murmuro.

—¿A matar? Porque eso es lo que quiero decir, Acolmiztzin. Sé que os encanta crear, aprender, conservar. ¿Pero estáis listo para destruir? ¿Hacerlo con el mismo nivel de devoción y alegría?

Trago pesadamente. Ambos sabemos la respuesta.

Después de cuatro días de ayunos y fiestas y festividades, estoy nuevamente de pie en el recinto sagrado de Tenochtitlan. Comienza un toque de tambor más lánguido, que marca el inicio de la ceremonia sin llamar la atención. El estado de ánimo que establece es innegable. Al igual que la multitud que abarrota la plaza, no puedo evitar contener la respiración cuando amanece el quinto día del ritual.

Las figuras a mi alrededor se vuelven más claras. Hombres, mujeres y niños, vestidos con algodón blanco y collares de ayuno, cada uno con una tuna en las manos: rojo brillante o púrpura con manchas negras donde se han quemado los ahuates, esa pelusa peligrosa.

Me acuerdo de una vieja canción popular sobre las espinas que protegen la dulzura, alguna metáfora tolteca sobre el equilibrio en la vida entre el dolor y el placer, la pena y la alegría. *¿Qué felicidad hay al otro lado de este conflicto?*, me pregunto. *¿Alguna vez evitaremos las púas venenosas?*

Una procesión de soldados, las hermandades militares con sus llamativos uniformes y estandartes, se dirige a la pirámide y sube los escalones hasta que se alinean a cada lado.

Estoy tratando desesperadamente de no imaginarme en un campo de batalla, huyendo como un cobarde de esta impresionante variedad de guerreros, cuando escucho una risita cercana. No muy lejos, de espaldas al muro de serpientes que separa el recinto sagrado del resto de Tenochtitlan, se encuentran cinco hermosas niñas de familias nobles.

La más joven y bonita no me quita los ojos de encima, aunque se sonroja cuando le devuelvo la mirada con franca atracción. Yo no desvío los ojos. Se tapa la boca y se ríe de nuevo, en tono suave y agudo.

A pesar de la solemnidad, me encuentro imaginando cómo sería cubrir esos labios con los míos. Sentir esa risita revoloteando contra mi lengua.

Luego, la chica a su lado— me imagino que una hermana mayor —nota nuestro intercambio silencioso, me examina hasta entender quién soy y le da un codazo a la más joven, susurrando con enojo. Los ojos de la bonita se abren como platos. Ella inclina la cabeza, evitando mi mirada, agarrándose a los pliegues de su colorida falda. No más risas.

Haciendo un esfuerzo por no suspirar, sonreír o estremecerme, vuelvo mis ojos hacia el templo con lento desdén.

Un toque de trompetas, luego emerge mi tío Chimalpopoca. Los sacerdotes lo han bañado y vestido con galas: plumas de quetzal, jade y plata, capa y sandalias propias de un rey mexica . . . especialmente uno tan pomposo y engreído como Chimalpopoca, quien desde niño mangoneaba a sus hermanos y primos porque su madre era la hija predilecta de Tezozómoc.

—Soy el *nieto* del emperador, tontos —les solía espetar—. Un día todos ustedes se arrodillarán ante mí.

Su profecía se ha hecho realidad, supongo. Ahora, algunos de sus medios hermanos y primos salen a la tenue luz del sol detrás de él, vestidos como príncipes, miembros de su consejo real.

Destaca Tlacaélel, con el pelo más largo, la capa negra como la noche, el nuevo sacerdote del fuego. Le queda el papel. Siempre ha estado más interesado en el poder de la ceremonia que en el poderío militar. Si alguien en Tenochtitlan pudiera considerar la alianza ofrecida por mi padre, sería él . . . si pensara que la Casa de Acamapichtli podría beneficiarse como resultado.

El pasado sigue burbujeando bajo la superficie del presente. Al igual que mi tía, me resulta difícil mantenerlos separados mientras observo. Estos jóvenes hombres resucitados son sólo cinco años mayores que yo, tienen apenas veinte años solares de edad. Y ahora controlan México. Un estado vasallo, sí, pero un reino al fin y al cabo.

Ahora mismo, viendo a mi tío arrodillarse ante su sacerdote de fuego, siento que el tiempo se desmorona.

Mamá todavía ama a México. Ella es, después de todo, la hermana mayor del nuevo rey mexica, de su capitán de la armería y de su sacerdote de fuego. Después de que yo naciera, durante los momentos de armisticio en que la guerra se detenía, ella me traía a visitar a su familia real en esta ciudad. En ese entonces, admiraba a mis tíos, siguiéndolos de niño con mis pequeños pasitos, imitando sus formas audaces. Nunca me ahuyentaban, aunque podían ser crueles.

Hace cinco años, fueron internados en el calmécac. Como ahora, la ciudad estaba inundada de alegría: los tres hijos del rey— nacidos el mismo día de tres reinas diferentes, una señal de los dioses —estaban en la cúspide de la madurez, dejando la tutela de su padre para volverse hombres.

Tenía casi once años, era serio, mi cerebro estaba lleno de saberes que mi padre me enseñaba, soñaba con expandir algún día el reino de

Acolhuacan, una espada de obsidiana en mi mano de príncipe, despachando al cruel tirano, el emperador Tezozómoc, que ataca todos los años.

En la fiesta, no estaba preparado para todos los comentarios en voz baja y las miradas francas de niñas y mujeres por igual.

Desafortunadamente, mis tíos notaron la atención.

—¡Ja! —Chimalpopoca se rió—. ¡Te encuentran guapo, sobrino! ¡No pasará mucho tiempo hasta que una chica te lleve a su habitación!

Intervino Moteuczoma.

—No es solo su apariencia, hermanos. ¡Observen la forma en que se pavonea, moviéndose de un lado a otro como un verdadero mujeriego!

Mi compostura se quebró.

—¡Es el andar de un puma! —gruñí, mirándolos con los puños cerrados.

Pero solo se burlaron. Tlacaéllel luego aplaudió con alegría.

—No, sobrino. Aquí está tu apodo: Yohyontzin: ¡el Amoroso! Deleitarás los ojos de todas las niñas mexicas, ricas y pobres.

—¿Cuántas reinas supones que tendrá cuando ascienda al trono? —preguntó Chimalpopoca, sonriendo.

—Fácilmente cinco —opinó Moteuczoma.

—Con otras quince concubinas —agregó Tlacaéllel—. ¡Una amante para cada noche del mes!

Siguieron y siguieron, burlándose de mí y haciendo guiños, como les encantaba.

Como si no fueran a marchar pronto a la batalla contra mi padre y mis tíos acolhuas; contra la gente que estoy destinado a gobernar un día.

Fue la última vez que compartimos esos chistes. El calmécac— el internado para futuros reyes y sacerdotes, estricto y lleno de castigos —les ha arrancado esa vulgaridad. Como nobles hijos de un estado vasallo, han aprendido que, si bien la sangre es más espesa que el agua, el tributo triunfa sobre todo.

Tlacaéllel coloca la corona de turquesas sobre la frente de Chimalpopoca, y me doy cuenta de que apenas reconozco en estos hombres duros y sombríos a los jóvenes bromistas que una vez adoré.

La voz del sacerdote del fuego, más profunda y elegante de lo que la recuerdo, resuena en la plaza, dirigiéndose a los mexicas y sus aliados.

Y a sus enemigos también.

—¡Mexicas, he aquí a vuestro nuevo rey, Chimalpopocatzin! ¡Comamos todos del fruto que creció entre las piedras para señalar la tierra prometida a nuestros cansados antepasados hace cien años!

A mi alrededor, los mexicas muerden su tuna al unísono. Y recuerdo la leyenda que me contó mi madre de cómo los mexicas escaparon de la servidumbre en Colhuacan y llegaron a esta isla. Su dios principal les había dicho mucho antes que buscaran una señal: un nopal que crecía en suelo pedregoso y un águila posada sobre sus hojas espinosas. Aquí lo encontraron, en el mismo lugar donde más tarde se construyó la pirámide.

En todas partes, los mexicas dan gritos de celebración, sus barbillas goteando con el jugo de la fruta brillante, *nochtli*, que crecía entre las rocas, *tetl*.

El origen del nombre de esta ciudad: Tenochtitlan, *lugar de tunas sobre piedras*.

Me asalta un triste presentimiento al ver sus bocas enrojecerse con sangre metafórica.

Los mexicas no aceptarán la propuesta del padre.

Tienen demasiado orgullo.

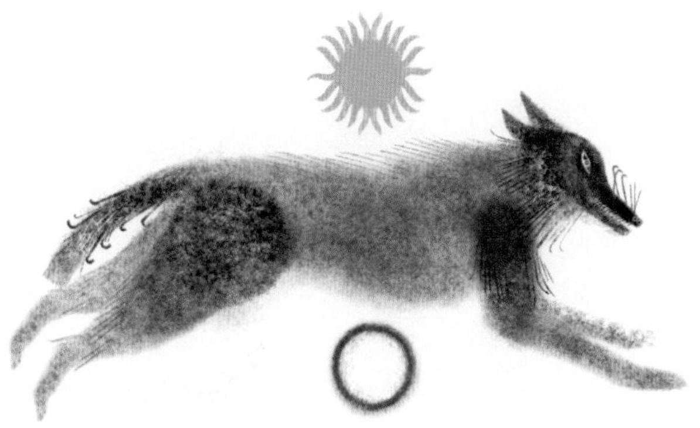

[3] AUDIENCIA REAL

El nuevo rey desciende por la cara sur del templo recién reconstruido, obra de la vida de su padre, símbolo de Coatépec, montaña de la serpiente, lugar de nacimiento de Huitzilopochtli, dios del sol y del campo de batalla.

Al pie del templo esperan dignatarios que visitan de muchas ciudades-estado cercanas, incluido Tlacateotl, el rey recientemente coronado de Tlatelolco, quien también es nieto del emperador Tezozómoc. Con su séquito completo, Chimalpopoca se dirige a través de la puerta sur hacia su palacio cerca del único manantial de agua dulce de la isla, constantemente vigilado.

Es una de las mayores debilidades de México, la falta de agua. Mi mente curiosa se pone a trabajar de inmediato, revisando las opciones de ingeniería que podrían ayudar. La fuente de agua dulce más cercana son los manantiales que brotan de la cima del cerro Chapoltépec y corren hacia el suroeste. Si esto fuera Tetzcoco, nuestra ciudad, haría que unas cuadrillas cavaran un canal para redirigir su flujo. ¿Pero aquí?, esta corriente dulce necesita viajar sobre el lago sin que las aguas se mezclen. Un reto.

—Escolten a la reina de regreso a la quinta de su hermano —ordena mi padre a su guardia real—. Prepara todo en caso de que nos veamos obligados a irnos de repente.

Él también siente, intuyo, la inutilidad de este gesto. Pero las otras ciudades de Acolhuacan esperan una solución diplomática de su señor. Así que hará lo mejor que pueda.

Posa su mano sobre mi hombro.

—Ven, Acolmiztli. Tenemos una audiencia con tu tío el rey.

El palacio está repleto de asistentes, jueces y jefes de varios gremios de comerciantes. Todos buscan la oportunidad de presentar una petición al rey. Como miembros de la realeza y parientes, mi padre y yo tenemos mayor prioridad, sin embargo, nos encontramos esperando la mayor parte de la mañana en una serie de habitaciones. Estoy inquieto; me pongo a marcar ritmos tranquilos en el tapete donde estoy sentado.

Mi padre se queda quieto. También los dos guardias que nos acompañan. Su disciplina debería hacerme sentir pena, pero somos cuatro enemigos en el corazón de Tenochtitlan. La tensión es palpable.

Finalmente, entra un noble alto y nervudo de treinta y tantos años, vestido con un atuendo militar ceremonial. Tenues cicatrices marcan sus mejillas y brazos.

Es el general Itzcóatl, comandante en jefe del ejército mexica, quien ha dirigido tropas contra mi padre varias veces durante la última década.

Pero también es mi tío abuelo. Medio hermano bastardo del difunto rey.

Al ver el negro obsidiana de sus ojos, no puedo evitar preguntarme si le molesta que lo pasen por alto: si le irrita la decisión del consejo gobernante de coronar a su sobrino, el heredero más joven, aunque más legítimo. Las tradiciones hereditarias de gobierno son un regalo divino de Quetzalcóatl, la Serpiente Emplumada, que valora el orden y la continuidad. Sin embargo, están equilibrados por la necesidad de conveniencia, fuerza y sabiduría, por la voluntad de hacer lo que sea necesario para proteger un reino. Tal liderazgo es el dominio de Tezcatlipoca, el Espejo Humeante, quien destruye linajes y eleva a los hombres al poder a su antojo.

¿Alguna vez mi tío susurra oraciones a ese Señor del Caos?

—General —dice mi padre, poniéndose de pie. Yo hago lo mismo.

—Su majestad —dice Itzcóatl con voz áspera antes de que su mirada se dirija hacia mí—. Su alteza real. El rey Chimalpopocatzin los verá ahora.

Mientras el general nos escolta a la sala de audiencias, mi padre se dirige a él en voz baja.

—Me gustaría contar con su apoyo, Itzcoatzin. Los mexicas merecen algo mejor que la tiranía tepaneca.

Itzcóatl aprieta la mandíbula hasta que sus labios se vuelven una rajada delgada.

—Obedeceré a mi rey —dice—, pero primero le aconsejaré. Al igual que su majestad, estoy cansado de esta prolongada guerra.

Este intercambio se interrumpe cuando nos acercamos a la multitud de dignatarios que esperan en el gran salón. Una figura emerge de la sala de audiencias, todo ojos huecos y mueca torcida.

Es el cruel y déspota Maxtla, rey de Coyoacan, hijo del emperador Tezozómoc y por lo tanto tío de mi tío Chimalpopoca. La única razón por la que puede estar presente es que las tropas acolhuas, que han estado bloqueando su ciudad y la capital imperial de Azcapotzalco, han bajado las armas como parte de la tregua.

Aún así, el rostro de Maxtla se arruga en un gesto de odio desenfrenado, pero de alguna manera alegre, cuando nos ve.

—El usurpador y su gatito —comenta entre risas—. Buena suerte tratando de ponerlo en nuestra contra, tontos. Los veré a ambos en el campo de batalla muy pronto.

Una vez más, recuerdo que las familias reales son complicadas. Las alianzas significan que los matrimonios cruzan las fronteras de los reinos. Chimalpopoca, por ejemplo, es mexica, cierto. Pero también colhua, chichimeca y tepaneca. De sangre imperial, como reitera hasta la saciedad.

Yo también soy una mezcla. Las dinastías se identifican con y sirven a las ciudades que gobiernan, pero la guerra a veces se siente como si las disputas familiares se decidieran en el campo de batalla.

Cuando Maxtla se va, Itzcóatl abre la puerta de la sala de audiencias. Un par de Caballeros Jaguar se nos acercan, vestidos de pies a cabeza con sus uniformes manchados. Nos acompañan hasta el estrado en que Chimalpopoca se sienta glorioso y altivo sobre un trono negro y vidrioso.

Mi padre inclina la cabeza en una muestra de respeto. Hago una reverencia más profunda.

—Rey Chimalpopocatzin —comienza mi padre—. Pariente mío. Amigo. Vengo ante vuestra merced solicitando una alianza. Únase a la familia para hacer cara a un tirano. Auxilie a los acolhuas, a quienes su hermana, mi reina, ama con todo su corazón.

—Nuestro cuñado real —responde Chimalpopoca—, emprendiste este camino hace muchos años cuando te casaste con mi media hermana en contra de los deseos del emperador, y sellaste tu destino cuando nombraste a su hijo príncipe heredero.

Trago saliva, las manos se me cierran en puños que abro rápidamente. Mi primo continúa.

—Nos han llegado rumores. Tu dominio se tambalea. Has logrado evitar momentáneamente un cisma en Acolhuacan. Mantuviste la unidad al nombrar como comandante de tus tropas al príncipe heredero de Coatlichan. Una buena estrategia, ya que esa ciudad es más poderosa que la tuya, más respetada.

Incluso cuando el joven monarca busca instruir a mi padre en política, se olvida de cuán amplia se extiende la red de la familia. La madre de mi padre era una princesa de Coatlichan. El apoyo de ese pueblo para la ascendencia de Tetzcoco se ha mantenido fuerte durante décadas.

Sin embargo, una risa amarga sale de los labios de Chimalpopoca.

—Pero el emperador . . . mi *abuelo*, recuérdalo . . . tiene muchos aliados en Acolhuacan, y aún ahora acosan al rey Paíntzin de Coatlichan con regalos y amenazas. ¿Cuánto tiempo puede resistir?

Mi padre, con la mandíbula apretada, esboza una mueca como respuesta.

—¿Qué quiere que haga, rey recién coronado? ¿Rendirme?

Chimalpopoca se inclina hacia adelante, echando hacia atrás su corona con una mano llena de cicatrices de batalla.

—Sí. El emperador me ha prometido Tetzcoco una vez que caiga. Preferiría que siguiera intacto.

Doy un paso hacia él, la furia me sube del corazón a los labios como magma a punto de estallar. La *disposición* de la que hablaba Zácatl parece florecer en mí como una flor venenosa.

Es la ciudad, me doy cuenta. La mera idea de que mi ciudad, tan rica cultural y artísticamente, caiga en las manos codiciosas, codiciosas e ignorantes de Chimalpopoca ¡me enfurece!

Los Caballeros Jaguar empuñan sus espadas de obsidiana, pero mi padre me mira con ojos fríos que apagan mi fuego. De todos modos, la epifanía permanece. Hace un momento, habría apretado la garganta de mi tío con mis propias manos si las circunstancias me lo hubieran permitido.

Con devoción. Con regocijo.

La revelación me sobresalta, incluso me enferma. Aún así, esa ira asesina puede ser útil . . . si alguna vez tengo las habilidades marciales necesarias para canalizarla.

—¿Por qué me rendiría —pregunta mi padre—, cuando las tropas acolhuas esperan afuera de Azcapotzalco, listas para reanudar nuestro sitio a la capital imperial una vez que termine esta tregua?

Mi tío hace un gesto despreciativo.

—Porque la ausencia de esas tropas en Acolhuacan deja a Tetzcoco abierto y vulnerable a los ataques de los aliados de los tepanecas.

—¿Como el que dejó muerto a su padre?

Chimalpopoca se encoge un poco, antes de sonreír con desdén.

—Te prometo que no cometeré los mismos errores. Y tendré guerreros acolhuas marchando bajo mi bandera cuando venga, querido cuñado. Pero evitemos ese derramamiento de sangre, ¿sí? Abdica. Arrodíllate. Vive tus últimos años en tranquilo exilio. Acolmiztli también debe renunciar a su título. Entonces juro que lo protegeré, como exige su nobleza mexica.

Basta. Tengo que hablar. La ferocidad que brota dentro de mí es casi insoportable. Cualquier rastro del parentesco que aún sentía por la Casa de Acamapichtli después de la traición de mi abuelo ahora se evapora con el fuego de mi corazón.

—Yo no soy mexica —gruño, el puma lívido en mis venas—. Soy acolhua. Sangre tolteca y chichimeca mezcladas, tanto desenfreno como sabiduría.

Mi padre no me reprende. En cambio, asiente.

—No cederemos —le dice a mi tío—. Que lo sepa el tirano. Tendrá que arrancar Tetzcoco de mis manos muertas para entregártelo.

Chimalpopoca se pone de pie, arañando el aire con los dedos. Por un momento, estoy seguro de que ordenará a sus guardias que nos aprehendan o nos maten en el acto.

Pero mi padre ha juzgado bien la situación. El nuevo rey no pondrá en riesgo al emperador rompiendo el armisticio.

—Fuera —sisea—, de mi salón del trono. Salgan de mi ciudad. Vendré por ustedes, tontos, lo suficientemente pronto.

Hacemos la más breve de las reverencias y salimos de la cámara en silencio, con los estómagos revueltos ante posibilidades ominosas.

Mi madre y mi padre se encierran en nuestros aposentos para conferenciar. Mi padre siempre ha dicho que mi madre es su mejor consejera, aunque las mujeres suelen estar excluidas de los asuntos de estado y maniobras militares.

Me tomo un momento para despedirme de mi tío y mis tías.

—Cuídate bien, pequeño puma —dice la tía Ázcatl—. Recuerda que este es tu segundo hogar, siempre y cuando cesen las hostilidades entre tu padre y el emperador. Mientras tanto, continuaré usando toda la influencia que tengo sobre mis hermanos menores y otros nobles. Con el tiempo, sus corazones podrían cambiar.

Me arrodillo ante la señora Nazóhuatl, dirigiéndome a la criatura por nacer.

—Cuando finalmente llegues, ya seas un chico robusto o una chica astuta, te saludaré calurosamente y te protegeré siempre.

Zácatl se seca los ojos mientras tira de mí para ponerme de pie y me abraza.

—Tu tiempo en el campo de batalla se acerca rápidamente —dice, su voz cargada de emoción—. Sé seguro, constante y rápido, como tus manos en el tambor. Así es como sobrevivirás y ganarás honor. Creo que los dioses tienen reservado algo realmente especial para ti, Acolmiztli. Canta sus alabanzas, ruiseñor, y obedece la tradición. Encantados, te protegerán. Enfadados, te abandonarán.

Mis padres salen y se despiden mientras ayudo a los porteadores y guardias a subir nuestras pertenencias a las canoas atracadas afuera.

Y luego los soldados surcan el agua con sus remos mientras nos dirigimos hacia la brecha en la calzada. Miro hacia arriba cuando pasamos, admirando el robusto puente de madera que se puede levantar para frustrar los planes de un ejército que marcha en cualquier dirección.

Las canoas dejan atrás las islas y se dirigen al noreste. Mis padres le dan la espalda a Tenochtitlan y Tlatelolco, tomados de la mano mientras miran hacia adelante, listos para regresar al hogar que construyeron juntos.

—Juntos, entonces —dice mi padre, críptico aunque romántico.

Mi madre levanta su mano y la besa.

—Hasta el final, mi preciosa flor.

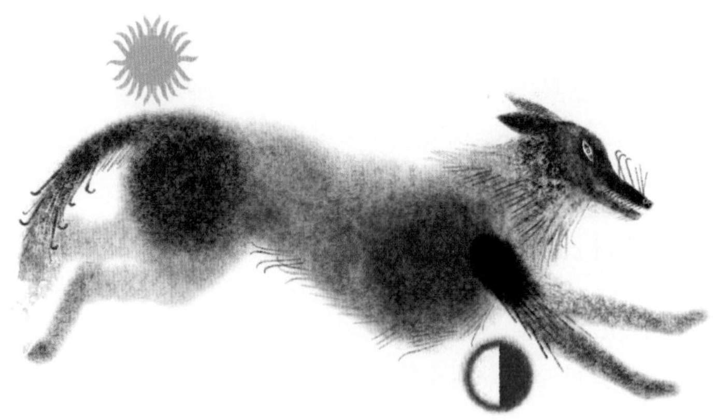

[4] TETZCOCO

Como hojas rizadas derramadas sobre baldosas de jade, nuestras canoas se desplazan por las aguas color esmeralda del lago de la Luna, dejando atrás la isla de México y sus flotantes jardines floridos. La luz del sol arroja destellos dorados sobre las ondas impulsadas por el viento. Por un momento me imagino el propio Anáhuac, todas las tierras que bordean estos lagos, como una joya engastada en medio de las montañas: como un collar cuya gema central reposa en el hueco de la garganta de un amante.

Aunque mantengo un ritmo constante para que me sigan, los remeros disminuyen la velocidad a medida que pasamos de aguas dulces a aguas salobres que chocan contra sus remos. Recuerdo la calzada que une Tenochtitlan con Tlatelolco, cómo ayuda a mantener fresca el agua cerca de las chinampas. ¿Qué se necesitaría para taponar toda la salmuera en el lago de la Luna para que el agua que fluye hacia el norte desde el lago Xochimilco se mantenga pura? Me imagino sus contornos: un enorme dique, una pared de sedimentos y decenas de varas de piedra y madera de muchos metros de largo. Elevada a una altura suficiente sobre la superficie, esta presa imaginaria también podría proteger a México de las inundaciones durante la temporada de lluvias.

¿Qué recursos serían necesarios para tal empresa? ¿Qué conocimientos de ingeniería? Cuando comience un estudio más profundo de la ciencia en el calmécac, tal vez encuentre las respuestas, incluso si nuestra guerra con los tepanecas y los mexicas implica que tendré poca motivación para ayudar a crear, en efecto, un lago de agua dulce completamente nuevo hacia el este de Tenochtitlan.

Aún así, el ejercicio mental me mantiene entretenido durante nuestro viaje. Nos toma la mayor parte de la mañana girar hacia el noreste, hacia la orilla más lejana del lago de la Luna con sus marismas llenas de juncos y cañas. Los remeros cambian a pértigas para abrirse paso con cuidado a través de un laberinto de canales que han mantenido a Tetzcoco a salvo de las flotas invasoras de canoas durante siglos.

Por fin llegamos a los muelles. Los soldados de guardia se inclinan ante mis padres y ante mí.

—Bienvenidos, majestades —dice el comandante con asombro reverencial—. Enviaremos un mensaje con la noticia de su regreso con anticipación para que los reciban con la pompa y la circunstancia adecuadas.

Mi padre levanta una mano.

—Espere, comandante. No volvemos con las buenas nuevas que esperaba. Mejor que nuestra recepción sea sobria y sencilla. Me temo que necesitaremos todos nuestros recursos en un futuro próximo.

Mandan un mensajero rápido con las instrucciones del rey cuando comenzamos nuestra caminata escoltada hacia Tetzcoco. El camino de tierra apisonada nos lleva más allá de los pantanos y matorrales hasta que nos adentramos en los bosques familiares de Acolhuacan.

La patria de mi padre. Mi tierra.

Más allá de ese mar de pinos, se alzan picos blancos. Nunca he visto el océano, pero me lo imagino temblando sobre nosotros en esa cordillera que se avecina. Rompientes cubiertos de espuma, congelados a punto de caer sobre el mundo. Y montañas y volcanes, tanto dormidos como humeantes, dioses que miran impasibles la vida de los hombres.

Las marismas no están tan lejos de la ciudad. Poco más adelante, los blancos templos y mansiones de la resplandeciente Tetzcoco se elevan sobre las copas de los árboles. El orgullo me hace un nudo en la garganta. No estaba mintiendo cuando le gruñí a mi primo. Soy acolhua, aunque mi madre es mexica. Nuestra ciudad capital, fundada un siglo antes que la más pequeña y menos bella Tenochtitlan, es la culminación de nuestra cultura.

Empecé a aprender lecciones sobre nuestro linaje, nuestro legado, incluso antes de que pudiera caminar. El hijo de un rey debe encarnar tal herencia. Y para mi octavo verano me habían asignado une tutore adolescente y hermane mayore sustitute, Izcalloh, descendiente del mejor amigo de mi padre, quien me instruyó en la historia de nuestra familia real y corrigió gentilmente mi comportamiento en la corte real.

Hace mucho tiempo, este bosque era tierra tolteca. Pero cuando su imperio cayó en ruinas, un feroz señor de la guerra llegó desde el noroeste: Xólotl, jefe de los nómadas chichimecas.

Mi ancestro.

Subyugó varias ciudades en las orillas este y oeste del lago de la Luna, estableció unas nuevas y forjó un imperio. Comenzó la fusión de lo tolteca y lo chichimeca.

A raíz de la muerte del cacique, surgieron dos nuevos pueblos: acolhua y tepaneca, a ambos lados del lago, rescoldos de la gloria ardiente de Xólotl. Sus hijos y nietos gobernaron las ciudades-estado en Anáhuac. Abandonaron su lengua materna por el náhuatl, idioma de los toltecas.

Uno de los descendientes de Xólotl fue Quinatzin, mi bisabuelo, fundador de Tetzcoco. Con el tiempo, nuestra ciudad se abrió a inmigrantes nahuas de muchas naciones: chimalpanecas, huitznahuaqueh, tlailotlaqueh, colhuahqueh, e incluso a nuestros rivales los tepanecas y los mortíferos mexihtin, primos de los mexicas. Surgieron seis nuevos distritos, cada uno conservó la etnicidad de sus residentes y, al mismo tiempo, todos formaron parte de una identidad nueva y vibrante: tetzcoca, la gente de Tetzcoco.

Los acolhuas, herederos de grandes tradiciones, también nos convertimos en tetzcocas. Acunados por bosques y cerros, nos elevamos generación tras generación, creando música, arte e ingeniería que nos ascienden hacia las cumbres nevadas que rodean a Anáhuac, esta región de lagos, cual águilas que se deslizan hacia el sol en corrientes de ensueño.

Ahora resuenan las voces tetzcocas a modo de saludo cuando entramos en la ciudad por la puerta oriental. Una multitud de nuestra diversa población llena las calles, compitiendo por ver a la familia real, clamando por noticias.

—¿Qué dijo el hermano de la reina?

—¿Ha terminado la guerra?

—¿Os habéis arrodillado, nuestro señor rey?

Los soldados mantienen a raya a los ciudadanos más entusiastas. Sé que mi padre se dirigirá a su pueblo esta noche, desde lo alto de la Pirámide de la Dualidad, ante el templo de la Serpiente Emplumada. Hablará con la dura verdad, al mismo tiempo que les inculca un fervor patriótico. Pocos pueden mover a una multitud como lo hace Ixtlilxóchitl. La mayoría de los tetzcocas se irán del evento sobrios, pero seguros.

Aunque no todos. Incluso ahora, mientras pasamos por los caminos secundarios que conducen a los distritos tepaneca y mexica, noto que pocos de sus habitantes han salido a saludarnos. Los presentes miran a su alrededor con nerviosismo, como si temieran que su lealtad a su rey tuviera consecuencias no deseadas.

Algo en lo profundo de mis entrañas se retuerce. Percibo posibilidades oscuras en los bordes de la realidad.

Luego viene un descanso divino: pasamos el muro de serpientes, a la entrada del recinto sagrado, donde la Pirámide de la Dualidad se eleva ante nosotros. Sus escalones adornados brillan en esta hora dorada, aliviando mis preocupaciones con su esplendor. La luna es una franja transparente de color blanco entre los dos templos en su cumbre: Caos y Orden, Destrucción y Creación, Tezcatlipoca y Quetzalcóatl.

Junto a ella se extiende la residencia real, rodeada por un lago artificial que cruzamos mediante puentes de madera. Mi padre lo llamó Cillan, el lugar de las conchas, por los patrones en espiral que ama mi madre: bajorrelieves y caracoles incrustados.

Una vez que estamos dentro de los muros del castillo, mi madre suspira, contenta.

—Por fin. Nuestra casa.

Mi padre sonríe y le quita un mechón de pelo de la cara.

—¿Ha perdido finalmente Tenochtitlan su encanto? ¿Ahora ves mi ciudad como tu hogar?

—Mi hogar —dice ella, con los ojos brillantes de felicidad—, está a tu lado, mi señor.

Quiero darles un poco de privacidad, así que camino hacia los jardines, paso los dedos por la piedra blanca extraída de colinas distantes, transportada bloque tras bloque y levantada hábilmente en su lugar para crear un espacio extenso lleno de elegancia y luz.

Los canales, excavados en el suelo pedregoso, brillan con el fulgor del sol poniente mientras flores vívidas flotan sobre el agua canalizada desde los arroyos que fluyen por la cara del imponente monte Tláloc. Un milagro de la ingeniería que resulta aún más impresionante por el amor que lo forjó.

Puede que el hogar de mi madre esté al lado de mi padre, pero él reconstruyó este palacio para que se pareciera al de ella, para aliviar su nostalgia hace tantos años.

Yo creo en el amor. ¿Cómo podría no hacerlo? Lo he visto todos los días de mi vida, centelleando en los ojos de mis padres mientras intercambian sonrisas.

No se comprometieron por amor. La realeza nunca lo hace. Mi abuelo mexica prometió la mano de su hija al príncipe heredero de Tetzcoco antes de que ella pudiera hablar. De modo que mi madre y mi padre estaban atados por la costumbre y el destino, a pesar de la diferencia de décadas en su edad.

Ah, pero todos en esta ciudad conocen la verdadera historia, desde los jóvenes de ojos húmedos que anhelan el romance hasta las viejas ancianas que rememoran su belleza perdida. El cuento se canta en tabernas, cocinas, campos. *La balada de Flor Negra y la Dama Verde*, se llama.

Me la sé de memoria.

El príncipe se convirtió en caballero,
en capitán de guerra se llegó a coronar.
La princesa se volvió más bella
de lo que él llegaría a soñar.

El corazón de Flor Negra latía
cual ciervos en estampida fuerte
cuando los asuntos de estado
le acercaban a su Dama Verde.

En público, se hablaban
con castidad y educación,

pero todos los que miraban
podían sentir su atracción.

A solas, la princesa mexica
en versos largos lo exaltaba,
mientras tejía un vestido
para usarlo cuando ensayaba.

Pero la noticia vino del este,
un decreto imperial—
¡La hija divorciada de Tezozómoc
con Flor Negra se iba a casar!

El rey tetzcoca navegó
como el viento sobre el lago;
tenía que llegar a México
para realizar el viejo pacto.

Tenochtitlan estaba feliz
de ver la boda celebrada—
serían mexicas y acolhuas
dos naciones integradas.

Pero cuando la Dama Verde
se instaló en su nuevo hogar,
a la isla de México llegó
una oferta tan vulgar:

"Por la cabeza de Flor Negra",
explicó el emperador,
"elevaré al rey mexica;
será mi socio regidor.

"Mas si te niegas, rey mexica,
tú y todos tus parientes
serán borrados de esta tierra
como algo nunca existente."

Una niña o un reino,
el poder contra el romance—
la nueva reina de Tetzcoco
nunca tuvo una chance.

Pero la Dama Verde está bendecida,
el cielo le mostró su favor profundo.
Porque su marido de verdad la ama,
y para tenerla, quemaría el mundo.

Y así es como sé lo que es el amor: he pasado toda mi vida, los quince años enteros, en medio de una guerra que mi padre libra contra un imperio por la mujer que ama.

La nación de Acolhuacan lo sigue por orgullo nacional. Somos los herederos del camino tolteca, no los bárbaros tepanecas, a pesar de sus pretensiones. Y él es nuestro señor supremo, el jefe chichimeca, que gobierna las catorce ciudades aliadas a fuerza de sabiduría y habilidad.

Pero aunque creemos que es un honor morir en la batalla, estos años implacables de sacrificio y la pérdida de miles de hijos . . .

Ponen a prueba el patriotismo incluso del noble más piadoso.

[5] EL CAMINO DE LA CANCIÓN

El maestro cantor

La mañana después de regresar,
me levanto con el sol.
Mis asistentes me ayudan a bañarme,
me visten con un suave taparrabos de algodón,
un paño de cadera, y un xicolli sin mangas
teñido verde con estampado de puma.

Calzando sandalias blancas,
me apresuro a la Casa de Flores,
nuestro templo dedicado
a la música y la poesía.

El maestro cantor me espera
en la entrada. Me saluda inclinando
la cabeza. De todos los sacerdotes
en Tetzcoco, es él quien decide
cuáles canciones se cantan,
cuáles danzas se realizan,
en todas las fiestas principales.

También enseña a los hijos de mi padre,
bastardos y príncipes por igual,
a tocar la flauta y el tambor,
y entonar los cánticos antiguos.

"Has estado ausente una semana",
me regaña, con voz suave y baja.
"Ahora que mis lecciones han terminado
y estás destinado a la escuela,

no has podido presentar
tu himno final."

"Estoy listo ahora, maestro cantor",
respondo, mi puño sobre mi corazón.

Su cabello plateado suelto
sobre los hombros
de su túnica de azul profundo,
adornada con estrellas—
serpentea mientras asiente
y entra. Lo sigo de cerca.

"Recita las verdades musicales", ordena,
"y luego acércate al tambor florido."

La Casa de Flores es espaciosa, con lugar
para muchas docenas de hombres y niños.
En el otro extremo hay un cilindro de madera,
tallado con intrincadas enredaderas y flores
por algún antepasado mío
cuyo nombre ahora se me escapa.

"Toda canción es un eco",
comienzo, "del coro celestial.
Los más valientes de los ancestros,
transformados en pájaros
para acompañar al sol,
aprenden esos himnos sagrados.
"Cuando revolotean por nuestras vidas,
gorjeando y parloteando,

el más abierto de los corazones
puede percibir su significado
y crear canciones para oídos humanos.
Los compositores son raros;
la mayoría deben contentarse
con cantar las palabras que los mejores
han tejido para hacer una canción."

El maestro cantor, las manos
tras la espalda, se inclina un poco más.

"Bien recitado. ¿Y tú,
príncipe Acolmiztli?
¿Eres un simple cantante?
¿O has escuchado
el silbido de tus antepasados,
y has aprendido a trenzar esas notas
en melodías nuevas?"

Respiro hondo.
Siento mi destino estremecerse
en el aire alrededor.
Más que rey, deseo ser
un poeta, un compositor
de palabras que recorren los siglos,
cantadas por muchas voces.

"Lo he escuchado, maestro.
He creado un himno nuevo:
ritmo y rima,
melodía y métrica."

Él apunta hacia el tambor.
"Entonces hazme llorar, muchacho."

Temblando me acerco
a ese espacio sagrado.
Pongo mis dedos
en el borde,
cierro los
ojos.

Entonces mis manos
baten el ritmo,
ti co co a qui qui qui,
e inclino la cabeza hacia atrás
para que la canción fluya libre,
y clamo a los mismos dioses
para que canten a través de mí.

El himno que canto

En el lugar al que nos dirigimos,
a donde vamos después de morir,
¿seguiremos viviendo acaso?
¿Es un reino de júbilo?
¿Es un país de alegría?

Ay de mí, imposible saberlo.
Porque nunca ha vuelto ninguno.

¿Son estas dulces flores
sólo por el aquí y ahora,
sólo mientras dura la vida?
Estas melodías que nos encantan,
¿también algún día se perderán?

Ah, sí, es la simple verdad:
al final, nada más nos vamos.

Sin embargo, ¡tengan buen ánimo,
queridos señores chichimecas!
¡Todos estamos destinados
a ese Reino Incognoscible
a ser despojados de lo mundano!

Ninguno se hará montaña.
No quedará un alma en la tierra.

Aún así, como en un sueño fugaz
nos aferramos a los amigos y la fama,
reímos y amamos y lloramos

porque ahora vivos estamos
y eso hacemos los humanos.

Así que levanten sus voces conmigo:
¡cantemos mientras haya tiempo!

Sus lágrimas

Abro los ojos.
El maestro cantor
está arrodillado.
Su cara está mojada
de lágrimas.

"Su alteza real",
susurra, y es
la primera vez
que utiliza
ese título para mí.

"Por veinticinco años
he enseñado a los niños
a cantar. Nunca un alumno
conmovió así mi corazón.
De mí no podéis aprender
una cosa más, mi señor.
Ahora debéis enseñarnos a todos,
porque escucháis más claro
que cualquiera que conozco."

Luego
baja
la cabeza
hasta tocar
el suelo.

Me apresuro a ponerlo de pie.

"Anciano santo", murmuro,
"si escucho la voz de dios
es porque tú abriste
mis oídos y mi corazón.
Nunca te faltará nada,
maestro cantor,
no mientras yo viva."

{6} EL ÚLTIMO EXAMEN

A LA MAÑANA SIGUIENTE, encuentro al consejero principal Huitzilíhuitl esperando fuera de mis aposentos.

—Ven conmigo —ordena, y yo obedezco. Puede que ya no sea su alumno ahora que he aprobado los exámenes, pero su autoridad es incuestionable.

Lo sigo a un lugar tranquilo: la sala de meditación de mi padre, cuyas amplias ventanas y arcos se abren a un bosque de cipreses.

El rey está sentado en el suelo, vestido con una sencilla capa blanca y taparrabos. En sus manos sostiene dos nezahualli: collares hechos de tiras torcidas y entrelazadas de papel grueso con una franja de listones. Se emplean como símbolo de que uno está ayunando, para que otros no le ofrezcan comida o perturben el ritual.

—Siéntate delante de mí, hijo mío —dice mi padre—. Déjame colocar el collar de ayuno en tu cuello. Ayuna conmigo.

Hago lo que me pide. El papel es incómodo, áspero. Como debe ser.

—En solo tres días dejarás este palacio para ir al calmécac. Allí no te mimarán ni te respetarán. Vas a aprender no sólo cómo ser guerrero y estadista, sino cómo aguantar. Cómo estar triste. Cómo vivir con humildad y austeridad. Debes ser moderado incluso con la comida. Nunca te atiborres. Aprende a amar la sensación de tener el estómago vacío.

Asiento con la cabeza. Son lecciones que he escuchado antes. La batalla es impredecible, como lo es la vida. A Huitzilíhuitl le gusta decir que vivimos y luchamos en terreno resbaladizo, como si camináramos por la cumbre más alta de una montaña. A ambos lados hay caídas escarpadas en abismos sin fondo.

Cualquier paso en falso podría ser fatal.

Ese pensamiento me hace estremecer. No creo que esté lo suficientemente bien preparado. Mi mente capta los conceptos, pero la violencia sigue ajena a mi corazón y cuerpo.

—Escúchame bien, Acolmiztli —continúa el rey—. Vas a sacar los secretos del corazón de la Monarca de lo Cercano y de lo Junto, la fuente de todo, que se despliega con muchos rostros, volviéndose todos los dioses que adoramos. El ayuno y la penitencia son las claves de tal sabiduría. Mortifica tu carne.

Bajando la cabeza doy mi respuesta:

—Sí, señor. Pongo tus palabras en mi corazón de corazones.

Entonces me siento a su lado. Las horas se deslizan. El hambre araña mi estómago, pero no le hago caso. La sensación se desvanece, luego vuelve.

Intento escuchar el coro celestial, contemplo mi árbol genealógico, repaso rituales y fórmulas, mantengo la mente enfocada.

Luego, después de un período de tiempo indeterminado, mi padre dice con voz áspera:

—Debes aprender a vaciar tu mente, romper el pensamiento y el yo, y dejar que teotl, la energía divina, te inunde por completo. Un rey debe proteger y mandar a su pueblo, hablando con la voz de los dioses. Para ser tal hablante, debes dejar de ser Acolmiztli. Debes convertirte en un conducto para la santidad.

Aunque su rostro es inexpresivo, su mano tiembla levemente mientras coloca una espina de maguey en mi mano. Larga, afilada, sedienta de sangre.

No vacilo. Con un rápido movimiento de la muñeca perforo la carne de mi muslo, observo cómo brota un rojo oscuro y siento el dolor agudo y luego el amargo escozor.

Hambre. Dolor. Sed. Pena. Humillación.

Si voy a sentarme en su trono para guiar a nuestro pueblo y enseñarles a escuchar, debo soportarlo todo.

Hacen falta varias sacudidas para que mi padre me saque de las profundidades de la meditación.

—Hijo —dice—. Acompáñame afuera.

Mientras me pongo de pie, el hambre resurge, haciendo que mis piernas se tambaleen por un momento. Pero aprieto los dientes y controlo mis músculos, siguiendo al rey al patio.

El sol está bajo en el horizonte. Pronto oscurecerá y podré comer.

Cualquier alegría que me produce la idea se disuelve cuando veo a Itzcuani. Me mira con ojos fríos fingiendo ser desapasionado, pero a mí me parece que siente decepción. Mi estómago vacío se anuda dolorosamente cuando saluda a mi padre y asume la postura inicial.

—El comandante Itzcuani me ha hablado, Acolmiztli —dice mi padre en voz baja—, de alguna reticencia, de alguna vacilación, en tu combate. No es inusual que un joven tan sensible e intelectual como tú se estremezca ante los puños de otro, que titubee en la batalla. Sin embargo, eres el príncipe heredero de Tetzcoco. El hijo que he elegido para el trono. Muéstrame que comprendes la plenitud del papel que los dioses han ordenado para ti.

Después del más leve de los suspiros, el rey Ixtlilxóchitl echa hacia atrás los hombros, cambiando completamente su actitud. El hombre que tengo delante se deshace de todo rastro de mi padre. Sólo queda nuestro valiente comandante en jefe, el brutal guerrero que se ganó los títulos de señor de los acolhuas y jefe chichimeca en el campo de batalla, mucho antes de que yo naciera.

—Defiéndete. Ahora.

Itzcuani se abalanza hacia mí como un gigante de leyenda. Implacable. Feroz. Rápido.

Logro bloquear muchos de sus golpes y patadas. Pero siguen lloviendo sobre mí, impredecibles e interminables. Y él no se está conteniendo. Estaré magullado por la mañana.

Una o dos veces devuelvo el ataque, pero Itzcuani se quita de encima mis puños y mis pies como hojas muertas esparcidas a fines del otoño.

—Deténganse —ordena mi padre, su voz atravesando los gruñidos y el chasquido de carne contra carne.

Me giro y caigo de rodillas. Lágrimas calientes arden en mis ojos bajos.

—Su majestad, no soy digno.

Se aclara la garganta.

—No es cierto. Tu valor no es el problema, hijo. Tus valores lo son. —Hace una pausa e inhala—. Como amas el orden, la composición de canciones, el dibujo de glifos, la construcción de monumentos . . . dudas ante la violencia y la destrucción, como si fueran la antítesis de todo lo que te importa. Sin embargo, sabes que esto es una mentira. Mírame, Acolmiztli.

Levanto la cabeza. Su rostro está lleno de amor intenso y de mesurada compasión.

—Nada se puede crear sin que algo se destruya. El orden no puede lograrse hasta que la violencia apacigüe el desorden. De ahí nuestros templos a los creadores gemelos, Tezcatlipoca y Quetzalcóatl, que son tanto hermanos como enemigos. Hasta que sientas la profunda verdad de esta paradoja, y la sientas en tu alma, permanecerás ciego al hecho de que la batalla es una danza. Para aprender sus angustiosos pero hermosos pasos, debes encontrar el caos en el centro de tu ser, ocluido ahora por tu obsesión con el esfuerzo creativo, y canalizarlo como lo harás algún día con la voz de los dioses. Al igual que el liderazgo, la guerra requiere que te conviertas en un conducto para la violencia. Tu gente necesita que luches por ella, que la protejas sin escatimar esfuerzos. Sientes vergüenza, confusión, tal vez enojo en este momento, ¿no es así?

No puedo negar las emociones oscuras que se agitan en mi pecho, así que solo asiento.

—Bien. Deja que suba esa emoción. Que se convierta en furor, pero no salvaje e indisciplinado. El truco consiste en enfocar la violencia a través de la lente de la habilidad, templada por la sabiduría. Deja que el orden maneje el caos, hijo mío.

La contradicción me parece casi repugnante. Imposible y sacrílego. Pero confío en mi padre más que en cualquier otro hombre del mundo.

—Ahora ponte de pie y enfréntate al comandante. Hazle daño como puedas. No dejaremos este patio hasta que lo hagas. —Hace una pausa—. Comprende que él no te mostrará misericordia. Tus enemigos, en el extranjero y en esta ciudad, te querrán ver muerto. La misericordia es un lujo que no podemos permitirnos.

Itzcuani retoma su paliza. Pero esta vez, el dolor se mezcla con mi vergüenza. Con mi miedo a lo que mis medios hermanos mayores hayan planeado para mí. Con mi indignación por los designios de Chimalpopoca para mi ciudad.

No me enojo fácilmente. Pero ¿ahora? Estoy furioso.

Y este maldito cabrón comedor de obsidiana no deja de golpearme.

Así que trato de detenerlo. Finjo que estamos bailando, que es alguien a quien quiero acercarme, cuya piel quiero acariciar.

Antes de que se dé cuenta, bloqueo su último golpe y lo dejo abierto. La piel desnuda de su abdomen reluce en el crepúsculo como una invitación.

Canalizando toda la rabia que arde a lo largo de mis nervios, golpeo mi puño contra su plexo solar.

El comandante se tambalea, soltando un gruñido de dolor.

—¡Bien hecho, Acolmiztli! —aclama el rey, señalando el final del duelo. Su severidad se ha suavizado. Es mi padre una vez más—. Recuerda lo que has aprendido aquí. Había querido esperar a tener esta conversación después, pero estos son tiempos peligrosos. El armisticio ha terminado. Nuestro bloqueo continúa, pero los tepanecas y mexicas aún pueden abrirse paso y atacarnos aquí en casa.

La idea me horroriza. De repente me alegro del examen de hoy. Itzcuani se ha recuperado y se dirige a mí.

—Así que esta lección puede salvarte la vida. Recibe una nota de aprobación, su alteza real. Te recomiendo para el calmécac, donde tus instructores perfeccionarán aún más tus habilidades.

Me permito un momento de júbilo interno pero mantengo la compostura.

—Sin embargo —agrega ominoso el rey—, también está el asunto de mi hijo bastardo.

Me giro para mirarlo. Mi padre se ha negado durante años a hablar de Yancuilli y sus intentos de abuso.

—Quizás crees que te he dejado solo en esa lucha. Pero te juro que mis ojos siempre estuvieron puestos en ti, Acolmiztli. Estaba listo para intervenir si fuera necesario. Preferí que manejaras el conflicto por tu cuenta, como lo has hecho. Ahora, sin embargo, los dos estarán fuera de mi alcance. No confío en ese joven, y tú tampoco deberías. Hay razones políticas por las que no puedo eliminarlo de nuestras vidas, por lo que lamentablemente debes lidiar con él tú solo. Ten cuidado, pero ten confianza. Eres mejor que él, por mucho.

Al escuchar estas palabras, empiezo a arrodillarme, dispuesto a poner mis manos sobre sus pies en respeto filial. Pero me detiene y me envuelve en un brusco abrazo.

—Ven, príncipe heredero Acolmiztli. Vamos a cenar.

Luego de despedirse de Itzcuani, el rey va caminando conmigo, charlando sobre el clima y un próximo festival musical. Nos dirigimos a nuestro comedor, donde nos espera un festín.

—Siéntense, mis amados hombres —dice mi madre. Su voz resuena levemente en la amplia cámara de piedra. La luz que entra oblicua desde las ventanas altas revela que la mayoría de las trece mesas de invitados están vacías, sus petates de paja enrollados y guardados—. Se han esforzado en espíritu y en carne. Vengan a descansar sus músculos, llenen sus estómagos y déjenme aliviar la tensión en sus corazones.

No hace falta más palabras. Desenrollo un tapete junto a la mesa real y empiezo a llenar mi plato con comida deliciosa de la cocina real.

Mi madre masajea los hombros de mi padre. Él se recuesta en sus palmas, entrecerrando los ojos. Sólo en la presencia de la reina puede dejar caer por un tiempo el escudo del decoro que, como rey, siempre debe sostener ante sí. El hecho de que yo esté sentado aquí no cambia nada.

Esa es otra lección que he aprendido de ellos. No escatimes tu cariño cuando estás a solas con tu familia. El cariñoso roce o beso de tu amado, rodeado de tus hijos, es una de las experiencias más hermosas que los dioses han concedido a la humanidad.

—Justo ahí —murmura—. Ese es el punto, querida. Aliméntame, ¿sí?

Ella se ríe, guiñándome un ojo.

—Con qué facilidad tu padre se vuelve un bebé en mis manos. Tenga, su majestad incorregible. He desenvuelto un tamal para vuestra merced.

Le mete un trozo en la boca, y él gruñe de placer.

—¿Es eso un moretón en la mejilla, Acolmiztli? —ella me pregunta.

Estoy usando una tortilla para servirme camarones en molli, pero me detengo para frotarme la cara con el dorso de la mano.

—Tuve que obtener la aprobación del comandante Itzcuani antes de entrar al calmécac. Su examen fue . . . difícil, pero mi padre me dio la perspectiva que necesitaba para pasarlo.

—Ah. Déjame adivinar. El discurso sobre el «conducto del caos» —bromea, inclinándose para besar la mejilla de padre—. Pensé que ibas a omitirlo.

El rey abre los ojos para lanzarle una mirada juguetona de soslayo.

—Mujer, ¿cómo te atreves a burlarte de una tradición de la Casa de Quinatzin? Todo príncipe heredero debe recibir esta sabiduría del hombre que se sienta en el trono.

Inclinándose hacia adelante, madre susurra:

—Quiere decir que él era un pésimo guerrero cuando tenía tu edad, por lo que su padre tuvo que consultar con varios sacerdotes para desarrollar esa pequeña charla animosa que acaba de darte.

—¡Moza tonta! —exclama mi padre, girando para hacerle cosquillas sin piedad—. ¡Veamos si tu vejiga puede resistir mis dedos caóticos!

Yo niego con la cabeza.

—Ojalá que nadie importante entre en este momento. Son como un par de adolescentes.

Después de secarse las lágrimas y controlar la risa, mi madre se dirige a mí.

—Puede que bromee sobre los orígenes de esa lección, pero por favor apréndela, hijo.

Asiento con la cabeza. Por supuesto que entiendo. Esa es otra lección que mis maravillosos padres me han enseñado. El humor reduce el dolor de las duras verdades. No es una falta de respeto burlarse un poco.

[7] ADIÓS

Al amanecer del día siguiente, me levanto con una mezcla de anticipación y temor. Ha pasado demasiado tiempo desde que me reuní con el acólite. Me gustaría embriagarme una vez más con esa hermosa cara y voz antes de pasar al calmécac.

Afortunadamente, la persona en cuestión es mi instructore de protocolo palaciego, etiqueta y ritos reales, todo lo relacionado con el desempeño elegante de mis deberes, incluida mi transición ritual al internado.

Llego a la cámara de estudio del pequeño templo de Xochiteotl justo cuando comienza la primera vigilia del día. Izcalloh está estudiando un libro pintado en el que se prescriben los patrones de comportamiento principesco.

Está tan deslumbrante como siempre, vestide con falda y blusa ricamente bordadas, con una especie de canesú triangular floreado sobre los hombros anchos, apuntando hacia su cintura esbelta.

El rostro de Izcalloh, delicadamente pintado con polvo de oro y colorete, es todo planos y cuadrados hasta que me ve y sonríe. Entonces, de repente, los hoyuelos suavizan los ángulos duros y las mariposas revolotean en mis entrañas. Incluso antes de convertirse en mi tutore, Izcalloh— cuatro años y medio mayor —a menudo cuidaba de mí cuando yo era un niño pequeño. Me enseñaba juegos ingeniosos y me fascinaba con cuentos fantásticos. ¿Es de extrañar que me haya encaprichado?

—Príncipe heredero Acolmiztzin —dice, poniéndose de pie—. Ha pasado demasiado tiempo, alteza real.

—Así es, queride acólite y maestre. Me decepcionó que no estuvieras a cargo de al menos algunos de mis exámenes.

Inclina la cabeza y hace una pausa, como si considerara cuidadosamente sus palabras.

—A mi también. Pero el consejero principal y vuestro padre real creyeron que así sería mejor.

Levanto las cejas pero no digo nada negativo.

—En cualquier caso, estoy aquí para recibir tu guía una vez más. Mañana debo dejar el palacio para el calmécac de Tetzcoco. Por favor, enséñame el procedimiento adecuado.

Baja la cabeza brevemente, y me fascina el patrón sinuoso de la trenza apilada increíblemente alta en su cabeza.

—Como siempre, será un honor y un placer para mí. Esta tarde, deberíais empezar a despediros de las personas más cercanas a vos. En poco tiempo, viviréis en la escuela sin posibilidad de visitar a vuestros padres o hermanos reales hasta el armisticio de la cosecha.

Aprieto los dientes para mantener mis emociones bajo control.

—El calmécac se encuentra en el extremo norte del distrito sagrado, no muy lejos de este palacio. Y, sin embargo, parece que me envían a una tierra lejana, aislado de toda la gente que . . . que aprecio.

—La separación es necesaria para que crezcáis en la plenitud de vuestra personalidad sin depender de vuestros seres queridos, alteza real. Creedme, vuestros días y noches estarán bastante ocupados, hasta el punto de que no podréis deteneros en la nostalgia. Sin embargo, es vuestro deber aseguraros de que aquellos a quienes dejéis atrás tengan un grato recuerdo de vuestra despedida. Una vez que os hayais despedido, comienza el viaje ritual hacia el calmécac. Venid, dejadme mostraros lo que se requiere.

Me hace un gesto y lucho por concentrarme en los diagramas del códice a pesar del dulce aroma floral que flota delicadamente de su piel dorada.

Asiento, sin embargo, comprendiendo lo esencial del ritual.

—Supongo que mi primera despedida es para ti, Izcallohtzin. Que los dioses te recompensen generosamente por la guía que me has dado estos últimos ocho años. Espero verte en el baile de la cosecha. Tal vez podamos danzar todos esos pasos salvajes como lo hicimos cuando éramos más jóvenes.

Una extraña sombra nubla su rostro y sus facciones se tensan con tristeza.

—Ah, no os lo han informado. Dada la postura inflexible del nuevo soberano de Tenochtitlan, el rey le ha pedido a mi padre que sirva como embajador en Chalco. Los chalcas han entrado en un conflicto cada vez mayor con los mexicas, y su majestad cree que quizá estén dispuestos a aliarse con nosotros. Y mi padre . . . ah, me ha pedido que me una a mi madre y a él en esta labor.

La madre de Izcalloh es una noble chalca de la ciudad de Tlalmanalco, por lo que el nombramiento tiene mucho sentido. E Izcalloh es una de las mentes más brillantes de Texcoco. Conoce las intrincadas historias de los muchos reinos de Anáhuac, las sutilezas diplomáticas que pueden frenar la violencia y cambiar la opinión popular.

Entonces, ¿por qué me siento tan decepcionado?

Al notar mi decepción, le acólite toca mi brazo suavemente.

—El puesto no es eterno, Acolmiztzin. Juro que volveré cuando terminéis vuestros estudios para serviros, como mi padre ha servido al vuestro. Nuestras familias están unidas entre sí.

Antes de que pueda detenerme, dejo escapar una pregunta reveladora.

—¿Ha servido alguna vez une xochihuah de consorte a un rey acolhua? ¿O concubine?

No esperaba que Izcalloh se sonrojara, pero el colorete en sus mejillas se vuelve más rojizo cuando baja los ojos.

—No como consorte, porque eso va en contra del mandato divino de la procreación. Pero como concubine, sí. Vuestro homónimo, previo rey de Coatlichan, en efecto tomó a une xochihuah como su amante, luego le elevó a una posición de autoridad entre sus concubinas. Hay una canción sobre la pareja, creo. *Pétalos y escamas.* Una balada.

Por supuesto. Conozco la pieza. El maestro cantor la interpretó, hace mucho tiempo, durante un festival en honor a los dioses floridos.

Me aclaro la garganta, estiro una mano temblorosa y levanto la barbilla de Izcalloh.

—Sólo lleva a cabo tu misión, ¿me escuchas? Luego regresa, libre de corazón y mente. Tu príncipe heredero lo ordena.

Izcalloh, abrumade por mi inesperada revelación, sólo asiente.

Sin saber qué otras tonterías podría empezar a hacer si me demoro más, me apresuro a despedirme de la demás gente de mi vida.

Tengo dos hermanas, pero sólo amo a una— Tozquen, llamada así por nuestra abuela. Con apenas diez años, es brillante y parlanchina como un loro.

—¡Hermano mayor! —exclama cuando me ve entrar en el jardín donde está cuidando de las flores. Un gran huipil verde y amarillo casi le llega a los tobillos nudosos.

—Buenos días, hermanita. Ven, dame un abrazo.

Envuelve sus delgados brazos alrededor de mi cintura, presionando su cabeza contra mi pecho.

—No te vayas, hermano mayor. —Su voz apagada está llena de lágrimas.

—Tengo que hacerlo, hermanita. Pero el tiempo pasará rápido. Ahora tendrás que cuidar a Tochpilli tú solita, y él es tremendo. Te prometo que te traeré algo bonito cuando te visite.

Está sollozando mientras se aleja, pero sus ojos están llenos de determinación.

—Soy tu favorita, ¿verdad? ¿La única princesa en Tetzcoco? ¿Incluso cuando seas rey?

No puedo evitar reír.

—¿De verdad crees que alguna vez haría de Atótotl una princesa?

Nuestra media hermana mayor es hija de la hija de un destacado comerciante que se acostó con nuestro padre cuando éste era general, mucho antes de que se casara. Aunque ella no pertenece a la realeza, ser bastarda real le ayudó atraer a un esposo respetable, señor Nonohuálcatl, de una familia noble menor en el municipio de los chimalpanecas.

Ahora está decidida a ser designada oficialmente hija legítima del rey. Una princesa. Pero no. Nunca. Es tramposa, cruel, ambiciosa y vulgar. Con solo veintidós años, actúa como si fuera una alcahueta mascando chicle que dirigiera un burdel, ávida de riquezas.

—Hasta que tenga yo hijas —le prometo a Tozquen, alborotando su largo cabello negro—, tú serás la única princesa de Tetzcoco.

—Te amo, hermano mayor —susurra, abrazándome de nuevo.

—Yo también, loro precioso —respondo, dándole un beso en la coronilla.

Tengo hermanos menores, pero la mayoría son niños pequeños que viven en el complejo de concubinas al sur del palacio. Mi madre fue quien insistió en que mi padre siguiera esta tradición.

—Necesitarás más hijos —insistió—, si quieres cimentar tu control sobre Acolhuacan. Vástagos legítimos que puedes casar con princesas acolhuas para que nuestra familia real sea ascendiente en cada ciudad. Así han dominado siempre los emperadores en Anáhuac.

El recuerdo me hace sonreír un poco. Mi padre es el idealista romántico. Mi madre, aunque adora ese lado de él, sigue siendo tan pragmática como cualquier mujer noble mexica. Sin embargo, le ha dado al rey otro hijo real. Tochpilli, un niño de sólo tres años. Hoy lo visito en la guardería y arreglo la cuerda de su perro de juguete con ruedas para que pueda llevarlo de un lado a otro gritando *¡chichiton, chichiton!*

Lo observo jugar por un rato, con el corazón lleno de desasosiego.

—Adiós, hermanito —digo por fin, poniéndome de pie para irme.

No se da cuenta.

Espero que mi hermano mayor tampoco se dé cuenta de mí.

Yancuilli tiene diecinueve años, es estudiante del último año del calmécac. No es ilegítimo, no exactamente. Su madre era una concubina tepaneca que mi abuelo le dio a mi padre para ganarse el favor del emperador.

Nunca nos hemos llevado bien. Cuando éramos más jóvenes, visitábamos las tierras de caza imperiales con nuestro padre, tíos y primos, y él me ganaba constantemente en todas las competencias físicas que diseñaban los niños mayores: carreras, lucha, caza de conejos. Con cada victoria, alardeaba de su superioridad. Todavía recuerdo cuando yo tenía once años y él quince. Cómo me sujetaba con las rodillas, riéndose desde encima de mí.

—No eres realmente digno de ser un rey, ¿verdad?

Traté de liberarme.

—Tal vez, pero rey seré, te guste o no.

—Morirás antes que nuestro padre. Ni siquiera llegarás a los veinte años.

—Más te vale rezar para que sea verdad, bastardo, porque lo primero que haré una vez coronado es ordenar que te decapiten —espeté.

—Oh, rezo. Cada día. A Tezcatlipoca, Señor del Caos y la Destrucción.

Empujándolo con las rodillas, logré que se inclinara tanto que tuvo que agarrarse al suelo para mantenerse encima de mí.

—Entonces eres tan estúpido como ilegítimo —respondí—. Hay una razón por la que lo llaman el enemigo de ambos lados. Podría volverse en contra tuya en un segundo. Sólo un tonto pondría su destino en manos de un dios embaucador.

Riendo, me golpeó por última vez antes de ponerse de pie de un salto y actuar como si no hubiera hecho nada malo. Era su rutina típica.

Afortunadamente, he estado libre de él durante cuatro años, excepto cuando sus deberes más recientes lo han traído cerca. Dos meses después de que se fuera a la escuela, su madre murió. Su mansión al borde de la finca real está vacía. Él no tiene ninguna razón para venir de visita. Y mi padre no le otorgará el estatus oficial de príncipe. Es simplemente un noble, un señor menor.

Pero en el calmécac se ha elevado a una posición de poder, uno de los Tiyahcahuan, los líderes de la juventud. Ya ha visto batalla, fue reclutado el año pasado para luchar contra los mexicas, por lo que ahora puede ejercer autoridad sobre los estudiantes más jóvenes.

Como yo, muy pronto.

Por mucho que anhele vivir en el calmécac, temo el momento en que nos volvamos a encontrar cara a cara. La advertencia de ayer de mi padre, aunque bienvenida, fue un poco superflua. Sé que tengo que estar en guardia contra Yancuilli.

Decir adiós a mis padres es lo más difícil. La voz de Izcalloh resuena en mi cabeza mientras me armo de valor: *La tradición dicta las palabras y las formas, pero el momento es la elección del joven. El que se va debe hablar primero.*

Espero hasta después de la cena, mientras bebemos chocolate servido por asistentes reales, recostados en nuestros petates de plumas y compartiendo los eventos del día. Los miro con cariño por un momento. El cabello negro de mi madre cuelga suelto y encantador sobre su huipil de manga larga exquisitamente bordado. Parece eterna su belleza. Mi padre viste un sencillo teucxicolli blanco, y la larga túnica le llega hasta las rodillas. Su cabello canoso está recogido hacia atrás con un cozoyahualolli, un rosetón de plumas de garza blanca usado por la mayoría de los reyes acolhuas, herencia de los chichimecas.

—Mañana cumplo dieciséis. Los dejaré, queridos padres —digo sin preámbulos—. Los encomiendo a la gente de Tetzcoco mientras no estoy. Sin embargo, siento un peso en el corazón. Toda mi vida la he vivido a su lado. Más que las tribulaciones que me esperan en el calmécac, temo que me duela más su ausencia en mis días.

Mi madre seca una lágrima de su mejilla. Mi padre se aclara la garganta y me habla, usando las viejas palabras que dejaron los toltecas. Hay tanto tristeza como orgullo en su rostro, que muestra abiertamente.

—Aunque viniste de los lomos de tu madre y tu padre, es la Dualidad, la Fuente, la Matriarca de lo Cercano y de lo Junto quien envió tu alma volando desde lo alto. Aunque tu madre te alimentó y te crió, aunque tu padre te entrenó y te abrió la mente, nuestras habilidades y conocimientos vienen de los cielos.

Voltea la mirada hacia su reina, asiente con la cabeza, y ella toma el hilo, mirándome con una sonrisa melancólica llena de amor, alegría y nostalgia.

—Cuando naciste, joya preciosa, conscientes de nuestra deuda, te dedicamos a la Serpiente Emplumada, presentándote como ofrenda a su escuela sagrada, el calmécac. Ahora es el momento de soltarte, de entregarte a quien realmente perteneces: la fuerza creativa cuya única propiedad y posesión es cada corazón humano.

Mi padre continúa cuando ella queda en silencio.

—Cuando eras joven, uña de mi dedo y cabello de mi cabeza, eras demasiado débil para estar solo. Tu madre te levantó en sus brazos, te alimentó, te vistió. Sin embargo, ahora eres casi un hombre, fuerte, valiente y leal. Cuando salga el sol, vete sin bienes, sin decirnos una palabra más, descalzo y en ayunas, a la Casa de las Lágrimas. En esa escuela sagrada, los niños nobles son fundidos como cobre, perforados como cuentas de jade, tallados como madera de copil. Allí brotarás y florecerás a tiempo, convirtiéndote en una flor que la fuente de la vida ensartará en un collar para la gloria divina. Emergerás como un hombre, un noble, listo para gobernar, para proteger a nuestra gente, para ser un ciprés imponente que les dé sombra.

Un suave sollozo escapa de los labios de mi madre cuando pone sus manos sobre las mías.

—Acolmiztli, mi amadísimo hijo, no mires hacia atrás con amor a este palacio mientras caminas. Olvida por un momento que aquí vivimos tus padres, que tus preciados tambores y trompetas y silbatos yacen esperando tu toque, que los sirvientes y hermanos que tanto te aman pasarán sus días apenados por tu ausencia. Esta noche, tu infancia termina. Endurécete contra las pruebas que te esperan. El amor es delicado, frágil. Aprende a guardarlo en lo profundo de tu corazón, rodeado de carne disciplinada, mente aguda, defensas resueltas y sobrias. En esta vida, no hay otro camino que luchar para proteger lo que te importa. En lo más profundo de tu desesperación, recuerda. Debes convertirte en un escudo contra el viento para la flameante llama de la devoción.

Me abrazan entonces, y lloro como un niño por última vez.

[8] COMENZANDO LA ESCUELA

El día es 5 Caña. Me despierto antes del amanecer y, vestido sólo con un taparrabos, salgo del palacio mientras todos duermen excepto los guardias, que no dicen nada cuando me voy.

Sin embargo, mientras cruzo el puente de madera, puedo distinguir figuras en la penumbra: cientos de tetzcocas bordeando el camino principal. En una ola humana, todos se inclinan a mi llegada. Al unísono, levantan sus voces.

—Oh, Serpiente Emplumada, acepta a nuestro hijo como tuyo. Haz de él un rey.

Mi gente. Estoy abrumado por su amor. Por la necesidad de protegerlos y cuidarlos. Por el bienvenido pero intimidante peso de esa responsabilidad.

—Gracias, mis tíos y tías —respondo con voz temblorosa.

Apretando mis puños contra las lágrimas, doy un paso adentrándome en el camino.

Ha sido cubierto de pétalos, un toque final de suavidad para mis pies reales. Con la cabeza en alto, camino hacia la pirámide, rodeándola para llegar al complejo de edificios donde viven y enseñan los sacerdotes de nuestra ciudad. El cielo ya está sonrojado por el alba cuando paso por debajo del arco que conduce al campus.

Me espera el sumo sacerdote Cocohtli.

—Bienvenido al calmécac, Acolmiztli —dice, levantando sus manos oscurecidas con hollín—. Aquí no hay rango salvo lo que uno gana. Eres de primer año, postulante, y te marco como tal.

Frota mi frente, mejillas y barbilla con sus palmas, ennegreciendo mi rostro.

—Cada mañana, después de la oración y el lavado ritual en el río, oscurecerás tu rostro en la plaza central, rito que simboliza cómo tu mente sigue en la oscuridad que iluminaremos.

Como si fuera una señal, una docena de jóvenes de mi edad emergen del bosque al este del campus, algunos todavía empapados. Veo riachuelos de sangre corriéndoles por las orejas, el pecho o los muslos; parte de nuestro ritual previo al amanecer es perforar nuestra carne con espinas, tal como los dioses derramaron una vez su propia sangre para poner el sol en movimiento. Los estudiantes caminan hacia las cenizas acumuladas y humeantes del fuego de ayer en la plaza, y cada uno se unta hollín en la cara.

—Únete a ellos —ordena Cocohtli, y me apresuro a obedecer.

—¡Su excelencia! —alguien susurra con voz ronca, haciendo gestos para que me acerque a él. Casi no reconozco al muchacho al principio: se ha vuelto mucho más alto, más delgado y más duro en los seis meses desde que lo vi por última vez.

—¿Nalquiz? —confirmo mientras me acerco. Somos amigos desde hace años. Es el hijo menor del máximo general de mi padre, que en este momento está fuera, reiniciando el bloqueo de Coyoacan.

—Sí, y Acáxel —dice, señalando al joven más bajo y sonriente a su lado. Mi corazón se llena de alegría. Es el hijo menor de mi tío Acatlohtli, hermano de mi padre, juez supremo de Tetzcoco.

—¡Primo! —susurra Acáxel con voz áspera a modo de saludo antes de inclinarse y guiñar un ojo con complicidad—. Espero que ya hayas besado a una chica o dos antes de llegar, porque no verás a ninguna en mucho tiempo.

Nalquiz niega con la cabeza con incredulidad.

—¿No conoces a tu propio primo? Chicas, chicos, xochihuahqueh . . . todos se le echan encima. *Por supuesto* que ha besado a alguien, idiota.

Ladeo la cabeza a un lado, ignorando las pedradas.

—¿Acaso no hay grupos de chicas viviendo y trabajando en los templos?

—Nuestros horarios están programados para que nunca las veamos —explica Nalquiz—. Y si agarran a un chico tratando de ingresar a su área, el sacerdote le da una paliza frente a los demás estudiantes y lo expulsa del calmécac.

Antes de que pueda expresar lo ridículo que me parece ese castigo, cada uno me toma de un brazo y me jalan hacia donde hay varias docenas de escobas apoyadas contra la pared.

—Agarra una —murmura Nalquiz—, y empieza a barrer. La plaza tiene que estar impecable antes de que el sol se asome sobre el monte Tláloc.

Sin quejarme, me uno a mis amigos y a los demás en la limpieza de cenizas, suciedad y hojas de las losas. Han desarrollado un sistema: cada estudiante se mueve a una parte diferente de la plaza para barrer un área que mide entre una mano y una flecha al cuadrado. Nadie habla. Es increíblemente eficiente. Encuentro un poco de polvo sin recoger y lo arrojo con mi escoba a la hierba que rodea la plaza.

Los rayos del sol coronan el monte Tláloc cuando devolvemos nuestras escobas y corremos hacia el salón del amanecer, agarrando unos tapetes al lado de la puerta cuando entramos y colocándolos en un patrón que los chicos han establecido, frente a una plataforma ligeramente elevada. Hay una negociación silenciosa mientras Acáxel convence a los demás de que me permitan estar a su lado, pero un minuto después de entrar al salón, estamos sentados en nuestros tapetes, con las manos en los muslos, esperando al sacerdote.

Mi estómago decide gruñir. Siento miradas de irritación sobre mí.

—Ya te acostumbrarás —susurra mi primo—. Ayunamos desde la cena hasta el mediodía.

—Así es —confirma una voz potente, aunque marchita. Un anciano sacerdote se abre paso por un lado de la sala, ascendiendo la plataforma con pasos cautelosos. Su túnica y cabello plateado tonsurado lo identifican como un cuacuilli, un monje venerado al que se le asignan pocos deberes más allá de las tareas ceremoniales y la enseñanza—. Castigamos la carne para que nos obedezca siempre. Es su herramienta más versátil: ahora se usa para construir, ahora para la guerra. Pero puede volverse contra su corazón con falsedad extrema si no han impuesto disciplina en sus cuerpos. Los propios dioses descubrieron esta verdad durante el amanecer del quinto sol, nuestra era actual. ¿Quién puede decirme cómo?

Golpeo mi tapete con los dedos.

—Sí. El nuevo postulante. Habla.

—Cuando hicieron la hoguera de la que iban a nacer el sol y la luna. El hermoso Tecciztécatl, hijo de Tláloc, se ofreció como voluntario para saltar a las llamas y transformarse. Pero su cuerpo divino lo traicionó tres veces, retrocediendo debido al calor. El feo Nanahuatzin, hijo de Quetzalcóatl, habiendo vivido su vida cubierto de pústulas, sabía soportar el dolor. Así que caminó hacia la hoguera y se sentó en medio de las brasas, sin decir palabra, permitiendo que su carne se consumiera. Por lo tanto, él es el sol.

El viejo monje levanta su mano derecha en alabanza.

—Una sabia respuesta. ¿Sabrá tu primo a tu lado el precio de la carne indisciplinada de Tecciztécatl?

Acáxel duda por un momento, luego responde.

—Avergonzado por el autosacrificio de Nanahuatzin, salta a las cenizas humeantes. Le toma mucho más tiempo consumirse en llamas, cada segundo es una agonía. Entonces ambos renacen como orbes brillantes en el horizonte. Los dioses están de acuerdo en que no es justo que ambos brillen con igual gloria, por lo que Quetzalcóatl toma un conejo y se lo arroja a Tecciztécatl, oscureciendo un poco su rostro. Se convierte en la luna.

Nuestro maestro— cuyo nombre supe más tarde es Iztacmitzin —comienza a construir una lección sobre el nacimiento del sol, sacando conexiones aparentemente de la nada. Terminando la historia del nacimiento de las luces celestiales, nos recuerda que por un tiempo, el nuevo sol se tambaleó en el horizonte, incapaz de iniciar su curso a través del cielo. El calor se volvió atroz, secando la tierra, quemando las nubes hasta volverlas humo. Entonces, el Señor del Alba, la estrella de la mañana que anuncia el amanecer, comenzó a disparar flechas a Nanahuatzin con ira, gritándole que se moviera antes de que todo el mundo ardiera en llamas. Los proyectiles no alcanzaron al sol, quien instintivamente arrojó sus propios dardos, transformando al Señor del Alba en el Dios de la Escarcha.

—Sólo cuando todos los dioses permitieron que Quetzalcóatl los sacrificara —nos dice Iztacmitzin—, pudo usar su aspecto como Señor del Viento para canalizar la energía divina de su sangre en una ráfaga que finalmente puso el sol en movimiento. ¿Qué rituales creen ustedes que se derivaron de estos eventos?

Varios chicos golpean sus tapetes. Nuestro maestro mira a uno, quien responde:

—Nuestra sangradura diaria con espinas de maguey y púas de mezquite. Si los dioses estaban dispuestos a derramar su icor para darnos luz y calor, ¿cómo no hacer nosotros lo mismo por ellos?

El maestro selecciona a Nalquiz a continuación.

—Estamos por comenzar el mes de Tepopochtli —reflexiona—, que nos facilita la transición de la temporada seca a la lluviosa. A diferencia de los inmundos mexicas, que afirman que su dios tribal Huitzilopochtli es el sol, veneraremos a Nanahuatzin Tonatiuh, que nos da lo suficiente de su calor abrasador para cultivar y sobrevivir.

El resto de la mañana se dedica a estudiar detenidamente el *Libro de los días*, en el que aprendemos las fechas auspiciosas del próximo mes y los tiempos siniestros a los que hay que prestar atención. Iztacmitzin también nos muestra diagramas del paso del sol por el cielo a mediados de la primavera, así como un almanaque para seguir los movimientos del Lucero del alba.

En un momento que me deja estupefacto, Iztacmitzin revela un profundo secreto: el Lucero de la mañana y el Lucero de la tarde, que aparece en su ausencia, ¡*son el mismo dios*! Quetzalcóatl y su doble: su yo animal, Xólotl, la divinidad con cabeza de perro, cuyo nombre llevaba mi ancestro chichimeca.

—Una de las muchas dualidades que componen la realidad oculta del universo —concluye el anciano monje—. Por eso todos los líderes de Tetzcoco, religiosos, cívicos o militares, deben ser formados como sacerdotes, mis jóvenes postulantes. No pueden liderar en Acolhuacan si están ciego al funcionamiento interno del cosmos.

Nos despide y mis amigos me llevan al comedor.

—Es hora de romper nuestro ayuno —dice Nalquiz, y su rostro ya pálido se ilumina de emoción. Sacude de manera chistosa sus miembros larguiruchos por la anticipación de la comida.

Acáxel aparta su largo flequillo de sus ojos oscuros y pone una mano en mi brazo.

—Pero déjame advertirte, Acolmiztli, no es mucha comida, y tenemos que prepararla nosotros mismos. Lo bueno es que podemos hablar todo lo que queramos durante la próxima hora.

Me río.

—O sea que solo te escucharemos balbucear como una chachalaca, ¿no? Casi me deja atónito tu autocontrol toda la mañana.

—Puede que . . . ejem . . . tenga un par de opiniones, sí —responde, guiñándonos un ojo.

—Deberías haberlo visto durante los primeros trece días —me dice Nalquiz—. Se metió en *muchos problemas*. ¿Cuántas veces te hicieron sostener la cabeza sobre una olla de chiles? ¿Cinco? Eventualmente, se le salían tantos mocos y lágrimas, y le dolía tanto la garganta, ¡que no podía hablar una palabra!

Nos dirigimos a una gran plancha de piedra donde están reunidos los otros chicos. Un fuego arde debajo de la piedra. A su lado, en una mesa, están colocadas unas cuantas bolas de masa de maíz. Me doy cuenta de que los estudiantes están haciendo tortillas con las suyas, así que agarro una y hago lo mismo. Acáxel mira a su alrededor y agarra dos, luego me lanza otra mientras dejo caer mi tortilla sobre la piedra caliente.

—Algunos de estos tontos no saben contar —me dice, cerrándome el ojo—. Para la cena podemos hacer y comer más, pero el almuerzo siempre es así de ligero.

Equilibrando nuestras tortillas calientes y recién hechas sobre las puntas de los dedos, buscamos un rincón del comedor y comemos lentamente, saboreando cada bocado. Mis amigos me ponen al día con los chismes, diciéndome los nombres de casi todos los otros postulantes y recitando sus nobles linajes. Conozco a la mayoría de ellos, por supuesto. Los únicos extraños son los dos muchachos plebeyos cuya excelencia en las escuelas telpochcalli de su barrio les valió un lugar entre nosotros.

—Realmente disfruté los estudios de esta mañana —les digo—. Nunca esperé que aprender en grupo pudiera ser así. Claro, ya sé mucho de lo que se enseña, pero los maestros profundizan y revelan todo tipo de conexiones y conocimientos ocultos. Cuando sea rey, voy a bajar la edad para ingresar al calmécac. ¡Ojalá hubiera pasado los últimos cinco años aquí!

Nalquiz se mete el último trozo de tortilla en la boca y suspira.

—¿Crees que podrías casarme con alguna familia noble en Coatlichan o algo así? No quiero que mis hijos crezcan bajo tu tiranía.

Pateando sus pies contra la tierra apisonada, Acáxel se ríe.

—Él no aguanta estar aquí. No estoy seguro de cómo le va a hacer durante cuatro años más, para ser honesto.

—Soy el príncipe heredero, Nalquiz. Yo me ocuparé de ti.

—Ehm, los rangos realmente no importan aquí —advierte Acáxel—. Lo verás muy pronto.

Después del almuerzo, nos dirigimos al salón del atardecer, que es más grande, en el lado oeste del campus. Nuestro movimiento de un edificio a otro permite que los otros estudiantes también reciban instrucción. Hay postulantes, principiantes como yo, que empiezan a asistir a los dieciséis años. Después de aproximadamente un año de estudio, los postulantes se convierten en novicios, aceptados oficialmente en una orden sacerdotal, para ayudar con las ceremonias religiosas básicas. A continuación, son ascendidos a cadetes, lo que les permite servir como escuderos de los caballeros establecidos. Después de demostrar su valor, los cadetes se convierten en iniciados: sacerdotes y guerreros novatos. Les echo una ojeada a esos chicos mayores, pero no debemos distraernos. Los castigos por llegar tarde son severos.

Dos sacerdotes algo más jóvenes, de la edad de mi padre, están a cargo de la instrucción de la tarde. Emiltzin y Caltzin son sus nombres. Son casi indistinguibles, como si fueran gemelos. Los rumores apuntan a que son amantes. En cualquier caso, su instrucción seca y densa es menos entretenida que la que recibimos esa mañana, pero me resulta aún más intrigante. Nos ponen a prueba repasando algunas matemáticas avanzadas que tengo la suerte de haber estudiado por mi cuenta. La mayoría de mis compañeros postulantes andan a tientas y hacen el ridículo, a pesar de varias semanas de estudio.

—Bien —gruñe Emiltzin al fin—. El hermano Iztacmitzin nos dice que estuvieron estudiando el nacimiento del sol y la luna esta mañana. Como saben, la tradición nos dice que los dioses se reunieron en Teotihuacan para este evento.

Caltzin abre un libro pintado que muestra un mapa del Anáhuac Oriental. Los glifos de todas las principales ciudades-estado indican su ubicación.

—Esa ciudad antigua —agrega, señalando el extremo derecho del mapa—, se encuentra aproximadamente a diez mil varas al noroeste de Tetzcoco. Ahora los dividiremos en tres subcomités de un consejo que compiten entre sí. Cada grupo debe presentar una recomendación al rey y a su primer ministro . . .

—Quienes, a los efectos de esta actividad —interviene Emiltzin innecesariamente—, somos nosotros dos.

— . . . recomendando la ruta que se les asignó. Calcula la velocidad con la que un ejército de cinco mil guerreros y sus auxiliares podrían recorrer la distancia y prueba que la que proponen es la mejor opción.

Doy golpecitos a mi tapete con los dedos.

—¿Y si no es la mejor opción?

Emiltzin me mira desapasionadamente.

—Pues, encuentren la forma de convertirla en la mejor opción.

Como para evaluar mi habilidad, nos asigna la peor ruta montañera— no por los pasos, sino a través de las cumbres— a mis amigos y a mí junto con algunos otros chicos que me miran con abierta ira. Pero literalmente he estudiado estrategia militar con generales. Puedo encontrar una solución.

Examino el cuadrado en blanco de papel amate alrededor del cual estamos reunidos, pensando. Entonces levanto la mirada.

—Nadie espera que un ejército descienda desde la cima de una montaña. Es contradictorio e ineficiente. Y por eso es la mejor opción.

Nalquiz ladea la cabeza hacia mí.

—Explícate.

—Eliminamos a los auxiliares. Nada de cocineros, portadores de tiendas, escuderos. Sólo cinco mil tropas de élite, Rapados y Otontin, principalmente, además de lo mejor de las otras órdenes de caballería. Una marcha forzada. Sin parar.

Acáxel asiente.

—El camino va cuesta arriba durante las primeras tres cuartas partes, pero luego viene un descenso rápido hacia Teotihuacan.

Tomando un pincel, hago los cálculos.

—Podríamos tener soldados a sus puertas en tres horas. Estarían vigilando las llanuras aquí y el paso aquí, pero se sorprenderían cuando nuestras fuerzas emergieran aquí. No tendrían tiempo para prepararse para un asedio. Los invadiríamos en otra media hora. Usaríamos sus recursos locales después.

Los otros chicos están atónitos, luego emocionados. Pasamos unos minutos más trabajando en los detalles y luego nos ofrecemos a presentar primero. Los sacerdotes están completamente impresionados y los grupos que discuten por las rutas restantes lo hacen a medias. Nuestro éxito me gana algunas miradas ceñudas, pero no estoy en el calmécac para volverme amigo de estos chicos.

Yo no soy como ellos. He sido especialmente preparado, instruido y entrenado, cada momento de mi vida diseñado para prepararme para un propósito singular.

Soy el príncipe heredero. Un día gobernaré Tetzcoco.

Mi deber es ser el mejor.

El resto de la clase es igualmente fascinante. Aprendemos algunas técnicas topográficas esenciales para terrenos pantanosos. Luego estudiamos varias especies de caña de la orilla del lago, procesando una para su uso medicinal. Finalmente, los sacerdotes nos enseñan a recitar la historia de la caída de Teotihuacan, mirando las imágenes en un libro pintado para refrescar nuestra memoria de aquellos conflictos entre los gigantes que alguna vez vivieron allí hace más de mil años.

Una vez despedidos, marchamos a pasodoble hacia los bosques cercanos.

—A recoger leña —explica Acáxel—. Carga tus brazos con las ramas de pino más gruesas que veas caídas. Preferimos no hacer dos viajes.

Un grupo de jóvenes sacerdotes nos espera en la plaza a nuestro regreso. Descubro que mantienen encendida una hoguera toda la noche, proporcionando antorchas a los grupos que se despiertan en diferentes horas oscuras para hacer penitencia.

El hambre me corroe el estómago, pero aunque el sol está a punto de ocultarse detrás de las montañas occidentales, todavía no es hora de cenar. Primero nos apresuramos a un gran cuadrado de tierra apisonada justo al norte del gran salón. Se han colocado bastidores de armas en el perímetro. Un héroe de guerra con cicatrices de batalla se encuentra en el centro. Lo reconozco de inmediato: el capitán Ténich, veterano de muchas batallas contra las fuerzas imperiales.

Detrás de él hay cuatro estudiantes mayores. Iniciados, bien entrados en su cuarto y último año.

Los líderes de la juventud, me doy cuenta.

Uno de ellos es Yancuilli. Me mira con desdén por encima del hombro del capitán.

—¡Postulantes, un poco de combate para calentar la sangre! —grita Ténich, y sus ojos brillan—. Tomen sus espadas de práctica y que cada quien se enfrente a su compañero.

Dudo por un momento, mientras mis compañeros de clase marchan hacia los estantes. El capitán me asiente con la cabeza en señal de reconocimiento.

—Veo que hay un chico nuevo en el grupo —dice—. Yancuilli, ponlo a prueba. Veamos qué le ha enseñado el padre de ustedes dos.

—Sí, señor —responde mi medio hermano. Saca una macana del estante de armas y me la arroja. La agarro en el aire por el asa mientras saca otra y se abalanza sobre mí sin previo aviso.

El miedo y la ira explotan en mis entrañas. Intento hacer lo que mi padre me dijo: canalizar esos oscuros sentimientos a través del prisma de las habilidades de esgrima que el comandante de la guardia real me inculcó desde mi coronación. Lo uso todo: parada y respuesta, estocada y ataque, finta y remisión.

Pero Yancuilli no responde como yo esperaba. Sus movimientos son impredecibles, y me hacen dejar la guardia abierta una y otra vez. Golpea la parte plana de su hoja de madera contra mi estómago dos veces, me aporrea con el filo en los brazos y piernas, y finalmente me asesta un bajonazo en la ingle, haciéndome caer en posición fetal hecho una bola de dolor.

—Tú —jadeo—, no peleas con honor.

Mi medio hermano escupe y se deja caer para susurrarme al oído.

—Y tú peleas como un niño. Escúchame, *hermano*. Aquí no te miman. O aprendes a defenderte bien, o vas a orinar sangre todas las mañanas por las palizas que recibirás en los combates.

Veo al capitán Ténich sacudiendo la cabeza mientras me doy la vuelta y me levanto.

—Basta. Acolmiztli, es un shock para todos lo sucia que puede ser la guerra. Pero recuerda: el único honor en el campo de batalla es permanecer con vida el tiempo suficiente para matar o capturar a tantos soldados enemigos como puedas. Cuando estés cara a cara con los tepanecas, necesitamos que pienses con ferocidad. Ahora toma tu posición. Repasemos tus errores.

Ha memorizado todos mis movimientos. Mientras los líderes de la juventud supervisan otros combates de sparring, Ténich me muestra dónde mi guardia estaba demasiado alta, cuándo mi cuerpo no se había puesto suficientemente de perfil, cómo acortar el arco de mis ataques.

—Postulante —dice, después de haber practicado los ajustes—. Te he visto tocar el tambor. Te he visto bailar en diferentes celebraciones. Sé que captas el ritmo, en lo más profundo de tu ser.

—Sí, señor. Así es.

—Bien. Porque el combate tiene un ritmo. Es diferente cada vez. Algunos oponentes bailan el vals, mientras que otros danzan una jiga. Míralos de cerca, Acolmiztli. Tienes que calibrar ese ritmo rápidamente para poder llevarlos bailando hasta la derrota. A la muerte. ¿Comprendido?

Prestando atención a las palabras del capitán, evalúo a los muchachos que entrenan con nuevos ojos. Sus pies golpetean el suelo, levantando nubecillas de polvo. Y puedo sentirlos, repentinos y claros: esos latidos competitivos, zumbando a través de la tierra y el aire hasta mis sentidos.

Se me pone la piel de gallina en brazos y piernas. He encontrado mi clave personal para el combate.

—Entendido, señor. Gracias.

Con una sonrisa dudosa, el capitán asiente. Luego hace que todo el grupo entrene, realizando una serie de movimientos sincronizados con nuestras macanas que él llama cemolin. Con cada repetición de este cemolin, empiezo a sentir su ritmo esencial.

Hay cincuenta y dos cemolintin, lo descubriré con el tiempo. Trece de estas series secuenciales de movimientos son para la espada de obsidiana, y en este primer día de mi tiempo en el calmécac, aprendo el séptimo de memoria.

Estaré listo para Yancuilli pronto. Luego veremos si sólo soy un mocoso malcriado con artes marciales mediocres.

Cuando volvemos a colocar nuestras espadas de práctica en el estante, es hora de preparar la cena. En el comedor, trabajamos juntos para hervir frijoles que han estado en remojo todo el día, agregando chiles y un poco de carne de venado que nos dan. Acáxel, Nalquiz y yo nos repartimos las tareas para que podamos comer más rápido y una mayor cantidad; mi trabajo es hacer y cocinar las tortillas.

Con el estómago lleno y el cuerpo un poco descansado, caminamos, lentamente por una vez, hacia el templo del campus, que está dedicado tanto a Quetzalcóatl como a su contraparte femenina, Cihuacóatl. Una vez que han entrado los estudiantes mayores, los postulantes nos colocamos en el extremo izquierdo, mirando hacia las estatuas de nuestros dioses, que se elevan sobre los altares cubiertos de comida preparada por las alumnas que nunca vemos. Ambos han sido pintados de negro con hule líquido, aunque la mitad de la cara de ella está pintada de rojo mientras que el rostro de él lleva glifos de viento arremolinados. Cada uno está ataviado de un blanco deslumbrante con flecos rojos.

El sacerdote del templo usa un cucharón enjoyado para recoger incienso de copal ardiente de un cuenco de cobre. Agitando el humo en las cuatro direcciones, entona una oración, pidiéndole a Quetzalcóatl que sople vientos dulces por las laderas de las montañas para aliviar el calor y preparar el camino para los tlaloqueh, que traen la lluvia en el último mes de la primavera. Luego apela a Cihuacóatl, quien protege a sus hijos como todas las madres —con feroz abandono— y le pide que mantenga su escudo en alto un poco más para mantener a Tetzcoco a salvo de nuestros enemigos.

Luego los alumnos cantamos los himnos sagrados de Teocóatl, como nombramos a esta dualidad divina, al compás lento e hipnótico de otro sacerdote.

Siento que alguien me mira. Sin mover la cabeza, levanto la mirada y examino la pared detrás de las imágenes de los dioses.

Un ojo se asoma desde el borde de la cortina que cuelga de nuestro lado. Dedos delicados se han enroscado alrededor de la tela, tensándola para ocultar al espía.

Una chica. Mirándome. Cuando mis ojos se encuentran con los suyos, ella no retrocede. Me devuelve la mirada con descarado interés. Luego extiende tres dedos de su mano y los mueve.

Me toma un momento entender.

¿El número tres? ¿Movimiento? Ah, 3 Movimiento. Un día. Su fecha de nacimiento.

Su nombre de nacimiento calendárico, que la mayoría de las niñas en Tetzcoco usan toda su vida.

Eyolin. Preciosas sílabas.

La conozco, creo. La hija mayor de Acacihtli, juez menor del municipio de los mexihtin.

Un escalofrío de culpa me hace desviar la mirada hacia Cihuacóatl.

Aleja estos pensamientos impúdicos, Madre Divina, te lo ruego.

Como si me respondiera, suena el gong. Es hora de ir a dormir. Nosotros, los postulantes, pasamos por el campus hasta el salón de pino, donde cada quien agarra un petate enrollado y encuentra su lugar en el piso de tierra. Nalquiz y Acáxel se las arreglan para que me acueste entre ellos.

El sueño llega con facilidad, pero es ligero y está lleno de sueños en los que Eyolin abre la cortina y da un paso hacia mí, con los labios entreabiertos como para hablar o besarme. Luego se transforma, convirtiéndose en Izcalloh, haciéndome señas para que me acerque. Me despiertan varias veces los gemidos y el llanto ahogado de chicos que han contenido sus emociones todo el día y ahora las desahogan suavemente.

Haciendo todo lo posible por no pensar en mis propios anhelos o en el rostro de mis padres, me sumo en un estado inconsciente sin sueños por un tiempo, hasta que un sacerdote nos despierta con llamadas insistentes.

Es media noche. Nos toca barrer la plaza una vez más. La hoguera arde brillante, esparciendo cenizas en el viento ligero. Sin palabras, pero con genuino vigor, usamos nuestras escobas para luchar contra la entropía que siempre invade el mundo: la principal herramienta del caos de Tezcatlipoca.

Pasamos gran parte de nuestras vidas así, afirmando el orden contra el decaimiento.

Una parte cansada de mí mismo se pregunta por qué nos molestamos. Pero por supuesto sé la respuesta. No tenemos opción. Nacimos para imponer nuestra visión sobre lo salvaje del mundo, sin importar lo inútil que parezca. Así nos formaron Quetzalcóatl y Cihuacóatl al comienzo de esta era, moliendo los huesos de los intentos fallidos de humanidad anteriores, derramando icor divino en esa harina para formar los seres humanos a su imagen.

Seres humanos impulsados a crear y proteger su creación.

Terminado nuestro turno, volvemos a nuestros petates por otras cuatro horas. Luego, antes del amanecer, otro sacerdote nos despierta para el ritual de la mañana.

En la plaza, encendemos antorchas de pino en la hoguera y nos adentramos en el bosque.

—Dos ramas de oyamel —me dice Acáxel, bostezando—, y dos espinas de maguey. Entiendes el ritual, ¿verdad?

Asiento con la cabeza. Por supuesto que sí. Mi padre y mis tutores me prepararon para la escuela, me enseñaron mi solemne obligación con los dioses.

Alejándome de los otros chicos, recojo las ramas y arranco las espinas de una planta maltratada. Camino cincuenta varas hacia el este, hasta el río, y encuentro una roca detrás de la cual me oculto.

Apago mi antorcha en el río y me arrodillo, colocando las ramas de oyamel como un manto verde ante mí. Luego, perforo la piel primero de mi muslo derecho y luego de mi muslo izquierdo. El dolor es brillante y agudo, pero breve. Empapando las espinas con la sangre que brota, las coloco con cuidado en forma de equis sobre las hojas delgadas de oyamel.

—Derramo mi esencia —le susurro a la noche que se demora antes de la salida del sol, la oscuridad temblorosa que se arremolina a mi alrededor—, en pago por mi vida, para mantener las ruedas del cosmos girando y para mostrar mi devoción por los dioses que murieron para que todo prosperara.

Como en respuesta, el viento sopla de pronto más fuerte, y sobre el monte Tláloc el primer fulgor de la mañana llena el cielo negro de venas violetas.

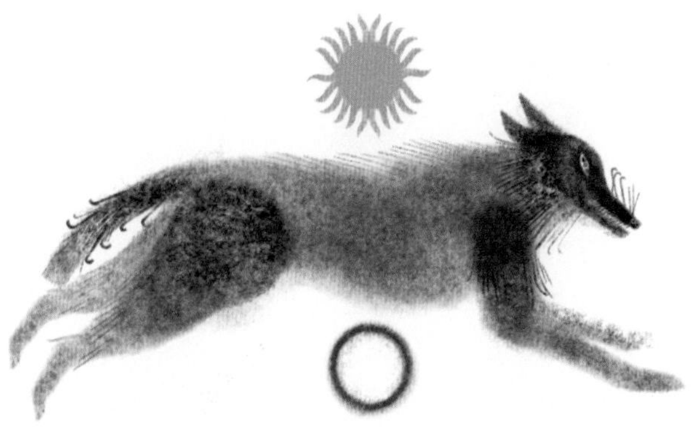

[9] ENFRENTAMIENTOS

Las trecenas pasan uno tras otro, y nuestra rutina cotidiana se repite con pequeñas variaciones. Una novedad es que después de la práctica, el capitán Ténich nos actualiza de vez en cuando sobre nuestro continuo conflicto con el imperio. Las noticias son fascinantes: nos da detalles sobre el bloqueo y sitio de Azcapotzalco y Coyoacan, donde gobiernan el emperador Tezozómoc y su hijo el rey Maxtla. Cientos de guerreros tepanecas han caído. Las ciudades sufren de falta de suministros. Una vez más, los mexicas intentan distraer la atención con ataques aquí en Acolhuacan, pero las tropas de reserva de nuestras ciudades del sur los hostigan una y otra vez. Huyen de regreso a casa.

La temporada seca termina una vez que el sumo sacerdote Cocohtli dirige las ceremonias en la cima del monte Tláloc para apaciguar a su homónimo, el Dios de la Lluvia. Las tormentas comienzan a entrar desde la costa, rompiendo sobre las cumbres para empapar

Acolhuacan. Los estudiantes nos esforzamos por enfrentar los aguaceros regulares como lo hacemos con todos los obstáculos, con sombría determinación, sin abandonar los ritos y el trabajo que se nos ha asignado, practicando incluso durante los aguaceros más fuertes.

Pero por la noche, a solas en la oscuridad bajo el calamitoso choque de los espíritus de agua en los nubarrones, nos hundimos en el duelo y el miedo. A veces juro que puedo oler el perfume de mi madre, como si hubiera asomado la cabeza por la puerta para asegurarse de que estoy bien dormido. Escondo mi nostalgia en lo más profundo de mi ser, pero otros chicos no pueden controlar sus emociones. Algunos claman por sus padres ante el peor de los truenos. Otros buscan consuelo en los brazos de otro. Sonrío al ver esas sombras que se retuercen en los destellos de relámpago, y aparto la vista. El pueblo de mi madre condena tal intimidad entre los hombres, pero en Tetzcoco la juzgamos con menos dureza.

—El corazón quiere lo que el corazón quiere —suele decir mi padre—. ¿Quiénes somos los demás para contradecir los deseos y amores ajenos?

Al final, mis propios deseos me vencen a mí también.

Es uno de los dos plebeyos que descubre la ausencia de guardias durante la primera vigilia de la noche, cuando la lluvia es más fuerte. Lo veo escaparse dos veces antes de seguirlo para confirmar mis sospechas.

Justo como pensaba, camina a lo largo del perímetro del campus bajo la lluvia torrencial, hasta que llega al pequeño templo con sus dormitorios adjuntos.

Una chica lo espera bajo el alero de una choza de almacenamiento. Cuando interrumpo su beso, ella casi grita. Entonces sus ojos se abren como platos al reconocerme, y casi grita de nuevo.

—Silencio. No le contaré a nadie sobre su encuentro amoroso. Pero entra tú y despierta a Eyolin. Necesito hablar con ella.

Mi compañero de clase me mira mientras esperamos.

—Perdóname, alteza. No fue mi intención . . .

Aparto su disculpa con un gesto de la mano.

—Esta noche soy un pecador, igual que tú. Luego podemos pedir perdón a los dioses.

—Acolmiztli —canturrea una dulce voz por encima del estruendo de la lluvia. Me giro para mirar a Eyolin, que ha salido del dormitorio más cercano. Su cabello negro está suelto y húmedo, al igual que su camisón de algodón, que revela su cuerpo de una manera que hace que mi corazón lata con fuerza.

Tomo su mano y la guío hacia la cabaña. Está oscuro, pero seco. Aunque apenas puedo distinguir sus delicados rasgos y sus labios color granada, la calidez y el aroma de Eyolin llenan el aire cerrado del espacio, alejando todo lo demás de mi mente.

—He pensado en ti todas las noches —confieso—, desde que tu hermoso ojo se detuvo en mí detrás de esa cortina.

—Y he soñado contigo, querido príncipe, durante los últimos tres años. Desde tu coronación, cuando te paraste alto y guapo ante todos nosotros.

Su voz es a la vez suave y fuerte, como un arroyo balbuceante que desgasta lentamente las piedras con su corriente. En esa música hay armónicos de deseo que hacen temblar las cuerdas de mi propia carne.

Tenemos poco tiempo. No se necesitan más palabras. Mi boca encuentra la suya en la oscuridad, y nos unimos con gemidos hambrientos, sin darnos cuenta del caos de los relámpagos y truenos, el aullido del viento y la lluvia torrencial.

En el fragor del amor casi la llamo por el nombre de Izcalloh.

Pero ella es Eyolin. Preciosa a su manera.

Nos fundimos el uno en el otro hasta que el fuego en nuestras venas se enfría. Luego nos acostamos juntos en el piso de tierra, tomados de la mano, hasta que mi instinto me dice que debo irme o seré descubierto.

—Cada noche que llueva —le susurro al oído, antes de darle un último beso y salir a la llovizna que amaina. La tormenta en los cielos, como la de mi corazón, se ha agotado por el momento, y la luna me guiña desde los huecos en las nubes.

Mis encuentros furtivos con Eyolin se vuelven parte habitual de mi vida escolar, tan peligrosos como pelear con mi hermano. Pero como dice mi padre, un hombre no necesita temer el peligro. Sólo necesita enfrentarlo con valor y habilidad. He comenzado a adquirir ambos.

Durante la práctica de batalla, descubro que mi talento radica menos en la espada de obsidiana que en un par de macuahuitzoctli, espadas cortas de madera casi como dagas. Para la guerra, sus cabezas triangulares se bordean con navajas filosas de obsidiana, pero las que manejo en la práctica solo tienen puntas de madera sin filo.

En mis manos, se convierten en mazos de dolor percusivo. Dejo a muchos chicos magullados cuando me les acerco deslizante y mis manos ágiles los apuñalan una y otra vez con una velocidad aprendida de tantos años sobre el tambor.

Aún así, la espada de obsidiana más grande y la lanza de asta son las armas estándar para los guerreros en Anáhuac, por lo que nos entrenan en su uso todos los días. Cada trecena, el capitán me obliga a cruzar espadas con mi medio hermano bastardo. Aprovecho estas oportunidades para estudiar su forma con detenimiento. Hay un ritmo claro en su estilo, que probablemente no conoce, dada su arrogancia ciega. Y como tocar el contrapunto en un tambor junto a otro percusionista, sospecho que algún día podré introducirme a los ritmos de su baile de ataque y finalmente vencerlo.

Por un tiempo, sin embargo, me aguanto, incluso después de aprender los trece cemolintin para la espada de obsidiana. Con cada victoria contra mí, Yancuilli se vuelve más arrogante y descuidado.

—¿Por qué te estás conteniendo? —el capitán Ténich susurra mientras me ayuda a pararme después de nuestro cuarto partido, limpiando la sangre de una herida brutal en mi frente que mi medio hermano me acaba de hacer.

—El comandante Itzcuani me dijo una vez: «Nunca dejes que tu enemigo vea toda tu fuerza hasta que sepas que puedes vencerlo». La lección se quedó conmigo, junto con el recuerdo de sus castigos.

Ténich se ríe.

—Sí, fui a la escuela con ese cabrón duro de roer. Pero es un buen consejo. Sólo asegúrate de que toda tu fuerza sea suficiente antes de que Yancuilli te envíe con los médicos.

Por fin, tres meses después de iniciar mis estudios, me enfrento a mi rival por la que espero sea la última vez. Ominosas nubes grises se acumulan sobre nosotros, como un sudario funerario que nos envolvería para siempre. Una gota de lluvia me salpica la cara cuando Yancuilli asume su postura. Ignoro el clima, concentrándome en sus pies y hombros, que puedo leer como glifos en un libro pintado.

—¿Estás listo para otra paliza, gatita de los acolhuas? —se burla.

—Cállate —mascullo sin mirarlo a la cara—. Y pelea, bastardo.

Con un gruñido enfurecido, ataca, un golpe hacia abajo que esquivo fácil. Pero él gira para volver a embestir, y tengo que dar un brinco hacia atrás para evitar que me golpee. Acto seguido, se abalanza sobre mí de nuevo. Mientras me defiendo y me alejo bailando, me doy cuenta de que está usando una variación del undécimo cemolin. Es como si un baterista hubiera tomado un ritmo de 4/4 y lo hubiera estirado a 7/8, ajustando los tiempos fuertes e insertando más pausas. Mi medio hermano probablemente cree que hace sus movimientos al azar, de forma impredecible, pero una vez que siento la cadencia, me adapto enseguida.

Al principio nos movemos como uno solo, y mi reflejo de sus movimientos le arranca una maldición por entre los dientes apretados.

Luego me deslizo dentro y fuera de sus defensas, tocándolo con la parte plana de mi espada, sintiendo su estrategia defensiva. Es débil. La falsa casualidad de su estilo solo promueve el ataque.

Así que cuento los tiempos hasta que llega el momento de un movimiento en particular: el centlacolmetztli, o media luna. Mientras Yancuilli balancea su macana en un ángulo de 180 grados, le doy la espalda y me arrodillo para que la hoja de madera pase por encima de mi cabeza. Al mismo tiempo, empujo mi propia espada hacia atrás, golpeando el extremo más ancho en su ingle.

Cae de rodillas, jadeando de dolor.

Un relámpago se bifurca a través del cielo oscurecido.

Giro sobre una rodilla y luego golpeo el pomo de mi arma en su garganta. Se tumba hacia atrás, resollando, con los ojos cerrados por el dolor.

Las nubes se abren entonces, y cortinas de agua borran el mundo. Todo lo que puedo ver es a Yancuilli, retorciéndose en el barro. Salto sobre su pecho, sujetando sus brazos con las rodillas. Mi corazón está tronando más fuerte que la tormenta que nos rodea. Una necesidad que nunca había sentido surge dentro de mí.

Humillar. Aniquilar.

Este deseo destructivo abruma la habilidad, el orden, la ética. Mis músculos se estremecen con puro caos.

Le doy un puñetazo en la cara. Y otro. Pero cuando alzo la mano para dar un tercer golpe, el capitán Ténich me aparta de mi medio hermano, me pone de pie y grita por encima de la lluvia.

—¡Suficiente! ¡Has mostrado tu valor y comprobado tu superioridad!

Luego su mirada de ira y preocupación se disuelve. Girando la cabeza para que solo yo pueda ver su sonrisa, el capitán agrega en voz baja:

—Bien hecho, alteza. De verdad que os aplaudo.

Los otros líderes juveniles ayudan a Yancuilli a levantarse. Mientras tambalea aturdido bajo la lluvia, el resto de nosotros llevamos las armas de práctica de vuelta a la armería. Allí nos reúne Ténich para darnos las últimas novedades.

—Buenas noticias —dice, y nos guiña un ojo con esa travesura típica—. El emperador Tezozómoc ha ondeado la bandera blanca. Solicita la paz. La larga guerra ha terminado, chicos. ¡Acolhuacan ha ganado!

Los vítores suben por todas partes. Me uno, exuberante.

—Nuestras fuerzas han terminado el bloqueo y regresarán pronto —continúa el capitán—. Una vez que hayan sido agasajados y hayan descansado, convenceré a algunos de esos héroes para que los visiten, les cuenten sus hazañas y les enseñen cómo establecer obras de asedio.

Aunque ahora me siento seguro de que podría ir a la batalla y sobrevivir, suelto un suspiro agradecido y me desplomo aliviado. Un peso se me ha quitado de encima. Quince años de guerra son suficientes. Tengamos paz para hacer música, escribir poesía, plantar nuevos jardines, construir grandes monumentos y edificios.

Hemos desperdiciado en esta guerra demasiados años y a demasiados hombres. Anhelo ver a Tetzcoco rebosante de artistas y filósofos, ingenieros y actores.

Gobernar tal paraíso es mi mayor sueño.

No ha pasado una trecena antes de que comiencen los rumores. En el almuerzo y antes de las oraciones, empiezo a escuchar la palabra «usurpador» repetida en voz baja. Una cosa es que por todo Acolhuacan los descontentos se quejen de las pérdidas en las que han incurrido debido a la guerra de su señor supremo. El patriotismo no requiere obediencia ciega. La crítica y el debate son necesarios y útiles. ¿Pero un insulto tepaneca contra mi padre? ¿Repetido en la escuela de mayor renombre de su ciudad?

Decido no hacer caso, pensando exagerada mi reacción a lo que probablemente sean conversaciones inofensivas. Pero un día, en la práctica, escucho a Yancuilli murmurarle a uno de los otros líderes juveniles:

—Si tengo algún parentesco con Xólotl, es a través de la sangre de mi madre. Mi padre es un usurpador.

Ahora veo la fuente de los insultos susurrados. Yancuilli, hijo de una concubina tepaneca, enfurecido por la humillación que sufrió a mis manos, ha decidido librar una guerra de chismes contra la legitimidad de su propio padre en un intento por hacerme daño. Siento la tentación de confrontarlo, pero en cambio espero hasta la hora de la cena e interrogo a mis amigos, que están más acostumbrados a los chismes que yo.

—Es esa vieja mentira —dice mi primo Acáxel—. Ya sabes, sobre cómo tu padre y el mío no son realmente descendientes de la familia imperial chichimeca.

—Ah, esa tontería otra vez —suspiro—. Algunos tepanecas creerán cualquier maldita cosa para afirmar que *su emperador* debe ser nombrado jefe chichimeca.

—Pero así no funcionan —observa Nalquiz—, los títulos chichimecas.

—A Tezozómoc nunca le han importado las reglas de la nobleza —respondo—. Lleva quince años intentando sembrar el caos en Acolhuacan y poner a la gente en contra de mi padre.

—Esperemos que esta nueva paz sea duradera —reflexiona Acáxel.

Tengo mis dudas, pero antes de que pueda expresarlas, Nalquiz interviene.

—¡Oh! Los iniciados están terminando las reparaciones del salón de la canción esta semana, amigos —dice con una sonrisa—. Los sacerdotes van a organizar una celebración allí el decimotercer día. ¡Podremos cantar y bailar, por fin! Tal vez incluso algún pícaro meta de contrabando unas calabazas de vino.

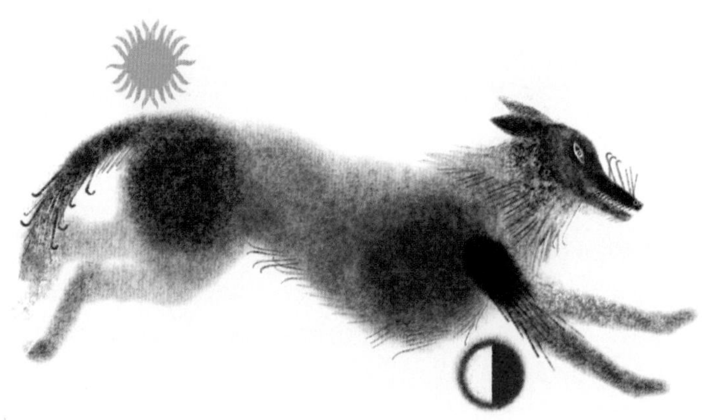

[10] EL SALÓN DE LA CANCIÓN

La pregunta de Eyolin

La noche antes de la dedicación
estamos acostados en la oscuridad,
la cabeza de Eyolin acurrucada
en el hueco de mi brazo.

"¿Me amas?",
pregunta con voz temblorosa.
Pero percibo otra duda
escondida en esas palabras:
¿Me harás tu reina?

Suena un trueno antes
de que pueda responder.
Mientras se apagan sus ecos,
beso la corona
de su cabeza.

"Eres preciosa para mí",
digo por fin.
Las palabras «amar»
y «preciosa»
se parecen tanto
en nuestra lengua materna:
tlazohtla
tlazohtli.

Pero su silencio me dice
que ella oye la diferencia
y entiende.

Dedicación

Los estudiantes varones
nos reunimos por fin
en el salón de la canción,
una réplica más pequeña
de la Casa de Flores,
que conozco tan bien.

Llega el maestro cantor
y nos inclinamos mientras camina
al lugar sagrado en donde
pronto colocarán el tambor.

"Aunque el fuego una vez consumió
este salón, silenciando sus armonías,
deteniendo sus ritmos, las manos
de ustedes lo han levantado de nuevo,
en eco de la obra de los dioses
al comienzo de cada nueva era
cuando repararon
la destrucción
de la anterior.

"Hoy celebramos su renacimiento
y volvemos a dedicar este edificio
a Huehuehcóyotl,
ese Viejo Coyote,
monarca de la danza y la canción."

Hace un gesto a la imagen
de la deidad cambiadiza

en la pared detrás de él.

"Justo aquí debe estar un tambor
para complacer sus orejas puntiagudas
con hermosos ritmos. ¿Quién mejor
para ponerlo aquí que unes acólites
de sus amantes favorites,
Xochipilli y Xochiquétzal,
dios y diosa de todo placer?"

A esta señal, dos asistentes del templo
entran, llevando un tambor entre sí.
No son hombres o mujeres,
sino xochihuah y patlacheh:
gente de dos espíritus.
Tales seres duales juegan papeles especiales
en nuestra rica fe tetzcoca.

Pienso en Izcalloh, tan lejos ya,
pero siempre presente
en mi corazón y en mi memoria,
brillante y elegante y espiritual,
participante de los misterios divinos.

El instrumento en sí parece
chamuscado por el fuego y antiguo.
Dos mazos de olmaitl cuelgan
por una correa de cuero.

Mientras depositan el tambor ante
el maestro cantor, vuelve a hablar:

"Los dioses han querido que hoy
el mayor percusionista de Tetzcoco
haya acudido a este salón.
Le pido que se preste
para sellar esta dedicatoria
con una canción que
todos podamos bailar."

Me mira y me hace un gesto.
"Príncipe heredero Acolmiztzin,
venid a pararos al tambor
y haced que los dioses
se regocijen."

Ante el tambor

Todos los ojos están puestos en mí
mientras me adelanto sin dudarlo.
Aunque no sabía que me llamaría,
para la música siempre estoy listo.
Es un momento crucial,
y cumpliré con mi deber,
totalmente seguro de que
mi habilidad y confianza
nunca flaquearán.

Recuerdo las palabras de mi padre
después de nuestro ayuno final:
"Si esperas llevar a los hombres a la batalla,
no sólo deben confiar en ti y temerte.
Deben admirarte, deben amarte.
No tienes más remedio que ser el mejor.
Entonces pondrán sus propias vidas bajo
tus órdenes. Entonces todo Tetzcoco
se arrodillará feliz, sabiendo que un hombre
como un dios se eleva por encima de ellos
para que puedan encontrar protección
y puedan sentir alivio
en la amplia sombra
de su poderosas
ramas."

Es hora de que sea
más que un chico,
más que un hombre.
Debo hacerles escuchar

el mismísimo canto divino.

Mis manos se posan en la madera desgastada
y luego comienzan a golpear un ritmo.
Es una vieja canción, de la juventud de mi padre.
Todos lo saben. Pronto se unen sus voces.

Mi primera canción

Seamos todos amigos,
robémonos un corazón.
Solo aquí podrán arrancar
ese amor como una flor.

Así que párense, amigos,
¡y tañan sus tambores!
¡Agiten sus sonajas!
¡Sí, estampen ya sus pies!
¡Agarremos esas flores
mientras haya tiempo!

Que sus pasiones se eleven,
y sus corazones se alegren.
Flores de cuervo en sus manos
mientras danzan sin pudor,
¡tirando pétalos dorados!

Cantan con hermosa voz,
las aves sagradas en vuelo:
la cotinga, el ibis, el tzinitzcan,
el quetzal, el loro, el centzontleh!

El ibis trina primero,
luego todos responden:
sonajas y tambores,
¡palmas y pies!

Ahora párense, amigos,
¡y tañan sus tambores!

¡Marquen el compás
con palmas y pies!

Sientan el ritmo
del canto divino:
¡Agarremos esas flores
mientras haya tiempo!

Los estudiantes

Todos los chicos han estado
bailando en un frenesí,
gritando el estribillo,
estampando los pies
y batiendo las palmas.
Como un titiritero, sostengo
los hilos de sus almas
en mis manos.

No quiero que el baile se acabe.

Así que tomo los olmaitl,
mazos de madera
con extremos de hule,
y mando a todo el mundo
a girar y girar en espiral
a mi propio ritmo,
frenético y complejo
como hacer el amor
en el corazón mismo
de una tempestad.

Mi segunda canción

Loro rojo cual fuego,
¡te vuelves a prender!
El resplandor de tu cresta
me ha hecho arder
¡hasta gemir tu nombre!

Eres fragante copal,
brillante flor de cacao;
juras que tu amor es real:
pero todo es fugaz,
incluso tú y yo.

Uno nace para ser abandonado,
por lo que sé que al fin te irás,
como yo me iré, cuando el cielo llame.
Es el destino de todo humano:
ser despojados de nuestra carne.

Te veo llegar para descansar
entre estos chicos nobles,
amable y encantadora.
Te posas, mi cotinga azul,
en mi petate emplumado.

Me duele oír tu canto,
mi ibis escarlata,
dorada flor de cuervo,
juras que tu amor es real,
pero solo te he tomado prestada.

Como cuando se tritura el cacao
y se mezcla con divina medicina,
o me ofrecen un tubo de tabaco,
si la acepto en mi corazón,
me va a embelesar.

Pero la batalla está esperando,
el santo destino de un hombre,
¿y si vuelvo para encontrar
que ha dejado esta tierra
para siempre, mis nobles?

Durante la guerra, ¿me negaré
a ir al lugar de los despojados?
Mi corazón ahora es precioso,
porque soy un poeta enamorado,
y mi flor es dorada.

¿O la iré a abandonar
por mi hogar celestial,
rodeado de flores?
Serán esmeraldas y plumas
mi recompensa eterna?

Me entrego a la voluntad de los dioses.
¡Déjenme vivir o déjenme morir!
¡Déjenme ser envuelto y quemado,
por poeta que sea! Pero, se los ruego—
¡no dejen que mi corazón sea su cautivo!

[11] BATALLA

Como si mi canto fuera una profecía, a los pocos días nos llega la trágica noticia.

Mis amigos y yo estamos tomando el escaso desayuno cuando el capitán Ténich entra en el comedor y se nos acerca. En su cara no hay rastro de su acostumbrado humor.

—Acáxel, Acolmiztli, tienen que venir conmigo, jóvenes.

Desconcertados, lo seguimos. Pero no nos lleva a ninguno de los muchos salones del campus. En cambio, salimos por la entrada norte del calmécac y nos dirigimos a la armería, que también funciona como el cuartel militar de Tetzcoco.

—¿Vamos a ver a mi padre? —pregunta Acáxel, pero el capitán sólo acelera el paso en respuesta.

Ya en el edificio fortificado, nos llevan a la sala de estrategia, donde se registran los movimientos de las tropas en el gran mapa de Anáhuac pintado en el piso.

De pie sobre el mapa está mi padre. Lo flanquean sus comandantes, incluido mi primo Zoacuecuénotl, con los ojos hundidos y sin afeitar.

—Hermano mayor —dice Acáxel—. Has regresado del asedio. Gracias a los dioses.

El rey levanta la mirada hacia nosotros. Sus facciones están demacradas y sombrías.

—Mi querido hijo. Mi estimado sobrino. Me duele sacarlos de sus estudios por tan malas noticias. Sin embargo, así lo han dispuesto los dioses.

Los ojos de Acáxel se están poniendo rojos, brillando con dolor profético mientras habla con voz ronca.

—¿Dónde está mi padre, su majestad? ¿Por qué no está a tu lado, hermano mayor, aquí donde puede defender Tetzcoco y todo Acolhuacan?

«¿Qué han hecho ustedes dos con él?», mi primo no dice esas palabras, nunca se atrevería, pero todos las escuchamos igual. Zoacuecuénotl se ciñe más la capa, como para evitar que el frío de la tragedia se le hunda en la carne.

—Cuando el emperador Tezozómoc se rindió —comienza mi padre—, al principio se mantuvo en silencio. Sin embargo, después de trece días, extendió una invitación. Una fiesta, para celebrar la nueva paz entre Tepanecapan y Acolhuacan. A realizarse en el antiguo retiro en el bosque de Temamátlac, en el extremo sur de nuestro territorio.

No puedo quedarme callado.

—Un ardid, seguramente.

—Así concluyó también el general Acatlohtzin —dice Zoacuecuénotl, apretando la mandíbula como si apenas pudiera contener sus emociones—. Aunque la costumbre dicta que es imposible ignorar tal invitación, mi padre se negó a dejar que el rey asistiera, y se ofreció a ir en su lugar con los rapados. Sólo gracias a su feroz resistencia y valor es que sabemos lo que le sucedió a mi padre en ese lugar.

Acáxel cae de rodillas, sus ojos muy abiertos y el rostro inundado de lágrimas. Pero no dice nada, sólo se estremece con un dolor silencioso mientras espera el resto de las noticias.

El rey aprieta los dientes y cierra los puños. Un gruñido de rabia y duelo escapa de sus labios.

Acatlohtli es su hermano más querido.

O lo era.

—Parece —dice con voz áspera—, que mientras la mitad de nuestras tropas estaban en Tepanecapan y la mayoría del resto mantenía a raya a los mexicas, las facciones rebeldes han tomado gradualmente el control de cuatro de nuestras ciudades principales: Chimalhuacán, Acolman, Huexotla . . . y Coatlichan.

Más que cualquier otra noticia de hoy, la pérdida del reino acolhua más grande y poderoso es un golpe inabarcable. Sin Coatlichan, Tetzcoco, y todo Acolhuacan, el reino está en serio peligro.

—Acatlohtzin llegó al retiro solo para encontrar allí reunidos a los nuevos líderes de esas ciudades, así como contingentes de mexicas y colhuahqueh. Lo más angustioso fue la presencia de nobles del mismo Tetzcoco . . . incluyendo toda la jefatura del barrio chimalpaneca.

El rey gira la cabeza para escupir con rabia antes de continuar, con la voz ronca por la emoción contenida.

—Mi hermano entregó mi mensaje: los tepanecas ya no deben cruzar el lago de la Luna ni poner un pie en Acolhuacan. La paz no significa alianza. Entonces ese despreciable Maxtla, que supervisaba la supuesta celebración en nombre de su padre, gruñó que el emperador no había convocado al general Acatlohtzin, sino al rey Ixtlilxochitzin, «Sin embargo, nos complace matarte en su lugar, por ahora», declaró el monstruo. «Acolhua, muestra tu lealtad». Ante lo cual nuestra propia gente se abalanzó sobre mi hermano y lo mataron, junto con la mayoría de sus guerreros. Sólo dos escaparon para traerme esta terrible nueva.

Mi padre deja caer los hombros. El dolor supera la indignación mientras sus manos y labios tiemblan.

Acáxel comienza a llorar en serio ahora, golpeando las baldosas del piso y aullando. Me arrodillo a su lado, tratando de consolarlo. No puedo entender lo que está sintiendo. No quiero imaginar la pérdida de mi padre.

Más tarde me entero de los detalles que mi padre ha omitido. Maxtla hizo que los traidores acolhuas desollaran vivo a mi tío y que luego cubrieran una roca con su piel. Sus soldados recibieron un trato similar.

El comandante Zoacuecuénotl se acerca a su hermano menor, lo pone de pie y lo abraza bruscamente.

—Ahora nuestro venerado padre ya acompaña al sol, hermano menor. No llores por él. La máxima gloria es suya. Libre de esta tierra triste y resbaladiza, ha encontrado el verdadero gozo y el honor más allá de la muerte.

Mi padre observa, sus ojos llenos de compasión, mientras se consuelan mutuamente. Después de un momento, los sollozos de Acáxel se calman y el comandante lo suelta. Mi padre, dejando a un lado su propio duelo, toca el mapa con un palo de madera. Observo por fin la flota de canoas que viene de Tenochtitlan, las figuras de piedra que representan batallones dispuestos al sur y al norte.

—Vienen a esta ciudad, desde tres lados. Nuestras tropas desplegadas en Tepanecapan no llegarán a tiempo para protegernos, y el nuevo rey de Coatlichan ha reunido los batallones acolhuas del sur en apoyo al emperador.

Pensando en Izcalloh, pregunto:

—¿Y Chalco? ¿Ha tenido éxito el embajador Cihtzin en animar a la Confederación Chalca a ayudarnos?

—Ninguno de los mensajeros que mandé al sur ha regresado con noticias, hijo. Y la República de Tlaxcallan solo ofrecerá asilo, no apoyo militar. Podríamos vaciar la ciudad y retirarnos hacia el este sobre las montañas hasta escondernos en esa tierra extranjera, pero . . . ¿con qué propósito? Somos tetzcocas, herederos de Toltecáyotl, de

Chichimecáyotl. —Su voz comienza a elevarse y endurecerse mientras presenta su caso—. No renunciaremos a nuestro Camino. Nos mantendremos firmes y defenderemos esta ciudad a como dé lugar. Todos los hombres lo suficientemente mayores y todas las mujeres lo suficientemente fuertes deberán luchar.

Acáxel, con la voz temblorosa, mira hacia arriba con ardiente determinación.

—¿Incluso los postulantes?

El rey asiente.

—Ustedes dos nos acompañarán a la batalla. Acáxel, irás con tu hermano al sur a encontrarte con los acolhuas traidores. Han de vengar la traición de su padre: detengan su avance. Acolmiztli, el capitán Ténich me asegura que has avanzado mucho. Qué bien. Marcharemos al amanecer hasta la orilla del lago. Empujaremos a los mexicas al sedimento podrido que tanto les gusta extraer.

En lugar del calmécac, nos escoltan a nuestras casas. Acáxel sigue a su hermano a la mansión familiar para consolar a su madre y hermanas. Los soldados me acompañan al palacio, donde mi madre me espera con besos, comida y más noticias angustiosas. Han pasado cuatro meses desde la última vez que nos vimos, pero tenemos poco tiempo para bromas o para ponernos al día. El peligro es inminente.

—Los rumores vuelan —me dice mientras me insta a comer—. El apoyo al emperador se está propagando como fuego por todo Tetzcoco. Tu padre ha enviado soldados a los barrios de los mexihtin, tepanecas y chimalpanecas. Era un movimiento necesario: imponer un toque de queda y evitar que los grupos se congreguen para conspirar en contra nuestra. Sin embargo, parece que eso refuerza el sentimiento rebelde en los otros vecindarios.

Tomo un sorbo de agua.

—Entonces tenemos que ganar en los tres frentes. Contra los mexicas en la orilla del lago, contra los acolhuas traidores en el sur, y contra los tepanecas en el norte. Si alguno de esos ejércitos llega a la ciudad, madre . . .

Levanta una mano.

—Lo sé. Tetzcoco se desgarrará a sí mismo. La gente común está cansada de los conflictos. Prefieren ceder ante Tezozómoc. Y muchas facciones nobles ven esto como su oportunidad de consolidar más poder.

Pienso en mi hermano bastardo y los susurros que corrían en la escuela. Me pregunto si la intrigante de mi hermana lo habrá arrastrado a sus propias maquinaciones.

—Deberíamos vigilar de cerca a Yancuilli y Atótotl.

Se toca el pecho, justo encima de su corazón.

—Ya convencí a tu padre para que los vigilen sus mejores espías comerciantes. Yo tampoco confío en ninguno de los dos. Pero por ahora vete a tu habitación, hijo mío. Tu padre se dirigirá a la ciudad antes del anochecer. Aséate y vístete bien. Saldremos juntos al final de esta guardia.

Una vez en mi habitación, despido a mis asistentes. Registro con la vista mis posesiones: instrumentos de todo Anáhuac, múltiples tambores y caracolas y flautas; estatuas no sólo de dioses, sino de hermosas mujeres y bellos hombres, agradables xochihuahqueh y patlachehqueh de nuestras más grandes leyendas; pinturas de paisajes familiares y extraños; ropa para cada temporada, cada ocasión, cada clase social. Recorriendo con mis manos objetos tan maravillosos, los imagino ardiendo mientras la ciudad es saqueada. Un pensamiento solemnizador. Pero yo soy más que estas cosas. Soy el príncipe heredero de Tetzcoco, hijo del jefe chichimeca, señor supremo de Acolhuacan.

Y mañana marcharé a la batalla junto a mi padre.

Se me revuelve el estómago ante la idea. Me hormiguean las palmas de las manos.

¿Estoy listo para luchar? ¿Y, acaso, para dar mi vida por Tetzcoco?

Una vieja canción de guerra nos recuerda: *Ignora al fanfarrón y sus jactancias; ningún hombre conoce su temple hasta enfrentarse con una espada en la guerra.*

Pero lo que siento no es miedo, me doy cuenta. Al menos no del todo. Es anticipación. Estoy a punto de ser medido, pesado, juzgado por los dioses en el campo quemado y ensangrentado.

El calmécac ha hecho todo lo posible por prepararme. Ruego ser verdaderamente digno de mi linaje, de mi pueblo.

No mucho después, cruzamos los puentes de madera y nos dirigimos hacia la plaza sagrada al pie de la pirámide. Se siente raro volver a ponerme capa, chaleco y sandalias, después de tantos meses descalza y con sólo un taparrabos. Mi piel ya se ha acostumbrado a las dificultades y la exposición. ¿Cuánto más después de un largo invierno, después de otros tres años y medio en el calmécac?

Si puedo sobrevivir hasta graduarme, por supuesto. Si mi ciudad, mi gente, puede resistir el embate del enemigo.

Los nobles restantes de Tetzcoco se disponen al frente. La guardia real nos conduce a mi madre y a mí a través de la multitud de plebeyos hasta nuestro lugar designado. La pirámide se alza sobre nosotros, su doble cumbre centelleando a la luz rosa dorada del sol poniente.

Mi padre emerge del interior de la pirámide para pararse entre los templos gemelos como si simbolizaran su dilema: si el linaje real, el Camino de Quetzalcóatl— o la crisis, supervisada por Tezcatlipoca —decidirán el futuro del liderazgo de Tetzcoco. Resplandeciente con su atuendo real, una mezcla de tradiciones toltecas y chichimecas, el rey se dirige a la multitud reunida.

—Hace años, tras la muerte de mi noble padre, esta ciudad me seleccionó para que fuera su sucesor. El día de mi coronación, me humillé ante ustedes, admitiendo mi insuficiencia, consciente de que el Señor del Caos podría buscar un reemplazo para mí. Sin embargo, juré hacer todo lo posible para protegerlos, para estar a la altura de las circunstancias y convertirme en un ciprés imponente que daría sombra a Tetzcoco y todo Acolhuacan. Bendecido temporalmente con el don del gobierno que fluye de la fuente, la Gran Dualidad, monarca de lo cercano y lo junto, he tratado de honrar mi papel pasajero como su rey, para traer gloria a esta diadema de turquesa ceñida sobre mi cabeza. He extendido mis alas y las plumas de mi cola para protegerlos mientras uso garras y pico para mantener a raya al enemigo.

Hay gritos de aliento y amor, pero también silbidos y abucheos. Una parte de mí quiere arengar a los guardias y salir a cazar a los disidentes entre la multitud. Pero mamá tiene razón. Tomar medidas contra otros tetzcocas en este momento solo empeoraría la situación.

—Sé bien, nobles y plebeyos que me han confiado el cuidado de esta ciudad, que incluso ahora se me observa desde los cielos arriba, desde el reino de los muertos abajo y desde todas las naciones del mundo rodeado de mar. El deber de demostrar mi valía para gobernar es mío. Los mexicas se acercan al lago de la Luna. Marchan los acolhuas rebeldes desde Temamátlac hacia nuestra frontera sur. Y rodeando el lago Xaltocan, a nuestro norte, vienen corriendo las hordas de tepanecas, ansiosas de expandir su imperio.

—Escuchen, mis amados tetzcocas, ¡nunca me rendiré! —El grito resuena por toda la plaza sagrada, amplificado por su valor y la ingeniería acústica hasta hacer vibrar nuestros huesos—. El dios patrón de mi familia, cuyo altar se encuentra en el corazón del palacio, es la Serpiente Emplumada, que valora la realeza y el linaje, las tradiciones transmitidas de generación en generación, el conocimiento del gobierno y la profunda sabiduría inscrita en nuestros corazones. No abandonaré mansamente el petate del poder. Tampoco permitiré fácilmente que ningún otro hombre que no sea el príncipe heredero, la mente más grande que nuestro pueblo haya conocido jamás, me suceda. Somos herederos de Toltecáyotl, de Chichimecáyotl. ¡Y mañana marcharemos a la guerra!

Un rugido de aprobación sube entonces desde la plaza sagrada, y mi corazón se llena de esperanza.

Una guardia completa antes del amanecer de la mañana siguiente, un paje me ayuda a ponerme el equipo de batalla que mi padre encargó que los artesanos hicieran para mí. Primero, la armadura acolchada de algodón, luego, túnica y falda emplumadas— el rojo y el verde iridiscentes del plumaje del quetzal. Grebas de cobre para proteger mis piernas, bandas del mismo metal para la parte superior de mis brazos y muñecas. Un resistente casco de madera con forma de cabeza de puma, cubierto de plumas amarillas de cotorro.

Mientras el paje me ata las sandalias, deslizo un par de cuchillos macuahuitzoctli en el cinturón de mi falda. Estoy levantando mi espada de obsidiana y mi escudo, sintiendo su peso, tratando de ignorar el tintineo de mis nervios, cuando mi padre entra con un pequeño tambor en las manos.

—Pareces un verdadero guerrero, hijo —dice con una sonrisa melancólica.

Inclino la cabeza y me toco el pecho con el pomo de la espada.

—Me honras, padre. ¿Es un tambor de señales?

—Así es —dice, atándolo a mi espalda con un arnés de cuero. El peso es ligero, natural, como si estuviera destinado a soportarlo—. Te quiero a mi lado durante la batalla, comunicando mis órdenes con los ritmos apropiados. Los conoces, ¿verdad?

—De memoria —le aseguro.

—Entonces vámonos, Acolmiztli. El último informe indica que la flota de canoas de guerra está acercándose a nuestros pantanos. Han venido lentamente, esperando una respuesta naval, pero los quiero en el agua mientras estamos en tierra. Debo usar nuestros contingentes menos numerosos de la manera más estratégica posible.

Las tropas ya se han dispuesto en dos columnas a lo largo de la carretera occidental. Nos dirigimos a la vanguardia y veo que el rey ha organizado un nauhtzontli: cuatro unidades de cuatrocientos hombres. Una unidad de arqueros; otra armada con lanzas y átlatl; y dos unidades de infantería— cuarenta pantin completos. Cada uno de sus escuadrones de veinte hombres estaba compuesto por un líder veterano experimentado, guerreros más jóvenes y estudiantes del calmécac y varias escuelas plebeyas.

Un impresionante trabajo de organización en tan poco tiempo. Nuestro ejército está entre los mejores.

Llegamos a los comandantes, abanderados y portadores de dioses en el frente. Padre se vuelve hacia mí y señala al ejército detrás de nosotros.

—Necesito una marcha forzada. Quiero que cubramos la distancia en media guardia. ¿Puedes establecer un ritmo apropiado?

Le entrego mi espada y escudo al paje.

—Sí, su majestad —respondo, colocando el tambor de señales frente a mí. Luego, conjurando un ritmo que mueva a mil seiscientas almas, empiezo a tocar semicorcheas resonantes.

Alguien suena una concha. El ejército se pone en movimiento como una serpiente de fuego con la cola extendida por cientos de varas mientras se retuerce rápidamente por el camino.

El bosque, negro como la tinta, da paso al matorral y a la pradera, luego a los juncos y cañas de los pantanos. En poco tiempo, bajo la luz dual de la luna poniente y las puntas del alba al oriente, puedo distinguir las formas estrechas de las canoas de guerra mexicas. Algunos han llegado al borde más alejado del marjal y están intentando navegar por el sinuoso pasadizo hasta la orilla.

La anticipación hinca sus garras en mi estómago. En unos momentos, comenzará mi primera batalla.

—Señala al centzontli de arqueros: ¡tomen sus posiciones!

Bato los ritmos. A lo lejos, detrás de mí, la orden se repite con banderas. Veinte pantin de arqueros se disponen a lo largo del pantano frente a nosotros.

—¡Preparen flechas!

Mis manos golpean el comando.

—¡Apunten!

Una ráfaga de notas.

—¡Disparen!

A mi señal, cuatrocientas cuerdas de arco vibran al unísono, y las flechas silban sobre la marisma hacia las canoas. Escucho quejidos lejanos. Parece como si los escudos se hubieran levantado, pero el grito ocasional sugiere que la cobertura no está completa.

—¡Preparen flechas! —mi padre vocifera de nuevo—. ¡Apunten! ¡Disparen!

Juntos, enviamos descarga tras descarga. Los mexicas devuelven el fuego, una acción más complicada desde esos barcos a la deriva. Aún así, muchos de nuestros arqueros resultan heridos. Algunos quedan tumbados para siempre al fango.

Una vez que los comandantes determinan que los arqueros han hecho lo que pueden, y antes de que sus flechas se agoten, mi padre ordena a los portadores de átlatl y lanza que vayan al frente, protegidos por un centzontli de infantería con escudos más grandes.

Hay varios momentos tensos mientras esperamos expuestos a que los mexicas se acerquen a cuarenta varas de la orilla, el alcance máximo de un venablo lanzado por átlatl. Las flechas enemigas dan contra los escudos, el barro y los cuerpos tetzcocas. Los comandantes hacen que el rey y yo retrocedamos unas cuantas varas, solo para estar seguros.

Luego vienen las órdenes a gritos, que hago eco en el lenguaje de los latidos:

—¡Coloquen!

Los guerreros colocan la punta de su lanza en la copa en un extremo del átlatl.

—¡Flexionen!

Sosteniendo una lanza balanceada en su átlatl, flexionan sus brazos hacia atrás.

—¡Lancen!

Extienden los brazos hacia adelante en un arco mientras agarran su átlatl, luego envían las lanzas volando por el aire a velocidades tremendas. Ahora puedo distinguir a los mexicas individuales en las canoas. Muchos son atravesados por los venablos, para caer al lago de la Luna o caer muertos en sus botes.

Pasamos por varias iteraciones más de *colocar*, *flexionar* y *lanzar*. Con cada andanada, los mexicas pierden decenas, pues sus escudos no resisten la velocidad y fuerza de nuestras lanzas. Pero también se acercan.

Los exploradores informan que varias canoas se han abierto paso a través del laberinto. Los guerreros mexicas están desembarcando en la orilla.

Mi padre ordena al otro centzontli de infantería que avance sobre la fuerza invasora.

Ahora la batalla depende de la cohesión de nuestras unidades, de la capacidad de estos jóvenes de seguir las órdenes de sus capitanes, de los años de entrenamiento que han recibido en sus respectivas escuelas.

Nuevamente, estoy convencido de que debemos comenzar mucho antes la educación formal de los niños.

Sin embargo, nuestros guerreros se conducen bien, empujando a los mexicas hacia los juncos y el fango, rebanándolos y golpeándolos hasta que se retiran.

Algunos enemigos atraviesan nuestras defensas, corriendo hacia el puesto de mando. Entonces es cuando los arqueros disparan desde ambos lados las flechas que hemos mantenido de reserva.

Pero no pueden parar a todos. Un trío de Caballeros Jaguares mexicas se precipita hacia nosotros. Coloco el tambor de señales sobre mi espalda y tomo la espada y el escudo que sostiene el paje. Con el corazón palpitante, me apresuro a ponerme entre los atacantes y mi padre.

Los comandantes y su personal se enfrentan a dos de esos guerreros expertos, cuyos movimientos son tan rápidos y precisos que parecen manchones.

El tercero da un grito ululante cuando viene corriendo hacia mí, con la espada levantada.

En lugar de tratar de bloquear su ataque, doy un paso hacia él, agachándome para golpear su plexo solar con la cabeza. Se tambalea hacia atrás, y yo blando la espada en un arco que debería atravesar su abdomen. Pero este no es un simple niño. Gira hacia un lado e intenta rebanarme con su propia espada.

El borde de su arma se encuentra con la parte plana de la mía, que se rompe en astillas. Levanta la espada de nuevo y yo me dejo caer al suelo en cuclillas, de espaldas a él. Con un estruendo horrible, su arma destruye el tambor de señales. Mi instrumento ralentiza y suaviza el golpe lo suficiente como para que las hojas de obsidiana sólo me corten levemente la piel a través de la túnica y la armadura acolchada.

Mi inusual defensa lo confunde por unos segundos, lo que me da tiempo suficiente para sacar las dagas de obsidiana del cinturón y comenzar a martillarlas repetidamente en sus pies y piernas.

Él grita y trata de forcejear conmigo, pero el latir sangriento de la destrucción recorre mis nervios. Hasta llegar a estas manos fuertes que han sido entrenadas durante más de una década.

Mis músculos saben exactamente qué hacer.

Comienzo a erguirme, golpeando un ritmo mortal en su abdomen y pecho. La sangre brota por todas partes, enrojeciendo el mundo.

No me detengo hasta llegar a su garganta y silenciar sus aullidos.

[12] ASEDIO

NO ME DOY cuenta de la inmensidad de lo que he hecho hasta mucho después de que los mexicas se han retirado de la costa y el contingente principal de nuestras fuerzas ha regresado a Tetzcoco. De hecho, no es hasta que mis asistentes me bañan en el palacio que me encuentro incapaz de distraerme más.

He matado a un hombre.

Sus ojos abiertos de horror cuando cayó hacia atrás, su carne desgarrada y llena de sangre. El golpe seco de su cuerpo contra la tierra apisonada del camino. El peso de la mano de mi padre en mi hombro mientras elogiaba mi velocidad. *Nomiccamaé*, me llamó. Es una palabra que usamos para referirnos a las manos invisibles de nuestros muertos venerados que nos protegen del daño.

Manos de la Muerte.

Le arrebato la esponja a una anciana sorprendida y me lavo la sangre de los dedos, cuya velocidad es poco natural.

Sé que el caballero jaguar fue honrado con su muerte. Sé que su alma ha volado hacia la Casa del Sol, la justa recompensa de todos los hombres caídos en la batalla. Sé que mi propio mérito ha aumentado por mi acto de valor. Sé que salvé la vida del rey.

Pero estas manos ahora han destruido, en lugar de crear. Y esa destrucción pesa sobre mí de manera inesperada.

El destino, sin embargo, me da poco tiempo para deprimirme.

Nuestros otros dos ejércitos son ahuyentados de regreso a Tetzcoco en una sangrienta retirada. Los hombres de mi primo son llevados hacia el norte por el hostigamiento constante de los acolhuas que ahora están aliados con Tezozómoc. Los soldados al mando del general Xicaltzin son impulsados hacia el sur por la fuerza invasora de Maxtla. Nuestros batallones van perdiendo soldados porque muchos hombres de las ciudades rebeldes deciden desertar a la causa imperial.

Cuando llegan los batallones a nuestra ciudad, mi padre me pide que lo acompañe para interrogar a esos comandantes.

Zoacuecuénotl habla primero.

—Me da mucha vergüenza haber sido derrotado, su majestad, pero hemos aprendido mucho. Los reyes legítimos de Huexotla— Coatlichan y Coatépec —todavía leales a su señor supremo, han huido a las montañas con algunos de sus ciudadanos, con la esperanza de encontrar un lugar relativamente seguro en la República de Tlaxcallan.

El general Xicaltzin tiene una historia similar.

—La mayoría de los pueblos más pequeños quedaron vacíos, ya que nuestra gente ha escapado por las colinas hacia Tlaxcallan. Empero, la ciudad rebelde de Acolman agregó miles de soldados a las fuerzas de Maxtla. Habríamos sido aplastados si nos hubiéramos quedado. Para limitar nuestras pérdidas, pensé que era mejor regresar y buscar el apoyo de otros aliados.

Pero no hay aliados.

En cambio, lo que queda de nuestro ejército— unos seis mil hombres —crea un anillo defensivo alrededor de Tetzcoco.

Durante dos días seguidos, cavan trincheras y levantan fortificaciones, empalizadas y vallas de madera entre las torres de piedra que marcan el perímetro.

Entonces llega el enemigo y comienza el asedio.

Durante dos trecenas, se desarrolla una rutina. Las fuerzas del emperador fingen o llevan a cabo un ataque. Pero son bloqueados o rechazados. Ambas facciones sufren lesiones y muertes, pero nuestras pérdidas son mayores. Las fortificaciones de tierra están dañadas y deben ser reconstruidas en la oscuridad de la noche por equipos de mujeres y niños robustos.

Me quedo con mi padre, sirviendo como su escudero, llevando mensajes importantes a sus generales, haciendo sonar el gran tambor de señal municipal para comunicar las órdenes generales a todas las tropas y ayudando con la estrategia.

Uno de los principales objetivos del enemigo es la destrucción de las granjas en las afueras de Tetzcoco. Flechas de fuego caen con regularidad, incendiando los cultivos. Sin embargo, no se trata de quemar edificios dentro de la ciudad.

—Chimalpopoca quiere a Tetzcoco intacto —me recuerda mi padre—. Es la joya que le prometió su abuelo. Así que intentarán doblegarnos de otras maneras.

Como para demostrar que tiene el rey razón, Maxtla construye una represa en el río, pero no antes de que hayamos llenado todas las cisternas y receptáculos disponibles con agua. Aún así, los jardines dentro de la ciudad comienzan a marchitarse. Un grupo de mujeres nobles, dirigidas por mi madre, ha recolectado y racionado la comida. Sin embargo, el asedio cobra un precio. El hambre se propaga. Para el vigésimo día, los guardianes de la despensa de la reina han comenzado a defenderse de los ataques al almacén. Múltiples ciudadanos son encarcelados, unos cuantos muertos en el acto o ejecutados más tarde.

Los disturbios civiles comienzan a enturbiar la ciudad como una enfermedad. Mi padre ha establecido escuadrones de jóvenes guerreros y estudiantes para patrullar las calles, especialmente en los tres distritos con lazos más profundos con el imperio. Afortunadamente, mi equipo está asignado al barrio chimalpaneca, por lo que puedo mantener vigilada a Atótotl, mi hermana ilegítima. Los espías de la madre han informado de extrañas reuniones en la casa de su esposo, Nonohuálcatl.

Aunque el asedio y mis deberes ocupan la mayor parte de mi tiempo, otros asuntos exigen atención. Dos veces, una dama de honor de la casa del juez Acacihtli me saluda cerca de la pirámide, trayendo mensajes de su señora Eyolin. Por ser mexihtin, mi amante está confinada en su barrio, pero está desesperada por verme, me dice su criada.

No mentiré. Me muero por tener a la chica en mis brazos, para alejar las pesadillas con sus besos, su olor. Pero la relación es un lujo que no puedo permitirme hasta que Tetzcoco triunfe. Le envío mi cariño y prometo verla una vez que termine esta crisis.

Después de un segundo intercambio similar, Eyolin no envía más mensajes. Estoy decepcionado y aliviado a la vez.

Hoy, como es mi nueva costumbre, me despierto antes del amanecer, me pongo mi equipo, tomo mi espada y me dirijo al punto de encuentro matutino cerca del templo. Acáxel espera en una alcoba, parcialmente oculto por un murete y un ciprés.

—Sigo tratando de llegar primero, pero siempre logras vencerme. —Me río.

Mi primo da un bostezo que termina con una sonrisa.

—Vas a ser mi rey algún día. Y no hay mucho más en lo que pueda competir contra ti. Concededme estas pequeñas victorias con gracia, príncipe heredero Acolmiztzin.

Antes de que pueda inventar una réplica adecuada, algo se mueve en las sombras. Una persona sale de un callejón y, moviendo la cabeza de forma errática, se desvía hacia la carretera que conduce a la colonia mexihtin.

—No nos vio. Sospechoso —murmura Acáxel.

—Sí. ¿Estará nervioso? El toque de queda sigue vigente hasta la próxima guardia. Nadie debería estar en las calles.

—¿Le seguimos, o esperamos a los demás?

Vacilo un momento, considerando los inconvenientes de ambas opciones.

Hay más movimiento. Nos agachamos y miramos por encima del muro bajo. La figura se aleja del edificio por un momento, saliendo a la brumosa luz de la luna. Lo reconozco de inmediato.

Yancuilli. Mi medio hermano mayor.

—Me late mal —sisea mi primo—. ¿Tu padre no lo asignó a la seguridad del templo?

—Mierda —gruño—. No lo pierdas de vista.

Tan silenciosamente como podemos, seguimos a Yancuilli, rastreándolo desde una distancia segura mientras da varias vueltas y llega a la sección noble del barrio. Por fin entra en el patio de una mansión de tamaño considerable.

Nos escondemos en las sombras de un santuario al otro lado de la calle mientras personas con antorchas salen de la casa para recibir al recién llegado. La llama parpadeante ilumina sus rostros.

Tres funcionarios mexihtin, uno de ellos el juez Acacihtli, padre de Eyolin. Junto a estos están Atótotl y su esposo, el señor Nonohuálcatl.

Rebeldes, lo más seguro. Aliados con el emperador.

—Bienvenido, señor Yancuiltzin —dice el juez, regalándole al bastardo la formalidad y los títulos que tanto anhela—. Veo que lo han seguido, tal como prometió.

Murmurando una maldición, doy un paso atrás, y me topo con el pecho y los brazos macizos de un guerrero que ha emergido del santuario después de colarse, lo más seguro, por la otra entrada. Me encierra en un abrazo brutal, sujetándome las manos contra mis costados.

Gruño de dolor. Acáxel gira para mirarme, levantando su espada de obsidiana.

Pero es demasiado tarde, demasiado lento. Desde la oscuridad matutina caen sobre nosotros otras hojas, brillando a la luz de las antorchas.

Una le corta la mano a mi primo, la otra le surca el abdomen. Por un segundo eterno, se queda temblando. La sangre sale de su muñón a borbotones, la otra herida se abre más y más como una horrible boca muda. Luego cae de rodillas, y sus intestinos se derraman sobre los adoquines.

—¡No! —grito, lleno de horror. Doy patadas y me retuerzo, tratando inútilmente de liberarme.

De los labios de Acáxel brota sangre. Sus ojos se vuelven vidriosos y quedan vacíos.

—Su cabeza servirá de prueba —indica el juez—. Dejen el cuerpo en la calle. Pronto se unirán muchos más.

Un levantamiento, alcanzo a pensar en medio de mi furia y desesperación.

Luego, una espada se balancea de nuevo, trazando un poderoso arco que atraviesa el cuello de mi primo.

Su cabeza cae al suelo.

Mis manos por fin alcanzan mi cinturón. Saco mis dagas y las entierro en los muslos del hombre que me sujeta.

Aullando, me giro para matarlo, para matarlos a todos, pero entonces algo duro me golpea la parte posterior de la cabeza y la oscuridad se arremolina a mi alrededor, hasta que caigo sin sentido al suelo.

—Despierta, arrogante pedazo de mierda.

Mis ojos se abren y trato de ponerme de pie, sólo para caer hacia atrás, mareado por el dolor en el cráneo. De pie sobre mí está Yancuilli, sus delgados labios torcidos en un rictus de alegría enfermiza.

—Me han pedido que negocie contigo —dice, burlándose—. La ciudad está a punto de caer, y luego varias familias competirán por el control.

Jadeando por el dolor de cabeza, me las arreglo para gruñir:

—Mi padre no cambiará su trono por mi libertad, bastardo. Tetzcoco es más importante que una vida.

—Oh, todo el mundo sabe lo santurrón que es el usurpador, gatito. Ni soñarían con tal negociación. Pero el juez cree que tendrá más derecho de reclamar la regencia ante Chimalpopoca. Sólo quiere que confirmes que has desflorado a su hija.

Logro sentarme. El alba ilumina las sombras de la habitación a la que me han arrastrado. Está vacía de todo excepto de unas cuantas vasijas de cerámica y el petate en el que estoy.

—¿Eyolin? ¿En medio de su revolución, el juez pierde el tiempo atacándome por acostarme con ella?

—Ah. Gracias —Yancuilli descorre la cortina de la puerta. Más allá hay un guardia y un escribano—. Escucharon la confirmación. Vayan a avisar al juez. Y no me miren así. Estaré bien: ni siquiera puede ponerse de pie.

Hacen breves reverencias y se van corriendo. Yancuilli vuelve a mirarme.

—Estoy realmente decepcionado. El rey te llama la mente más grande de Tetzcoco. Sin embargo, no comprendes por qué te tendí esta trampa. Los mexihtin tetzcoca están seguros de que si están en posesión del heredero «legítimo» al trono, nacido de una niña noble mexihtli, entonces tus tíos en Tenochtitlan les permitirán servir como regentes en esta ciudad.

Mi mente da vueltas, pero esta vez no por la herida en mi cabeza.

¿Por qué ignoré sus mensajes? Que los dioses me maldigan por tonto.

—¿Estás diciendo que Eyolin está *embarazada*?

Yancuilli se frota las manos con deleite. Se agacha, inclinando la cabeza como para verme mejor.

—¡Oh, la cara que tienes! He esperado muchos años para verte derribado, Acolmizton. —Aprieto los puños ante el insultante diminutivo de mi nombre—. ¡Mírate! Más joven que yo. Más débil. Hijo de aquella princesa chucha que nuestro padre se *atrevió* a hacer reina mientras relegaba a mi madre al margen. ¿Por qué deberías *tú* ser heredero al trono?

Le escupo en la cara.

—Maldito bastardo. ¿Crees que los mexihtin de esta ciudad te darán algún poder incluso si estoy muerto?

Yancuilli se limpia la saliva de la cara y levanta la mano para agarrar mi garganta.

—Oh, déjame completar tu desesperación, *hermano*. Te prometo que ningún hijo tuyo jamás respirará aire fuera del útero. Tengo mis propios planes para Tetzcoco, ya ves.

El movimiento detrás de él es tan rápido que apenas puedo creer lo que veo. Una alucinación, seguramente, provocada por el dolor y la rabia.

Pero la olla cae de golpe sobre la cabeza de Yancuilli, y cae gimiendo.

De pie sobre él, dejando caer pedazos de arcilla cocida al suelo, está Eyolin.

—¡Acolmiztzin, amado mío, date prisa! —susurra, su voz ronca y temblorosa—. Tienes que salir de este barrio antes de que comience la lucha. Mi padre y sus aliados han dejado entrar a los tepanecas a la ciudad. ¡Estarán convergiendo en el centro sagrado para la próxima guardia a más tardar!

Extiende su mano. La tomo, cálida y suave, una promesa de paz más allá del asedio, de un futuro glorioso al que me niego renunciar.

—¿Es verdad? —susurro—. ¿Traes a mi hijo en tu vientre?

Eyolin baja los ojos.

—Sí, mi señor.

Está temblando. Mi corazón se llena de compasión y anhelo.

—Pues, ven conmigo, preciosa flor. Sé mía.

Una sonrisa se extiende por su bonito rostro mientras me ayuda a ponerme de pie.

Entonces, una silueta se eleva detrás de ella.

Una mano se asoma sobre su hombro, aferrando un fragmento de cerámica.

En un solo movimiento que me parte el alma, la punta corta la garganta de Eyolin. Ella se derrumba, y sangre burbujea de su boca y de su cuello. Su mano suelta la mía.

Yancuilli escupe una risa amarga, levantándose en toda su altura.

—No te apegues demasiado a nada, gatito. Pienso quitártelo todo.

Mi mente es una colmena de zumbidos y abstracción borrosa.

Todo lo que puedo ver son los pedazos de arcilla rota esparcidos alrededor de esa figura moribunda. Todo en el universo se reduce a un solo deseo.

Como por voluntad propia, mi mano toma un fragmento de cerámica mientras ruedo y me impulso para quedar de pie, corro tambaleante hacia Yancuilli con la determinación zigzagueante de un monstruo legendario.

En ese momento, gritos y manchones comienzan a rodearme. Es el juez y otros mexihtin que irrumpen en el cuarto.

—¡Él la mató! —grita Yancuilli—. ¡Juró que ningún hijo suyo viviría entre los mexihtin!

Oigo espadas cortando el aire matutino, como halcones en un viento del este.

No puedo morir en este lugar. Necesito enfocarme. Debo pelear.

Apretando los dientes, hinco el fragmento que sostengo en mi muslo. El brillante dolor alivia mi confusión por un momento.

—¡Derramo mi esencia! —grito—. ¡En pago por mi vida! ¡Déjame vivir y enviaré muchas almas volando a tu lado!

Sin hacer caso de sus hojas de obsidiana, giro hacia los guardias mexihtin, golpeando patrones de puñetazos y puñaladas, surcando y esquivando, mordiendo y embistiendo contra ellos a cabezazos, hasta que logro atravesar la puerta.

Luego, guiado por los dioses o por pura suerte, llego a la calle y empiezo a correr.

[13] ESCAPE

Los mexihtin me pisan los talones. La herida de mi cabeza comienza a moler mis pensamientos de nuevo. Mi fuerza se debilita a causa de la sangre que fluye de los múltiples cortes que he recibido durante mi escape.

Doblo una esquina. Ya sea por el destino o por mis súplicas, el resto de mi escuadrón de patrulla viene corriendo en mi dirección.

—¡Príncipe heredero! —alguien grita mientras colapso debido al alivio y la debilidad. Sus brazos me agarran y me levantan justo cuando la oscuridad me envuelve con sus zarcillos negros y arrastra mi mente a las cavernas del olvido.

Paso una eternidad allí, viéndolos morir una y otra vez.

Acáxel, de rodillas, con los intestinos desparramados por el corte abierto.

Eyolin, sonriendo mientras le cortan la garganta.

¡*No*!, grito y grito, incapaz de moverme, incapaz de evitar que mueran. Incapaz de morir y unirme a ellos.

Cuando por fin me despierto, las cirujanas están cambiando cataplasmas en mis diversas heridas. Como es nuestra tradición, las cirujanas usan largos huipiles de algodón sin teñir, pero la sangre oscura de los guerreros heridos ha manchado a la mayoría.

—Debo advertir —gruño—, al rey. El enemigo . . . en la ciudad. Traidores . . . ayudan.

Una de las cirujanas coloca un dedo nudoso en mis labios.

—Ya, príncipe heredero. Todo Tetzcoco lo sabe. La batalla se está librando en las calles en este mismo momento. —Se dirige a una de sus colegas más jóvenes—. Trae a la reina.

Mi madre debe haber estado esperando fuera de la cámara, porque entra en seguida. Se apresura a tomar mi mano y besarla, sus ojos llenos de lágrimas.

—Acolmiztli, mi amadísimo hijo, gracias a los dioses que estás despierto. La ciudad está infestada de invasores desde fuera y traidores desde dentro. En cualquier momento, irrumpirán en el recinto sagrado y asaltarán el palacio.

Inhalando profundo, sujeto su mano con más fuerza.

—Tienes que huir. Con Tozquen y Tochpilli. Yancuilli está decidido a ser regente, creo. No se detendrá hasta que todos los demás pretendientes al trono estén muertos.

Mi madre asiente.

—Sí, ya lo habíamos sospechado. Tu padre esperaba que recuperaras la conciencia pronto. Planea atraer al enemigo hacia las colinas, dándonos al resto la oportunidad de escapar.

Logro sentarme. El dolor ha disminuido a uno más leve que me hace estremecer un poco.

—¿A dónde van a ir?

—Es mejor que no lo sepas, Acolmiztli. Me entiendes, ¿sí?

Por supuesto que entiendo. Lo que no sé no se me puede sacar con tortura, en caso de que caiga en manos del emperador. Me invade una oleada de tristeza. Quiero rebelarme, seguir a mi familia a cualquier exilio que haya elegido.

Sin embargo, el peso de toda la ciudad recae sobre mi padre y sobre mí. Si queremos que los tetzcoca sobrevivan, incluida esta hermosa mujer y sus preciosos hijos, si queremos tener otra oportunidad de reclamar nuestro derecho de nacimiento colectivo, tengo que dejar de lado mis emociones. Debo convertirme en una montaña impasible. De granito frío. Irrompible.

—Entonces vamos a despedirnos, madre. Te coloco a ti y a mis hermanos menores en lo más profundo de mi corazón y levanto un escudo para proteger mi amor hasta que nos volvamos a encontrar, en esta vida o en el Reino Incognoscible.

Se muerde el labio y me abraza con fuerza, antes de llamar a los guardias que esperan para que me acompañen hasta donde está mi padre.

Las tropas están dispuestas en el orden inverso al de la batalla normal, la infantería inexperta mantiene a raya al enemigo mientras mi padre, vistiendo el uniforme de batalla completo con estandartes que ondean en lo alto, está en la parte de atrás con los portadores de dioses y Zoacuecuénotl.

Mi paje comienza a ponerme la armadura mientras el rey y mi primo mayor se me acercan.

—¡Bendita sea la Dualidad! —exclama el padre—. Me dijeron que apenas escapaste de los traidores mexihtin y del bastardo que nos ha escupido veneno en la boca.

Bajo la cabeza.

—Sí, su majestad. Pero me da mucha vergüenza informarles que no pude proteger a Acáxel. Le ruego perdón a mi primo.

La mandíbula de Zoacuecuénotl se aprieta sombríamente.

—El enemigo y sus aliados traidores tienen la culpa, Acolmiztzin. Muchos grandes hombres cayeron hoy en el ataque sorpresa. El general Xicaltzin fue sacado a rastras de su casa y descuartizado en las calles. Los señores Iztactecpoyotzin y Huitzilihuitzin fueron asesinados sobre sus petates.

La mención de mi amado tutor casi hace que pierda la compostura. En cambio, tomo mi casco de manos de mi paje y me lo pongo de golpe. Las oleadas de dolor borran por un momento el shock emocional.

—No tenemos más tiempo que perder —dice el rey—. Necesito que tomes el tambor de señales, príncipe heredero. Toca la retirada. La mayor parte de nuestras fuerzas bajo mi mando huirán a la fortaleza de Cuauhyácac en la cima de la colina. Mientras el enemigo los sigue, mil soldados se reagruparán y llevarán a los civiles a un santuario más allá de las montañas. Una tropa selecta llevará a tu madre y a tus hermanos a un lugar seguro.

Mi paje me entrega un tambor nuevo y empiezo a batir un ritmo vigoroso y ondulante.

La línea de infantería se rompe, dispersándose. Los invasores los ignoran.

El resto del ejército, de sólo once mil hombres, avanza hacia el oeste como uno solo.

Cincuenta mil tropas enemigas nos persiguen.

Ya ha caído la noche cuando ascendemos las laderas y nos escondemos entre la piedra de cantera y las profundas cuevas de Cuauhyácac. Después de descansar, me reúno con mi padre y mi primo en un espolón muy arbolado. Miramos las fogatas que salpican la llanura aluvial, a ambos lados del río que fluye desde más arriba de nosotros.

—No los mantendremos a raya por mucho tiempo. —La voz de mi padre es tranquila, pero decidida—. Cuando superen nuestras defensas, retrocederemos a Tzinacanóztoc, el refugio de caza donde nací. En ese momento, necesitaremos aliados o seremos destruidos. Esperemos que los espías que envié a Chalco ayuden al embajador Cihtzin a convencer al consejo gobernante de Chalca a que nos ayude.

Mi primo se arrodilla.

—Su majestad, ¿y si no tienen éxito? ¿Qué pasa si el emperador continúa encerrando a las tropas atrapadas en Tepanecapan? Debemos buscar el apoyo del pueblo otomí.

Me atrevo a hablar.

—¿Vendrán? Nunca han doblado completamente la rodilla ante Acolhuacan o su señor supremo. Oí que han estado buscando una alianza con el emperador.

Mi padre se pasa los dedos por la barbilla mientras piensa.

—No tenemos más remedio que mandar un enviado a Otompan. Y debes ser tú, Zoacuecuenotzin. Esa gente feroz no prestará atención a nadie con menos poder o fama. Ve a contarles a los gobernantes otomíes sobre nuestra difícil situación. Así como mi abuelo los protegió del emperador hace una generación, ahora su hijo aboga por la intervención de sus poderosos guerreros, cuyo nombre lleva la más prestigiosa sociedad militar de nuestro propio ejército.

Mi primo baja la mirada.

—Me siento honrado por el favor que muestra su alteza al nombrarme. De buena gana iré y haré todo lo posible para ganárnoslos. Sin embargo, si no regreso, ponga al ejército bajo el mando de Tzontecomatzin y huya con el príncipe heredero a las montañas. Nuestros esfuerzos serán en vano si ambos mueren en estas colinas. Ustedes son Tetzcoco, señor. Mientras uno de ustedes viva, la ciudad vive. —Hace una pausa, y luego remata—: Los acolhuas vivimos.

El rostro de mi padre se contrae de emoción, y la luz de las estrellas brilla en las lágrimas que no puede controlar. Hay un momento de silencio. Desde muy abajo, el sonido de la risa y la música nos llega flotando y, distorsionado por la distancia, se convierte en algo siniestro, como la espantosa carcajada de algún gigante del inframundo.

—Mi amado sobrino, que la Monarca de lo Cercano y de lo Junto te cuide y te favorezca. Si caes en valiente combate, te veré triunfante en la Casa del Sol.

Los hombres se abrazan.

—Antes de que reúnas un equipo y te vayas, Zoacuecuenotzin —interrumpo—, tengo algo que puede ayudar.

Explico la ruta que ideé en la escuela para que un grupo de tamaño similar la siguiera hacia el valle de Teotihuacan. Mi primo coloca ambas manos sobre mis hombros.

—Eres verdaderamente sabio —dice—. Estoy seguro de que contigo a su lado, mi tío el rey recibirá los consejos estratégicos que no puedo darle mientras no esté. Sin embargo, escucha bien, Acolmiztzin. Si la marea se vuelve en tu contra, solo te encargo una cosa: huye. Huye corriendo y no te detengas hasta que estés a salvo. ¿Me escuchas? Mi familia está muerta. Es posible que ahora vaya a morir yo mismo. Nuestras muertes no deben ser en vano.

Lo abrazo. Luego se vuelve y desaparece en la oscuridad de la noche.

Cuando el ataque comienza, es incesante. El enemigo tiene los números para asaltar la colina en oleadas de un tercio, manteniendo a los otros soldados descansados y en reserva. Nos las arreglamos para resistir durante tres días, haciendo nuevas flechas y lanzas de los árboles caídos en turnos mientras nuestros arqueros y lanceros arrojan proyectiles sobre cada grupo que intenta ascender la pendiente. Incluso nos las arreglamos para desalojar algunas rocas y bloques de piedra de cantera para aplastar a muchas docenas de hombres.

Pero nuestra resistencia está condenada al fracaso. Nuestros números son demasiado pequeños. Un escuadrón de mexicas serpentea por la escarpada ladera norte, escondiéndose debajo de los salientes y junto a los farallones hasta que saltan sobre nosotros. La confusión resultante abre otro agujero en nuestras defensas, y el enemigo viene a raudales. Cuando nuestros escuadrones convergen para luchar a lo largo del borde desmoronado de la colina, dejamos más huecos. Pronto toda la cumbre está repleta de espadas en ristre y resuena con gritos de guerra.

Mil hombres duermen en la red de cuevas. Los soldados enemigos irrumpen y masacran a la mayoría antes de que despierten.

Apenas puedo escuchar sus gritos. Con la mitad de mi guardia real muerta y la otra mitad luchando por sus vidas, mi mundo se ha reducido a las muecas de los rostros de mis oponentes, los ritmos frenéticos pero predecibles de su embestida ofensiva. Ni la lógica ni el miedo dictan mi respuesta. Soy un conducto para el instinto o las manos divinas mientras improviso con espada y dagas un contrapunto feroz.

En ocasiones, cuando mis enemigos caen, cambian sus facciones por un segundo. Sobre sus caras agonizantes titilan primero el rostro de Acáxel, luego el de Eyolin.

Y aquí es donde aprendo el precio tácito de la muerte.

Las sombras de los muertos persisten.

Unas tres mil nuevas sombras revolotean sobre la cima de la colina antes de que nos retiremos con nada más que las armas en nuestras manos.

El antiguo retiro de Tzinacanóztoc se encuentra a mayor altura, sus bosques están llenos de pinos retorcidos y abetos caídos. Hay suministros almacenados en la bien equipada mansión de verano de mi padre, pero no suficientes para ocho mil hombres ensangrentados. Se envían escuadrones para cazar ciervos y peces. Nuevas fortificaciones de tierra se erigen en el borde de la cumbre. El ejército se instala en una rutina similar a la anterior.

Cerca del atardecer, un noble solitario con la capa hecha jirones se acerca a los centinelas en la ladera occidental. Es Itzcuintlahtlactzin, uno de los capitanes que acompañó a mi primo a Otompan.

La historia que nos cuenta es horrorosa, desgarradora.

—Habíamos atravesado las montañas según los planes del príncipe heredero y nos precipitábamos hacia Otompan, cuando fuimos emboscados por una compañía de guerreros otomíes del pueblo de Cuauhtlatzinco. Nos quitaron las armas y nos escoltaron ante el gobernador de Otompan, el barbudo que llamamos Yacatzoneh.

»Zoacuecuenotzin suplicó entonces al gobernador, explicando la situación de Tetzcoco. Pero luego habló un tepanecatl, un tal capitán Quetzalcuixtli, enviado imperial: «Todos ustedes han escuchado el pedido de ayuda de Ixtlilxóchitl. Pero bajo ninguna circunstancia deben ayudarlo. Han acordado ponerse bajo la protección del emperador Tezozómoc y aceptarlo como su padre, su madre, su gran ciprés y escudo.

»Ante estas palabras, el gobernador asintió y se rió, «Ixtlilxóchitl reclama el título de señor supremo de Acolhuacan, de jefe chichimeca. Si es el legítimo heredero de Xólotl, descendiente de tan noble linaje, ¡que se defienda solo! De hecho, claramente ni siquiera requiere la ayuda de su sobrino, ¡el poderoso héroe Zoacuecuenotzin! Ya que ha enviado al capitán general a tan innoble tarea, que su mensajero tenga un fin similar. ¡Sujétenlo y desgárrenlo miembro por miembro!.

»Y así lo hicieron, mientras yo observaba con horror. Como perros se le echaron encima y lo despedazaron, gritando: «¡Viva el emperador Tezozómoc!». Entonces el gobernador ordenó que le quitaran las uñas a las manos cercenadas de Zoacuecuenotzin: «¡Únelas como un collar de piedras preciosas», se burló. «¡Ya que provienen de una familia tan noble y augusta!

»Los otros de nuestro grupo fueron asesinados de la misma manera. Pero el gobernador me dejó a mí con vida: «Lleva estas noticias al señor supremo: seguramente perecerás, usurpador y opresor, antes de que pase otro mes. Tanto tú como tu arrogante hijo. No encontrarás socorro en el mundo rodeado de mar. Tu final es inevitable». Pido su perdón, majestad, por traer noticias tan desfavorables.

La pérdida de Zoacuecuenotzin, otro ser amado, pesa mucho en mi alma. Sin embargo, hay poco tiempo para lidiar con mis sentimientos, ya que los centinelas dicen que el enemigo, con un ritmo pausado pero implacable, nos está invadiendo como una inundación que se abre paso a través del bosque antes de desarraigar los árboles.

A última hora de la tarde, justo antes de que llegue esa hueste masiva, recibimos otro mensajero: el comandante Tezcacoácatl, quien dirigió la evacuación civil una vez que alejamos al enemigo de Tetzcoco.

—Su gente ha logrado cruzar las montañas a salvo, señor —le dice a mi padre—. Las ciudades fronterizas de Tlaxcallan están dando asilo a nuestros ciudadanos, como se prometió. Y el último mensaje que recibí de la guardia de la reina confirmó que su esposa e hijos aún están fuera de peligro.

El rey se muestra aliviado, como si se le hubiera quitado un gran peso de los hombros y ahora puede concentrarse en algo nuevo.

Nuestra supervivencia.

Reúne a los líderes militares restantes.

—Hemos logrado nuestro principal objetivo. Nuestros compañeros tetzcocas sobreviven en el exilio. El emperador Tezozómoc no se arriesgará a llevar un ejército sobre los volcanes para invadir Tlaxcallan. Un acto tan insensato significaría el suicidio de sus hombres. Tepanecapan no desea el genocidio. Quiere nuestras ciudades. Nuestra riqueza.

Hay palabras y gestos de asentimiento. Todos los generales y comandantes parecen estar de acuerdo con la evaluación de riesgos que ha hecho mi padre. Continúa, su ahora suave voz cada vez más esperanzada.

—Por el momento, no tenemos aliados, ninguna estrategia que pueda hacer retroceder y derrotar al ejército que incluso ahora se agita en la base de esta colina. Necesito tiempo, años, para hacer nuevas alianzas y formar un gran ejército. Primero tendré que derrotar al emperador, sospecho, antes de retomar mi ciudad.

Mi padre hace una pausa, y mira a cada uno de sus generales por turno.

—Por el momento, sin embargo, debo sobrevivir. Y también debe hacerlo el príncipe heredero. Por tanto, llevaré conmigo un pequeño contingente y escaparé a Tlaxcallan. Necesito que ustedes, poderosos acolhuas, contengan al enemigo todo el tiempo que puedan. Denme tantos días como sea posible. Cuando no puedan resistir más, dispérsense como semillas al viento y encuéntrenme dentro de un año en Tepetícpac.

Sin fanfarria. Ninguna reunión de las tropas para despedirnos. El enemigo no puede sospechar que nos estamos escabullendo. Pero la noticia se esparce rápidamente por la cima de la colina, y me encuentro con muchos saludos y caras llenas de lágrimas mientras me preparo para partir.

Mi padre selecciona solo dos escuadrones, capitaneados por Totocahuan y Cozámatl, ambos grandes líderes y soldados. Junto con Tezcacoácatl, que conoce bien los pasos de montaña, estos cuarenta hombres nos acompañan por la ladera occidental hacia las profundidades de Chicocuauhyohcan, un bosque tan antiguo y espeso que parece intacto por la mano del hombre. Al caer la noche llegamos al barranco de Cuetláchac y nos resguardamos bajo un gran árbol caído de la fría neblina que desciende del monte Tláloc. Los capitanes colocan centinelas y envían exploradores tanto delante como detrás de nosotros.

Sentados en la oscuridad, ya que no podemos encender fuego por temor a llamar la atención del enemigo, mi padre me hace una pregunta extraña.

—¿Recuerdas la historia de cuando el joven Ce Ácatl, la encarnación humana de la Serpiente Emplumada, pasó un año con Mixcóatl, el semidiós que se suponía era su padre?

—Sí, señor —respondo—. Cada vez que salía a buscar a su padre, sus tíos intentaban engañarlo y matarlo. Pero era demasiado inteligente. Una vez se escondió en una roca para evitar esos feroces ataques. Otra vez, cuando estaba en las ramas más altas de un árbol y le tiraron flechas, se dejó caer y fingió estar muerto. Después de cada atentado contra su vida, Ce Ácatl se levantaba, capturaba con reverencia la caza del día, agradecía a los dioses por su generosidad y volvía a cocinar para su padre.

La presión de la mano de mi padre sobre mi hombro en la oscuridad me es escalofriante.

—Luego —agrega—, cuando Mixcóatl se entera de la verdad y finalmente se enfrenta a sus astutos hermanos, caen sobre él y lo matan, enterrándolo sin ritual ni rito en el suelo arenoso.

Mi pecho está apretado por la premonición, pero continúo la historia.

—Sí. Pero los dioses envían animales para mostrarle a Ce Ácatl dónde yace el cuerpo de su padre. Lo lleva al templo de Mixcóatl para realizar la debida ceremonia. Y cuando sus tíos intentan detenerlo, esos mismos animales ayudan a Ce Ácatl a matar a los bastardos. Su sacrificio deshace la blasfemia, y Mixcóatl asciende a su lugar en los cielos.

Mi padre me aprieta el hombro.

—En efecto. Entonces Ce Ácatl pasa a vivir una vida piadosa, estudiando y mortificando la carne, hasta que es llamado a ser el próximo líder del imperio tolteca. Sólo más tarde se da cuenta de su propia divinidad. Que sea siempre un ejemplo para ti, hijo mío.

Mi voz se quiebra cuando digo lo que no puedo dejar de decir, toda formalidad se desvanece:

—No morirás, padre. No dejaré que mueras.

El rey se ríe suavemente.

—No puedes decidir mi destino. Solo la Monarca de lo Cercano y de lo Junto tiene tal poder. Todo lo que te pido es que, sin importar lo que nos depare el futuro, te mantengas a salvo y te prepares para tu propio destino, Acolmiztli. Tetzcoco necesita que estés listo cuando llegue el momento de liderar.

—Sí, señor.

Los soldados nos instan a dormir, pero mis sueños están llenos de imponentes dunas en las que excavo con manos llenas de ampollas, tratando de encontrar el cuerpo de mi padre antes de que su alma se deslice hacia el Mictlán.

Ningún animal divino viene en mi ayuda. Sólo un viento aullador que me entierra bajo la arena también.

Los gritos tensos de Tezcacoácatl me despiertan poco antes del amanecer.

—¡Su majestad! ¡Su alteza real! ¡El enemigo está sobre nosotros!

En un instante, mi padre y yo estamos de pie, espadas de obsidiana en la mano. Los soldados dormidos se despiertan a nuestro alrededor. Tezcacoácatl viene bajando por una ladera del barranco.

—¡Cuatrocientos tepanecas y otomíes! —jadea mientras corre hacia nosotros—. A solo minutos de distancia. No sé cómo nos encontraron tan rápido . . .

Mi padre otea el barranco.

—Nos retiraremos al punto más estrecho, río arriba. Cuarenta hombres pueden contener a cuatrocientos por un tiempo. Acolmiztli, ¿ves ese ciprés imponente? Sube lo más alto que puedas y quédate quieto en medio de lo más denso de su follaje. No desciendas hasta que el enemigo se haya ido, ¿me entiendes?

El árbol es antiguo, su tronco tiene el grosor de varios hombres, las raíces serpentean a través del suelo rocoso hacia el río que fluye por el desfiladero. Se eleva unas trece varas sobre el barranco, nudoso e impasible como un gigante atrapado en ámbar o un avellanado duende de la naturaleza.

—Me necesitas a tu lado, padre —protesto—. Podemos derrotarlos si . . .

Su mano levantada me silencia. Sus facciones se han vuelto duras, pétreas, cual muro que represa las aguas turbias de la angustia.

—Necesito que me obedezcas. No hay tiempo. Mi amado hijo, no puedo ir más lejos contigo, no puedo darte cobijo por más tiempo. Mi desgracia termina hoy. Me veo obligado a abandonar esta vida. Sin embargo, te lo ruego: nunca abandones tu ciudad ni a tus súbditos. Nunca olvides que eres heredero tanto del Camino Chichimeca como del Tolteca. Pasa el resto de tu juventud sabiamente. Entrena. Aprende. Aguanta. Perdura. Y cuando se presente el momento, recupera lo que hemos perdido.

De sus ojos brotan las lágrimas. Mis rodillas se debilitan. Mi corazón se está rompiendo.

—Toma venganza por el padre que te quitan hoy. Ahora escóndete en ese árbol, no como un cobarde, sino como la última esperanza del pueblo acolhua. Mira si lo crees necesario. Recuerda mi amor y mi sacrificio, príncipe heredero Acolmiztzin, mi joya preciosa.

Incapaz de evitar los sollozos, envuelvo a mi padre y rey en mis brazos, sintiendo que el acero de sus músculos se afloja cuando me devuelve el abrazo.

Luego me da un solo beso en la frente, el primero desde que cumplí diez años.

El último que dará jamás.

—Vete, hijo. Hoy el destino te corona rey.

La cabeza me da vueltas, me duele el pecho, mis ojos derraman lágrimas, pero subo por la ladera escarpada del barranco, aferrándome a raíces y rocas. Luego sigo trepando, más y más alto, el ciprés como el mismo Árbol del Mundo, la cola del leviatán Cipactli que fue plantado en el centro de la tierra por Quetzalcóatl y Tezcatlipoca en el principio de los tiempos, con sus raíces acunando el inframundo y las ramas sosteniendo los cielos.

Asciendo tanto que bien podría sentarme entre las estrellas, contemplando la avalancha de guerreros tepanecas y otomíes a lo largo de ambas orillas del angosto y poco profundo río Cuetláchac.

El encuentro es estruendoso. Sólo veinte hombres pueden alinearse hombro con hombro en el estrecho punto del desfiladero, y nuestros dos escuadrones se turnan para rechazar oleada tras oleada de combatientes enemigos. Pero la estrategia no funciona por mucho tiempo. Pronto, los guerreros bajan al barranco detrás de nuestras fuerzas, atacando desde el otro extremo, de modo que ambos escuadrones tienen que defender a mi padre, luchando espalda con espalda.

Tal vez comprendiendo la futilidad de estas tácticas contra tantos soldados, el rey intenta remontar una ladera con sus hombres. Pero una docena de lanceros otomíes lo rodean y comienzan a clavar sus lanzas en su cuerpo.

Casi grito, casi me deslizo desde mi posición por la angustia. En cambio, me tapo la boca con una mano mientras sigo aferrado a una maciza rama. Mi padre tenía razón: debo vivir, aunque me duela. Aunque los recuerdos de estas muertes me persigan para siempre. Aunque la pérdida incline mi cabeza y ennegrezca mi alma.

Debo aguantar. Debo perdurar.

Nuestros soldados restantes surgen hacia adelante y luego giran de repente hacia las laderas menos inclinadas río abajo. La mayoría del enemigo se apresura a seguirlos. Ansiosos por unirse a la persecución, los lanceros otomíes arrancan sus lanzas del cuerpo de mi padre, el cual se desploma sin vida en el río.

[14] SOLO

Envuélvelo

Me deslizo lento del árbol
como una piedra lanzada
desde el quinto cielo
para quemarse en el aire
o hacerse añicos
contra la tierra.

Entre la combustión
y la destrucción,
me encuentro al lado
del río, metiendo las manos
a la corriente fría
para liberar a mi padre.

Un ligero crujido
me hace voltear,
espada empuñada.
El capitán Totocahuan
ha vuelto, ensangrentado
y golpeado, pero entero.

"¡Acolmiztzin!
¡Estás aquí, vivo!
Ven, ¡vamos a huir
mientras haya tiempo!"

Levanto las manos
para mantenerlo alejado.
"No te acerques, capitán.
Quédate donde estás."

"Pero tu padre ordenó
que me quedara a tu lado!",
insiste, la desesperación
brillando en sus ojos.

"No me sigas.
No sé a dónde voy
ni quién me brindará ayuda.
Si mis enemigos siguen,
¿puedes evitar
que me maten?

"Derribaron a mi padre,
un hombre más fuerte
que tú o yo.
Sólo por mi cuenta,
como un huérfano
privado de hogar,
pueda tal vez
sobrevivir.

"Llévate su cuerpo,
realiza los ritos,
deja que su espíritu
vuele de camino
al paraíso.

"Te inclinas ante mí.
Bien. Entiende
tu deber.
Hazlo bien.

"Soy tu rey.
Envuélvelo, te lo mando.
Envuélvelo y quémalo.
Mantén sus cenizas a salvo
Hasta que yo regrese."

El sendero del conejo, el camino del venado

La cordillera se eleva ante mí—
masiva, indiferente, fría.
Como presagios de la fatalidad,
las cumbres ni amenazan
ni regañan. Nada más son,
y al ser, me hacen
pequeño. Vacío. Nada.

Pero mi dolor se alza más grande,
consumiendo cada paso,
y con cada momento que pasa,
me hunde en la miseria.

Monarca de lo cercano y lo junto,
como hiciste por Ce Ácatl Topiltzin,
envíame una señal, una guía:
ayúdame a soportar lo que viene.

Por ahora, afligido y solo,
iré a las montañas,
los lugares salvajes del mundo,
siguiendo el sendero del conejo,
el camino del venado.

Mi madre me contó una noche
una vieja leyenda oscura
para que no me alejara.
Los ohuihcan chanehqueh,
duendes traviesos de la naturaleza,
que moran en lugares peligrosos

esperando almas tontas
que se atreven a traspasar
en su azaroso dominio.

Desvían a esos hombres
hasta que están tan perdidos
que se mueren de hambre
o simplemente se deslizan
por el borde del mundo.

Para engañar a mis enemigos,
para despistar al emperador
y a mis propios tíos,
debo entrar en lo profundo
de ese místico reino.

Oh, monarca
de lo cercano
y lo junto,
doble fuente de todo,
que reina en lo alto,
si es tu voluntad,
allí moriré.

Pero si me dejas vivir
hago un juramento
de pura verdad:
este mundo sonará
para siempre
con las alabanzas
que te cantaré.

[II]

EXILIO

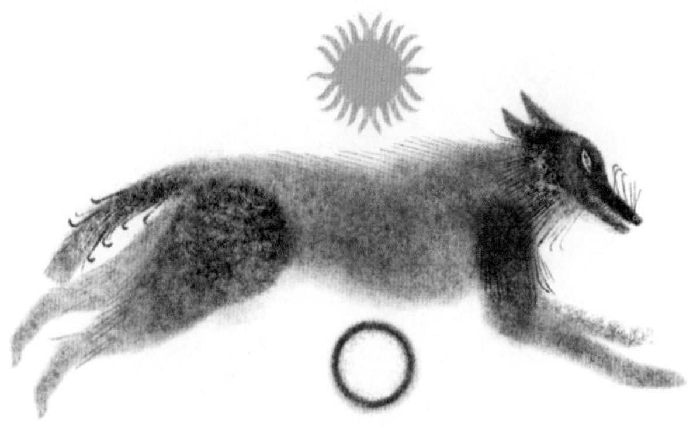

[15] ENTRE LAS MONTAÑAS

La lluvia comienza a caer mientras me abro camino a través de los altos pinos del monte Tláloc. Aunque mi armadura acolchada se empapa y se vuelve pesada, estoy agradecido por la intervención de los cielos. Una y otra vez escucho a lo lejos los gritos de las escuadras tepanecas y otomíes que me buscan. Afortunadamente, la ladera de la montaña es demasiado ancha para que mis perseguidores la recorran por completo, y un aguacero torrencial borra mis huellas de la tierra resbaladiza como si nunca hubiera atravesado este bosque.

Como si nunca hubiera existido.

Hacia la mitad de la cuesta, encuentro una cueva poco profunda y allí me refugio. Necesito dormir, recuperar mi concentración y energía. Pero el hambre me roe el estómago y la pena, la mente. Cuando por fin logro hundirme en la inconciencia, mis sueños están llenos de visiones y sonidos siniestros que se desvanecen de mi memoria cuando despierto, antes del amanecer, dejándome una vaga sensación de inquietud.

El sol nunca sale. Al menos, no visiblemente. En cambio, el mundo se vuelve blanco a mi alrededor, una densa niebla que envuelve los pinos y oculta la cumbre. Después de beber con ahínco del agua de lluvia acumulada en las rocas cercanas, continúo mi ascenso, sin ver nada más allá de los árboles a una vara por delante.

Me imagino que todo el mundo rodeado de mar debió tener este aspecto alguna vez, antes de que la Serpiente Emplumada levantara los cielos de la tierra con el Árbol del Mundo.

Es como si estuviera caminando a través del mismo cuerpo del dios Tláloc, cuyo nombre significa «yace sobre la tierra», tal como lo hace esta niebla suya, densa y completamente.

El hambre se vuelve a imponer con un dolor insistente en mis entrañas, yo logro atrapar un puñado de saltamontes. Como no quiero arriesgarme a encender fuego para asarlos, me los meto en la boca y me los trago lo más rápido posible. Proporcionan poco en términos de sustento, pero me relajan y me dan un poco de energía.

Incluso si tuviera una honda o un arco, en lugar de esta maldita espada de obsidiana, la caza sería una empresa difícil. Apenas puedo ver el suelo frente a mí, mucho menos presas a varias varas de distancia. Y debo seguir avanzando. No he detectado sonidos de persecución desde el anochecer, pero estoy seguro de que los hombres del emperador todavía están peinando estos bosques en busca mía.

El calmécac me ha preparado para las dificultades, pero no para el hambre. Trato de no pensar de dónde vendrá mi próxima comida si los asistentes divinos han abandonado la cima de la montaña. Mientras lucho para abrirme camino hacia arriba contra el barro pegajoso y las rocas resbaladizas, me concentro por completo en el ascenso a medida que la pendiente se vuelve más empinada.

Los dioses proveerán. O no lo harán. Mi destino está en sus manos. Viviré o moriré a su antojo.

La montaña todavía está envuelta en nubes bajas cuando llego a la cima a media tarde. Hay humo saliendo del santuario que domina la extensión llana y estéril. El edificio principal es un rectángulo largo que se abre en un extremo hacia el templo al aire libre de Tláloc.

Me acerco con cautela, espada en mano. Puede ser que mis enemigos hayan llegado antes que yo y estén al acecho dentro del santuario. Afortunadamente, mi uniforme es el mismo que cualquier joven caballero noble. Nada me marca como miembro de la Casa de Quinatzin.

—¡Saludos! —exclamo—. Soy un refugiado cansado de Tetzcoco. ¿Podrían darme algo de comida?

Un hombre mayor aparece en la entrada. Su cabello canoso cae largo y despeinado sobre sus hombros y espalda. Lleva dos capas azul cielo, atadas a cada hombro en el estilo superpuesto que protege del frío la piel del torso.

Un teopixqui. Guardián de los dioses de la lluvia.

—Eres bienvenido a compartir el escaso atolli que estaba a punto de comer, joven guerrero. Por tu uniforme y dialecto, deduzco que eres un vástago noble de Tetzcoco. Me imagino que has pasado por mucho en estos últimos días. La noticia de la caída de la ciudad me ha llegado incluso aquí, al borde del cielo. De hecho, los refugiados de tu comunidad pasaron por aquí hace un par de semanas.

—Gracias, venerable guardián de los dioses —digo, haciendo una reverencia, mientras dejo que mi espada cuelgue de la correa en mi muñeca—. Yo sí soy de esa joya de Acolhuacan. Han pasado casi dos días desde la última vez que comí, así que acepto su atolli con mucha gratitud.

Me indica con un gesto que lo siga al interior. En el vestíbulo, las estatuas de los cuatro Tlaloqueh se agazapan sobre piedras talladas en forma de nubes, dos sosteniendo jarras de agua de lluvia, dos látigos de relámpagos. Más allá, ingresamos a la vivienda de los guardianes de los dioses: una cocina comunal y cuatro oscuros nichos para dormir.

—Toma asiento —dice el monje, levantando otro tazón y sirviendo la crema de maíz de una olla que está colocada sobre el fuego del hogar.

Dejo mi espada y mi casco a un lado y me siento con las piernas cruzadas ante la mesa baja donde espera su atolli, todavía humeante. Colocando mi porción delante de mí, toma un lugar al otro lado. Apiladas en una tabla tosca en el centro de la mesa hay semillas de chía y calabaza. Espolvoreo un poco sobre mi atolli.

—Te agradezco, venerable guardián, y al cielo mismo por el regalo de esta comida —entono, esperando que él tome una cucharada primero. Las formas triunfan sobre el hambre, sin importar cuán frenético se haya vuelto el gruñido de mi estómago. Con un guiño, se lleva la cuchara a los labios y sólo entonces empiezo a comer, saboreando la calidez y los sabores simples.

—Tenías hambre, por lo que veo —comenta el monje mientras paso mis dedos por el interior del tazón, para aprovechar hasta el último trozo de maíz—. Recuerdo mis primeros días aquí al borde del cielo. O mi juventud, en el calmécac de Coatlichan.

Levanto la vista ante la mención de esa ciudad, una vez gobernada por mi tocayo y antepasado.

El guardián nota el brillo en mis ojos y sonríe.

—Eres el príncipe heredero, ¿no es así?

Algo en su tono me irrita. Se está burlando de mí.

—Ya no. Mi padre fue asesinado.

No parece sorprendido. De hecho, su sonrisa se ensancha hasta convertirse en una mueca.

—Su muerte no hace que vuestra merced «ya no» exista.

Aturdido e irritado por su extraño comportamiento, le espeto al guardián:

—No es una cuestión de *existencia*, sino de *sucesión*. Mi padre ha muerto. Ahora soy rey. Señor supremo de tu país. Y de este templo.

—Ah, ya veo —arrastra las palabras—. Jefe chichimeca Acolmiztzin.

Me inclino hacia él.

—Sí. Te guste o no.

—Me malinterpreta, señor. Simplemente quería una confirmación. Lo hemos estado esperando.

Como serpientes que se desenroscan para atacar, cuatro guerreros acolhuas saltan de los nichos para dormir, blandiendo sus espadas. Logro apartarme de su camino, agarrando mi propia espada y mi casco para luego correr hacia la niebla que se ha espesado de nuevo y se me cuela en los pulmones mientras me dirijo hacia el borde de la cumbre, respirando con dificultad.

Los gritos ululantes y el toque de un caracol sacan a media docena de soldados de sus escondites entre las rocas y la hierba amarillenta. En lugar de buscar el camino que serpentea por la ladera sur, me alejo girando, saltando sobre un espolón de granito hacia una pendiente empinada de pedregal suelto y pinos raquíticos. Intento mantener el equilibrio, pero caigo hacia atrás y empiezo a resbalar. Piedras afiladas se meten por debajo de mi armadura, cortando y encajándose en mi piel.

Saltar de un acantilado no es la estrategia más inteligente.

Por fin, la pendiente se nivela un poco y me pongo de pie. Levanto la vista hacia la cumbre y veo a tres soldados que descienden tras de mí, parcialmente envueltos por la niebla. El resto probablemente esté dando vueltas por el camino de los peregrinos, con la esperanza de cortarme el paso.

Corro como nunca antes, quitándome las sandalias a patadas para mantener mejor el equilibrio al precipitarme entre árboles ralos y volutas de blanco, y la pendiente empinada me da un impulso peligroso.

Pero estoy solo a unos segundos de mis perseguidores. Cualquier paso en falso o tropiezo y me alcanzarán.

La certeza de la muerte me ayuda a ignorar la punzada en mi costado, el ardor de mis pulmones y el dolor de mis piernas. Sin embargo, por suerte o por destino, estoy descendiendo por una hendidura mayormente lisa en la ladera de la montaña, libre de árboles y rocas.

El aire— brumoso y frío —a mi alrededor se vuelve más denso. Puedo sentirlo fusionarse, como si un espíritu de agua estuviera a punto de salir de la niebla y aferrarse a mí.

Más bien, mientras mantengo el ritmo de mi huida, comienza a llover. Al principio es sólo una llovizna, que se condensa de la niebla, pero se vuelve una lluvia constante que disuelve la neblina blanca y revela nubarrones negros. Después de unos minutos más, un relámpago azota el cielo oscuro, seguido del crujido de grandes vasijas celestiales que se hacen añicos.

Una tormenta. Cortinas de lluvia que me ciegan. Pero no puedo detenerme. Caracoleo hacia abajo, con una mano extendida para no chocar contra nada.

Momentos después, entiendo por qué esta grieta está tan libre de obstáculos.

A mis espaldas suena un rugido. Algo se acerca con velocidad hasta donde estoy, y el ruido de su paso se vuelve más fuerte que el golpeteo de la lluvia.

El mordisco frío del agua que se eleva por encima de mis tobillos me indica la inundación justo a tiempo.

Me lanzo hacia los pinos retorcidos a mi izquierda, y logro saltar lejos del río de agua fangosa que ahora fluye por el canal. El nivel aumenta constantemente mientras avanzo con cuidado a través del bosque al borde de la inundación. Volteo la mirada con cautela hacia atrás.

La lluvia amaina por un momento, el tiempo suficiente para revelar a mi enemigo. Dos guerreros con escudos y espadas levantados al atisbar su objetivo.

No hay otra opción. Empuño mi propio maccuahuitl y me abalanzo a atacarlos.

La tormenta redobla su fiereza. Apenas puedo ver a mis oponentes, pero los relámpagos iluminan sus movimientos con ritmos entrecortados que desafían mis instintos. Bloquean cada golpe que intento, y no puedo defenderme con paradas o alejarme lo suficientemente rápido.

Sus espadas me cortan. Mi pecho está bien protegido y mis grebas de cobre desvían las navajas de obsidiana dos veces. Pero al obligarme a avanzar hacia atrás, hacia el turbulento curso de las aguas que corren, los dos hombres me pican y surcan la piel de los brazos, las piernas y la cara, hasta que me chorrea sangre por una docena de heridas menores.

Algunas me arden. Otras me duelen. Todas abren en mí un abismo de desesperación. Nunca me habían lastimado tanto en toda mi vida. Las penurias que creía haber soportado no son nada comparadas con el espectro inminente de una muerte casi segura.

Uno de estos guerreros experimentados descarta su escudo y viene hacia mí con más fuerza, gritando por encima del tumulto. Al bloquear el más agresivo de sus ataques, giro mi espada en un ángulo demasiado amplio y se astilla bajo su golpe.

En ese momento, su compañero me da con la espada en la cabeza.

Mi casco se hace añicos y caigo hacia atrás a la riada veloz. Siento el remolino negro de la inconsciencia tirando de mi conciencia de la misma manera que la corriente tira de mi cuerpo, que ahora es arrastrado por la ladera de la montaña a una velocidad vertiginosa.

No puedo ver nada, y el resto de mis sentidos se están desvaneciendo.

Pero luego, las náuseas se apoderan de mi estómago al caer por un precipicio.

Estoy suspendido en el aire por un momento milagroso, como si Quetzalcóatl me hubiera dado alas. Como hizo con los sobrevivientes de la Tercera Edad, cuando el mundo fue destruido por el fuego de la pena furiosa de Tláloc.

Entonces caigo como una piedra a lo largo de la cascada.

Me desmayo antes de que mi cuerpo llegue a la superficie.

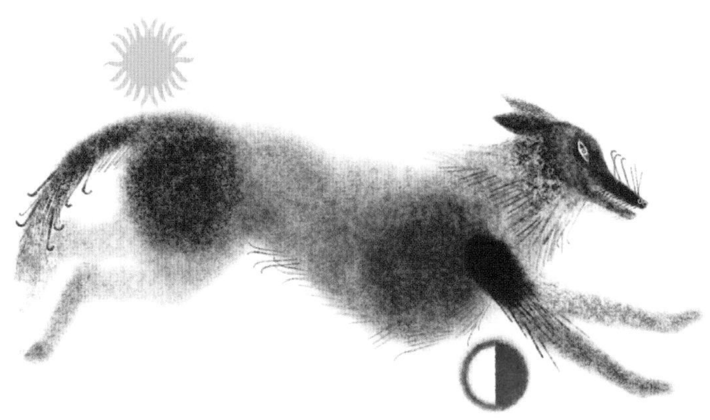

[16] LA MUERTE DE ACOLMIZTLI

POR UN TIEMPO, no hay nada. Ni sonido. Ni luz. Ni existencia.

Luego, unas voces debaten sobre mi destino. Una zumba y aúlla como un viento huracanado, dispersando las protestas como hojas de árboles quebradizas o tierra desarraigada.

—Es mío. Que sufra antes de levantarse.

Y de nuevo no hay nada.

El tiempo pasa. Tal vez horas. Tal vez siglos.

Salgo lentamente de ese vacío negro. Escucho el canto de pájaros cercanos. El suave chapoteo del agua contra la piedra. Ondas sobre mi cuerpo. Rocas debajo de mi espalda. Un dolor sordo y persistente en la cabeza.

Intento abrir los ojos. El mundo es brillante y borroso, pero alcanzo a distinguir una pequeña laguna, alimentada por una cascada de agua que cae desde los acantilados a unas diez varas de altura. De la cintura para abajo, estoy acostado en un remanso reluciente. El ángulo del sol sugiere que he pasado más de medio día inconsciente.

Al intentar sentarme, descubro que estoy demasiado débil, demasiado fatigado. En el transcurso de una guardia, salgo a trompicones del agua, a la sombra de un saliente de tierra y roca a través del cual han serpenteado las raíces de un roble que anhelan el agua que se encuentra tan tentadoramente cerca.

Evalúo mis heridas. La mayoría son superficiales y han comenzado a formar costras. Pero una herida más profunda en el bíceps izquierdo todavía está sangrando. Haciendo una mueca de dolor, tomo un manojo de barro y lo aplico contra el corte. Una por una, pongo a prueba mis extremidades. No hay huesos rotos, aunque los moretones han comenzado a mancharme la piel como el hongo cuitlacochin en el maíz.

Mi cabeza es el mayor problema, me doy cuenta. El casco evitó que muriera, pero tengo un chichón enorme, doloroso al tacto, justo detrás de la sien izquierda. La sangre brota de un corte directamente encima. Con la mayor delicadeza posible, aplico una compresa de barro, pero el dolor es agudo y abrumador.

Cierro los ojos, tengo la respiración dificultosa; luego me vuelvo a dormir.

A la mañana siguiente, el hambre me obliga a levantarme por fin. Me quito la armadura de algodón todavía húmeda y manchada de sangre. El aire es fresco sobre mi pecho desnudo y moretoneado, pero me siento más cómodo.

Se me ocurre que necesito estar muerto. En la mente de mis enemigos, al menos. Así que me quito las grebas y los brazales de bronce, la falda militar, y los arrojo junto con mi armadura a la laguna.

Ahora nada me marca como un noble caballero. Al ajustar mi simple taparrabos, asiento con la cabeza.

Acolmiztli ha muerto. Veamos en quién me convierto.

El bosque está lleno de los rastros que dejó la tormenta. Después de que pasa una guardia desde mi descenso renovado, me detengo para buscar piñones y champiñones, y encuentro una ardilla terrestre, que quizá lleva muerta un día. A una parte de mí le repugna la idea, pero con un pedernal afilado que he traído conmigo desde la orilla de la laguna, desollo al animalito y me como todo lo que puedo, junto con las plantas comestibles que encontré.

Aunque las náuseas me hacen tener arcadas un par de veces, sé que *debo* comer. Levanto la vista y miro hacia el sur, hasta las crestas nevadas del siguiente volcán inactivo, Iztaccíhuatl. Al igual que el monte Tláloc, está protegido por uno de los Tepicmeh, los dioses de las montañas. Subir a esas alturas requerirá toda mi fuerza y energía. No puedo darme el lujo de rechazar ningún alimento que encuentre.

—Gracias, Tláloc, por tu hospitalidad, por la comida que me has brindado —susurro en oración, tragándome las náuseas—. E Iztaccíhuatl, Amada Señora Blanca, ábreme suaves caminos mientras asciendo por tus laderas. Mantenme a salvo. Mantenme alimentado. Cuando regrese al poder, mi gente visitará estas laderas cada año para ofrecer ofrendas y celebrar ritos en tu honor.

A última hora de la tarde, llego al paso entre las faldas del sur de Tláloc y las laderas del norte de Iztaccíhuatl, una de las dos principales rutas comerciales entre Tlaxcallan al este y Chalco al oeste. Sea por la tormenta, o por la expansión imperial, no hay mercaderes que se desplacen por la ruta fangosa. A lo lejos, a mi izquierda, veo humo saliendo de un pequeño pueblo. Es casi insoportable la tentación de ir por ese camino, de estar entre la gente otra vez y de comer algo caliente.

Pero no puedo exponerme. No puedo permitir que me reconozcan. Debo dejar que mis enemigos se tranquilicen, convencidos de que estoy muerto. Por el momento, esta cadena de volcanes debe ser mi hogar. No tengo más remedio que aprender a sobrevivir entre sus riscos.

Soy la única esperanza de Tetzcoco. Para proteger a mi pueblo— la mitad en exilio, la mitad conquistada —y para que nuestra ciudad vuelva a brillar como la joya de Acolhuacan, debo abandonarme a lo salvaje.

Mis músculos gimen y mi cabeza es un desastre palpitante, así que encuentro un bosquecillo de cedros como centinelas en lo alto de una colina baja. Me acuesto en las sombras de su vigilia y me hundo en el olvido.

En mis sueños, yazco desmembrado. Cada una de mis extremidades es un pedazo de Acolhuacan: desarticulado, ensangrentado, podrido.

La voz del huracán se retuerce a mi alrededor, y un humor negro subraya sus crudas palabras:

Ódiame por romperte, muchacho. Me alimento del odio. Empero, comprende esta verdad vital: nada nuevo puede ser moldeado sin destruir lo viejo. Soy tu enemigo, sí. El enemigo de cada parte débil de cada hombre vivo. Y yo soy el único aliado que quiere verte triunfar, fuerte y brillante, con la historia de tus hazañas y conquistas haciendo eco a lo largo de los años. Incluso cuando te crees solo, yo estoy allí. Soy la Noche. Soy el Viento.

Me despierto al amanecer, casi sin poder moverme. Mi cuerpo se ha convertido en un solo amasijo de dolor. Pero me levanto, usando una rama caída como una especie de bastón, y empiezo a ascender una vez más.

De niño me desconcertaban las leyendas toltecas, herencia cultural del pueblo acolhua. En el más famoso, el rey de Tollan ofrece la mano de su hija, la princesa Iztaccíhuatl, al valiente capitán Popoca . . . si es capaz de llevar a un ejército a la victoria contra un enemigo lejano. Pero otro capitán codicia a la princesa e idea un ardid: regresa temprano a Tollan con un contingente de guerreros leales a él, anunciando que Popoca ha muerto en el campo de batalla. Iztaccíhuatl se cree la mentira. Con el corazón roto, despojada, se suicida momentos antes de que el capitán Popoca regrese ileso.

Para encontrar muerta a su novia prometida.

La toma entonces en sus brazos y sube como yo subo ahora.

Para aullar a los cielos, exigiendo que la revivan.

Yo rogaría lo mismo. Tener a mi padre, amante e hijo de nuevo.

Ah, pero Tezcatlipoca se burló de Popoca como se burla de todos nosotros. En cambio, convirtió a la princesa en estas alturas nevadas, que de perfil parecen una mujer envuelta en un sudario funerario.

Subo por sus cabellos, adornados de verde como por la mano amorosa de la Madre Tierra, desolada por la pérdida de una hermosa hija. En la base de su cabeza, el bosque da paso a los pastizales, ondeando suavemente en las laderas como si el viento le alborotara el pelo.

Veo un parpadeo de fuego en el sur. Es el otro volcán, donde Tezcatlipoca ha ordenado al guerrero amado que la vigile. Su corazón turbulento estalla a veces en humo y lava al rojo vivo. Popocatépetl, lo llamamos ahora: un dios de la montaña cuyo dolor Tezcatlipoca se prolonga para siempre.

Una punzada de culpa me hace tropezar y caer de rodillas. En aquel momento, no hice nada. Sólo huí. Dejé su cuerpo desangrándose en el suelo y me salvé. ¿Yacerá Eyolin para siempre en mi mente, con las manos agarrando su vientre como para proteger a nuestro hijo por nacer? ¿O acaso el Señor del Caos la borrará de mis pensamientos, declarando que es una debilidad que no puedo permitirme, un escollo en el camino hacia mi destino?

Oigo un gruñido suave. El desgarramiento de carne. El olor a sangre fresca.

En la línea de árboles a mi derecha está tendido el cadáver de un venado. Algo le ha dado un gran mordisco en la garganta.

Royendo su vientre hay un coyote, el animal más llamativo que he visto en mi vida. Ojos dorados llenos de astuta sabiduría. Pelaje marrón rojizo que se vuelve casi negro en el hocico, las patas y la cola.

El pelo alrededor de su cuello es blanco, como si los dioses le hubieran puesto un collar de ayuno. Un nezahualli. Me doy cuenta que se trata de una hembra.

Con pasos lentos y cuidadosos, murmurando suavemente para mantenerla tranquila, me acerco a la caza fresca.

—No pretendo robarte o asustarte. Solo pido que compartas conmigo, tía Coyote. Tengo tanta hambre como tú. Quizá más.

Manteniendo sus ojos de piñón fijos en mí, mientras me arrodillo junto a la garganta del venado, la coyote sigue comiendo, emitiendo un gemido bajo. Un sonido de bienvenida, si no recuerdo mal mis lecciones.

Con mi afilado pedernal, rebano un poco de carne y me la meto en la boca.

No puedo explicar lo deliciosa que sabe la carne roja y tibia; cómo se acomoda en mi estómago como el más rico de los festines.

Pero hay poco tiempo para saborear este sustento.

Un gruñido me hace voltear para encontrarme con una puma agachada; está furiosa. A su lado hay dos cachorros flacos, de unos cinco meses, que hacen eco de la furia de su madre.

La coyote y yo nos estamos comiendo su presa.

La puma se lanza hacia adelante y retrocedo usando las palmas de las manos y los pies.

Entonces la coyote salta entre nosotros, gruñendo. La puma se detiene en seco, desconcertada.

Un ladrido corto, luego mi defensora, con las orejas hacia atrás, se gira para mirarme. Da un grito ahogado pero insistente.

Le devuelvo la mirada y luego miro al ciervo. No sé cómo, pero comprendo su orden. Rápidamente, ignorando la protesta de músculos y huesos, agarro el cadáver por las patas y lo arrojo sobre mis hombros.

Empiezo a correr por la hierba alta.

Estoy a una docena de varas de distancia cuando volteo y veo a la puma y a la coyote, todavía enfrentadas.

—¡Vamos! —grito, como un hombre que ha perdido la cabeza—. ¡Te va a matar si te quedas!

Un momento después, la coyote me pisa los talones.

Me rebasa, dirigiéndose hacia la línea de nieve, girando su estrecha cabeza para comprobar que la estoy siguiendo.

Y de repente recuerdo las palabras de mi padre después de mi consagración como príncipe heredero. Estábamos parados en lo alto de la Pirámide de la Dualidad, frente al santuario de Tezcatlipoca. Allí, la estatua del Señor del Caos está flanqueada por un coyote emplumado, dorado brillante, mostrando los dientes.

—El dios es un embaucador, cierto, listo para poner el mundo de cabeza y verlo arder mientras se ríe. No podemos comprender cómo funciona la mente divina. Debemos aceptar lo que él destruye como el costo necesario de la creación. Sin embargo, las palabras antiguas afirman que cuando es el momento adecuado viene a nosotros disfrazado de coyote, llevándonos de las ruinas humeantes del pasado al mejor futuro que nos ha preparado.

»No lamentes la noche, hijo mío. Sin la oscuridad, el amanecer nunca podría llegar.

[17] EL CAMINO DEL COYOTE

Casi llegamos a la línea de nieve cuando la coyote ladra de nuevo. Me detengo y volteo para descubrir que la puma y sus cachorros han abandonado su persecución. Dejo caer el venado en el suelo cubierto de escarcha y, con mi aliada a mi lado, empiezo a comer.

Una vez que saciamos el hambre, ella me observa despellejar al animal: el trozo de pedernal ya no se siente incómodo en mis manos, sino firme y afilado. Mientras ella descansa, raspo el interior como mi padre me enseñó una vez, lo froto con nieve y luego coloco la piel sobre mis hombros como una capa para mantener alejado lo peor del frío.

No tengo una manera fácil de transportar el resto de la carne, y si me quedo aquí, la puma podría rastrearme y atacarme mientras esté dormido.

—Es mejor que dejemos el cadáver atrás —digo en voz alta, mirando al coyote—. Gracias por tu protección y por compartir tu comida.

Las palabras me hacen un nudo en la garganta. Me quebranto ante la amabilidad de un animal, ya que la mayoría de los humanos en la región me matarían para recibir el favor de un tirano. Algo en mi pecho se afloja y empiezo a llorar abiertamente.

—¿Elegiste estar sola? —le pregunto a la coyote entre sollozos—. No hay tiempo para el apareamiento. Sin cachorros que cuidar. Contenta de vagar por tu territorio sin compañeros. O . . . ¿perdiste a tu familia, como yo? Todos se han ido. Todos. Mi ciudad. Mi gente. Mis primos. Todos muertos. Mi amante, muerta. Nuestro hijo por nacer. Mi padre . . .

Mi voz se quiebra y me doblego, sacudido por un dolor abrumador.

Pasan los minutos. Cuando por fin levanto la vista, la coyote está sentada sobre sus cuartos traseros, observándome. Me recobro por fin.

—Ya seas un accidente, enviada de un dios, o un doble divino, estoy agradecido contigo, tía Coyote. Te recordaré siempre. Tus ojos dorados. Tu pelaje del color de la tierra cruda y primigenia. Ese nezahualli de pelo blanco en tu garganta.

Tal vez cansada de mi parloteo, se da vuelta y comienza a alejarse. La observo, susurrando una oración de agradecimiento a los cielos.

Luego se detiene, me mira de soslayo y sacude la cola.

Con el pecho lleno de alegría y alivio, me apresuro a seguirla.

Para el anochecer, la coyote me ha llevado a un saliente bajo el cual se acurruca para dormir. El pecho de Iztaccíhuatl se cierne sobre nosotros, con la nieve plateada por la luna creciente. Me acuesto a una vara de distancia de mi compañera y contemplo las estrellas que van apareciendo.

La oscuridad se hace más profunda a nuestro alrededor, silenciosa y quieta. Tiene textura, peso, densidad: estoy suspendido en la noche como un muerto que se balancea en agua salada.

Un viento frío se abre paso a través de la espesa oscuridad, arremolinándose en torno a mí antes de ondear por la hierba alta y luego barrer las copas de los árboles distantes.

Elevándose a los cielos.

Sobre el horizonte se eleva la Vía Láctea. La hendidura oscura en su corazón es el Camino Negro, atravesado por dioses y almas que se mueven entre los cielos y el inframundo.

Recuerdo cuando surgieron lamentos del palacio de las concubinas hace muchos años. Mi madre me explicó que la señora Xiloxochitl había abortado en el tercer mes de su embarazo. Las otras mujeres estaban clamando a la Monarca de lo Cercano y de lo Junto para que guiara el alma del bebé a Chichihuahcuauhco, el huerto divino que se encuentra en el Reino de la Dualidad, para ser alimentado en el árbol nodriza hasta que se le diera una segunda oportunidad de nacer.

Me imagino la forma fantasmal de mi propio hijo, muerto antes de respirar, revoloteando tenuemente a lo largo del Camino Negro, hasta llegar al cielo más alto para ser abrazado y consolado dulcemente.

Sollozos silenciosos sacuden mi cuerpo una vez más, el viento sopla hacia los bordes perlados de ese camino divino y luego retrocede,

regresando a esta gélida cresta en el borde del mundo, este límite deshabitado no solo entre Acolhuacan y Tlaxcallan, no solo entre Anáhuac y el Altiplano Oriental, sino entre el cielo y la tierra.

Y me sé observado. Me percibo envuelto en el humo caótico del espejo de obsidiana de Tezcatlipoca. Me siento caer en el torbellino destructivo de su poder.

La promesa del amanecer no ofrece consuelo. He sido abandonado por todos excepto por el más cruel de los dioses, y su espeluznante presencia vibra a mi alrededor con planes inescrutables. No puedo luchar más contra la desesperanza. No puedo valerme de la sabiduría de mi padre, ni de mis estudios, ni de la fe de mi pueblo para detener los latidos desolados y afligidos en mi pecho.

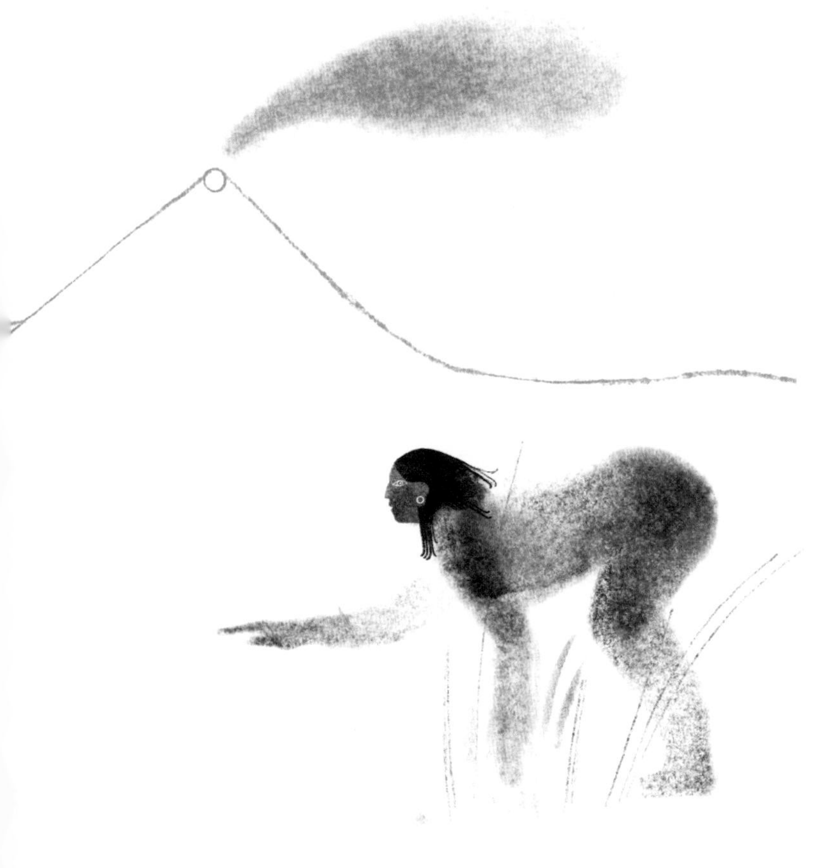

El viento tira de los bordes deshilachados de mi identidad. Siento que se lleva arrastrando los últimos vestigios de mi nombre, erosiona el dialecto tetzcoca de mi lengua, deja al descubierto los cimientos inconsistentes de mi herencia hasta que ya no sé quién soy.

Un millón de oscuras flechas, lanzas, espadas y puñales apuntan hacia mí, amenazando con partir lo que queda de mi alma.

La amenaza es demasiado grande para soportarla.

Grito contra la violencia que se desata sobre mi ser.

A mi lado, la coyote comienza a aullar en conmovedora armonía con mi dolor.

Estampo un puño contra mi corazón y maldigo al enemigo de ambos lados, el que se burla de los hombres.

Tezcatlipoca.

—¡Bastardo! ¡Yo sé lo que quieres! Dejaste que devastaran mi ciudad y mataran a mis parientes. ¡Esperas convertir mi venganza en una herramienta de destrucción! ¡Para hacerme derribar el imperio, dejando ruinas humeantes! ¿Y luego qué, retorcido amo de esclavos? ¿Me descartarás? ¿Son mis sueños solo un cebo para guiarme hasta que cause estragos para ti?

Olas de oscuridad se dejan caer sobre mi alma, arrastrándome como una inundación por los acantilados de la cordura.

—¿Para qué esperar? ¡Aniquílame ahora! —aúllo, poniéndome de pie y lanzando un puño al cielo—. ¿O lo hago yo mismo?

Me llevo el pedernal a la garganta, con la mano temblorosa. Un riachuelo de sangre florece donde la punta se encuentra con mi carne.

Pero luego veo— como cuando se arranca el velo de un niño que nace enmantillado —una dolorosa revelación.

El viento gira a través de la noche eterna, sí. Destruye todo a su paso.

Aún así . . . miro las estrellas que deja a su paso. Esas llamas delicadas, suspendidas en el vacío. Parpadeantes. Tenues.

Pero tenaces. Sin rendirse. Negándose a apagarse para siempre.

Caigo de rodillas, con una comprensión más profunda que nunca.

Casi puedo saborear esa masa festiva de amaranto, en forma de picos, horneada y consumida en honor a los Tepicmeh, montañas sagradas por cuyas boscosas faldas fluyen preciosos ríos.

Presionando mi frente contra el suelo, y hundiendo mis manos en el suelo pedregoso, me dirijo con voz rasposa a Tezcatlipoca, en cuyas manos he estado siempre.

—Los hiciste divinos. Iztaccíhuatl y Popocatépetl. Dioses Montaña. Para que siempre gobernaran estas laderas. Lado a lado, eternamente. Adorados por todas las naciones circundantes. Les diste más de lo que te pidieron. No fue crueldad, señor Tezcatlipoca. Fue respeto.

Luego uso el pedernal, no para cortarme la garganta, sino para surcarme el muslo. Brota la sangre, negra a la luz de la luna.

—Derramo mi esencia —le susurro a la temblorosa oscuridad que se arremolina a mi alrededor—, en pago por mi vida, para mantener las ruedas del cosmos girando y para mostrar mi devoción al Señor del Caos que hace añicos lo podrido y tambaleante para que sus hijos se ven obligados a reconstruirlo.

Gimiendo suavemente, la coyote se arrastra hacia mí sobre su vientre y lame la sangre para sanarme.

Durante largas semanas, me convierto en su acólito, aprendiendo a rastrear como un coyote, a lidiar con tormentas y deslizamientos de tierra e incendios forestales humeantes bajo su mirada atenta y a menudo reprobadora. Luego llega la temporada seca, enfriándose bajo cielos despejados que extraen el calor de la roca y la tierra. La comida se vuelve aún más escasa, pero mi compañera sabe cómo sobrevivir. Bajo su tutela silenciosa, empiezo a comprender el Camino Coyote.

Nuestro alimento básico es el zacatochin, un diminuto conejo volcánico que me cabe en la palma de la mano. Vive en madrigueras entre la hierba cerca de la línea de nieve. La coyote los huele, comienza a cavar frenéticamente y mete su corto hocico en el agujero cada vez más grande. Yo busco otras entradas y atrapo los cuerpecitos peludos que se apresuran a escapar por sus rutas acostumbradas.

Se come el suyo entero, de un solo bocado, con pelo y todo. Aunque es una tarea incómoda, yo primero los desuello antes de metérmelos en la boca. Con el tiempo aprendo a saborear el cobre caliente de su sangre, el crujido de sus huesos ligeros.

Sin embargo, una dieta de zacatochin no es suficiente para ninguno de los dos. De vez en cuando nos cruzamos con un venado y perfeccionamos una estrategia para abatirlo. A veces tengo que perseguir al animal hacia algún tipo de obstáculo (peñasco, bosquecillo o acantilado), para cansarlo y cerrarle las vías de escape. Otras veces, ya está debilitado por el frío, abandonado por las pequeñas manadas en las que los venados suelen congregarse durante el invierno, buscando calor y protección.

Luego, la coyote comienza a morderle las patas, dejándolo tullido, para lanzarse hacia su cuello. Salta de un lado a otro, evitando los cuernos si hemos escogido un macho mayor. Observo esta danza de cerca, sintiendo el ritmo de cada encuentro, agarrando mi robusta lanza de pino afilada con pedernal.

Una vez que el venado está sangrando y no puede escapar, me uno al ballet, dando vueltas hasta que tengo claro mi blanco: el flanco izquierdo del animal. Luego me apresuro, asestando una estocada en ángulo para que la lanza pase detrás de la caja torácica y atraviese los pulmones y el corazón.

Es una técnica que perfeccioné después de fallar el primer intento, cuando trataba de golpear el costado del venado de frente y terminé rompiendo la lanza contra sus costillas. Ese día, la coyote tuvo que rematar al animal, y gemía con irritación. Pero yo aprendo y la próxima muerte es limpia.

El invierno se intensifica. Pronto me hago chaparreras y botas de piel de venado, así como una especie de chaleco debajo de mi capa. Mi cabello crece largo y enmarañado. Mi hedor humano parece desvanecerse o cambiar, como lo demuestra la facilidad con la que me muevo entre los animales perezosos en las laderas del Iztaccíhuatl.

Cuando estoy separado de mi compañera por un período prolongado, marco mi camino como lo hacen los coyotes, meando en rocas y árboles, escarbando en la tierra con las manos.

Ella conoce mi olor y siempre me encuentra, aunque mis sentidos, inferiores en agudeza, no puedan llevarme hasta ella.

Mis pensamientos humanos se desvanecen o cambian también, surgen principalmente en sueños. Cazo cuando el coyote caza, descanso cuando ella descansa, me entrego por completo a sus ritmos.

En el gélido frío de la noche, bajo la atenta vigilia de la luna, nos sujetamos el uno al otro, y el calor y el consuelo que compartimos supera todas las divisiones entre hombre y bestia, domador y fiera. Somos dos bultos de sangre caliente que evitan la muerte helada.

La paz que encuentro a su lado es indescriptible, informe. Enviada del cielo.

Sé que no durará, pero me regocijo mientras pueda.

Después de varias semanas, nubes oscuras se acumulan en el norte, la dirección que conduce a la Tierra de los Muertos, según afirman los sacerdotes. De ese lúgubre reino de sombras sopla un viento muy frío que hace que incluso los robustos pinos se vuelvan quebradizos por el hielo.

Deberíamos descender de la montaña antes de que llegue la ventisca, pero avanza demasiado rápido y tía Coyote está sola en alguna parte. Antes de que pueda encontrar refugio en la tenue luz del día, la nieve comienza a girar espesa y cegadoramente blanca a mi alrededor.

Poco después estoy luchando para avanzar a través de montones de nieve que me llegan hasta las rodillas, y el frío suave se convierte en agujas heladas que se me clavan en los huesos.

Detecto un ladridito. Sale saltando del remolino borroso para morderme la mano. La sigo. En uno de los mayores bancos de nieve se abre un agujero. Ella se mete y continúa cavando. Luego reaparece, mirándome expectante.

¿Enterrarme en la nieve? Es una locura.

Pero confío en ella. Más de lo que confío en mí mismo.

El espacio que ha despejado es pequeño, suficiente para los dos. Hace frío al principio, pero el viento no me corta la piel, así que eso es un alivio. Tía Coyote se acurruca a mi lado. Su pelaje es mucho más grueso ahora— sospecho que podría sobrevivir muchas horas de exposición a esta tormenta de invierno.

La nieve se acumula frente a la entrada de esta madriguera, y pronto estamos encerrados en la oscuridad total, negra como el rostro de obsidiana del Dios de la Escarcha. En medio de esta ausencia de luz, no puedo dejar de pensar en su origen y papel. Cómo fue una vez el Señor del Amanecer hasta que— enojado por la forma inmóvil del nuevo sol, Nanahuatzin —disparó flechas al horizonte, con la esperanza de dar contra esa esfera de fuego. Pero la temblorosa deidad solar reaccionó instintivamente, protegiéndose con rayos mortales, uno de los cuales atravesó la frente del Señor del Alba, ennegreciendo y endureciendo su rostro para siempre, que se convirtió en una hoja mortal.

El calor del amanecer se disipó de su carne divina, dejando solo huesos fríos. Dejando a un lado su arco y flecha, el dios tomó la Escoba de la Muerte. Ahora barre la vida que se desvanece del mundo y su toque helado deja al descubierto la roca y el suelo.

—Su paso por nuestra tierra es sombrío y aterrador —me dijo una vez mi padre, mientras mirábamos los campos marchitos durante un invierno especialmente duro—, pero asegura que la primavera traerá cosechas brillantes y verdes de la tierra.

Ciclos interminables de tiempo. La paradoja de la vida y la muerte.

Y me doy cuenta de otra paradoja: nuestra guarida se ha calentado. La nieve se derrite y vuelve a congelarse a nuestro alrededor, formando delgadas paredes de hielo.

El calor de nuestros cuerpos queda atrapado dentro por varios metros de nieve que nos aísla del frío brutal. Por primera vez en meses, siento que se forma una esperanza por mi ciudad. Las aplicaciones de ingeniería pasan por mi mente, así como las implicaciones filosóficas.

En el corazón de la destrucción, uno puede encontrar refugio.

En la oscuridad impenetrable, uno puede ser una luz.

En medio de los brazos espiralados del huracán, hay quietud.

Debo permanecer en el centro de la tormenta. Pero cuando salga, se me habrá abierto el camino. Mis enemigos serán debilitados. Saldré triunfante de la nieve y saludaré al mundo bañado por el sol con un grito de batalla.

Los meses pasan. El aire cálido comienza a agitar la hierba pálida. Los arroyos fluyen desde la cumbre al derretirse la nieve. Me quito las botas y las chaparreras, saboreando el roce del viento, la tierra y las plantas verdes.

Tía Coyote y yo pasamos horas corriendo cada tarde, exultantes. La caza se vuelve abundante y nos saciamos, aullando ante la llegada de la primavera.

Aunque la música de la naturaleza resuena a mi alrededor, una respuesta rebosa mi alma, pero no puedo expresarla hasta que encuentro un tocón hueco y estiro una piel de venado sobre él. Mi nuevo tambor retumba por los claros y el bosque cuando manifiesto con golpes rítmicos mi alegría ante tanto renacimiento.

Las palabras salen espontáneamente, la poesía se desliza por mis labios como una oración.

En la Casa de Escritura
el dios compone canciones,
experimenta con el sonido,
silbidos y ritmos juguetones.
Va esparciendo sus flores
y nos deleita con melodías.

Su canto brillante tintinea
cual campanitas tobilleras.
Hacen eco nuestras sonajas
de ese ritmo celestial.
Va esparciendo sus flores
y nos deleita con melodías.

Canta la dulce chachalaca,
un reflejo de estas flores,
y su graznido estridente
se despliega sobre el agua.

Una bandada de hermosos cisnes
trompetea en respuesta solemne
a esa ave escarlata divino
cuyo canto es la eterna verdad.

Se pasan muchos días verdes en esta felicidad musical tan primitiva. La tía Coyote a menudo se une a mí con su aullido lastimero. Somos dos cantantes en el borde del mundo, voces claras que se elevan totalmente puras a través del cielo, hacia el Reino de la Dualidad.

Entonces, una tarde, llega un eco de su voz: un alarido distante, llevado por algún viento del sur en nuestra dirección. Inmediatamente se levanta la tía Coyote, gimiendo. Me echa una mirada y comienza a correr. La sigo.

No nos detenemos a cazar. Está empeñada en descender hacia el paso entre Iztaccíhuatl y Popocatépetl, tanto que cuando el crepúsculo se convierte en noche, dejamos atrás derrumbes y bosques bajo las estrellas. He aprendido a confiar en sus instintos, por lo que coloco mis pies donde han pisado sus patas en los lugares más complicados.

Tía Coyote sigue avanzando cuando amanece. Saco un poco de carne de venado de la bolsa de cuero que hice durante el invierno. Le paso una tira y ella se la traga. Nos detenemos brevemente en un arroyo para beber agua fría, pero luego ella vuelve a avanzar.

El alarido viene de nuevo, más cerca. Llegamos al paso. De pie frente a nosotros en una de las estribaciones del Popocatépetl hay un coyote macho, musculoso y marrón.

Un doloroso golpe de entendimiento me hace jadear.

—No. No puedes dejarme a mí también —suplico, con la voz áspera por la falta de uso y el dolor y lo que podría ser el comienzo de una gripe.

Mi compañera me acaricia suavemente con el hocico. Entierro mi mano en el pelaje blanco alrededor de su cuello, y me agacho a su lado, apoyando la frente contra su cabeza.

La pérdida que he aprendido a olvidar vuelve como un burbujeo en mi corazón.

—Muy bien. Yo . . . te entiendo. Ve con tu pareja. Ten otra camada de hermosos cachorros. Pero escúchame bien, querida amiga: te extrañaré todos los días de mi vida.

Ella lame las lágrimas de mi rostro, tiene los ojos dorados llenos de la luz del ocaso. Luego se aleja de mí, saltando por el suelo pedregoso hacia su pareja mientras hace sonidos de saludo.

Me levanto y la veo acercarse a él. Sus miradas se encuentran. Hacen ruidos suaves de reconocimiento. Luego, al unísono, sus rostros inescrutables giran hacia mí.

—Cuida de ella y de los cachorros —le digo al macho, mi voz quebrada por la emoción—. O te cazaré como a un pinche venado.

El macho echa las orejas hacia atrás, pero ella lo empuja suavemente. Sin otro sonido, giran y suben la ladera, haciéndose más y más pequeños mientras los miro, con el corazón roto.

Entonces mis ojos se vuelven hacia el este. Hacia Tlaxcallan.

—Los humanos —le susurro roncamente al viento—. Creo que ya estoy listo para ellos.

Pero primero, por supuesto, tengo que verme más humano. Encuentro un charco de agua en las faldas del Popocatépetl, alimentado por un arroyo del deshielo. Me sumerjo desnudo en el agua helada, que me quita el aliento por un momento. Luego me froto la piel del cuerpo y tallo mi taparrabos con la gruesa arena bajo mis pies.

Al salir, limpio y temblando, me doy cuenta de lo poderoso que se ha vuelto el hedor de mis capas de piel. Así que las evito por completo y me acuesto sobre unas rocas calientes a la luz del sol para secarme. El aire de principios de primavera todavía es fresco, así que me toma un rato dejar de temblar.

Hacia la tarde calmo mi hambre con cecina de venado y piñones. Pero la comida no me da energía. Me siento agotado. Me empieza a doler la cabeza. Me topo con un bosquecillo de mezquite y me tumbo sobre las vainas de semillas muertas que crujen como las conchas abandonadas de extraños insectos.

Mientras la luna se asoma sobre Citlaltépetl, el volcán más alto de esta tierra, una montaña que llega a tocar las estrellas, caigo en un estupor que me lleva a sueños turbulentos pero sin forma, tempestades de emociones y patrones inescrutables que giran en los rincones de mi mente.

Por la mañana me despierta la luz del sol que se cuela en mis ojos. Violentos espasmos sacuden mi cuerpo. Estoy cubierto de sudor frío.

Una fiebre demasiado alta. Sé el peligro en el que estoy, pero poco puedo hacer salvo buscar ayuda. Con la cabeza palpitante y los ojos llorosos, bajo a tropezones al paso y me dirijo hacia el este.

Cada paso sacude la médula de mis huesos. El sol de primavera no es suficiente para calentarme. Me estremezco una y otra vez, y me maldigo a mí mismo por haber abandonado mis pieles, que importa si hayan estado apestosas. Las sombras de los dos volcanes todavía están frías y, a medida que avanza el día, siento que el líquido se acumula en mis pulmones, se me hinchan los ojos y me palpitan las sienes.

De vez en cuando la escucho aullar. ¿La habrá abandonado su pareja? ¿Sabe que estoy enfermo, guiada por algún instinto canino que me falta?

Capto destellos de su pelaje en la oscuridad. Sus ojos dorados parecen brillar con el sol poniente. En lugar de esperar a orinar cada pocas horas como un hombre, me detengo en cada árbol grande y audaz, dejando mi olor para que me siga.

Es otra habilidad que carezco. Debo ver las pistas para poder seguirlas.

Traigo los ojos demasiado llorosos. Cada vez está más oscuro. Más oscuro. Oscuro.

Las estrellas titilan arriba. No puedo parar. Hay humo a la distancia.

Luego la tía Coyote salta desde la pendiente. Aterriza frente a mí.

No. Es demasiado grande. Del tamaño de un hombre sentado sobre sus ancas.

El pelaje se cae. El nezahualli blanco se desmorona y se dispersa en el viento caótico como semillas de diente de león.

Plumas doradas brotan de la piel de la criatura.

No es ella, sino Coyotlináhual. El Coyote Emplumado. Avatar de Tezcatlipoca, su nahual y compañero.

Patrono de los plumeros. Fabricador de la máscara que el emperador Ce Ácatl usó para ocultar su rostro envejecido de sus súbditos, cuando se dio cuenta de que su destino era la muerte al final de todo.

Y esa bestia sagrada abre su hocico y habla:

Bien hecho, príncipe sin nombre. Has desafiado la soledad y la necesidad, has aprendido el camino del coyote. Ahora vuelves a tu propia especie. Tenemos más lecciones para ti, más formas de contemplar. Debes aprender a sostener la vida y traer la muerte.

El humo está más cerca ahora. ¿Puedes verlo flotar a la deriva sobre la cara de la luna?

Unos pasos más, muchacho. Entonces podrás descansar.

[18] LA GRANJA

—Creo que está fingiendo que está dormido, mamá. Oye, chico, vi cómo se agitaban tus párpados hace un momento. No puedes engañarme.

Abro los ojos lentamente. El mundo está un poco borroso, excepto por la cara redonda que se cierne sobre mí. Ojos grandes, nariz delicada, boca pequeña torcida en una mueca irónica. El punto más pequeño de un lunar en lo alto de la mejilla izquierda. Supondría que esta cara de búho pertenece a un niño de unos diez años si no fuera por la voz áspera y femenina que sigue parloteando sin parar con buen ritmo.

—¿Ves, chico? Ya no estás tan enfermo, ¿verdad? No después de todos los remedios herbales tan complicados que mi madre te obligó a tragar por la fiebre. Ese tipo de atención médica no es gratis, ya sabes. Es hora de que te levantes y comiences a pagar tu deuda. Esta es una granja; hay mucho trabajo por hacer.

—¡Sekalli! —exclama una mujer mayor, empujando a la chica fuera de mi campo de visión—. La Divina Madre nos manda cuidar de cada alma enferma que se cruza en nuestro camino en la vida. No exigimos ningún pago, hija.

Trato de sentarme, apoyándome con los codos en la colchoneta en la que estoy acostado.

—Te pido perdón —susurro, con la garganta ardiendo por el esfuerzo—. No tenía la intención de ser una imposición.

Sekalli gruñe y gira la cabeza. Veo que su brillante cabello negro está recogido hacia atrás en una sola trenza. El peinado y sus acentos confirman que he llegado a Tlaxcallan. Cerca de Cholollan, imagino, dada la geografía de su república. Es la ciudad más cercana a Popocatépetl.

La madre se agacha a mi lado, un vaso de agua en las sus manos.

—Bebe, joven, y no le des más importancia. Lo que exigen los dioses nunca es una imposición. Soy Makwíltoch. La chica grosera y tal vez incasable que ves haciendo pucheros frente a ti es mi hija mayor, Sekalli.

Tomo el agua casi de un solo trago.

—Le agradezco a la señora mi tía —digo.

Sekalli ahoga una risa.

—Oh, claro, ahora va a fingir que es un noble . . . ¿Quién crees que eres, el príncipe perdido de Tollan? —Me da un empujón con los dedos de los pies descalzos. Son largos y delicados. Me doy cuenta de que por instinto estoy usando las formas respetuosas que siempre empleaba con las mujeres plebeyas en Tetzcoco—. Sólo llámala «tía» como una persona normal, escuincle.

Estoy entrenado para controlar mi ira y mantener en todo momento una fachada de dignidad cuando trato con mis inferiores sociales. Pero esta campesina me fastidia con cada palabra y cada gesto. Habla de modo grosero escupiendo verbos vulgares en lugar de reverenciales, usando los pronombres directos «yehhua» y «yeh» para dirigirse a mí en lugar del respetuoso «yehhuatzin» o incluso del neutral «yéhhuatl».

—¿Por qué insistes en bajar el habla conmigo? —exijo, severo, aunque todavía neutral—. No nos conocemos, doncella.

La chica agita la mano con desdén.

—Sobrevivirás. Y estoy bastante segura de que no estamos al mismo nivel. ¿En qué año naciste?

Con la ayuda de doña Makwíltoch, me pongo de pie. Me tiemblan un poco las piernas.

—En 1 Conejo. En el día 1 Venado.

—¡Ajá! ¿Ves? Yo nací en 13 Casa, un año antes que tú. Así que soy tu prima mayor, chico. Hablaré contigo como me dé la gana.

Me cuesta creer que el espantapájaros femenino que tengo delante tenga diecisiete años. Su blusa blanca y su falda raídas cuelgan sueltas sobre su cuerpo flaco, como una niña vestida con la ropa de su madre.

—Ya basta, Sekalli. Llama a tu hermano y a tu hermana. Ya casi anochece. Tu padre querrá que cenemos juntos.

Sin esperar a que me lo pidan, enrollo el petate y lo coloco a lo largo de una pared, luego muevo la mesa al centro de la habitación, cerca del hogar. Una olla de estofado burbujea sobre un brasero sostenido por una estatua de piedra del Dios del Fuego. El típico espacio de vida comunal de la clase trabajadora: cocina, comedor, y sala de trabajo, todo en uno. El lado occidental está presidido por un telar. Más allá, dos cortinas en la pared del este cubren las entradas a los dormitorios.

Desde afuera llegan unos gritos:

—¿Eres estúpido? ¡El sol está a punto de ponerse! Hay cihuateteoh en el aire en busca de pilluelos malcriados como tú para robárselos.

Sekalli mete a dos niños más pequeños, ambos chillando de miedo por los legendarios fantasmas que acompañan al sol poniente después de haber muerto durante el parto.

Los niños corren a ponerse al lado de su madre, mirándome con sospecha.

—Pongan seis tazones —dice Makwíltoch, alejándolos con las rodillas mientras cocina tortillas en una plancha—. Nuestro invitado debe tener mucha hambre.

Mientras sus hermanos se apresuran a obedecer a su madre, Sekalli agarra un cucharón y revuelve el estofado, haciendo como si no mirara en mi dirección. Pero no puede controlar su impulso de seguir hablando.

—Estos mocosos no tienen modales, así que los presentaré. Ella es Yemasaton. Tiene diez años. —La hermana más tranquila es casi tan alta como Sekalli y más robusta—. Y este niño es Omaka.

—Tengo siete años —anuncia, perdiendo el miedo al colocar dos tazones sobre la mesa—. ¿Eres guerrero? ¿Has matado a alguien?

Su voz se parece tanto a la de Tochpilli que casi me derrumbo, abrumado por el repentino recuerdo de mi hermano menor. He tratado de dejar de pensar en el destino de la familia que me queda, pero ahora mi corazón se llena de añoranza.

—No creo que debamos . . . —empiezo con una voz jadeante, y luego una mano aparta la cortina de la entrada principal y el padre de Sekalli se apresura hacia adentro. Es alto y esbelto, con hombros musculosos, en contraste con el cuerpo más bajo y robusto de su esposa. Tiene la piel curtida por el sol, rasgos demacrados, ojos amables.

—¡Veo que nuestro invitado inesperado ha despertado por fin! —dice, golpeándose el pecho a modo de saludo.

Hago una breve reverencia, con el puño en el corazón.

—Estoy agradecido por su hospitalidad, tío.

—Ya —gruñe, acercándose a mí, poniendo una mano en mi hombro—. Somos personas, después de todo. ¿Cómo podemos reclamar humanidad si no nos ayudamos unos a otros? Siéntate, siéntate. Comamos juntos y compartamos nuestras historias, ¿sí? Esa fue la intención de los dioses cuando nos dieron bocas.

Una sonrisa espontánea se dibuja en mi rostro. Puedo ver de dónde saca Sekalli su labia.

Una vez que nuestros tazones están llenos de molli y las tortillas están apiladas en medio de la mesa, espero a que el granjero dé su primer bocado, luego tomo una tortilla y la uso para recoger el guiso espeso. Es una comida común y corriente (calabaza, tomates, chiles y frijoles), pero después de meses de comer como un coyote, disfruto los sabores complejos como si hubieran preparado esa comida en las cocinas imperiales.

—¡Sí, tú come! Me hace bien verte disfrutar de la cocina de mi esposa. Verás, eso fue lo que me convenció de casarme con ella. Hace cosas con especias que ninguna mujer en todo Tlaxcallan puede soñar.

—Cállate, esposo. Tu costumbre de exagerar lo va a hacer sentir incómodo.

Él solo sonríe más ampliamente.

—Estoy seguro de que los demás ya se presentaron. Soy Pólok. Mi clan se ha dedicado a labrar la tierra durante cientos de años, aquí en esta fértil llanura cerca de la frontera con el Tepeyácac. Nuestros campos son vastos y nuestros vecinos pocos, por lo que cualquier visita es apreciada.

Bajo mi tortilla.

—Me alegro de haberme topado con su generosa familia, aun estando enfermo. Por favor, perdone cualquier desliz que haya surgido de mi estado febril.

—Para nada —dice Pólok, sirviendo agua de una calabaza y pasándome una taza de madera—. ¿Cómo te llamas, muchacho?

Tomo un trago para darme un momento. Abandoné a Acolmiztli cuando partí hacia las montañas y comencé a vivir al estilo coyote. Esa identidad principesca debe permanecer muerta por el momento.

Me imagino a mi compañera canina, su collar blanco brillando a la luz de la luna.

—Nezahualcóyotl —digo finalmente.

—¿Neza qué? —Sekalli se burla, casi escupiendo su bocado de molli—. No es de extrañar que estés devorando toda nuestra comida. Un verdadero coyote en ayunas.

Pólok le da un ligero golpe en la cabeza.

—Basta, hija. Nezahualcóyotl, detecto el acento acolhua en tu voz. ¿Un refugiado de la guerra civil? ¿Partidario del señor supremo muerto, tal vez?

Asiento con la cabeza, habiendo decidido hace mucho tiempo cuál sería mi nuevo pasado.

—Mi padre era juez menor en Coatlichan. Nuestra familia huyó una vez que los mexicas y tepanecas se aliaron con los rebeldes en nuestra ciudad. Pero mis padres y hermanos fueron asesinados, junto con otros que escapaban de la codicia del emperador Tezozómoc. Vagué durante meses por las montañas, tratando de evitar la captura o la muerte. La enfermedad me hizo bajar de sus cumbres. Caminé todo el día y toda la noche, febril, hasta caer finalmente en su granja, tío.

Sekalli niega con la cabeza y suspira:

—Así que se aferra a su fantasiosa historia de nobleza.

Pólok me está evaluando. Golpetea con su dedo índice los labios fruncidos, haciendo una pausa antes de lanzar su apuesta.

—Hay muchos refugiados de tu nación en todo Tlaxcallan. Es posible que conozcas a algunos, incluso podrías encontrar un empleo remunerado en los nuevos distritos que han surgido. Pero ¿por qué no te quedas aquí? Puedo ofrecerte alojamiento y comida, y un trabajo gratificante. Puedes pensar que está por debajo de ti, pero cientos de bocas dependen del trabajo de esta familia. Será una rica experiencia, Nezahualcoyotzin.

—¡Padre! —Sekalli se queja—. ¿Por qué usas honoríficos con este chico? ¿Por qué invitarlo a quedarse? ¡Nuestras provisiones y alimentos son cada vez más escasas!

—Tranquila, mocosa. ¡Ah . . . desde que tu madre te dio a luz en un día desfavorable, has sido una espina en mi costado! Me estoy envejeciendo. Me vendría bien otro par de manos en el campo, ya que tu hermano aún es demasiado joven.

Pienso en las palabras del Coyote Emplumado.

«Debes aprender a sostener la vida y traer la muerte.»

—¿Qué tipo de trabajo quiere que haga, tío?

—Al principio, serías mi zacamoh. Hacemos cultivos de rotación en los campos, dejando algunos en barbecho cada año. Ahora es el momento de romper el suelo descuidado y prepararlo para plantar. Comenzarías con esa tarea.

Los grandes y bonitos ojos de Sekalli se abren aún más cuando asiento en respuesta.

—Muy bien. Me quedaré y trabajaré duro a tu lado, tío.

Después de que Makwíltoch narra un encantador cuento para dormir sobre un niño y su mascota ahuízotl, ese perro de agua mágico con una quinta mano al final de la cola, los niños y sus padres se retiran a sus respectivas habitaciones. Desenrollo mi petate cerca de la chimenea y me sumerjo en un descanso placentero. En algún momento de la noche, siento unos ojos sobre mí, pero los ignoro y me aferro más a mis sueños tranquilos y simples. Que cualquiera que quiera venga a mirarme durante toda la noche. No me queda nada de miedo ni de vergüenza.

Antes del amanecer, Pólok me despierta. Nos quitamos el ayuno con unas tortillas frías y caminamos hacia los campos bajo un cielo que clarea. Por todas partes penden tallos de maíz amarillentos, enrejados con enredaderas quebradizas. Luego, en el corazón del mosaico de cultivos, llegamos a un amplio rectángulo de suelo vacío, salpicado de zacate silvestre y nopales.

—Toma —dice el granjero, entregándome un trozo de roble largo y puntiagudo que me recuerda la lanza improvisada que empuñaba junto a la tía Coyote. Ya sé el nombre de la herramienta: huitzoctli, palo de plantar, con los extremos endurecidos por el fuego—. La primera tarea es soltar la tierra y quitar las malas hierbas. Clava el huitzoctli en el suelo, así —dice, mostrándome—. Y luego gíralo cuando lo levantes. ¿Ves el resultado? La tierra se afloja para que sea más fácil removerla más tarde.

Golpeo el suelo, tratando de imitar su técnica. Me corrige un par de veces, pero soy heredero al trono de Tetzcoco. No hay habilidad que no pueda dominar. Pronto, al retirar el palo de plantar dejo montículos de tierra suelta como los de Pólok.

—Tienes una afinidad natural con la Madre Tierra, Nezahualcoyotzin —dice—. Soy afortunado de que tus manos preparen mi campo. Te dejaré con el trabajo, pues. Debo inspeccionar los cultivos ya existentes. La vida les está regresando rápidamente después del largo invierno, y es posible que ya estén emergiendo frutos inesperados.

Después de que ha pasado una guardia, mis manos están adoloridas y con ampollas. El movimiento repetitivo, como hundir una lanza en el vientre de un enemigo tras otro, me deja el hombro entumido.

Pólok regresa con la cesta de mimbre rebosante de calabazas amarillas y pequeños tomates.

—Me di cuenta de que no te marqué los cuadrantes, pero veo que tú mismo has desarrollado un sistema. Bien. Metas alcanzables. Nunca intentes pasar de un extremo del campo al otro al voltear el suelo. Siempre divídelo en secciones manejables.

Asiento y vuelvo al trabajo. Después de otra media guardia, me sorprende ver a Sekalli acercándose cuando alzo la vista del suelo. Sostiene un guaje tapado.

—Agua —explica—. El sol ya está alto. Debes tener sed.

Tomo el recipiente y mis dedos rozan los suyos. Siento un escalofrío a lo largo de todos mis nervios. Se me queda viendo, sin desviar sus grandes ojos francos que centellean con el brillo del sol.

Volteando la cara, tomo un sorbo muy largo del agua fría y dejo que gotee sobre mi pecho. Sekalli suspira. Le devuelvo la mirada y todavía me está mirando, casi con avidez.

Molesto, pongo la calabaza en sus manos.

—Ten. Deja de mirarme boquiabierta. Eres como un niño demasiado entusiasta, viendo un desfile militar.

—¿Un niño? —ella repite, resoplando en ofensa fingida—. ¿Yo?

Con un gesto la señalo de arriba abajo.

—Sí. Con tu cara redonda y tu cuerpo flacucho. Si te cortas ese pelo y te pones un taparrabos, dudo que alguien adivine que eres mujer.

Su rostro se arruga. Por un segundo, lamento los insultos, la rebaja de mi discurso. Parece que está a punto de estallar en lágrimas. Pero he juzgado mal a Sekalli, por decir lo menos.

—Muy bien, lindo bastardo. Probablemente podríamos cambiarnos de ropa ahora mismo y la gente pensaría que luces mucho mejor como chica que yo. Esa boquita femenina tuya: un arco perfecto en el labio superior, el puchero grueso del labio inferior. Orejas y nariz bien formaditas. Ojos color miel. Y tu pelo es tan largo que parece una vergüenza. ¡Carajo! Apuesto a que mi padre podría casarte en un santiamén si te vestimos con mi falda y blusa ceremoniales. ¿Seguro que no eres une xochihuah, Neza?

Escupe a mis pies y se va corriendo. Me quedo sin saber si reírme o quebrar el palo de plantar, airado. Claramente, la chica es un enemigo más formidable que la mayoría de los hombres que he conocido. Necesitaré una mejor estrategia para defenderme de ella.

Poco después del mediodía, Yemasaton me trae un plato de atolli frío y media docena de tortillas. Por un momento, con los rasgos desdibujados por la luz del sol, la confundo con mi amada hermana Tozquen. Se me hace un nudo ahogado en la garganta. Vivir con una familia es peligroso cuando intentas olvidarte de la tuya.

—¿Y Sekalli? —pregunto, rompiendo la incómoda pausa.

—Descascarillando maíz. Es su trabajo principal. El mío es nixtamalizarlo. Luego mamá lo muele en el metate.

Me agacho, miro las tortillas y reflexiono por un momento sobre las horas de trabajo que se requieren para producirlas. Mientras

Yemasaton espera, absorta en algún escarabajo brillante, me como lo que me ha traído, disfrutando y apreciando cada bocado, luego bebo agua de una calabaza atada al hombro de la niña.

No mucho después, Pólok se une a mí. Juntos terminamos de romper el suelo en un cuadrante del campo. Habla constantemente. Comparte la genealogía masculina de su familia, remontando a cinco generaciones; cuenta las lecciones sobre la plantación que aprendió de su padre y su abuelo, comparte oraciones especiales a los Dioses Duales del Maíz y la Abundancia.

Prefiero no decir mucho, solo frases ocasionales, extraídas de las lecciones que he recibido sobre agricultura y de las visitas que hice con mi padre a los campos que rodean a Tetzcoco. Pólok está impresionado con los fragmentos de conocimiento que comparto.

—Es bueno que el descendiente de una familia noble comprenda el valor de este trabajo —observa—. Tu padre debe haberte inculcado mucho respeto a una edad temprana.

Bajando la cabeza mientras me trago mi dolor, busco una respuesta digna.

—Era un hombre que amaba a toda la gente de nuestra ciudad, nobles y plebeyos por igual. ¿Cómo no iba a emularlo, tío? Durante los próximos cuatro años, me mirará desde lo alto, parte del séquito matutino del sol. No puedo permitir que desvíe la mirada avergonzado.

El silencio reina durante un tiempo a partir de entonces, hasta que el sol está bajo en el oeste.

—Venid, reverenciado sobrino —dice Pólok al fin—. Consolemos nuestras almas y nuestra carne con comida y familia y demos la bienvenida al descanso.

En la cena, Sekalli es más reservada. Me sirve la comida con la mirada baja y se apresura a pasarme una tortilla o agua justo cuando me la voy a servir. Me pregunto durante la comida y la tranquila conversación que sigue (sobre clima, chismes, especulaciones políticas, etc.) si mi trabajo con su padre me ha ganado su respeto. Tal vez, después de haberme insultado esta mañana, ha abandonado esa táctica. Habiendo evitado los avances de muchas chicas durante los últimos años, puedo sentir que se siente atraída por mí. Tal vez intente alguna nueva estrategia para seducirme.

Ah . . . pero estoy tan equivocado como podría estar.

Los hermanos lavan los platos afuera y su padre se fuma un tubo de tabaco mientras bebe vino de maguey; después, la familia se retira a sus habitaciones. Sekalli, haciendo una pausa para apagar el fuego del hogar, se aclara la garganta deliberadamente.

Dejo de desenrollar mi petate y alzo la vista.

—Te meneas cuando caminas, princesa —murmura ella con un tono exagerado de seducción—. Tus caderas se balancean de un lado a otro. Muy lindo. Avísame cuando quieras probarte una de mis faldas. La vas a llenar muy bien con ese trasero redondo.

De repente recuerdo a mis primos, riéndose de mis pasos deambulantes, nombrándome Yohyontzin. Me encrespo de indignación.

—¡Tú, machorra insoportable y sin forma! Has estado guardando tu veneno toda la tarde, ¿no?

Ella me frunce los labios.

—Escuché que a los adolescentes nobles de Acolhuacan les gustan los escuincles plebeyos. Podemos fingir, ya sabes. Seré un chico si eso es lo que te excita, Neza.

Me le acerco con la mano levantada, pero ella se ríe y aparta la cortina para entrar en la habitación que comparte con sus hermanos.

Juro por los dioses que si no deja de hacerme bromas retorcidas abandonaré la finca y me dirigiré a Chalollan. Moza descarada. ¿Cómo se atreve a hablarme de esa manera?

Lo más molesto es que su cara redonda llena mis sueños esa noche, bonita y brillante como la misma luna.

{19} BEBÉ LINDO

Nos lleva toda la semana soltar la tierra y quitar la mala hierba. Luego hacemos lo mismo para un segundo campo en barbecho. Durante la tercera semana, pasamos a usar un coahuácatl, una especie de azadón con una punta de piedra curvada, para revolver la tierra y prepararla para la siembra. Es un trabajo arduo, pero los días pasan con una velocidad asombrosa, y siempre hay una comida deliciosa y una charla reconfortante al final de cada uno.

Sekalli nunca deja de soltar una ocurrencia mordaz cuando se presenta el momento adecuado, pero ya no frente a su familia. Habla sin parar como su padre, y se niega a dirigirse a mí con un discurso neutral o formal, pero su crueldad se suaviza un poco y no pierde la oportunidad de atender mis necesidades inmediatas.

En cuanto a mí, espero con ansias el final de cada día, no sólo por la oportunidad de descansar y reír, o por el juego ocasional de patolli o un cuento popular escalofriante. Cada vez más me encuentro admirando el fuego centelleante de los ojos de Sekalli, la melodía áspera de su voz. Sé que viene a mirarme por las madrugadas. Siento la tentación de extender un brazo y jalarla hacia mi petate. Pero el recuerdo de las curvas de Eyolin bajo mis manos me impide dejarme llevar por mis impulsos.

Aún así, Sekalli sigue insistiendo con formas sutiles que desmienten su posición social y su falta de educación. Después de la primera semana, sale del dormitorio con una pila de tela doblada justo antes de que me acueste a dormir.

—Toma, Neza —dice simplemente, dejando caer el bulto en mis manos—. Te tejí algunos taparrabos más. Y una tilma, para quitarte lo peor del sol de encima. Debe ser difícil para un mocoso noble malcriado trabajar en los campos.

Ignoro la última afirmación. Es puramente reflejo, estoy seguro.

Ha pasado horas tejiéndomelos. No puedo evitar sentirme conmovido.

Bajando la cabeza, me dirijo a ella con respeto.

—Te lo agradezco, apreciada prima mayor. Usaré bien este regalo al servicio de tu familia.

Se muerde el labio con deseo expreso.

—Más te vale, escuincle.

Las milpas de Pólok, como las de casi todas las comunidades del altiplano, se anclan con el maíz, por lo que esos tallos tienen que brotar primero. Una vez que alcanzan la altura de un hueso, se plantan frijoles para que sus vides puedan usar el maíz como enrejado. Una semana después se añaden diferentes variedades de calabaza. Luego, cada cuadrante recibe semillas de un par de otros cultivos: tomates, aguacates, chiles, camote, melón.

Cuando se cultivan juntos, estas plantas resultan más fuertes, resistentes a los insectos y las plagas. La fuerza en la diversidad, uno de los más grandes principios cívicos de Tetzcoco, reflejado en el mundo real. Un día volveré a administrar las tierras de mi pueblo, un cultivador de seres humanos.

A mitad de la primavera llega el momento de la siembra. Pólok reúne a toda su familia y le da a cada uno un huictli. Makwíltoch saca un tambor de su recámara, un antiguo instrumento de madera cuyo sonido tendría que limitarme a escuchar.

La mujer ve el entusiasmo en mis ojos.

—¿Sabes tocar, Nezahualcoyotzin? —pregunta, extendiendo el tambor hacia mí.

—Sí, tía. Solo dígame el patrón de notas, y lo haré sonar sin falla.

Sekalli da un suspiro de alivio.

—Quizá realmente llamemos la atención de los dioses este año. Madre no tiene mucho ritmo que digamos.

Riendo y charlando sobre las ceremonias de años anteriores, la familia sigue a Pólok hacia la milpa, hasta el límite del primer campo de fértil tierra removida.

Yemasaton le entrega a su madre la canasta de mimbre que contiene las semillas de maíz. Pólok se pincha el dedo con una espina de maguey, dejando caer una gota de sangre al suelo.

—¡Cintéotl! Xilonen! —comienza, invocando a los dioses de la milpa, la dualidad a la que los antiguos rezos denominan Siete Serpiente—. ¡Sonríanle a esta familia hoy mientras conjuramos una cosecha saludable y abundante de este suelo sagrado, la carne misma de nuestra Madre Tierra!

Su esposa me ha explicado el ritmo ritual, así que empiezo a batirlo, lento y seguro, en el viejo tambor de madera. Resuena claro bajo el cielo matutino que ya se está llenando de nubes. Pólok y Makwíltoch intercambian una mirada de sorpresa, asintiendo apreciadamente ante mi habilidad.

Y luego, tan inesperadamente que casi vacilo, una voz resuena a mi lado. Hermosa. Cautivadora. Celestial.

Es Sekalli. Sus ojos están cerrados mientras canta a los campos, a las herramientas y a las semillas.

Oh sacerdotales varas de plantar
imbuidas de fuerza sagrada;
el tiempo verde está por llegar,
los nubarrones se apilan por fin:
¡es hora de hacer su trabajo!

La canasta se balancea pesada
con las semillas de Siete Serpiente,
que mamá cuidó en tiempos de frío.
Cuando llega la cosecha, se llevará
de esta milpa el fruto precioso.

Campos que yacen ricos y negros
como un espejo de humo oscuro
en el que el futuro se puede leer:
reciban y envuelvan estas semillas,
alimenten sus raíces, ayúdenlas a crecer.

Al apagarse sus últimas frases en la brisa húmeda, mis manos se quedan quietas sobre el tambor. Pero ese ritmo sigue latiendo en mi corazón cuando tomo mi huitzoctli y empiezo a hacer hoyos junto a Pólok y sus hijos menores. Makwíltoch y su hija mayor nos siguen con la canasta, arrojando semillas en cada depresión. Mi mirada se posa sobre los dedos de Sekalli: largos y delgados, ágiles y seguros.

Me sorprende entonces que todos sus movimientos sean gráciles, económicos. Me he burlado de su forma menuda, pero hay mucha habilidad en sus brazos nervudos.

Mi mente se llena de repente de imágenes tontas: Sekalli ataviada con ropas suntuosas de colores vivos, como corresponde a una concubina del jefe chichimeca. Con el cabello peinado de una manera elaborada, los labios pintados de un rojo brillante, sus ojos aún más encantadores gracias a las sombras del maquillaje.

—¿Qué estás mirando? —murmura, empujándome—. Haz agujeros en la maldita tierra, Neza.

La costumbre me hace rezongar:

—Sólo te estaba compadeciendo. ¿Tu familia nunca come carne? Deberías aumentar de peso antes de que el viento se aferre a tu piel y huesos y te vuele como un papalote.

Como convocado por mis insultos, la cola blanca de un venado relampaguea entre los tallos secos de maíz de un campo vecino. Los meses con la tía Coyote han afinado mis reflejos. Sin una palabra, levanto mi palo de plantar y empiezo a correr hacia mi presa.

—¡Papá, el niño coyote se está escapando! —escucho detrás de mí—. ¡Hiciste que su majestad malcriada trabajara demasiado duro, parece!

Los tallos me azotan mientras persigo al venado. Ha captado mi olor humano y se apresura para escapar de la milpa. Salto en el aire, con el brazo echado hacia atrás y arrojo mi lanza improvisada.

Se entierra en su costado, perforando el pulmón y el corazón.

Sin más dolor, cae muerto sobre el segundo campo en barbecho, desangrándose en la tierra recién removida.

Me inclino para tocar su flanco inmóvil. Veo que es una hembra.

—Estamos agradecidos, Mixcóatl, Dios de la Caza —susurro—. Damos gracias, señor y señora del sustento. Te honramos, tía Venado, por dar tu vida para que podamos vivir.

Mientras me pongo de pie, encuentro que la familia está rodeándome.

—Una hazaña realmente auspiciosa —murmura Pólok, poniendo una mano en mi hombro—. Supongo que sabes cómo preparar una presa, Nezahualcoyotzin. Terminaremos de plantar mientras tú te ocupas de ella.

Hago una breve reverencia.

—Por supuesto, tío. Y esta noche cenaremos estofado de venado.

Su sonrisa es amplia y orgullosa a su vez.

—Claro que lo haremos, venerado sobrino. Sin lugar a dudas.

La comida es rica y sustanciosa. Sekalli se sirve tres veces, mirándome fijamente mientras devora la mezcla de carne, tomates y calabaza.

«¿Es esto lo que quieres?», sus ojos parecen preguntar. «Seré lo que tú quieras, Neza».

Por supuesto, en voz alta continúa burlándose de mí, afirmando que corro como un coyote con espinas en la cola e inventando otros insultos superficiales. Su madre la regaña. Sekalli ignora las reprimendas y continúa señalando mis faltas.

Es sólo su forma de ser. Ya no me molesta. Escucho lo que realmente está diciendo.

Makwíltoch cuenta la historia de cómo la temible Itzpapalotl se disfrazó de venado y engañó a dos cazadores toltecas para que la mataran, de modo que, cremada y envuelta como una diosa, pudiera guiar a su pueblo a través de los páramos chichimecas hacia Anáhuac, para fundar Tollan. Entonces llega la hora de dormir.

La luz de la luna llena se filtra a través de las grietas en las paredes y el techo. No logro conciliar el sueño al pensar en los muchos venados que la coyote y yo derribamos juntos. El recuerdo de la sensación de su pelaje contra mis dedos hace que me duela el corazón por un instante.

Entonces comienzan a resonar en el aire los aullidos.

Me levanto tan silencioso como puedo de mi petate y salgo a la noche. Es ella, creo. Ese timbre y tono en particular, el rugido áspero cuando su grito se apaga.

«¿Dónde estás?», quiero gritar. En cambio, intento determinar la dirección del sonido. Pero justo cuando creo haber identificado su posición, los aullidos comienzan de nuevo en otro lugar.

En el límite de la granja, levanto los brazos, suplicando.

—¡No me hagas esto! —exclamo—. ¿No es suficiente mi sufrimiento? ¿Por qué debes romperme el corazón cada vez que comienza a sanar? ¿Por qué tienes que despojarme de cada felicidad?

De mis ojos brotan lágrimas. Mis hombros tiemblan con sollozos que apenas puedo contener.

Entonces siento un abrazo, unos miembros delgados que me envuelven desde atrás.

Es el cuerpo de Sekalli, cálido y pequeño, con olor a hierba y flores de montaña.

—Shhh —susurra contra mis hombros, mientras su dulce aliento sopla suavemente sobre mi cabello—. Está bien. Estoy aquí, bebé lindo. Estoy aquí.

Con el corazón desanclado del mundo, a la deriva en este momento imposible, volteo para mirar su rostro, que la luna platea hasta que su belleza etérea es casi insoportable.

Las ruedas del cosmos giran como engranes.

Nuestro destino encaja en su lugar.

Y la beso.

[20] EL CAMINO DEL ORDEN

Paseos de medianoche

Cuando sus hermanos están dormidos
y los suaves ronquidos de su padre
se filtran por toda la casa,
Sekalli emerge, una linda sonrisa
desdibujada en sus traviesos labios.

Durante una hora, tal vez dos,
deambulamos por la milpa
tomados de la mano,
vigilados por las estrellas
mientras bromeamos y nos reímos
antes de acurrucarnos, abrazados.

No es propio de un príncipe, lo sé.
Pero recuerdo a mi padre,
estrechando a mi madre,
los labios en su cuello,
susurrando sólo para ella.

Lo he dicho antes:
Sé lo que es el amor.
Y brota en mi corazón
tal como una milpa
florece con la lluvia.

Quédate y crea

Sekalli se aparta de mi beso
una noche nublada y templada.

"Siento el conflicto en ti.
La pérdida de tu familia,
el honor de tu nación,
tu necesidad de venganza.

"Y puede que sea injusto,
pero te pido que no te vayas
en busca de qué destruir.
Quédate y crea. Aquí a mi lado.

"Ese es el Camino del Orden, Neza.
Al principio de los tiempos,
la propia Serpiente Emplumada
fue el primero en dar forma al caos.

"¿No tomó el cuerpo de Cipactli,
roto por su hermano Tezcatlipoca,
y forjó la misma tierra de su carne?
¿No levantó los cielos con su cola?

"¿No enseñó a los primeros humanos
el doble calendario y las estaciones,
para que supieran cuándo plantar
y qué alabanzas debían ofrecer?

"Y cada vez que este mundo fue quemado,
inundado, azotado por vientos feroces—

¿no recogió paciente cada pedazo
para reconstruirlo? Oh, bebé lindo.

"¿Cómo puede ser que no lo entiendas?
Él nos hizo con un propósito simple.
Enamorarnos y forjar una dualidad,
marido y mujer, para formar una familia.

"Edificar un hogar, tener hijos fuertes,
reírnos juntos, como luces en la oscuridad.
Son alegrías efímeras, pero muy humanas.
El lodo bajo los pies, un telar en las manos.

"La vida es corta para gastarla destruyendo.
Una vez que te vengues, ¿qué te quedará?
Te daré mi cuerpo, mi corazón y mi alma,
todo lo preciso para construir tu nueva vida.

"Compongamos juntos, bebé lindo.
Canciones de cuna, himnos de alabanza,
una epopeya de amor que no olvidarán,
la historia de un noble que eligió cultivar
y levantó un palacio de maizales
para su reina de ojos redondos."

Tentado

Si todo lo que construyo en la tierra
se deshace hasta quedarse en polvo,
¿por qué debería esforzarme
en rehacer Tetzcoco?

La construcción de las cosas
en sí me brinda tanta alegría.
¿Podría esta granja tranquila
contener mi creatividad?

¿Podría cerrar mis oídos
al llamado del coyote?

¿Podrían ahogarlo algún día
las melodías de esta chica?

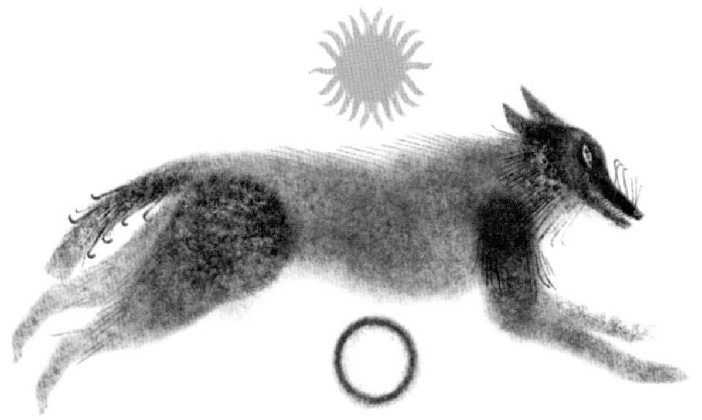

[21] CHOLOLLAN

NUESTROS PASEOS DE medianoche continúan durante el próximo mes. De vez en cuando un chaparrón nos agarra desprevenidos y tenemos que refugiarnos en el granero para no mojarnos.

Las conversaciones que tenemos son vitales, a veces profundas, a veces tontas, pero siempre acercan nuestros corazones. Sobre mi pasado, hablo lo más honestamente que puedo, mintiendo principalmente por omisión. Sekalli me permite evitar ciertos temas mientras sus grandes ojos brillan con comprensión compasiva.

Sin embargo, hablar es un preámbulo, si soy honesto. Anhelamos el contacto físico. Nuestros abrazos se hacen más intensos y nuestros besos más profundos. Terminamos jadeando en la oscuridad de la tormenta, frotándonos el uno contra el otro con una necesidad tan anhelante que nos hace gritar.

Pero no voy más allá. La estructura de madera desvencijada y la lluvia torrencial me traen recuerdos imborrables. De ese otro dulce placer en la penumbra, sí, pero también del horror que sentí; de la sangre que fluía de Eyolin. Y de nuestro hijo, muerto en el silencio sordo del útero.

Cada vez que me alejo, Sekalli suspira. Ante las excusas que murmuro, me da la misma respuesta, que me llena de preocupación y esperanza simultáneamente:

—Está bien, bebé lindo. Tenemos toda la vida.

La milpa bebe la lluvia y extrae el sustento de esta tierra que ha descansado durante años. Florece casi mágicamente, libre de insectos y hongos, más sana de lo que podríamos haber esperado.

—Los ritmos de Neza —insiste Sekalli.

—Su cuidadosa preparación del suelo —responde su padre—. Y su asombrosa intuición sobre la combinación correcta de cultivos para cada ángulo de luz solar.

—Nuestro trabajo juntos como familia —concluye su madre antes de que yo pueda rechazar humildemente esos elogios—. Cada uno aporta lo que puede. Todo éxito surge del esfuerzo común. Nunca olviden esa verdad, queridos míos.

Faltan sólo trece días para la cosecha de los dos nuevos campos cuando Pólok anuncia que viajará a las granjas de sus parientes para reclutar manos adicionales para lo que promete ser un rendimiento abundante.

—Omaka me acompañará —agrega Pólok—. Es hora de involucrar más al chamaco en el manejo de la tierra. Además, sus tías y tíos no lo han visto en más de un año, por lo que estarán encantados.

Aunque al principio la ausencia del padre de Sekalli sugiere que nuestras citas serán más fáciles, Makwíltoch nos espera la primera noche, sentada en mi petate, cuando regresamos en la guardia más oscura de la noche.

—Ya me lo había imaginado —dice sin preámbulos—. Tu padre ronca, pero no lo suficientemente fuerte como para que yo no escuche estas idas y venidas furtivas.

Sin saber qué hacer, caigo de rodillas.

—Le pido perdón, tía. Pero he respetado la castidad de su hija.

Ella le resta importancia a mi disculpa con un ademán.

—Confío en que mi hija haga con su cuerpo lo que crea conveniente. Sin embargo, si sientes cariño por ella, te animo a que lo compartas abiertamente, Nezahualcóyotl. Mi esposo y yo te admiramos y nos preocupamos por ti, muchacho. Nos sentiríamos honrados si tú y nuestra hija decidieran formar una familia juntos.

No puedo decirle a esta buena mujer la verdad: que cualquier familia que forme estará en peligro si se revela mi identidad. Que las tropas tepanecas o mexicas pudieran descender sobre esta granja como chapulines para borrar toda vida y sueño. Que he jurado tanto a mis venerados muertos como a los mismos dioses vengarme del imperio y convertir a Tetzcoco en un paraíso terrenal.

Que el pueblo exiliado y conquistado de mi ciudad necesita que regrese, triunfante.

Creo que amo a Sekalli. No lo creo: estoy seguro.

Pero no sé cómo esos sentimientos encajan en mis planes.

Sin embargo, como es típico, Sekalli habla primero.

—Mamá, gracias por ser comprensiva. ¿Podemos ocultarle esto a mi papá hasta después de la cosecha? Que Neza y yo nos pongamos de acuerdo primero. Apenas nos estamos conociendo, y realmente no hemos hablado sobre el futuro. Será pronto, te juro. Danos un poco más de tiempo.

Makwíltoch se pone de pie y coloca sus manos sobre nuestros hombros.

—Sí. Por supuesto. Yo también una vez fui una jovencita enamorada. Sé que no se puede mandar en el corazón, no se puede cambiar el curso de esa intensa oleada. Déjense girar en los remolinos de sus sentimientos, por ahora. Pero una vez que esta cosecha se venda en el mercado, prepárense para contárselo a tu padre. —Me mira fijamente—. O para despedirse.

Camina hacia su dormitorio, luego se detiene en la cortina y voltea para mirarnos una vez más.

—Mañana iré a Cholollan con tu hermana. Necesitamos nuevos hilos para tejer la ropa de verano, ya que los has desperdiciado todos en este joven. Te quedas aquí para cocinarle mientras atiende los campos. Tal vez puedan tener esa conversación que ambos han estado evitando.

La mujer es más sabia de lo que había imaginado. Me levanto al amanecer: camino por los campos, arranco las malas hierbas, podo las vides que doblan los tallos de maíz, busco insectos y plagas. A media mañana, Sekalli me trae agua. Limpia lentamente las gotas que caen por mi barbilla y mi pecho. Me da un beso y me sonríe.

—Almorzamos durante la próxima guardia. Vendré a llamarte. Puedes descansar y comer en la casa.

La comida es sencilla, pero sabrosa. Sekalli usa más especias que su madre, y mi lengua hormiguea, encantada, ante el placer picante del chilpoctli que ha agregado a la carne de venado.

Son estos simples ritmos domésticos los que me hacen vacilar, los que me hacen perder de vista mis objetivos a largo plazo. Me imagino una vida como esta, juntos los dos, cada uno atendiendo sus respectivas tareas para luego reunirnos en una alegría dichosa y aliviada.

Paso la tarde desyerbando otros campos donde pronto crecerá el maíz de final de temporada. Lo cosecharemos en pleno verano. Me pongo a evaluar cuáles cuadrados de tierra deben ser los siguientes en dejarse en barbecho.

Una sonrisa me cruza el rostro, pero se desvanece al ver un águila cayendo en picada por el aire para atrapar un ratón con las garras.

El avatar del Dios de la Guerra. La deidad patrona de los mexicas.

Intento deshacerme de la sensación ominosa durante la tarde y la cena, pero no es hasta que Sekalli se mete en la habitación de sus padres y regresa con una vasija de barro tapada que las oscuras premoniciones se desvanecen.

—Vino de maguey —me dice—. ¿Lo has probado?

—No. Mi pueblo prohíbe estrictamente las bebidas fuertes a los adolescentes nobles.

Se ríe ligeramente.

—Bueno, déjame enseñarte. —Coloca dos tazas de cobre, los objetos más costosos de la casa, y nos sirve un trago—. Piensa en este licor como un sacramento. Cuando la Serpiente Emplumada enterró los restos de su amada Mayahuel después de que su abuela y el resto de los feroces tzitzimimeh la despedazaran, ella se convirtió en el primer maguey, brotando de la tierra.

—Para darnos esas útiles fibras y espinas, así como su aguamiel *sin fermentar* para refrescarnos el paladar —insisto. Ya he escuchado este argumento de otros muchachos en el calmécac que añoraban el alcohol—. Son sus *hijos*, esos cuatrocientos conejos borrachos, los que enseñaron a los hombres a ponerse estúpidos con vino de maguey.

Sekalli encoge los hombros.

—Tal vez. Pero ahora mismo, quiero que te pongas un poco estúpido conmigo, bebé lindo. Aflójate. Deja a un lado tus problemas y nada más *estate conmigo* aquí y ahora, libre por un momento de todo lo que has perdido. ¿Sí?

La promesa del olvido es una tentación que encuentro difícil de resistir. Tomo la copa.

—¿Doy sorbos? ¿O me lo tomo todo?

—Así —dice, llevándose la bebida a los labios y bebiéndola de un solo trago—. Ah. Dulce como tu lengua ágil, Neza. Inténtalo.

Sigo su ejemplo. El líquido me quema la garganta, pero es un chisporroteo agradable, como el ardor de los chiles en su comida. Y el regusto es verdaderamente dulce, como la miel.

Cuando la lluvia comienza a golpear el techo, sirve otra ronda. Luego otra. Pronto estamos haciendo bromas tontas sobre los miembros de su familia, así como sobre diferentes grupos sociales y étnicos, imitando sus peculiaridades. Por alguna razón, empiezo a mostrar los diferentes acentos que he dominado, cambiando entre dialectos del náhuatl e incluso balbuceando en otros idiomas al imitar los gestos de la gente otomí, popoloca y chontal.

—¡Oh, Madre Divina! —jadea entre carcajadas—. Vuelve a hablar como príncipe chalca. Suenas *justo como* uno de esos bastardos arrogantes.

Todo nos hace reír. Nos tiramos de espaldas en mi petate, rodando y riendo. Luego nos aferramos el uno al otro, las bocas juntas, las manos hurgando en nuestra ropa.

Su cuerpo delgado es más hermoso de lo que había imaginado, encaja con el mío con una precisión tan perfecta que parece que los mismos dioses la diseñaron para ser mi pareja. Incluso después de que hemos gastado nuestra pasión con gritos que casi ahogan la tormenta eléctrica que ruge a nuestro alrededor, sus brazos y piernas se pegan a mí, rodeando mi cuerpo como si por fin hubieran encontrado el lugar que les corresponde.

No hay forma de detener las palabras que me brotan del interior y salen por mis labios.

—Te amo, Sekalli.

Sus labios se cierran por un segundo en el lóbulo de mi oreja mientras un escalofrío pasa a través de su cuerpo larguirucho y bello. Luego susurra, con la voz ronca por la emoción:

—Yo también, bebé lindo. Para siempre.

Al día siguiente, Makwíltoch y Yemasaton regresan con carretes de hilo. Sus ojos mantienen una estrecha vigilancia sobre su hija y sobre mí. La veo asentir, como si intuyera el cambio que ha ocurrido. Cuando me sirve la cena, le doy las gracias. Le digo «madre» en lugar de «tía», y mi voz se quiebra, temblorosa.

Con los ojos enrojecidos por las lágrimas nacientes, roza mi mano.

—De nada, hijo mío.

A la tarde siguiente, Pólok y Omaka llegan con otros cuatro hombres— primos y sobrinos —para ayudar con la cosecha. Los llevamos en un recorrido por los campos, y después compartimos una abundante cena y muchos chismes familiares.

Ahora somos cinco los que dormimos en el espacio comunal, y uno de los nuevos ha decidido dormir justo al lado de la entrada. Por consiguiente, Sekalli y yo tenemos que conformarnos con momentos fugaces de contacto, besos furtivos en medio de las milpas y miradas anhelantes. Extrañamente, la separación forzada hace que la desee aún más, y mis sueños están poblados por sus grandes ojos y esbeltos miembros.

El trabajo nos mantiene a todos ocupados durante el día, afortunadamente. Hay implementos que reparar y afilar. Hay que limpiar y barrer el granero. Se deben tejer canastas nuevas y se deben restaurar los viejos cacaxtli, armazones de madera usados para transportar el exceso de cosecha al mercado.

Cuando llega el día, Pólok entona oraciones de agradecimiento, y Sekalli y yo cantamos un himno de alabanza. Luego, toda la familia se mete a los campos, cada persona enfocada en una planta en particular, y comenzamos a cosechar la abundancia de esta temporada.

El trabajo nos lleva unos días. Pero por fin el granero está bastante repleto de comida, y los cacaxtli tienen amarradas canastas y costales, listos para la caminata de medio día a Cholollan.

—Vendrás con nosotros, por supuesto —me dice Pólok después de la cena mientras miramos a Omaka y su primo segundo, un hombre de unos veinte años, jugar al coyocpatolli. El juego consiste en que dos jugadores lanzan pequeñas piedras a un agujero en el piso de tierra apisonada.

—Sí, tío —digo con una inclinación de cabeza, suprimiendo el impulso de llamarlo «padre»—. Lo que sea que necesite. Me alegra ayudar y aprender.

Esa noche, salgo de un extraño sueño lleno de plumas y garras para ver a Sekalli arrodillada a mi lado. Ella pone un dedo en mis labios y señala la entrada de la casa. Su habitual guardián accidental rodó hacia un lado, abriéndonos un camino. Con el mayor sigilo posible, salimos al exterior, donde una luna totalmente llena brilla en lo alto, iluminando nuestro camino mientras nos adentramos en uno de los campos más antiguos. Los tallos oscuros y quebradizos crujen a nuestro paso.

—No es el lugar más tranquilo para reunirse —murmuro, y ella me hace callar.

—Sólo espera. Lo entenderás en un momento.

El viejo maíz cede y entramos en un espacio despejado. Al centro hay un petate desenrollado

—No podría soportar un solo segundo más sin ti —dice Sekalli al acostarse, jalándome hacia ella, los ojos luminosos con la luz de la luna y el deseo—. Ven, bebé lindo. Quiero recordar la sensación de tu cuerpo mientras estás fuera.

O tenemos la suerte de volver a colarnos antes de que el resto despierte, o los adultos simplemente fingen ignorar nuestra cita. En cualquier caso, la familia se levanta con el sol y rompe su ayuno. Luego, Pólok y yo, junto con sus parientes, cargamos nuestros cacaxtli y comenzamos la caminata hacia el tianguis.

Volteo la mirada varias veces para encontrar los ojos de Sekalli demorándose en mí. Hago gestos de despedida, sonriendo, pero una parte de mí está condicionada por el pasado para sentir pavor ante tales despedidas.

«Por supuesto que volveré», me digo. «Tezcatlipoca no me ha dado ninguna señal de que sea hora de dar el siguiente paso. Puedo disfrutar de este calor humano por un tiempo más».

El camino a Chalollan es un ascenso paulatino, lo justo para que nuestra travesía sea fatigosa, pero no ardua. Después de una caminata rápida de medio día, la ciudad se presenta ante nosotros. Sus edificios blancos se extienden como ondas concéntricas desde tres centros principales: la plaza sagrada, el gran mercado y la antigua pirámide conocida como Tlachihualtepetl, la Montaña Artificial.

Pienso en las lecciones de Izcalloh sobre esta ciudad, aunque algo se retuerce dentro de mí al imaginarme su rostro. Cuando una rama de la sociedad tolteca y chichimeca conquistó la región hace doscientos años, trasladaron el templo de Quetzalcóatl de la antigua pirámide a la nueva plaza sagrada. Luego, cuando Tepanecapan surgió como poder imperial, Chalollan se permitió anexionar por Tlaxcallan, convirtiéndose en parte de la república que se negaba a doblar la rodilla ante el emperador en oriente. Desafortunadamente, también se ha negado a *oponerse* abiertamente a Tepanecapan, razón por la cual Tlaxcallan nunca se alió con nosotros durante la guerra.

Los guardias en la entrada de la ciudad nos permiten entrar una vez que Pólok explica nuestro destino. Pronto, llegamos al borde del tianguis, un vasto y bullicioso tumulto de colores y olores dominado por el Gremio de Alfareros, cuyos tazones de barro se pueden encontrar en la mesa de muchos reyes.

Pólok paga la tarifa de un puesto desocupado cerca de la sección de los plumarios y comenzamos a desempacar. Se cierne sobre el lugar como un presagio de mi futuro una estatua de Coyotlinahual, las plumas del avatar divino pintadas de oro y brillando bajo el sol del mediodía. Trato de ignorarlo mientras ayudo a los demás a colocar nuestra cosecha en tapetes y mesas, pero sigo imaginando un zumbido bajo que emerge de su garganta de piedra: el gruñido silencioso del Señor del Caos, preparándose para cambiar mi vida una vez más.

Hay un flujo constante de trueque por media guardia. Intercambiamos nuestra cosecha por huevos, utensilios de cocina, carretes de hilo y otros artículos valiosos. Luego mi destino por fin se acerca y lo complica todo.

Es mi tío Coyohuah, esposo de Chochxóchitl, la hermana de mi padre. Lleva una capa colorida y un taparrabos, orejeras y sandalias, todo lo cual lo marca como un noble.

—¿Sobrino? —exclama, tocándome la cara y los brazos—. ¡Estas vivo!

Pólok levanta la vista del tasajo de lagartija que acaba de adquirir.

—¿Es pariente tuyo? —me pregunta.

Como no quiero que mi identidad se revele de esta manera, en este momento, busco rápido un plan.

—Sí, señor. El cuñado de mi padre. ¿Puedo ir y hablar con él? Prometo volver pronto.

Pólok se pone de pie, mirando el atuendo de mi tío y agachando la cabeza con respeto.

—Por supuesto, joven. Te agradecería que me informes de cualquier novedad. Mi hogar siempre será tuyo, pero la familia es la familia, bien lo sé.

Me estiro para tomarlo del brazo, conmovido de pronto y con el deseo de revelarle la verdad.

—Rezo para que su familia pueda ser mía, padre. Cuando regrese, estaré de rodillas.

Sus ojos se abren ante esa frase. Tragando pesadamente, dice con voz áspera:

—Entonces, tenemos mucho de qué hablar, hijo mío.

—Coyohuahtzin —le digo a mi tío que espera, quien también se sorprende con mis palabras—, ¿podemos hablar en un lugar más tranquilo?

—Sí. Sígueme.

Coyohuah me saca de la plaza del mercado. A una cuadra de distancia, el sonido del comercio está lo suficientemente apagado como para permitir una conversación normal.

—¿Dónde has estado? —me exige—. Nos dijeron que fuiste asesinado por los hombres del emperador. ¡Incluso vi tu casco destrozado y tu capa ensangrentada!

—Fingí mi muerte para quitarles el rastro —explico—, luego pasé el invierno en las laderas del Iztaccíhuatl. Desde la primavera vivo en una finca al suroeste de Chololllan con el nombre de Nezahualcóyotl.

—¿Fingiendo ser un plebeyo?

—No. Les dije que soy descendiente de una familia noble menor de Coatlichan. Una verdad suficiente para mantenerme a salvo.

—Pero has estado trabajando como peón. Y por lo que parece, te involucraste con la hija del granjero.

No digo nada. No es de su incumbencia, pero no estoy en condiciones de afirmar mi autoridad sobre él. Sus cejas se arquean con frustración.

—¿Te gustaría ver a tu gente? ¿Antes de volver a la granja? Cerca de mil refugiados terminaron aquí en Chololllan.

Recuerdo a los plebeyos alineados en las calles mientras caminaba hacia el calmécac, y el honor que siempre me han mostrado. Si me he escondido todo este tiempo es para recuperar más fácilmente Acolhuacan y así ellos puedan volver a sus casas. Para convertirme en un ciprés altísimo que los mantenga a todos bajo su sombra. Y estos refugiados abandonaron sus hogares para no doblar la rodilla ante el emperador Tezozómoc. Estaré a salvo entre ellos.

—Por favor —le digo a mi tío.

El nuevo calpolli se ha establecido en el noroeste de la ciudad, a un costado del camino a Huexotzinco. Los toldos y las tiendas de campaña ondean con la brisa de finales de primavera. La construcción está en pleno apogeo, con docenas de casas nuevas que se erigen entre chozas menos permanentes a medida que nos acercamos.

—Durante el primer mes, no querían construir —explica Coyohuah—. Regresarían pronto, argumentaron. Entonces nos llegó la noticia de que tu padre había sido asesinado, y tú también parecías haber muerto. Ahora la mayoría se ha resignado a una nueva vida aquí. Ah, pero mira, Acolmiztzin. Mira cómo te observan los ociosos. Cómo apenas pueden dar crédito a sus ojos. Un fantasma camina entre ellos, un tenue símbolo de esperanza.

—¡El príncipe heredero! —exclama alguien, y un murmullo empieza a revolotear por el calpolli. Los carpinteros dejan de aserrar y martillar. Los hombres descienden de las escaleras para ver mejor. Coyohuah agarra mi muñeca y me arrastra renuente a través del campamento en evolución. Las manos se estiran para tocarme. Las ancianas lloran de alegría. El valor brilla en los ojos de los jóvenes.

La náusea me invade.

He cometido un error. No debería estar aquí. No es el momento.

Coyohuah me toma del codo y me empuja hacia adelante.

—Nuestra villa está justo adelante. No vaciles. Lo que sea que sientas, necesitan verte fuerte.

La noticia se está propagando como el fuego. Los refugiados acolhuas se alinean ahora en la calle de piedra caliza. Un hombre, con la cara marcada por la batalla, cae de rodillas.

—¡Su majestad! —grita con acento tetzcoca, y en una ola mi pueblo se tira al suelo, bajando la cabeza en el polvo, llamando como niños perdidos a sus padres.

—¡Su majestad! ¡Jefe chichimeca! ¡Señor supremo acolhua!

El peso de sus expectativas se asienta sobre mis hombros. Aunque indudablemente debería de tropezar ante todos, levanto la cabeza más alto.

Para ellos, no soy el coyote astuto que espera su momento a pesar del hambre. Soy su puma feroz con las garras listas.

Aunque solo sea por un momento, trato de hacerles creer que haré pedazos a nuestros enemigos.

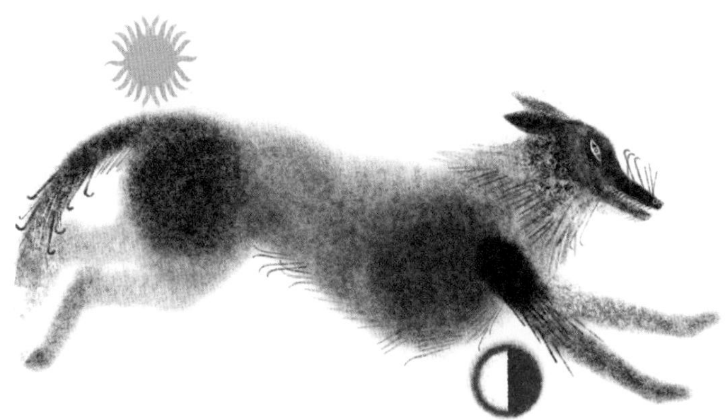

[22] SIN ELECCIÓN

DENTRO DE LA quinta de mi tío, los sirvientes me atienden, preocupados, y limpian el polvo y el sudor de mi cuerpo. Me ayudan a cambiarme y a ponerme un taparrabos y una capa nuevos, de color blanco plebeyo pero con flecos con un patrón azul. Pido que no me corten el cabello y que me lo trencen a la manera otomí.

Luego me llevan a la sala de estar de mi tía, donde ella me espera recostada sobre cojines, vestida majestuosamente. Mi tío acaba de entrar y nos sentamos frente a ella.

—Chochxochitzin, es bueno verla —digo a modo de saludo.

Sus ojos sombríos están rojos por la emoción, y toma mis manos entre las suyas.

—Mi bendito sobrino, la noticia de tu supervivencia llega justo a tiempo para rescatar nuestros corazones de la desesperación. Como los tetzcocas me ven como su regente en el exilio, me fue difícil aliviar su duelo, pero tu aparición inesperada es un bálsamo para todos.

Mi tío se aclara la garganta.

—No estoy seguro de cuánto sabe, amor. —Comparten una mirada, luego él continúa—. Sobrino, el emperador dio muchas ciudades acolhuas a los mexicas: Teopancalco, Atenchicalcan, Tecpan. Y, por supuesto, Tetzcoco. El rey Chimalpopoca entonces instaló a tu medio hermano Yancuilli como gobernante de nuestra ciudad, aunque el emperador ha tomado los títulos de jefe chichimeca y señor supremo acolhua.

Me estremezco ante el nombre de ese bastardo. La imagen de la garganta cortada de Eyolin pasa por mi mente por un breve momento. Apretando ligeramente las manos de mi tía, trato de sonreír.

—Lo sospechaba. Estaba profundamente involucrado en difundir las mentiras y los rumores que pusieron a parte de la ciudad en contra de mi padre. Y estoy seguro de que su traición y el exilio en el que ahora nos encontramos ha sido difícil para todos. Sin embargo, queridos tíos, no ha llegado el momento de que nos levantemos de nuevo. Es mejor que los sigan guiando; instálense bien y espérenme aquí en la República de Tlaxcallan.

Chochxóchitl cierra los ojos por un momento. Una sola lágrima rueda por su mejilla.

—Eso lo entiendo, alteza real. Y te pido disculpas, pero no hemos compartido lo peor de las noticias. —Sus ojos se abren de nuevo, llenos de tristeza y compasión—. Cuando tu madre huyó a Tenochtitlan con tus hermanos, su hermano, el rey Chimalpopoca, la traicionó, entregándolos a los tres al emperador. Así convenció a Tezozómoc de fortalecer la alianza entre los tepanecas y los mexicas, elevando el reino de México a una colaboración con el imperio. Pero el emperador . . .

Su voz se quiebra. Me sujeta más fuerte con las manos temblorosas. Sus labios se mueven en silencio.

Mi tío dice las palabras por ella:

—Los informes afirman que Tezozómoc ha ejecutado a la reina y a tus hermanos menores.

La noticia es un golpe para mi corazón. Aparto las manos de mi tía como si fuera una llama abrasadora. Tengo problemas para respirar. Mi hermosa y brillante madre. Mi adorable y linda hermana. Mi hermano tonto y juguetón. ¿Se me han ido para siempre?

—¿Acolmiztzin? —susurra mi tía—. ¿Vas a . . . estar bien?

Niego con la cabeza.

—No. Ese maldito tirano me ha dejado huérfano. Y ha envenenado el plan que he estado elaborando. Tenía la esperanza de que mi madre y mi tía Azcatzin pudieran convencer a un número suficiente de la nobleza de Tenochtitlan a favor de nuestra causa, a pesar de la lealtad antipatriótica de Chimalpopoca hacia su abuelo. No hay forma de que Itzcóatl o Tlacaéllel realmente quieran esta alianza.

Mi tío hace un gesto desdeñoso con la mano.

—No necesitamos que nos ayude la Casa de Acamapichtli ni ningún otro mexica. Solo necesitamos que se mantengan fuera de la pelea. Entonces podrás guiarnos a los exiliados acolhuas contra el imperio.

Golpeo mi palma contra el suelo.

—No tenemos *aliados*. Si no pudimos proteger nuestra patria, es *obvio* que no podremos invadir Tepanecapan.

Mi tío levanta una mano para detenerme.

—Ahí es donde te equivocas. Sí, la República de Tlaxcallan se negó a aliarse con Acolhuacan . . . pero durante el último año, el sentimiento público se ha inclinado a nuestro favor. He desarrollado lazos con los reyes de varias ciudades cercanas que desean ayudarnos.

Es una buena noticia. Me alegra un poco el corazón. Pero no es suficiente.

—Los mexicas *no* se quedarán fuera de la lucha. No con el control de Tetzcoco en la balanza.

—No de buena gana —coincide Coyohuah—. Pero en este momento tienen un problema mayor. Chalco. Su confederación ha observado el ascenso de los mexicas con odio durante generaciones. Durante la conquista de Acolhuacan, los chalcas decidieron construir un muro en el paso angosto entre Colhuacan y Chalco. Esa franja de tierra es una ruta comercial importante para los mexicas, y ahora están enfurecidos. El emperador ha cortado los lazos con la confederación Chalca y ha dado permiso a Chimalpopoca para conquistarlos por la fuerza.

Comprendo de inmediato. Con su antiguo aliado y socio actual en guerra entre sí, Tepanecapan es vulnerable.

—¿Está seguro de que los tlaxcaltecah nos apoyarán? —pregunto.

—Su república ha permitido que los líderes acolhuas en el exilio se conviertan en miembros de su consejo de gobierno. Nuestros números también son fuertes en todas las ciudades-estado aliadas en esta área, especialmente en Huexotzinco, donde el rey Motoliniatzin de Coatlichan gobierna a los refugiados. Mañana me dirijo a Tepeticpac para una serie de reuniones de una semana. Los concejales acolhuas planeamos solidificar apoyos para un asalto a Azcapotzalco. Estoy seguro de que podemos lograr que se apruebe una resolución para llamar a un ejército, especialmente ahora que estás aquí en Chololan.

De repente me siento abrumado por toda la información, las posibilidades y las olas de tristeza y esperanza que golpean mi corazón alternativamente.

Poniéndome de pie, hago una breve reverencia a mi tío y mi tía.

—A primera vista, este plan parece factible. Sin embargo, necesito algo de tiempo para considerar todo lo que han compartido conmigo. Para llorar por mi madre y mis hermanos, y consultar con los dioses.

—¡Por supuesto! —dice mi tía—. ¿Hago que alguien te lleve a unas cámaras privadas?

—No. Necesito salir de este calpolli por completo. —Miro a mi tío—. ¿Puede prestarme algunos guardias? Hay un lugar que quiero visitar.

Subiendo a la cumbre del Tlachihualtepetl, me siento asombrado ante el alcance del ingenio humano. Hay tontos que murmuran que solo los gigantes podrían haber construido esta enorme pirámide. Y como está en parte cubierta por las hojas y raíces verdes de la Madre Tierra, de hecho parece formada por fuerzas mayores. Pero lo mismo dicen de las poderosas estructuras de Teotihuacan y Tollan. Estoy seguro de que las mentes y los músculos de personas como nosotros los construyeron todos. Bastamos, creo. Los dioses nos hicieron administradores del mundo rodeado de mar precisamente porque esas habilidades están a nuestro alcance.

Esta amplia meseta artificial se erigió una vez en honor a Quetzalcóatl, pero ahora se ha construido aquí un nuevo santuario a la diosa de la lluvia tlaxcalteca Chiconquiyáhuitl, ahora que se adora a la Serpiente Emplumada en el recinto sagrado. Su viejo templo en ruinas se encuentra a unas cuantas varas de distancia, cubierto de enredaderas, lleno de sombras.

Más allá, en el pie oriental de la pirámide, se extiende un cementerio lleno de huesos y cenizas envueltos, sepulcros de nobles junto a parcelas sin marcar. En sí mismo, el sitio me parece un testimonio del poder de la descomposición, la destrucción y el deceso. Como si Tezcatlipoca le estuviera guiñando el ojo al mundo. «Incluso su culto al orden y a la creación está condenado a desmoronarse», parece susurrar.

Al final, la entropía gana.

Pero después de que todo se ha descompuesto, surgen nuevos brotes del suelo.

El anochecer cae sobre Cholollan, y las sombras de los volcanes se alargan hacia el mar lejano. Los hombres de mi tío encienden antorchas mientras reflexiono sobre mis opciones. Uno se acerca para iluminar mi camino, pero las llamas parpadeantes traen poco consuelo. Siempre hemos edificado sobre las ruinas de los reinos que cayeron antes de nuestra llegada. Seguramente los dioses me sonreirán y apoyarán mi nueva visión de Tetzcoco como el brillante y glorioso corazón cultural de Anáhuac. Pero la intuición o el susurro de la Dualidad me dice que ahora no es el momento; que precipitarnos demasiado pronto hacia Tezozómoc será nuestra perdición.

Mis pensamientos se rompen repentinamente por gritos y el choque de espadas contra escudos.

A unas cuantas varas de distancia, un grupo de hombres se enfrenta a los guardias de mi tío. Visten tilmas y taparrabos color rojo sangre. Todos llevan la cabeza rapada y el cuerpo pintado completamente de negro.

—¡La Mano Mortal! —gruñe el guardia a mi lado, cubriéndome con su cuerpo—. Es un gremio de asesinos, controlado por nobles que quieren que Chololllan se alíe con Tepanecapan. Daos prisa, majestad. Si os atrapan, será . . .

Una lanza le atraviesa la garganta. Cae al suelo, y la Mano Mortal se abalanza hacia mí.

Arranco la lanza del cuello del caído y la envío a toda velocidad por el aire oscuro. Perfora el pecho del asesino principal. Sin esperar a verlo caer, tomo la antorcha y la espada de mi guardia y empiezo a correr hacia la única estructura lo suficientemente cerca como para cubrirme: el templo en ruinas de Quetzalcóatl.

Flechas y lanzas dan contra la piedra y la tierra a mi alrededor mientras zigzagueo a lo largo de la pirámide. Un trozo de obsidiana me corta el bíceps izquierdo justo al sumergirme en el interior del santuario adornado con enredaderas.

Apenas dispongo de unos momentos antes de que me alcancen.

Los antiguos reyes eran coronados en este lugar, después de pasar cuatro días en su santo corazón.

Tiene que haber una escalera. Muevo la antorcha de un lado a otro, mis años de estudio y entrenamiento en geometría se activan, mi cerebro reconstruye la arquitectura del templo basada en estos restos destruidos.

Detrás de la base, donde una vez estuvo su estatua. Ese agujero negro en la oscuridad.

Confiando en mis instintos, rodeo con rapidez el pilar de basalto agrietado y me adentro en el vacío.

Hay una escalera terriblemente empinada y los escalones se sienten viscosos bajo mis sandalias, la antorcha los revela en destellos intermitentes mientras me apresuro a bajar a las entrañas de la pirámide. Cada paso amenaza con hacerme caer y morir.

Cuando llego al fondo, escucho maldiciones arriba y luego pasos en la escalera.

Estoy en una gran cámara con las paredes cubiertas de frescos que la humedad y el tiempo han destruido. Tres túneles se abren a lo desconocido. Asomo mi antorcha a cada uno.

Las paredes de uno presentan en un mosaico de colores brillantes: las espirales interminables de la Serpiente Emplumada.

Las paredes del segundo, eternos remolinos de obsidiana negra, el humo saliendo en espiral del mismísimo Espejo Humeante.

Y en el tercero, los dos patrones se entrelazan, una trenza de luz y oscuridad.

Una señal de la Dualidad.

Tomando una respiración profunda, sumerjo mi antorcha en un charco de agua que se ha acumulado a lo largo de los siglos. Luego, en total oscuridad, corro por el tercer túnel con la mano derecha extendida hacia adelante y la izquierda tocando ligeramente el mosaico a mi lado.

Durante lo que parece un cuarto de guardia, todo lo que puedo escuchar es el crujido silencioso de mis pies calzados contra el suelo arenoso. Luego, un jadeo parece venir de todas partes, resonando inquietantemente en los confines del pasadizo de piedra.

Ante mí, unos ojos dorados brillan en la penumbra. Me detengo, doblándome para recuperar el aliento. Sin previo aviso, siento que algo enorme da un paso hacia mí, la roca vibra por todos lados con su movimiento.

Entonces una brisa acaricia mi rostro. El viento de la noche soplando hacia mí proviene de un lado. Palpo a lo largo de la pared y encuentro una abertura que luego me lleva, después de algunos giros y vueltas, al cementerio al este de la pirámide. No hay nadie cerca. Estoy a salvo, por el momento.

La luna ha salido, arrojando luz plateada sobre las tumbas.

El pueblo de mi madre cree que su dios patrón— Huitzilopochtli, Señor de la Guerra y del Sol —luchó contra su hermana mayor Coyolxauhqui y sus cuatrocientos hermanos.

Mató a cada uno de sus hermanos, lanzando sus cuerpos al cielo para convertirse en las estrellas del sur. Pero con su hermana, tomó un paso adicional.

La desmembró, pateando sus extremidades por las laderas de la montaña Coatepec, hogar de semidioses.

Pero antes de que pudiera enviar la cabeza volando tras los miembros, escuchó a su madre llorar de dolor.

—Nunca volveré a mirar el rostro de mi amada hija —se lamentó.

Y así, en un momento de compasión inusual, Huitzilopochtli arrojó la cabeza de su hermana al cielo, donde se convirtió en la luna. Todas las noches, dicen los mexicas, madre e hija se miran, contentas con esa conexión distante y fugaz.

Pero yo . . .

Yo . . .

Yo nunca volveré a mirar el rostro de mi madre. Nunca podré ver a mis hermanos volverse nobles audaces.

¿Quién más morirá mientras el tirano me persigue?

No soy solo el instrumento de destrucción de Tezcatlipoca. También dejo una estela de muerte detrás de mí dondequiera que voy.

Y por eso no puedo volver a la granja. Esa buena gente no merece que se le arruine la vida por culpa de mi sombrío destino. Sekalli . . . la idea de su muerte se retuerce como un cuchillo en mis entrañas.

Una vez más, no tengo elección, aunque me rompe el corazón.

La amo. Como a nadie más que haya conocido.

Pero debo huir. Por su bien.

[23] HUÍDA

Huérfano

En vano he nacido.
En vano dejó mi alma
el Reino de la Dualidad
para llegar a esta tierra
y vivir una vida miserable.

Nunca debí haber emergido.
Mejor nunca hubiera nacido.
Eso digo. Pero ¿qué haré?
Como los nobles que quedan,
¿debo vivir en el ojo público?
Sé prudente y sabio, aconsejan.

¿Me levantaré por fin sobre la tierra
para reclamar mi trono, mi herencia?
Ahora no siento más que desdicha.
Me duele el corazón, amiga aulladora,
porque es difícil caminar a solas
sobre esta tierra resbaladiza.

Pero, ¿cómo existir juntos?
Somos irreflexivos y crueles,
cada hombre por sí mismo.
Si quiero gozar la paz
entre la gente una vez más,
debo inclinar mi cabeza
en mansa obediencia.

Así que solo lloro y me aflijo,
huérfano entre la multitud.
¿Cómo puede tu corazón elegir
tal destino para mí, dios cruel
por cuyo capricho vivimos?
Si tan solo tu ira se desvaneciera,
pero la miseria florece en tu presencia,
Tezcatlipoca: me quieres muerto.

¿Somos verdaderamente felices,
los que vivimos en la tierra?
Si es así, pues solo con amigos
hay alegría en este plano.
Así es para todos los que sufrimos,
para todos los que estamos solos
en el corazón de la muchedumbre.

No te desesperes, corazón mío.
Detén tu reflexión infructuosa.
Hay muy poca compasión
esperando en este mundo.
Incluso cuando te siento cerca,
Oh dios por cuyo capricho vivimos,
el dolor florece en tu presencia.

Solo puedo buscar, recordar
a los que he perdido.
¿Volverán a mí?
¿Volverán a vivir?
No, una sola vez perecemos,
solo una vez en esta tierra.

Espero que sus corazones
ya no sientan más dolor;
en su presencia, justo al lado
el dios por cuyo capricho vivimos.

¿Dónde?

Ojalá pudiera volver con ella,
a esa granja pacífica
a la sombra de un volcán.
Pero hice un juramento a mi padre
de recuperar lo que perdimos
y vengar su brutal muerte.
Y debo honrar a mis hermanos
y a mi madre,
sus vidas arrebatadas
por las garras del emperador:
la alegría y el amor tendrán que esperar.

Mi mano sola no bastará
para derribar a ese antiguo monstruo.
Necesito formar un ejército poderoso.
Pero, ¿qué guerreros me seguirían?

Sí, debo huir. Debo prepararme.
Encontrar aliados. ¿Pero a dónde voy?
¿Al interior de Tlaxcallan?
No. Mi tío tiene mucho que hacer
y debería dejárselo a él.
Que me crea muerto otra vez,
trabajará mucho más duro.

Tampoco al sur. Ni a la costa.
Mi patria es un foso de víboras,
y México también es peligroso.
¿A dónde? ¿A dónde puedo ir?

¿En dónde tengo amigos?

El recuerdo de un olor
inunda mis sentidos.
Izcalloh. Su padre.
Las conexiones de su madre.
El conflicto con México.
Chalco, entonces. Ahí es donde.

Sé cómo matar. Pero allí,
tal vez, aprenderé a liderar.

Partiendo como un coyote

Evitando granjas y estaciones de paso,
corro por los bosques
hacia la sombra del volcán,
hacia ese paso alto de nuevo,
para cruzar a Chalco
y abrazar mi destino.

Mientras viajo por las orillas
de esa ruta tan transitada,
juro que vislumbro destellos
de mi antigua compañera,
subiendo y bajando las colinas,
collar blanco brillante bajo la luna.

Por momentos, plumas doradas
parecen centellear en el bosque,
y una vez imagino ver a un jaguar
del tamaño de un oso pardo,
su cada paso un golpe de tambor:
los avatares de Tezcatlipoca.

Me instan a seguir el camino.
No puedo parar a descansar.

Como un coyote que abandona
a su compañero y sus crías
por una temporada de soledad,
sabiendo que regresará, a no ser
que esta tierra resbaladiza
le robe la vida.

Así abandono yo a la chica
y el Camino del Orden,
esperando con toda el alma
hacer mi camino de regreso
cuando el Burlador de Hombres
decida que mi trabajo está hecho.

[24] SOLDADO DE CHALCO

Entrar al ejército de Chalco es más fácil de lo que imaginaba.

Paso semanas merodeando por los márgenes de Tlalmanalco, ayudando a las pequeñas granjas con sus cosechas y escuchando todos los chismes posibles. Luego, un mes después de abandonar Tlaxcallan, me encuentro por fin con un comerciante ambulante que me dice lo que necesito saber en el dialecto arcaico de las tierras del sur.

—¿Non habedes oído? Nuestro valiente e amado príncipe Quetzalmázatl, que venza a todo enemigo, está al frente de un nuevo exército contra aquestos mexicas malnacidos, ca siguen invadiendo la federación.

—¿Por onde, dixo vuested? —pregunto, dibujando un mapa mental del sur de Anáhuac.

—Al noroeste de aquí, en la llanura entre Tlalmanalco y la ciudad de Chalco. ¿Por qué? Hambriento de batalla, ¿verdad?

—Quizá —le digo y me despido de él, volviendo al bosque de pinos cercano. Allí recupero la espada y la noble tilma que he escondido.

Luego me dirijo al frente de batalla, guiado por el sol . . . así como por el sonido de espadas chocando y gritos.

Los mexicas están dirigidos por mi tío Moteuczoma. Está empujando a los chalcas al sur, hacia Tlalmanalco, dejando heridos y muertos a su paso. Cuando cae la noche y ambos bandos se preparan para detener temporalmente la lucha, me deslizo entre los soldados caídos y me robo una pechera, un escudo y una falda de cuero.

Escucho gruñidos. A unos pasos de mí, un lobo y un coyote se enfrentan por un cadáver.

El casco del hombre muerto me llama la atención. Blando mi espada para espantar al depredador y al carroñero, y luego se lo arranco de la cabeza, haciendo una mueca ante el chasquido líquido de sus heridas.

Es robusto, pintado de azul con una franja de plumas en la parte posterior.

De dos proyecciones cónicas, como orejas de coyote, cuelgan borlas rojas.

Me queda a la perfección.

Me dirijo hacia el campamento chalca, sacando la vuelta paulatinamente a las tropas de mi tío. Casi me ve un centinela mexica, pero me dejo caer en la hierba alta justo a tiempo y me arrastro por un buen trecho antes de reanudar, agachado, mi carrera.

Cuando tropiezo con un guardia chalca que cuida el perímetro, hablo con el acento de un noble de Amaquehmecan, una de las ciudades de la federación.

—¡Por todos los dioses! Ruego tu perdón. Me asestaron un buen golpe en la cabeza quizás hace una guardia. Me desperté para hallarme rodeado de pobres cabrones muertos. Casi tropecé con los puñeteros mexicas cuando regresaba.

—¿Tu nombre? —pregunta el guardia.

—Nezahualcóyotl, hijo de Nezahualpilli.

Me imagino cómo sonreiría Sekalli al escuchar mis consonantes entrecortadas y mis vocales tragadas, y el nombre estrafalario que he elegido para mi padre, típico de Amaquehmecan. El recuerdo del eco de su risa resuena dolorosamente en mi corazón.

Sin embargo, el guardia ni siquiera pestañea ante mis mentiras.

—Ve a la carpa médica antes de reportarte con tu escuadrón. La doctora está ocupada con heridos reales, pero lo último que necesitamos es que te derrumbes de nuevo en el campo de batalla por una conmoción cerebral. Una de sus ayudantes puede buscar abolladuras en tu cráneo.

—Sí, señor —digo, alejándome.

Y así me hago soldado chalca.

Por las enfermeras, me entero de que todos los escuadrones de apoyo de mi supuesta ciudad de origen fueron aniquilados en la batalla, por lo que afirmo ser el único sobreviviente de un grupo liderado por el capitán Amimitzin, que acaba de morir durante la cirugía.

Lloro sobre su cuerpo destrozado. No es difícil derramar esas lágrimas.

Al día siguiente soy asignado junto con otros dos soldados sin grupo a un pelotón de Acxotlan, uno de los tres distritos de Tlalmonalco. El capitán, un veterano de unos treinta años llamado Oton, nos da una bienvenida áspera y brusca.

—Necesito que se mantengan con vida el tiempo suficiente para matar al menos a uno de esos bastardos. Hagan eso por su país, y luego podrán ir en pos de los otros caídos, aleteando por el cielo con el sol, si eso es lo que quieren. Personalmente, prefiero una larga vida al vuelo celestial. Entonces, si son como yo, luego de cumplir con su deber patriótico, sigan matando a todos los malditos guerreros mexicas que se crucen en su camino.

Sabio consejo. Y una vez que el sol ha pasado la cima del Iztaccíhuatl al este, los dos ejércitos marchan uno hacia el otro. Cuando sólo nos separan unas cuarenta varas, todos comienzan a lanzar proyectiles: unos flechas, otros piedras de hondas, otros lanzas de atlatl. Rápidamente me quedo sin cosas para lanzar y levanto el escudo sobre mi cabeza. Dos flechas lo golpean cuando me agacho.

En algún lugar, un caracol anuncia la próxima ola de ataques: los guerreros selectos de Chalco y México chocan en un feroz tumulto. Luego, uno tras otro, sucesivos aluviones de soldados cada vez menos talentosos, menos experimentados y menos equipados entran a la refriega, hasta que el campo de batalla es una masa retorcida de caos.

Mientras mi escuadrón, uno de los últimos, avanza hacia el centro de ese torbellino, mis ojos y mi corazón escanean el movimiento, buscando patrones. Hay un ritmo en las fluctuaciones de la batalla, y sonrío una vez que lo siento. Ya no soy el mismo príncipe mimado que casi no aprueba su examen de combate. Ahora el ritmo complejo llena cada nicho de mi ser, cuerpo y alma, y me cuelo en esa coreografía inconsciente, girando entre las espadas oscilantes, matando a cada hombre con la mala fortuna de convertirse en mi compañero en esta danza mortal sobre el campo de batalla sangriento.

El cuarto mexica al que me enfrento tiene un par de cuchillos macuahuitzoctli metidos en una faja en su cintura. Cuando intenta rajarme con su espada, me le acerco, libero las dagas de obsidiana y se las clavo en ambos lados del cuello.

Entonces, empuñando mi arma preferida, me convierto en un verdadero avatar de destrucción.

Después de dos guardias de violencia, alguien tira de mi brazo y me giro, enterrando un cuchillo en el escudo de mi capitán.

—¿No escuchaste el sonido del retiro? —grita Oton, dándome una bofetada—. ¡Mueve el culo, chamaco!

Volvemos al campamento y recibimos órdenes de empacar y dirigirnos un poco hacia el este. Los otros miembros de mi escuadrón me bombardean con preguntas, algo asombrados por lo que me han visto lograr en el campo de batalla.

—No sé si serías bueno en una guerra florida —gruñe uno—. Pero en una batalla de vida o muerte, eres bastante formidable.

—En el calmécac, me llamaban Manos de la Muerte —medio miento, reprimiendo un escalofrío al recordar tanto el orgullo de mi padre como la banda de asesinos, la Mano Mortal, que me ha alejado del lado de mi amada.

Se ríen, divertidos, pero pronto todos usan «Tomiccama» en lugar de Nezahualcóyotl para referirse a mí.

Nuestras Manos de la Muerte. Vaya apodo.

Tan pronto como nos instalamos frente a un afloramiento, nuestro capitán nos reúne.

—El príncipe ha recibido los informes de bajas, y nuestra tasa de muertes fue la más alta hoy, incluso mejor que la de los escuadrones de veteranos. Así que quiere evaluarlos en persona, chamacos locos. Vamos.

Nos lleva a una colina donde encontramos al príncipe Quetzalmázatl observando el ejército enemigo, que se ha retirado para permitirnos sacar a los muertos del campo de batalla antes de que los zopilotoes, lobos y coyotes comiencen a picotear sus cadáveres. Lo mido. Nuestro comandante está vestido majestuosamente, una capa de plumas de ibis escarlata sobre un uniforme de cuerpo entero de color negro y verde. Su casco tiene cuernos de ciervo de trece puntas.

Pero mi mirada se desvía a las tropas de mi tío Moteuczoma, que se preparan para la próxima batalla.

—Totalmente predecible —murmuro.

El capitán Oton me oye y me mira con recelo al detenernos a algunas varas de distancia del príncipe y su séquito.

—¿Qué quieres decir?

—El general Moteuczoma apenas tiene veintiún años. Sus estrategias se toman directo de los manuales del calmécac de Tenochtitlan, inculcadas cuando era estudiante. Ninguna variación permitida, ninguna adaptación. Si nuestro comandante decidiera burlarse de esas normas, atraparía al tonto desprevenido.

Uno de mis compañeros de escuadrón se aclara la garganta.

—Sé que está fuera de lugar, capitán, pero usted lo vio pelear. Percibe cosas que nosotros no podemos. Se mueve diferente. El enemigo no sabe qué hacer.

Mientras el príncipe hace una consulta final con sus generales, Oton se acerca más.

—¿Y qué cambiarías, si estuvieras al mando?

—Yo enviaría plebeyos contra la élite mexica en la primera oleada, pero armados con lanzas para que tengan mayor alcance que las espadas y los puños del enemigo. Mientras tanto, dividiría a nuestros mejores guerreros en dos grupos. Enviaría uno a través de las colinas para atacar a la élite mexica desde el este, mientras que la otra mitad, que se iría antes del amanecer hacia el oeste, se aproxima por detrás. Si encajonamos a los mejores soldados, los podemos diezmar, y Moteuczoma se retirará hasta Tenochtitlan.

El capitán considera mis palabras, impasible, echando un vistazo a los movimientos distantes de las tropas de los mexicas antes de volverse para mirar a nuestro comandante.

El príncipe se dirige hacia nosotros. Lo saludamos, con las manos en el pecho y la cabeza baja por el espacio de cuatro latidos del corazón. Ha visto tal vez cuatro veranos más que mi tío mexica, pero todavía es joven para liderar una fuerza tan grande contra un enemigo tan formidable.

—Así que estos son tus chamacos, Oton —dice el príncipe. Su voz es profunda, pero amable, y sus ojos se llenan de cariño y admiración al inspeccionarnos.

—Sí, alteza. Los mejores guerreros de Chalco fuera de las órdenes militares.

Caminando a lo largo de nuestra línea, Quetzalmázatl examina las armas y el uniforme de cada soldado. Se detiene frente a mí.

—El de las dagas de obsidiana. Escuché que estuviste muy letal hoy.

—Tuve el honor, alteza, de transformar en mariposas a muchos perros mexicas y enviarlos de camino a la Casa del Sol. Dudo que alguno fuera lo bastante digno para convertirse en colibrí, y mucho menos en águila.

Se ríe de mi desprecio.

—¿Tu nombre, soldado?

—Nezahualcóyotl, alteza. De Amaquehmecan.

—Sí, lo noto en tu acento. Bien hecho, Nezahualcoyotzin. Continúa con los actos heroicos mañana.

Me inclino en respuesta.

El príncipe pide a su gente que nos dé raciones adicionales (carne de venado y seis tortillas a cada quien) antes de despedirnos. El capitán se demora para consultar con él en privado.

Al día siguiente, me entero de por qué.

Nuestro escuadrón recibe lanzas punzantes, al igual que todos los soldados plebeyos de infantería, a quienes se nos indica que llevemos la vanguardia contra la élite mexica en el momento en que cese la catarata de flechas y piedras. Mientras nos agazapamos bajo nuestros escudos, cruzo una mirada de complicidad con el capitán, quien me hace un gesto para que me quede callado. Él quiere todo el crédito, supongo.

Cuando la andanada final está en el aire, susurro otra sugerencia.

—Si atacamos ahora, se sorprenderán aún más.

Se pone de pie y da la orden sin dudarlo. Cerramos la brecha entre los dos ejércitos con rapidez, justo cuando los principales combatientes enemigos (Rapados, Otontin, Caballeros Águilas y Jaguares) se alistan para atacar.

Ninguno esperaba recibir una alabarda en el vientre. La mayoría recibe sólo heridas menores, pero algunos de nosotros logramos destripar a nuestro oponente. Como mínimo, luchamos con ellos desde una distancia que hace que sus espadas, golpes y patadas sean ineficaces.

Nuestra infantería novata está en igualdad de condiciones con los mejores mexicas.

Aun así, son guerreros magistrales y encuentran formas de deslizarse por debajo, alrededor y por encima de nuestras lanzas. Dejo caer la mía y empiezo a defender a mi escuadrón con una daga de obsidiana en cada puño.

Me enfrento a un Caballero Águila que detiene todos mis golpes con sus propias dagas. La violencia de su defensa pronto me hace retroceder, y siento que el pánico aumenta cuando cambia a tácticas ofensivas que apenas puedo contrarrestar.

En ese momento, nuestros mejores veteranos convergen desde el este y el oeste. Atrapada entre nuestras lanzas y sus espadas, la vanguardia mexica comienza a caer como un venado y sus crías rodeados de cazadores.

El frenético redoble de los tambores ordena a los sobrevivientes que se retiren.

Las banderas de los generales de Moteuczoma piden el cese del combate.

Al final del día, su ejército marcha de regreso hacia Tenochtitlan.

Esa noche, el príncipe nos invita a cenar junto a la tienda de mando. Nos obsequia vino de maguey y carne de venado, alabando la estrategia de nuestro capitán y nuestro valor.

—¡Mañana, cuando volvamos a Tlalmanalco, les espera el doble de salario, chamacos! —Levanta una copa para saludarnos—. Diviértanse mientras el enemigo lame sus heridas.

Le damos las gracias, bebiendo otra copa antes de atiborrarnos. Intento no pensar en la cocina de Sekalli, en los sorbos a escondidas del vino de su padre o en la sensación de su esbelto cuerpo contra el mío. Ojalá los mexicas regresaran ahora. Mantenerme con vida no deja tiempo para arrepentimientos. Los momentos de introspección entre batallas son lo más difícil.

—Nezahualcoyotzin —susurra el capitán con aspereza, y levanto la vista. Me doy cuenta de que no he estado prestando atención—. El príncipe Quetzalmázatl te está hablando.

—Perdón, alteza. Estaba reviviendo el fragor de la batalla en mi mente.

Él sonríe.

—No hay de qué. Simplemente te preguntaba si regresarás a Amaquehmecan.

—Ah. —Asiento, preparado para esta eventualidad—. Preferiría no irme a casa todavía. Mi padre es un sacerdote menor, y lo que le falta en influencia en la ciudad, lo compensa siendo exageradamente estricto con sus hijos y su esposa. Nunca he experimentado tal libertad en toda mi vida. No quisiera abandonarla.

—Recomendaría que te quedes en el calmécac —responde el príncipe—, pero sospecho que tu deseo de una mayor libertad se frustraría en ese entorno.

El capitán se ríe suavemente.

—Conozco a una viuda, esposa de un juez corrupto que al fallecer la dejó con solo deudas. Ahora alquila habitaciones en su mansión y vende vino de maguey para sobrevivir. Te la presentaré.

Así es como llego a vivir con Cillamiyauh. Aunque la edad intenta encorvar sus hombros y su espalda, mantiene la cabeza en alto mientras se dedica a sus asuntos, frunciendo el ceño al mundo con altivez como si las mechas grises de su cabello fueran de plata pura.

—Si bebes, hazlo en silencio —me indica mientras le pago el alquiler de un mes por adelantado—. No quiero ruido después del anochecer. Y no traigas mujeres a mi casa.

—Por supuesto, Cillamiyauhtzin. Ni soñaría con hacerlo, reverenciada tía.

—Y no me mientas, joven. Desprecio a los mentirosos y embusteros sobre todo. Mi difunto esposo me engañó durante más de una década. No volveré a hacer el ridículo, y menos por un hombre.

Durante la mayor parte de un mes, casi los veinte días enteros, vivo la vida de un joven guerrero festejado. Cuando regresamos a la ciudad, el número de mexicas que maté me permite usar ropa más fina, cortarme el cabello hasta los hombros, sentarme en una mejor sección de la audiencia cuando veo juegos de pelota, conciertos, u obras de teatro. Y lo hago todo, llenando mis días con frivolidad, comida y bebida, dejando que los veteranos que admiran mis hazañas pasen horas compartiendo sus propias historias de valor, aceptando la invitación de cada noble que se entera de mi reputación y desea conocerme.

La ciudad de Tlalmanalco se divide en tres barrios, cada uno con su propio rey menor. Juntos, estos hombres gobiernan la ciudad como un triunvirato. La mansión de Cillamiyauh está en Acxotlan, donde el rey es Toteocih, hermano mayor del príncipe Quetzalmázatl.

Se corre la voz por el barrio sobre el papel crucial de mi escuadrón en la derrota del ejército mexica. La gente me trata con una deferencia que no he disfrutado desde antes del sitio de Tetzcoco. Como el príncipe nos estima, también debe hacerlo el rey, sugiere el rumor.

¿Cómo me entero de estas murmuraciones? Cillamiyauh se asegura de decírmelas, entrecerrando los ojos con desaprobación al estudiar mis rasgos como si pudiera descubrir algún secreto enterrado bajo la máscara de mi amabilidad.

—Oh, te has convertido en todo un misterio, joven. Las madres nobles de todo el barrio se preguntan acerca de tu edad y tus antecedentes, imaginando a sus hijas comprometidas contigo algún día. Los niños se hacen collares de ayuno antes de jugar a los soldados, y cada uno adopta tu inusual nombre. Eres un símbolo que llenan con sus anhelos secretos. No significas nada por ti mismo; simplemente estás yuxtapuesto con esas fantasías. Ah, pero tengo mis sospechas, sí. Te has insinuado demasiado rápido en los círculos nobles de este barrio. Tengo un amigo que trabaja en el palacio del rey. Le pediré que advierta a su majestad. Debería el rey tener cuidado con los conocidos de su hermano menor.

No parece una amenaza real, así que hago caso omiso de sus divagaciones. Pero me abruman los desconocidos que me buscan, queriendo ganarse el favor de la familia real. A veces hago como que no veo a las personas en la calle que intentan llamar mi atención. Pero un día, siento que alguien me mira con tanta intensidad que no puedo evitar levantar la vista.

Es Izcalloh, a quien no veo desde hace año y medio. Toda una belleza, viste la falda bordada de flores y la blusa larga utilizadas por la clerecía de Xochitéotl, la Dualidad Florida.

Debí tener más cuidado. Su madre es de esta ciudad, de este barrio. Quería esperar más tiempo antes de contactarle, pero los dioses tienen otros planes.

Me mira, en estado de shock. Entonces la alegría comienza a iluminar su rostro y sus ojos se llenan de lágrimas de felicidad. Hasta que levanto la mano en una discreta advertencia y niego con la cabeza. Una sonrisa naciente se desvanece de sus labios.

Sigo caminando, acercándome a Izcalloh en medio de la ancha calle. Su perfume llena mi mente de recuerdos y mi corazón de anhelo por una época más sencilla, cuando me enseñaba los entresijos de las intrigas cortesanas y se reía de mis tontas imitaciones de nobles acolhuas.

—Dile a tus padres —murmuro cuando paso de lado suyo—, que soy Nezahualcóyotl de Amaquehmecan si alguna vez me encuentran. Espera un poco más, cariño mío. El momento aún no ha llegado.

Entonces, sin volver la mirada, dejo atrás a mi tutore y amistad.

En el decimoctavo día desde la retirada mexica, nuestro escuadrón es llamado al servicio una vez más. Una nueva batalla se ha desatado cerca del paso angosto entre el cerro Iztapayocan y el lago Chalco. Los mexicas están tratando de derribar el muro, y se le ha pedido al príncipe Quetzalmázatl que dirija un ejército para apoyar a las fuerzas sitiadas.

Después de un día de marcha, llegamos para encontrar a los soldados de Iztapayocan y la ciudad de Chalco dispersos, tratando de proteger de la invasión la colina, el muro y el lago, así como el paso más amplio a través de Colhuacan en el lado norte de la colina, que el ejército de Moteuczoma ha empleado para entrar al territorio chalco.

El príncipe pide que el capitán Oton lo acompañe en un recorrido por los cuatro frentes, sin duda esperando que su supuesto genio estratégico (o sea, las ideas que me roba y hace pasar por suyas) proporcione soluciones al ataque múltiple. Mientras están fuera, investigo un poco por mi cuenta para tener una idea de lo que ha sucedido durante los últimos tres días de batalla.

Lo que está claro es que Moteuczoma *no* está liderando a estos mexicas. Sus tácticas han surgido de una mente mucho más capaz y flexible que la suya. Impasible, testarudo y mezquino, mi tío Moteuczoma prefiere atacar siempre de frente, con una fuerza sin matices. Cuando cayó la lluvia en su decimotercer cumpleaños, arruinando la fiesta planeada en su honor, trató de matar a los mismos tlaloqueh con su arco, lanzando flecha tras flecha hacia las nubes.

Eso le valió el apodo de Ilhuicamina: *dispara al cielo.*

No es la hoja más afilada del arsenal intelectual de Tenochtitlan.

Tengo mis sospechas sobre la identidad del comandante mexica, y se confirman cuando Oton regresa, sin aliento, y me guía detrás de una roca cubierta de musgo para hablar en privado.

—Nezahualcoyotzin, necesito tu ojo sin igual para las tácticas. Los pinches mexicas han puesto a cargo de este ejército a un sacerdote del fuego, un tal príncipe Tlacaéllel. Nadie está seguro de qué hacer contra sus tácticas.

Me sale una risita burlona, recordando las bromas retorcidas y tortuosas de mi tío. Nunca lo pescaban. Todos lo creían demasiado piadoso, demasiado noble. Después, solo sonreía a su víctima. Les guiñaba un ojo. Exasperante.

—Tlacaéllel es un hombre peligroso y cruel. ¿No ve lo que hizo? Ha obligado a Chalco a permanecer en una postura defensiva en cuatro frentes diferentes. No permitirá que ataquemos. Una vez que nos haya desgastado lo suficiente con sus fintas, sus fuerzas se colarán por nuestras debilitadas defensas.

Una voz me interrumpe.

—¿Y qué haremos para detenerlo, Nezahualcóyotl? Es a ti a quien debo preguntar, ¿no?

El príncipe Quetzalmázatl rodea la roca. Mi capitán cae de rodillas y golpea su frente contra el suelo arenoso.

—Pido perdón, alteza. Mi error es grande y merece un gran castigo. Pongo mi vida en manos de mi príncipe. Haga conmigo lo que quiera.

El príncipe descarta esta disculpa con una sonrisa.

—Estoy molesto, pero elijo creer que me has transmitido las ideas de este joven como si fueran tuyas porque sabías lo difícil que sería aceptar el consejo militar de alguien tan inexperto. Nezahualcoyotzin, ¿cuántos años tienes?

—Diecisiete, alteza —respondo, sin atreverme a mentir. Mi cumpleaños ha pasado sin celebrarse. Hago todo lo posible por no reflexionar sobre dónde estaba hace apenas un año. Mi corazón podría romperse para siempre.

—Asombroso. Supongo que la disciplina y la guía de tu padre han desarrollado algún talento innato tuyo. Pero dejemos esa conversación para otro momento. Ahora mismo, necesito tu guía, no importa cuán joven o extraño seas. Habla libremente, soldado.

Inhalo profundo. Mucho depende de las palabras que estoy a punto de pronunciar. El resultado de la batalla. Mi posición dentro del ejército. Mi relación con este príncipe. Nuestra posible futura alianza. Si me equivoco, mi gente está condenada.

—Ordene que todos retrocedan —digo apresuradamente, sin darme más tiempo para dudar de mí mismo—. Sobre todo las canoas. Tlacaéllel supondrá que nos hemos encerrado en el paso por agotamiento y mandará un ataque. Pero será un ardid. Tenderemos una emboscada. Nuestros arqueros y lanzadores esperarán sus botes, apoyados por piqueros que pueden usar sus lanzas para mantener a raya a cualquier mexica sobreviviente. La otra mitad de nuestras fuerzas se esconderá en el lado este del cerro Iztapayocan, para que cuando los mexicas pasen por encima y por su borde norte, los enfrentemos con una sorpresa brutal.

Quetzalmázatl se rasca la barbilla.

—Estas tácticas bárbaras parecen más de chichimecas que de honorables toltecas.

Bajo los ojos, con la esperanza de que este hombre disculpe mi falta de decoro.

—Al igual que el pueblo acolhua, los chalcas somos herederos de ambas tradiciones, aunque a través de los más elegantes nonohualcas. ¿Conoce el Camino Mexica, alteza? Lo que más importa es la supervivencia, *luego* la victoria. El honor es superfluo. Eso es lo que cree Tlacaéllel. Debemos adoptar la misma actitud o sufrir la derrota en sus manos.

Después de un momento de consideración, cuando sospecho que puedo ser ejecutado, el príncipe suspira.

—Como ya he confiado en tu inexplicable sabiduría, sería una tontería no volver a hacerlo. Capitán Oton, necesito que tu escuadrón apoye a mi propia guardia real. Esta arriesgada estratagema no puede resultar en la muerte de nuestros comandantes. O príncipes.

Dos guardias después, agazapados entre rocas en la base del cerro Iztapayocan, escuchamos el movimiento supuestamente sigiloso del ejército mexica mientras intenta acercarse en secreto al enemigo que cree atrapado entre el cerro y el lago. Para su sorpresa, se encuentra cara a cara con cinco mil soldados chalcas.

La refriega es intensa, y la sangre derramada se tiñe de morado por el crepúsculo. La batalla se desarrolla en un espacio tan reducido que pronto desaparecen todas las distinciones entre escuadrones. Mientras otro mexica cae muerto bajo mis dagas de obsidiana, me detengo para buscar al príncipe, que debería estar dentro del círculo protector que hemos formado.

Pero esa defensa se ha derrumbado por un lado, y un Caballero Águila salta por la brecha, blandiendo su espada hacia la cabeza de Quetzalmázatl. Lanzo uno de mis cuchillos hacia él. Golpea la parte plana de su arma, desviándola de modo que su golpe sólo roza la coraza del príncipe. Me abro paso entre los guerreros en duelo, recojo una alabarda rota y salto hacia el caballero, intentando clavar la punta en su garganta. La detiene con su escudo, arrancando la lanza de mi mano derecha y abriéndose lo suficiente para que aterrice cerca y le corte la garganta con la daga en mi mano izquierda.

—¿Está bien? —le pregunto al príncipe, oteando el área a su alrededor. Otro guerrero chalca llega para cerrar la brecha en su defensa, manteniendo a raya al enemigo.

—Sí. Gracias. Quédate aquí conmigo, Nezahualcoyotzin. Descansa un momento.

Vemos cómo los mexicas finalmente flaquean y luego comienzan a retirarse, no llamados por tambores, sino por la incipiente comprensión de que han sido vencidos. Vienen corredores de la orilla del lago para informarnos que las canoas enemigas han sido destruidas y que la mayoría de los combatientes han muerto.

Mientras Tlacaélel retira sus fuerzas de regreso a Colhuacan, en dirección a la calzada que conduce a Tenochtitlan, puedo imaginar que se debe estar preguntando, perplejo, qué extraño giro del destino ha colocado a un genio militar en medio de Chalco. Espero poder decirle la verdad en su cara algún día.

Cuando regresamos a Tlalmanalco, el príncipe me pide que lo acompañe a su hogar: una mansión con frescos brillantes junto a uno de los nueve arroyos de esta ciudad, en una finca llena de pinos.

El asistente personal del príncipe está esperando cuando entramos.

—Bienvenido a casa, alteza.

—Es bueno estar de vuelta, Micnomah. ¿Podrías traer el baúl de cedro de mi vestidor?

—En seguida.

Cuando el asistente se va, el príncipe se vuelve hacia mí.

—Me intrigas, Nezahualcoyotzin. De hecho, tu destreza en la lucha solo es igualada por tu agudo intelecto. Necesito una persona como tú a mi lado, alguien que me proteja y que sostenga conmigo conversaciones estimulantes. Así que ya le informé al capitán Oton de tu ascenso y transferencia. Ahora serás miembro de mi guardia real, asignado a acompañarme durante los asuntos militares y estatales.

Inclino la cabeza, tratando de no considerar las complicaciones de tal puesto.

—Su alteza me honra.

Micnomah regresa en ese momento, cargando una caja de madera. Quetzalmázatl quita la tapa y saca una ornada capa de red, cubierta con pequeñas conchas blancas. Me hace señas con la cabeza.

—Debes vestirte de una forma adecuada.

Tomo la capa y él saca una falda de cuero y un chaleco nuevos: del mismo verde que su propio uniforme, con un diseño negro en los bordes y un patrón repetido de cuernos de venado y plumas de quetzal.

—Ahora eres uno de los míos. ¿Entiendes el significado?

En efecto. Crecí rodeado de tecpantlacah, cortesanos que juraron lealtad a mi padre. Nobles sin títulos cuya vida giraba en torno al palacio. Totalmente dependientes de la figura real a la que tenían el deber de rendir homenaje. Susceptible a todos sus caprichos diarios.

—Sí. Mi vida es suya, mi señor.

Por supuesto, mi promesa es una mentira. Aunque me duele un poco el engaño, mi única lealtad es al pueblo acolhua y a los dioses que adoramos. Sin embargo, admiro a este príncipe, con su corazón y mente abiertos.

En tiempos diferentes, seríamos amigos.

[25] EL CAMINO DEL CAOS

Amistad

"Los amigos son como las flores",
un cantante entona al son del tambor.
"Florecen brevemente e iluminan
nuestras vidas cuando las arrancamos
para trenzarlas felices en el cabello.
Luego esos fragantes pétalos
se marchitan y se van para siempre."

Junto al príncipe, canto, los dedos
golpeando el pomo de mi espada.
Él arquea una ceja, sorprendido.
"¿Conoces esta pieza? Es acolhua."

Una semana después de la gran batalla,
estamos en la Casa de la Canción
de su ciudad, entre una multitud
de veteranos, celebrando la victoria
contra los mexicas. Asiento y sonrío.

"La música es lo que me hace lucir
en batalla. Las lecciones que aprendo
para una cosa puede aplicarse a la otra."

Esta noción es novedosa para él,
pero intrigante, y hablamos después,
bebiendo vino de maguey en su casa
mientras las estrellas ruedan por el cielo
y el silencio de la noche se profundiza.

Resulta que nos encantan los mismos poetas,
que hemos estudiado los mismos filósofos,
que preferimos la voz variada del sinsonte
a las plumas brillantes del quetzal,
que creemos en la belleza esencial de los humanos
a pesar de la fealdad que a menudo demuestran.
Es la primera de muchas noches largas.
que paso charlando a su lado.
A veces deambulamos por el bosque
que rodea su mansión, rebosante
de venados y pájaros que me recuerdan
mi tiempo en el volcán que ahora
se cierne sobre nosotros, frío y dormido.

Y percibo el meollo digno de su carácter
en las reuniones con el consejo gobernante,
especialmente calmando el corazón agitado
de su hermano, el rey, cuyo altivo despecho
a menudo amenaza con causar una ruptura.

Dondequiera que vayamos, está claro
que su gente lo adora, lo ve como su líder,
el que no se fija en el renombre o el aplauso,
sino que trabaja detrás del escenario,
con brillantes nobles y plebeyos por igual,
por el bien del barrio, de la ciudad,
de la confederación Chalca en general.

Es imposible no admirar al hombre.
Poco a poco llego a tenerle cariño
como si fuera un amigo o pariente,

el hermano mayor con que siempre soñé,
en lugar del bastardo monstruoso
que en realidad plagó mi infancia.

Una noche nos emborrachamos bien,
y en realidad lo llamo «notiyachcauhtzin»,
amado hermano mayor, una frase que
nunca antes ha pasado por mis labios.

Rodeando mis hombros con un brazo,
levanta su copa con el otro y grita,
"¡A la amistad! ¡A la hermandad!"

Y por primera vez desde la muerte de Acáxel,
me siento atado por el amor fraterno
al corazón de otro hombre como yo.

La revelación

Dos meses después de ahuyentar
a las tropas de Tlacaélle l,
el príncipe Quetzalmázatl llega a la casa
de la señora Cillamiyauh, el rostro frío y duro
al él hacer a un lado la cortina de mi habitación.

"¡Alteza!", digo, levantándome
para hacer una reverencia.
"Qué sorpresa tan inesperada.
¿Me cambio? Necesita que
lo acompañe a alguna parte?"

Voy a agarrar mi uniforme, colgado de una percha,
pero su mano, firme en mi antebrazo, me detiene.
Con la mandíbula apretada. Algo malo ha pasado.

"Nezahualcóyotl", dice simplemente,
bajando el habla como para subrayar
la diferencia en nuestro rango social.
"Tal vez no estés enterado,
aunque tal desconocimiento
es una pista, pero estoy prometido
a la bella princesa Maquiztli,
hija de mi tocayo,
Quetzalmazatzin el grande,
rey del barrio Itztlacozauhcan
de Amaquemehcan.
Jefe chichimeca,
lo nombramos los chalca,

en desafío tanto a los tepanecas
como a los acolhuas."

Sin quitarme los ojos de encima,
saca una daga de su cinturón,
y comienza a girarla lentamente
en sus largos dedos.

Mi corazón revolotea
como un colibrí enloquecido
atrapado en una jaula,
presintiendo su destino.

"Imagina mi sorpresa cuando,
después de enviar un mensajero
a la mujer que más adoro
pidiéndole que recompense
a tu padre, descubrí que no hay nadie
llamado Nezahualpilli en su ciudad,
mucho menos un sacerdote menor."

Al pronunciar la última palabra,
el príncipe se acerca rápidamente
y coloca su daga contra mi garganta,
los ojos muy abiertos,
jadeando con furia.

Podría liberarme, matarlo.
Pero no deseo hacerlo.
Es mi amigo. Y posiblemente
mi aliado. Si me deja explicar.

"Su alteza", suplico,
"nunca fue mi intención
que estas mentiras se esparcieran.
Simplemente buscaba sobrevivir.
No estoy urdiendo ningún mal
contra usted o su pueblo."

Presiona la hoja más fuerte
contra mi piel, sacando sangre.

"Entonces dime quién eres."

"Yo soy Nezahualcóyotl", empiezo,
"pero nací con el nombre Acolmiztli,
hijo del rey Ixtlilxóchitl de Tetzcoco,
señor supremo de los acolhua,
jefe chichimeca."

Luego cuento mi historia,
de principio a fin:
los acontecimientos,
no las visiones,
ni mis sueños.

Mientras hablo, Quetzalmázatl
quita su daga de mi garganta
y camina de un lado a otro,
sus ojos cada vez más distantes
al cavilar profundamente.

Cuando ha terminado,
hay un momento de silencio

antes de que plantee
una pregunta crucial.

"¿Eres mi amigo, acolhua?"

"Sí, Quetzalmazatzin."

Es la primera vez que uso
su nombre. Incluso el honorífico
no puede disminuir el peligro
de dirigirme a él así.

"¿Soy realmente un hermano mayor para ti?"

"Sí, Quetzalmazatzin."

Me mira a los ojos por el espacio
de varios segundos, midiendo mi honestidad.
Luego enfunda de nuevo su arma.

"Antes de que mataran a tu padre", dice,
"envió un embajador, esperando una alianza.
El consejo decidió que el riesgo era muy grande,
pero las circunstancias han cambiado, amigo.
"¿Sigue siendo ese tu deseo? ¿Que Chalco
y Acolhuacan se unan contra
Tepanecapan y México?"

"Aunque la verdad no sé cuándo
se presentará el momento indicado,
sí, sigue siendo mi deseo, fortalecido
por la admiración que me inspiras."

A pesar de la tensión, tan tirante
como un parche de tambor,
el principe se echa a reír,
apuntándome con el dedo.

"Si hay una cosa que
me has enseñado,
hermanito,
es que no hay
un momento indicado.
Sólo la estrategia indicada."

Luego, inesperadamente,
me envuelve en un abrazo.

"Hay una razón por la que estás aquí.
Hay una razón por la que somos amigos.
Desatemos el caos sobre esos bastardos."

Trueno en tu corazón
(Habla el príncipe Quetzalmázatl)

Nezahualcoyotzin, ya no te puedes
esconder en la tenue luz de las mentiras.
Puedo verlo en tu vorágine de ataques
sobre el campo de batalla ennegrecido.
Puedo oírlo en tu voz, áspera
al hablar de asedio y matanza.

Hay un trueno en tu corazón,
esperando para volar
a tus enemigos en pedazos.
Si no lo sueltas pronto,
te partirá el alma.

No tienes que decirlo.
Sé que anhelas la belleza,
la creación y el orden,
el amor liberado del odio.
Pero has sido abandonado
por todo excepto la destrucción.

Qué bueno que seas cantante,
músico, arquitecto, líder ungido,
pero ahora ¡compón un canto fúnebre,
entona un grito de batalla ululante!

Basta de vacilar. Abraza la oscuridad.
Sé un conducto para el caos y la guerra.
Destruye a tus enemigos tan llanamente

que nadie se atreva a levantar jamás
un arma contra tu reino otra vez.
No ayunes más. Sáciate con su sangre.

Te conozco. Antes de conocer tu identidad,
te conocía. Eres tan parecido a mí, hermano.
Construido para amar, ayudar, guiar a tu ciudad
a una prosperidad pacífica y duradera.

Pero los dioses han puesto a la gente
bajo la sombra de nuestras alas
y anchas plumas, divinas cargas
que debemos proteger con garras
y pico y velocidad feroz, cayendo
como depredadores para matar.

Así que aléjate de la Serpiente Emplumada.
Demuéstrale a Tezcatlipoca que puedes retomar
por la fuerza y las artimañas lo que él permitió
que el emperador se lo arrebatara a tu familia.

Eres acolhua, sí, pero también mexica.
Pon atención a la llamada del dios patrón
del pueblo de tu madre, Huitzilopochtli,
nacido en un escudo con su espada en la mano.
Los chalcas nos sacudiremos el odiado yugo,
para aplastar a nuestros opresores a tu lado.

Deja que tu ayuno termine. Engulle su miedo.
No te detengas más. Deja que esa inundación
de ira fulgurante brote desde tu fuero interior
y que borre a traidores y usurpadores por igual.

Traición

Casi dos guardias enteras
hacemos planes sentados
en mi cuarto alquilado,
sin imaginar jamás
que Cillamiyauh,
la dueña entrometida,
ha escuchado todo.

Ella también trama el caos.
Buscando hacer méritos,
se apresura al palacio
donde su hermana menor
sirve como dama de honor
a una princesa marginal.
El mensaje es urgente.
Se propaga como el fuego
por la red de cortesanos.
El rey Toteocih echa humo
al enterarse del impostor.

Se ha despedido el príncipe,
ordenando que descanse,
prometiendo que mañana
nos encontraremos
para empezar a revelar
mi verdadera identidad
a los principales nobles.

Entonces los hombres
del rey irrumpen
en mi habitación
y me arrestan.

[III]

REGRESO

[26] PRISIONERO

Me arrastran por las calles de Acxotlan hasta el palacio real. Los guardias se niegan a responder a mis preguntas, así que debo esperar a que me depositen en el suelo de madera pulida de la sala de audiencias. Manteniendo la cabeza baja, miro de soslayo a Toteocih, sentado en su trono de jade en el centro de un estrado elevado. Una diadema de jade se posa ladeada sobre su corte de mohicano. Sus orejeras y bezote de esmeralda brillan ostentosamente. A pesar de sus galas, su ancho semblante está morado de ira y aprieta los puños temblorosos.

—Acolmiztli —escupe—. Hijo de Ixtlilxóchitl. Príncipe heredero de Tetzcoco. ¿Cómo te atreves a vivir en mi ciudad con una identidad falsa, luchando en mi ejército, uniéndote a la guardia personal de mi hermano menor? ¿Qué locura acolhua o arrogancia adolescente te convenció de burlarte de Chalco de esta manera? ¿Tienes ganas de morir? ¿Buscas suicidarte por ejecución?

—¡Pido perdón, señor! —Presiono mi cabeza contra las tablas de cedro—. Si luché por Chalco es porque creo en la causa y desprecio a los mexicas.

—¿Por qué no te anunciaste al gobierno entonces? Los mentirosos tienen mucho que ocultar. Su trabajo como espías, por ejemplo.

Junto mis manos en gesto de súplica. Nunca he rogado por nada en mi vida, pero me sé los gestos.

—Si su majestad pudiera llamar a su hermano —comienzo—. Mucho podría explicarse.

—Ah, ¿entonces Quetzalmazatzin me ha ocultado tu identidad todos estos meses?

—No, señor. De ninguna manera. Acaba de descubrir quién soy.

El rey se burla, reclinándose con un gesto de incredulidad.

—¿Y aún vives? Es evidencia clara de que están coludidos. Cillamiyauhtzin nos informa que ustedes dos habían comenzado a tramar una alianza entre Acolhuacan y Chalco. ¿Cuántas tropas habías comprometido para mi deposición? Una vez que mi hermano fuera instalado como rey, ¿cuáles serían tus próximos pasos?

Me doy cuenta del peligro al que he expuesto a Quetzalmázatl. Su hermano mayor ahora percibirá cada una de sus palabras como un desaire, sospechará una traición en cada uno de sus actos.

—Su majestad, nunca he buscado su remoción, ni tampoco el príncipe. De hecho, esperábamos presentarles pronto la verdad y una propuesta para librar a nuestras dos naciones de la amenaza que representan Tepanecapan y México.

Una risa burlona escapa de los labios retorcidos del rey.

—Por todos los dioses, *gracias*, alteza real, por dignarse compartir sus elevados complots y conspiraciones conmigo. Es un verdadero honor contar con un gran intelecto acolhua entre tantos ignorantes sureños. Sin embargo, tengo un plan bastante diferente en mente. —Toteocih se levanta y desciende con pasos lentos de su estrado, acercándose a mí—. En lugar de continuar luchando con los mexicas a un gran costo para las arcas de nuestra federación, te ofreceré al emperador Tezozómoc a cambio de un regreso a la normalidad. Que vuelva Chalco a ser su vasallo predilecto, y México un insignificante hervidero de mercenarios y chuchos. Que nos dé acceso total a las rutas comerciales imperiales de mar a brillante mar. Los rumores acerca de ti han salido de Tlaxcallan durante meses, y el viejo tirano está desesperado por localizarte. Estará bastante aliviado . . . bastante extasiado de que te haya aprehendido para él.

Las fauces del destino se abren ante mí, listas para devorar todas mis esperanzas.

El rey me agarra por el pelo y me jala dolorosamente de pie.

—Nezahualcóyotl, ¿eh? Veamos qué le hace una semana de ayuno a tu arrogancia. Muy pronto me rogarás tú mismo que te entregue al emperador.

El cuauhcalco está cerca, en el complejo judicial. Los guardias me meten en una de sus celdas más resistentes, con gruesos barrotes de roble y un ingenioso mecanismo de bloqueo con barras transversales que no se puede alcanzar desde el interior.

El rey cumple su promesa de hacerme pasar hambre. Los dos primeros días, los guardias no me traen más que agua una vez al día, un pequeño tazón que raciono en muchos sorbitos.

Ninguna de las celdas cercanas está ocupada, así que me quedo solo en la penumbra con mis pensamientos y un hambre creciente. Ha pasado casi un año desde que sentí una soledad tan brutal. La montaña, la granja y el ejército—la tía Coyote, Sekalli y Quetzalmázatl, para ser preciso—me han mantenido cuerdo, me han mantenido el ánimo en alto, han mantenido vivas mis esperanzas.

Esta oscuridad silenciosa no permite ningún consuelo. Mis fallas están al descubierto. Me veo obligado a enfrentar mi imprudencia y el dolor que causa a los demás. Como Quetzalmázatl. ¿Su hermano también lo habrá castigado?

En el apogeo de mi odio hacia mí mismo, en lo más profundo de mi segunda noche en prisión, me pregunto si no sería mejor que me entregaran al emperador para ser ejecutado públicamente por su trémula mano vieja. Así se les advertiría a los demás que no sueñen demasiado, que no utilicen sus lastimosos y pequeños seres para competir contra las ruedas incesantes del mundo.

Luego, a la mañana siguiente, un milagro devuelve el asombro y la luz a mi vida.

Escucho movimiento en alguna parte, pasos y traqueteo, el girar de puertas interiores que separan secciones del cuauhcalco y evitan que los prisioneros escapen. Ayer, sonidos similares anunciaron mi tazón de agua, pero hay algo tentadoramente familiar en los pasos que ahora se acercan: unos pasos delicados y deslizantes en lugar de los pisotones de soldados brutos.

El perfume me llega primero, y no puedo detener las lágrimas que me brotan de los ojos.

Oh, por los Trece Cielos. Es Izcalloh. No sé cómo, pero ha venido.

—¿Majestad? —susurra, sondeando la oscuridad con música tentativa, haciendo patente mi realeza con unas pocas sílabas melódicas—. ¿Está aquí, Acolmiztzin?

Me llega una luz parpadeante cuando levanta su pequeña antorcha, como el amanecer de la primera mañana del mundo, cuando el nuevo sol vacilaba en el horizonte. Izcalloh viste su uniforme clerical, la misma falda larga bordada y blusa ondeante que vi en la calle hace algunos meses.

—Sí, noble Izcalloh, flor preciosa, queridísima amistad y docente. Estoy aquí, en la oscuridad otra vez.

Corre hacia mi celda y coloca la antorcha en un candelabro en la pared cercana antes de meter sus manos entre los barrotes y tomar las mías.

—¡Señor, perdóneme! He tardado demasiado en llegar a su lado. No merezco su misericordia, pero le juro que me he esforzado todos los días para entrar en esta prisión. Sin embargo, apenas esta mañana pude ganar el apoyo de suficientes miembros de los gremios sacerdotales y judiciales. La influencia del príncipe Quetzalmázatl fue clave. Muchos en este barrio lo respetan a pesar de las acusaciones de traición de su hermano.

Aliviado de saber que mi amigo chalca está ileso, aprieto las manos fuertes pero suaves de Izcalloh.

—¿Así que te has reunido con él? Te mencioné varias veces mientras discutíamos planes para una alianza. Se rió y asintió con la cabeza ante cada mención tuya, pero no quiso explicar qué le pareció tan divertido.

—Mi madre es su prima segunda —dice Izcalloh—. Gracias a esa conexión real, mi padre y yo hemos estado en relativa seguridad desde la caída de Tetzcoco. Aunque el príncipe y yo no nos conocemos bien, nos hemos topado en varios eventos desde que llegué. En el momento en que supo de vuestro arresto, antes de ser convocado él mismo, vino a visitarme al templo de la Dualidad Florida. Desde entonces, he estado solicitando reunirme con vuestra merced en función clerical, para ayudarle a ofrecer su confesión a la Devoradora de Pecados antes de que sea ejecutado por el emperador Tezozómoc.

La crudeza de esas palabras me hace temblar y casi caer de rodillas, pero Izcalloh me sostiene, sus manos deslizándose por mis brazos para agarrarme con más fuerza.

—Tranquilo, Acolmiztzin. Me dejaré desollar como sacrificio a Xipe Tótec antes de permitir que Chalco lo entregue al tirano.

No he visto esa fiereza en sus facciones desde que era un niño, sorprendido por la regañiza que me dio un día por burlarme de algún noble importante.

—Me conmueve tu lealtad.

Retira sus manos lentamente y me veo obligado a apoyarme en las barras para sostener mis piernas temblorosas. Izcalloh se arrodilla ante mí, presionando su bonita frente contra las losas.

—Perdone mi atrevimiento, pero no me mueve la simple lealtad, su majestad. Mi homenaje, mi destino, mi corazón esperan vuestras órdenes. —Su voz se quiebra ligeramente, temblando de emoción. Su habla se vuelve a la vez más formal y más íntima—. Solo existo para vos. Desde nuestra infancia. Pondré mi cuerpo y mi alma entre vos y el peligro, señor. Sois mi rey, mi señor supremo, mi jefe. Dedico ahora mi existencia a devolveros a vos el papel que os corresponde como el poderoso ciprés, cuyas anchas ramas dan consuelo y sombra al pueblo acolhua. Todo lo que debe hacerse, lo haré. Sin remordimiento. Sin arrepentimientos. —Levanta su rostro surcado por lágrimas para mirarme a los ojos—. Escuchadme, señor. Os pertenezco.

Trago pesadamente. Izcalloh me enseñó hace mucho tiempo cómo responder a tal declaración.

—De pie, acolhua leal. Tu rey recibe tu vasallaje y homenaje con un corazón alegre. Nuestro amor por ti no conoce límites. Ven al hueco de nuestro brazo. Acuéstate bajo la sombra de nuestra ala. Así como juras defendernos con tu vida, así te declaramos nuestra persona, intocable de todos bajo pena de muerte.

Izcalloh se levanta, toma mis manos y las besa.

—Ningún daño te sucederá —dice, volviendo a tutearme—. El príncipe y yo estamos ideando un plan. Antes de que termine esta trecena, serás libre.

Mete la mano en las amplias mangas de su blusa y saca un tamalli, todavía envuelto en su hoja de maíz.

—Debo tener cuidado con la cantidad de comida que te traigo —explica—, ya que los guardias son bastante minuciosos en su búsqueda. Pero te conseguiré algo de sustento todos los días.

Devoro el tamalli de inmediato, saboreando la masa de maíz y el relleno de frijoles picantes. Los guardias también le han dado a Izcalloh mi tazón de agua, y me lo pasa. Bebo con cuidado, una pequeña cantidad.

—El príncipe Quetzalmazatzin me contó una versión abreviada de tu historia, pero esperaba, si no estás demasiado cansado, que pudieras profundizar en lo que te ha sucedido desde la última vez que nos vimos.

Capto una pizca de preocupación nerviosa, como si Izcalloh sintiera una renuencia resignada.

Necesita saberlo todo. Estoy cansado de mis secretos, e Izcalloh es la única persona en el universo en quien puedo confiar por completo. Así que empiezo a hablar. La historia ocupa la mayor parte de la guardia y después nos quedamos en silencio.

Algo se contrae en el rostro de Izcalloh, un indicio de tristeza o decepción.

—¿Qué piensa hacer su majestad con la campesina chololteca? —murmura entrecortadamente, después del espacio de varios minutos incómodos—. ¿Todavía la . . . la ama, señor?

Mierda. No había considerado esta reacción como una posibilidad. Hay formas de evitar la conversación por completo, pero necesito a Izcalloh. Le tengo un cariño profundo, un sentimiento complejo y diferente de lo que siento por Sekalli. Así que decido ser lo más directo posible, sin insultarle.

—¿Mi amor por ella cambia algo para ti?

Izcalloh niega con la cabeza de inmediato.

—No. Nunca. Esto simplemente me . . . confunde. Antes de irme de Tetzcoco tú insinuaste que yo . . .

Ah. Ahora entiendo. Izcalloh había imaginado un período de exclusividad mientras me guiaba hacia la alianza matrimonial correcta. Nunca esperaba compartir mis afectos tan pronto.

—Que tú te unirías a mí en concubinato. Sí. Todavía te quiero a mi lado. Asesorándome a diario. Y más, Izcalloh. Libera esos miedos. Tienes mi corazón. Pero no me pidas que me olvide de Sekalli. No puedo darle la espalda a ese amor. Ella me cambió de maneras profundas, Izcalloh. Me hizo entender cosas sobre mí que estaban ocultas. Seré un mejor gobernante gracias a su familia y a ella.

La laringe de Izcalloh se balancea mientras traga y asiente.

—Y no puedo daros hijos. Es un impulso comprensible, señor. Sois el rey de Tetzcoco, jefe chichimeca, señor supremo acolhua. No me atrevo a contradecir vuestro derecho a amar a quien queráis, cuantas quiera personas que vuestro corazón sea capaz de amar. Siempre he sabido que reuniríais a múltiples amantes y esposas a vuestro lado. Así han vivido y gobernado siempre los reyes. Sin embargo . . . ¿tener a una plebeya como consorte? Es altamente inusual.

Este momento es crítico. Debo actuar con sabiduría, equilibrando mis emociones y necesidades con las de las personas que me importan. Mi padre es mi mejor modelo. Pienso en lo que habría dicho en mi posición.

—Acércate —digo, haciendo un ademán.

Casi tímidamente, Izcalloh se acerca. Extiendo las manos entre los barrotes y las pongo en sus mejillas. Mis dedos índices tocan suavemente las esquinas de sus ojos, donde los pliegues de sus párpados se superponen y se curvan un poco, como si sonrieran eternamente. Con mi toque, sus labios también se abren en una tímida sonrisa, y la sensación de hoyuelos que se forman debajo de mis palmas me conmueve de una manera que no puedo explicar.

—Abandoné a Sekalli. Puede que nunca quiera volver a verme. Pero aunque ella consienta estar conmigo, noble Izcalloh, hago solemne juramento. No tomaré ninguna decisión antes de que la conozcas y puedas aconsejarme completamente. Espero equilibrar mi amor y mis responsabilidades con tu ayuda.

Izcalloh asiente, poniendo sus manos sobre las mías.

Luego, cumpliendo un deseo que he sentido desde mi décimo verano, acerco su rostro y le beso a través de los barrotes.

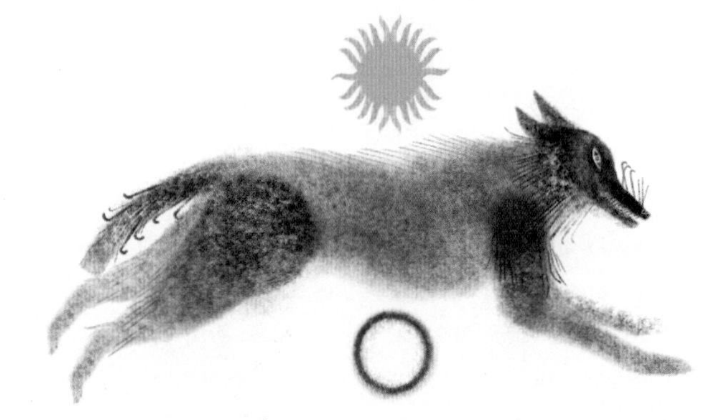

[27] EL CAMINO DE LA DUALIDAD

El sol floreciente

Una vez más, soy un niño:
me crispo ante la negrura
en la que formas se retuercen
como serpientes sombrías.

Insinuaciones de una realidad superior
o proyecciones de mi hambre
y la sed y la soledad,
me recuerdan a los monstruos.

El nexquimilli, ese bulto de ceniza
humana, rodando y gimiendo,
dejando oscuras nubes a su paso.

El centlapachton, duende torcido
cuya pequeñez desmiente su maldad.
Gatea por doquier, arrastrando el pelo.

El tzontecomatl, cabeza cortada
que sigue a los niños, rebotando y traqueteando,
mientras intenta morderlos.

Justo como me escuchabas gritar
y corrías a mi recámara
para abrazarme fuerte y callar con caricias
cada balbuceo de miedo, encendiendo velas
para disipar las pesadillas imaginarias.

Así ahora te adentras en esta prisión,
antorcha en alto como una divinidad,

como el sol, floreciendo al salir
de la sombría Tierra de los Muertos
para derramar sus rayos vivificantes.

Hoy, superado con la superposición
de pasado y presente, miedo y alivio,
clamo a ti en incipiente desesperación.

"¡Hermano mayor! ¡Querida amistad!
¿Soy un ser de sombras o de luz?
¿Traeré creación o destrucción?"

Tu sonrisa disipa la oscuridad
que aún perdura en mi corazón.
"Ninguna de esas dos opciones",
me susurras, sino ambas.

La Monarca de lo Cercano y de lo Junto
(Habla Izcalloh)

¿Quién dice que tienes que tomar una decisión?
¿Quién dice que esos caminos son diferentes?
Acuérdate del camino de tu padre el rey,
la fuente que él adoraba, la Dualidad.

Dondequiera que miremos, allí está:
un continuo entre dos polos opuestos,
cada uno de los cuales contiene al otro.

Heme ante ti. Mis padres y partera
me creyeron varón al nacer,
pero llevo la flor en mi corazón
que me tira hacia lo femenino,
y existo en medio como xochihuah.

Y la divinidad a la que sirvo,
Xochitéotl, comprende
hombre y mujer,
Xochipilli y Xochiquétzal,
un solo ser y dos a la vez,
amados en conjunto y por separado
por Huehuehcóyotl,
que también es de género fluido,
de orientación siempre cambiante,
abarcando en su totalidad tanto
la sabiduría como la insensatez,
la vejez como la juventud,
el bien como el mal.

¿La creación? ¿La destrucción?
son ambas meros dobleces
en el manto de la monarca
de lo cercano y de lo junto,
meros despliegues del todo.

El orden ni siquiera puede existir
sin caos que organizar.
El caos se convierte en nada
sin orden que destruir.

Debes abrazar lo podrido y lo creciente,
existir en la tensión entre los extremos.
Debes pararte en ambos lados.

Te amo y te sirvo, pero comprende:
tú no eres lo que más importa.
Tetzcoco lo es.

Existes para preservarlo,
para proteger a su gente,
para ayudarnos a prosperar
y entender
y florecer.

La ciudad— agua, tierra, gente —
es la joya que los dioses
encomendaron a tus manos.

Debes hacer todo en tu poder,
sea destructivo o creativo,
para preservar las vidas
y el sustento del mayor número
de las almas que se entrelazan
para engrandecer a Tetzcoco.

Ese es tu camino, señor.
Te ayudaré a andarlo.

Recordando las palabras de mi padre

Es una lección
que he aprendido
una y otra vez.

Debo canalizar
la destrucción
en el centro
de mi ser,
dejándola girar
dentro de la estrechez
de la disciplina,
apuntándola directo
hacia mi enemigo.

La guerra implica que
me convierta en conducto,
enfocando la violencia
por la lente de la habilidad—
el orden blandiendo el caos.

Mi padre tenía razón.
Izcalloh dice la verdad.
Y después de dos años,
me siento finalmente
listo para empezar.

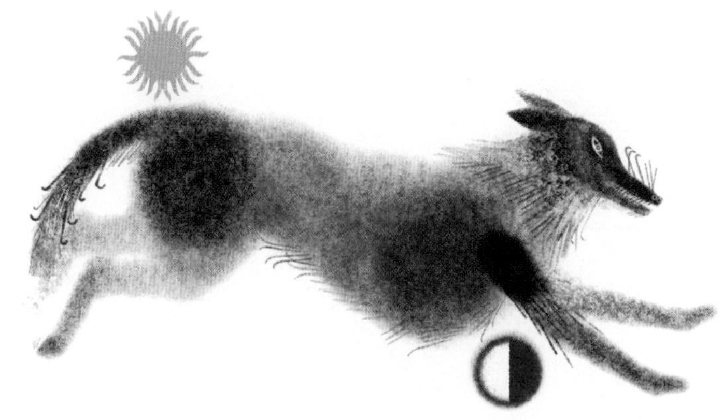

[28] RESCATE

Al séptimo día de mi cautiverio llega Izcalloh en compañía de otro: el príncipe.

—¡Quetzalmazatzin! —exclamo—. ¿Cómo lograste esta hazaña? Izcalloh me dijo que el consejo te había prohibido visitarme mientras se investigaban tus afirmaciones.

Él ignora mis preguntas.

—No tenemos mucho tiempo, Nezahualcoyotzin. A última hora, se ha asignado un nuevo hombre a esta guardia, ya que el soldado apostado se enfermó repentinamente.

Izcalloh me guiña un ojo. Claramente, la enfermedad no es por causas naturales.

—Sin duda, un supervisor llegará en breve para asegurarse de que se cumplan las restricciones sobre tus derechos de visita. Hay que actuar rápido.

El príncipe mueve los dos travesaños, abriendo la puerta de mi celda. Me hace un gesto con la barbilla.

—Quítate esa ropa. Tenemos que intercambiar uniformes.

—¿Perdón?

Izcalloh interrumpe.

—El príncipe Quetzalmazatzin permanecerá aquí en tu lugar mientras salgo contigo. Los soldados no se darán cuenta de lo que sucedió durante al menos media guardia. O, si los dioses nos favorecen, tal vez hasta el anochecer. A esa hora ya estaremos fuera de Chalco, en el paso alto entre los volcanes.

Desato mi capa, pero luego vacilo.

— ¿Por qué? —pregunto—. ¿Por qué hacer esto por mí?

—Es lo honorable —responde Quetzalmázatl—. Y tú te has ganado mi respeto y afecto. Además, se cantarán canciones sobre este día, amigo mío. Estamos a punto de transformar Anáhuac para siempre, tú y yo.

—¿Y las consecuencias? Liberarme es traición. Tu hermano no se detendrá por los lazos familiares o tus victorias militares.

El príncipe ha comenzado a quitarse la capa y la túnica elegantes.

—Al principio diré que fingías una enfermedad, sólo para dominarme cuando entré en tu celda para ver cómo estabas. Quienes te hayan visto en acción darán crédito a la historia. Posteriormente, estoy seguro de que mis aliados en toda la confederación pueden influir en el sentimiento político.

Izcalloh, que se ha dado la espalda para darnos un poco de privacidad, me regaña levemente.

—Le he dicho a su majestad cada día que se estaba formulando un plan. Confíe en que hemos considerado todas las opciones y nos hemos decidido por el curso de acción más seguro para todos los involucrados.

Suspirando, empiezo a desatar mi taparrabos.

—Lejos de mí contradecir a su alteza. Si me pide que le dé un puñetazo en la cara para que su historia sea más creíble, reuniré valor.

Quetzalmázatl no puede evitar reírse.

—Perfecto. Sigue así de peleonero, hermanito. Y cuando estés libre, organiza rápido una visita de estado oficial del gobierno acolhua en el exilio. El apoyo de mis aliados depende del cumplimiento de nuestros acuerdos.

Aunque se siente raro hacerlo, empiezo a ponerme sus prendas más lujosas y limpias.

—Tan pronto como regrese a Cholollan, me reuniré con mi tío y comenzaré los preparativos.

Una vez que hayamos cambiado completamente de ropa, Izcalloh encierra al príncipe dentro de mi celda.

—Te pareces lo suficiente a mí como para engañar al guardia, que no se atreverá a levantar los ojos hacia tu cara. He dado a mi séquito el día libre, así que sigue las indicaciones de Izcalloh y sal de Tlalmanalco lo más rápido que puedas.

Nos agarramos los antebrazos a través de los barrotes.

—Que te vaya bien, hermano mayor —le digo—. Nos volveremos a encontrar pronto.

Salir del cuauhcalco es fácil, aunque estresante. Izcalloh acelera el paso a unas quince varas, y pronto nos encontramos junto a uno de los arroyos que atraviesan la ciudad, dirigiéndonos hacia el este, hacia los campos que rodean a Tlalmanalco.

—Espera —le digo cuando un pensamiento repentino cruza por mi mente—. No puedes venir conmigo. Tus padres estarán en peligro.

—No me pidas que me quede, señor —suplica—. Ahora que se ha revelado tu identidad, necesitarás protección política de aquellos que se oponen al emperador. Y le has prometido a Quetzalmazatzin que enviarás un equipo de diplomáticos para negociar un tratado. Eres un joven brillante, pero te falta el arte de gobernar necesario para tales negociaciones. Seré tu asesore, tu voz, cuando sea necesario. Juro por mi destino proteger el tuyo.

—Aun así, en el momento en que Chalco descubra que me ayudaste a escapar, tus padres serán capturados y encarcelados.

Izcalloh hace un gesto delante de sí.

—He pensado en esa eventualidad. Y como no quise informar a mis padres hasta que estuvieras libre y seguro a mi lado, me las arreglé para que su mayordomo se reuniera con nosotros por acá cerca.

Un hombre delgado de unos cincuenta años nos espera junto a un santuario donde el arroyo gira ligeramente hacia el norte. Hace una reverencia cuando nos acercamos. Me acuerdo de él por las visitas que hacía a la asa de Izcalloh cuando era niño. Es tetzcoca, del barrio de los colhuahqueh. Su nombre se me escapa.

—Noble. Majestad. Me alegro de verles. ¿Querrán que transmita un mensaje a mi señor y señora?

—Sí —dice Izcalloh—. Necesitan salir de Chalco lo antes posible. Mañana, diría yo. Como puedes ver, estoy ayudando a nuestro rey a escapar a Tlaxcallan. Una vez que se descubra mi complicidad, mis padres estarán en peligro. Condúcelos, fiel Tocual. Llévalos a un lugar seguro.

Mi padre querría que hiciera todo lo posible para proteger a su amigo más antiguo y más querido. Les interrumpo con premura.

—Más bien, llévalos por la ruta sur hasta el límite de Tepeyacac con Tlaxcallan. Entre ese punto y Chalollan hay una finca familiar que le pertenece a Pólok, el chololteca. Pregunta a los plebeyos de la zona. Con mucho gusto te indicarán el camino. Allí los esperaremos para luego escoltarlos hasta el barrio acolhua de Chalollan.

—Como mande vuestra majestad —responde Tocual—. Si los dioses lo permiten, nos veremos dentro de unos días.

El sol ha comenzado a ponerse cuando decido que estamos lo bastante lejos de Tlalmanalco para descansar. Estamos en el bosque de piedemonte del Iztaccíhuatl. El arroyo que hemos seguido cae en una pequeña cascada delante de nosotros, formando un estanque poco profundo antes de continuar hacia el oeste.

—Necesito bañarme ya —digo, desatando la capa real de mis hombros—. El hedor de una semana en esa prisión todavía se aferra a mí.

Izcalloh sonríe.

—Es algo desagradable caminar detrás de ti, sí. Desvístete y entra al agua. Creo que vi un árbol de copalxócotl unas varas atrás. Recogeré algunos de sus frutos para que puedas tallarte.

Cuando se va, me quito el resto de la ropa prestada y me meto en el agua, manteniendo la cabeza y el cuerpo sumergidos para suavizar el impacto del frío. Luego encuentro un rincón perfecto para apoyarme, estiro las piernas y apoyo la cabeza contra una piedra perpendicular.

—Ten —dice Izcalloh, entregándome dos mitades de la fruta fibrosa y espumosa. Mientras me enjabono y me tallo, escucho como enciende una pequeña fogata. Siento alivio, porque salir de esta agua al caer la noche será muy incómodo sin una fuente de calor.

—Cuando era niño —digo, después de sentirme lo suficientemente limpio—, me lavabas el pelo. ¿Podrías hacérmelo otra vez?

—Por supuesto, mi señor.

Izcalloh se arrodilla en la orilla, detrás de la piedra donde estoy descansando. Pronto siento sus dedos flexibles, masajeando la espuma de otra fruta en mis greñas, amasando cálidamente mi cuero cabelludo y bajando suavemente por mi cuello, a lo largo de mis orejas.

Entregarme así a alguien en quien confío completamente es embriagador. Excitante. Se crea una intimidad inesperada por los dedos de Izcalloh en mi cabello. Cuando sus muñecas rozan mi cara, puedo oler el dulce aroma floral que ha llenado durante mucho tiempo mis sueños. Cada fibra de mi ser cobra vida, hormigueando, anhelando. Finalmente, no puedo soportar más la tensión. Me estiro y pongo las manos mojadas en el cuello de Izcalloh, acercándole para un largo y cálido beso.

¿Cuántas noches he imaginado estos labios, esa lengua?

La mano de Izcalloh pasa de mi cabello a mi pecho, luego se desliza hacia abajo con espasmos nerviosos a lo largo de mi vientre.

No hay forma de detenernos ahora, ni para Izcalloh ni para mí.

—Ven acá —murmuro roncamente contra su mejilla.

—Sí, amado mío.

No se escucha una palabra más, solo el susurro de sus ropas al caer al suelo.

Entonces Izcalloh está en el agua conmigo, sus miembros entrelazándose con los míos. Nuestros labios se deslizan sobre nuestros cuerpos hasta que nos fundimos, y mis brazos deseosos rodean su pecho mientras las estrellas parpadean con brillante deleite al presenciar nuestro acto de amor.

{29} DE VUELTA EN LA GRANJA

Las cenizas

Me despierto, con la cabeza acunada
en el hueco del brazo de Izcalloh.
Junto a nuestro petate,
el fuego se ha apagado
dejando ceniza caliente.

Aparto la manta,
mirando por un momento
nuestras lindas formas desnudas
antes de subir para sofocar
el calor persistente
con meados.

"¡Majestad!", regaña Izcalloh,
despertando con un sobresalto
cuando bocanadas de vapor
surgen del fuego extinguido.
"Un poco de decoro, por favor.
Sé que te instruí mejor."

Riendo, encuentro el bulto
de mi ropa y empiezo
a vestirme.

"Si no puedo bajar la guardia
contigo, querida amistad,
entonces con quién?"

Izcalloh suspira,
se envuelve con la manta

al ponerse de pie,
y se aleja
a los arbustos
para ocuparse
discretamente
de sus necesidades
y vestirse donde
nadie le puede ver.

A Tlaxcallan

Una vez más a través del paso,
ojos vagando por las rocas
esperando un vistazo
de ese collar de pelo blanco.

La bolsa de Izcalloh está llena
de deliciosas provisiones.
Tal vez mi falta de hambre
sigue alejando a la tía Coyote.

Cuando cruzamos a Tlaxcallan
Giro la mirada hacia Huexotzinco.
Hay un borrón en la distancia,
y creo verla correr.

"¿Qué pasa, majestad?"

Suspiro y pongo mi mano
en el hombro de Izcalloh.
"Nada. Un espejismo."

Damos vuelta al sur, a la sombra
del humeante Popocatépetl.
Cuando miro hacia atrás,
la silueta se ha desvanecido.

Encinta

Es casi la tarde del segundo día cuando
llegamos a la granja, con sus tres edificios:
casa, granero, cobertizo. Las milpas en abanico
de color marrón cobrizo, cual plumas de guajolote.

Omaka está jugando con una pelota de goma al lado
del desgastado camino de tierra. Levanta la vista
y me ve. Gritando de emoción, entra corriendo.
La familia sale cuando nos acercamos.

Los niños son más altos, sus sonrisas tensas.
Los ojos de Makwíltoch están llenos de alivio.
Pero la mandíbula y mirada de Pólok son duras
mientras Sekalli se adelanta a los demás.

Tan hermosa como siempre, un altivo desdén
se dibuja en sus labios y sus ojos de lechuza,
pequeña y flaca y nervuda, excepto que . . .
su vientre sobresale bajo su falda.

Dejando atrás a sus familiares, se acerca,
y con sus puños apretados empieza a golpear
la rica tela prestada que cubre mi pecho
hasta que sujeto suavemente sus muñecas.

"¿Estás embarazada? ¿Es mío?", pregunto.

"¿De quién más va a ser, bastardo?
¿A quién más he amado? Quién más
me sedujo con su dulzura?"

Izcalloh, quizás imprudente, interrumpe:
"No le hables así a su majestad, niña.
Él ha regresado, después de todo, incluso
con el peso de una nación sobre sus hombros."

Sekalli le mira de arriba abajo, furiosa.
"¿Quién en los nueve infiernos eres tú
para silenciar mi decepción hacia el padre
de mi hijo por nacer? No te metas."

Hago un gesto a Izcalloh.
Da un paso hacia atrás,
haciendo una reverencia.
Se me llenan los ojos de lágrimas.

"Sekalli, te pido perdón. Pero no tuve opción.
Mi madre y hermanos fueron masacrados,
unos asesinos intentaron matarme. Tuve que huir.
Para tu protección, amor. Y la de tu familia también."

"Espera, ¿«amor»? ¿Vas a seguir con esa mentira?
No creo que jamás hayas sido honesto conmigo.
Solo éramos un refugio conveniente para
«su majestad». Y yo era una moza fácil."

Su madre, asustada, trata de jalarla hacia atrás.
"Sekalli, detente. Vas demasiado lejos, niña."
La mujer que amo comienza a llorar,
agarrándose el vientre y temblando.

"¿Príncipe heredero? ¿Rey tetzcoca exiliado?
¿Cómo pudiste ocultarme esas cosas?

¿Por qué tuve que enterarme por extraños
luego de que me abandonaras sin una palabra?"

"Nadie podía saber que estaba vivo",
trato de explicar, "por el bien de mi pueblo.
Odiaba mentirte sobre mi identidad.
Pero todo lo demás era verdad."

"Digamos que te creo. Me amaste.
Me embarazaste. ¿Y luego? Has regresado
con un noble xochihuah, cuyos ojos
se ponen melosos cuando te mira.

"¿Le convertirás en tu consorte real?
¿Te casarás con alguna princesa para sellar
una alianza que te ayudará a retomar
el reino que tu padre perdió?

"¿Dónde cabe en tu vida la hija
de un granjero? ¿Qué futuro le espera
a tu hijo por una simple plebeya?
¡Destruiste mi vida como si nada!"

Mi alma se hincha con todas las palabras
que anhelo decir. Pero hice un juramento.
Torno mis ojos suplicantes hacia Izcalloh.
Suspirando, asiente una vez con la cabeza.

Y caigo de rodillas.

Mi consorte

¿Casarme con una princesa?
Jamás. No mientras respiras.
Voy a derribar el imperio,
reclamar mi ciudad y mi trono,
reunir de nuevo a los acolhua,
mi derecho como jefe chichimeca.
Y estarás a mi lado. Para siempre.
Nadie nunca ocupará tu lugar.

Escúchame bien, amada Sekalli—
te quiero como mi consorte real,
la que dará a luz a mis hijos.
Tus hijas serán damas finas,
tus hijos, príncipes acolhuas,
gobernantes de ciudades,
consejeros y generales,
clérigos y jueces.

Te tallaré un paraíso
en las colinas rocosas,
desviaré ríos para regar jardines
donde tu amor por la naturaleza
puede florecer como las plantas
que recogeré de cada rincón
del mundo rodeado de mar.

Si aceptas este lugar
en mi corazón, a mi lado,
si aceptas mi amor,

a tus padres y hermanos
nunca les faltará nada.

A Pólok, mi nuevo padre,
lo convertiré en cuauhpilli,
caballero de honor, elevando
Omaka y Yemasaton
a la nobleza también,
otorgándoles tierras y títulos.

Les debo mucho a todos ustedes,
Quiero mucho a cada uno.
Pagaré el precio que sea
por mis mentiras, si tan sólo
te dignaras a perdonarme.

Esta es la familia que elijo.
Anhelo hacerla parte
de la familia que heredé.

Atado a él

Todos se conmueven, incluso Pólok:
su mandíbula se destensa, sus ojos se enrojecen.
Sekalli, por una vez, se queda sin palabras.
Su madre la lleva a un lado y susurra
en furiosa insistencia mientras su padre
masajea sus hombros tensos,
y le da un beso en la coronilla.

"Hasta esta granja puede ser peligrosa",
Pólok me dice repentinamente.
"Incursiones, invasiones, sequía:
estoy dispuesto a considerar
una mejor opción."

Luego lleva a su familia adentro,
dejando a Sekalli con Izcalloh y conmigo.
Ella se agacha y toma mi mano,
poniéndome de pie. "Bésame, bebé lindo."
Nuestros labios anhelantes se encuentran.
Entonces Sekalli voltea para dirigirse a Izcalloh.

"No diré que sí hasta que entienda algo.
¿Quién eres? ¿Cuál es tu papel aquí?"

"Nuestros padres eran amigos de la infancia.
He enseñado y guiado a Acolmiztzin
desde que él era niño. Me dediqué totalmente
a su servicio bajo las órdenes del rey.
Pero no fingiré que eso es todo lo que hay.
Amo a su majestad, aunque por razones

que tal vez no alcanzarías a comprender,
no es mera atracción u obsesión."

"¿Y él te ama? Realmente no quisiera
compartir su amor. Esa tradición real
siempre me ha parecido rara."

"Me ame o no, el rey tendrá a otras personas,
doncella Sekalli. Por mucho que deseemos
exclusividad, él es más importante que eso.
Le pertenece a su pueblo, sí, pero también
debe abrir su palacio a muchas mujeres
por razones políticas que te enseñaré."

Sekalli nos mira, sopesando estas palabras.
"Puedo con eso. Pero, bebé lindo,
tu cariño por tu xochihuah es casi palpable,
como el sol en mi piel o el viento en mi pelo.
¿Lo niegas, Neza? ¿Que le amas?"

El impulso de mentir es fuerte, de tejer una red
de distracciones fantasiosas que oscurecen la verdad.
Pero este momento requiere honestidad.

"Claro que amo a Izcalloh desde hace años.
Pero no hay nada en ese amor que temer.
No cambia lo que siento por ti, no representa
un peligro ni una rivalidad en absoluto."

Sekalli da un resoplido.
"¿Pero aún planeas,
no es así, tomarle

en concubinato?
No me mientas."

Este arreglo es difícil para ella, ya lo sé.
Los plebeyos tienen un solo cónyuge,
aunque la muerte o el divorcio
puede llevarlos a otro
y muchos tienen amantes también.
Pero la poligamia de los reyes
les parece una rareza.

Izcalloh de repente se atreve
a tocar el brazo de Sekalli.

"Me he ligado a él por el deber,
la herencia y un profundo respeto.
Me necesita siempre a su lado.
Ahí es donde pertenezco."

"No necesitas un arreglo formal para
estar a su lado, noble. A menos de que
quieres compartir su cama también."

"Doncella Sekalli, en esta tierra resbaladiza
sobre la que vivimos, no hay otra manera
de estar con él en todo momento.
Quizás tú y yo podamos construir
un mundo nuevo en el que
existan otras normas."

Antes de que Sekalli pueda replicar,
una caravana se acerca precipitada,
levantando una nube de polvo.

¿Cuántos morirán por mí?

Izcalloh reconoce al grupo de inmediato.
"¡Padre! ¡Madre!", exclama con alivio
cuando un palanquín se baja al suelo.
El mayordomo Tocual ayuda a salir
a su señor y señora, los padres de Izcalloh.

Mientras la señora Azcálxoch abraza a su hije,
el señor Cihtli se dirige a mí, mirando
brevemente a la descalza Sekalli.

"Acolmiztzin, mi señor, hemos venido
como mandaste, abandonando todo.
Sepa, sin embargo, que Chalco nos sigue.
Estábamos haciendo los preparativos
cuando nos llegó la noticia:
el príncipe Quetzalmazatzin fue decapitado
por traición a la orden de su hermano el rey."

Las palabras son golpes en mi corazón.
Doy un paso tambaleante hacia adelante.
"¿Sin juicio? ¿El consejo lo aprobó?
¿Y cómo que los sigue Chalco?
¿Vienen en pos de ustedes?"

"Muchos de los que conspiran con Izcalloh
y el príncipe se volvieron en su contra,
y el rey decidió que había que actuar.
Después de la ejecución, envió soldados
a nuestro hogar. Apenas escapamos.

Han estado cazándonos desde el principio,
tal vez tres guardias detrás de nosotros."

Horrorizado, miro a Sekalli, Izcalloh,
la granja no fortificada que brilla roja
en la luz moribunda del atardecer,
como si ya ensangrentada por el conflicto.

Tenemos hasta el amanecer, como máximo.
¿Cuántos más morirán por mí?

[30] VISITA INESPERADA

Es imposible escapar. La ciudad más cercana es Cholollan, y allí la Mano Mortal espera mi regreso. En cambio, envío a Tocual y a dos de los guardias del señor Cihtli a Cholollan para informar a mi tío y solicitar ayuda inmediata. Es difícil dormir esa noche, y no sólo por la amenaza inminente de una compañía de guerreros chalcas que descenderán sobre la granja. Incluso restando los tres mensajeros que he enviado, todavía hay dieciocho personas que necesitan dónde acostarse.

La señora Azcálxoch hace que el personal de su casa duerma al aire libre, donde los tres guardias restantes se turnarán para vigilar. Pólok y Makwíltoch ceden sus dormitorios a los padres de Izcalloh y llevan sus colchonetas a la habitación de los niños.

Eso nos deja a Sekalli, a Izcalloh ya mí en el espacio común en el lado oeste de la chimenea, tratando torpemente de acomodar nuestros petates sin dañar más nuestras relaciones inciertas.

—Maldita sea —dice Sekalli al fin—. Ya pon tu petate entre los nuestros, Neza. Dormiré más cerca de la hoguera. Tu oficiante puede abrazar la pared si no aguanta la soledad.

—Si ella cometiera un desliz y se dirigiera así a su majestad frente a otra gente —murmura Izcalloh—, podría desencadenar una crisis política. O al menos un escándalo que no se desvanecería pronto.

—Soy plebeya, no idiota —sisea Sekalli—. Soy perfectamente capaz de usar un discurso reverencial cuando sea necesario. Pero ni loca lo voy a hacerlo sólo para satisfacer tu sed de adoración. Mátalo con palabras bonitas todo lo que quieras, Izcalloh. Si soy dueña de su corazón, entonces cuando estemos solos, hablaremos como iguales. ¿Te quedó claro? ¿O te lo vuelvo a explicar usando honoríficos?

—Ya, Sekalli. Tranquila. —Desenrollo mi petate entre los suyos—. Por supuesto que quiero que me hables informalmente cuando estemos solos. Izcalloh, por favor deja de pelear por todo.

Por un momento, la idea de pasar las próximas décadas arbitrando sus conflictos me hace estremecer. Luego pienso en cómo mi madre finalmente encontró una manera de tratar a las concubinas de mi padre como hermanas menores, y me consuela el viejo adagio de que la costumbre hace que todos los sabores extraños sean aceptables.

Las miradas de irritación que me echan, seguidas de las rápidas sonrisas de solidaridad que intercambian, sugieren que Sekalli e Izcalloh pronto encontrarán puntos en común.

Nos quedamos allí en silencio durante lo que parece una eternidad. Mis pensamientos siguen volviendo a Quetzalmázatl, su valor al tomar mi lugar, la crueldad viciosa de su ejecución. Tengo tantas almas que llorar, tantas muertes que vengar.

Pero primero debo sobrevivir. Esta noche y todas las demás entre este momento y el día en que vuelvo a entrar en Tetzcoco, triunfante.

Me sorprende sentir la mano de Sekalli tocar la mía. Nuestros dedos se entrelazan en la tenue luz de la hoguera, y me pongo de lado para mirarla.

—Mantén a mi familia a salvo —susurra—. Voy a confiar en ti; creo que lo que has dicho es verdad. Pero no dejes que los chalcas lastimen a mis padres ni a mis hermanos, bebé lindo. No te perdonaré si lo hacen.

Llevo su mano a mis labios y beso esos dedos delgados.

—Lo juro.

Después de dos horas de sueño agitado, la mayoría de nosotros estamos despiertos mucho antes del amanecer. A pesar de las objeciones de Makwíltoch, la señora Azcálxoch hace que su personal prepare el desayuno, aunque el arreglo es que la esposa del granjero prepare las tortillas, su orgullo culinario.

Después de informarle al señor Cihtli que Pólok ahora es un cuauhpilli de Tetzcoca, el noble levanta su discurso y trata a mi suegro con el respeto que le daría a cualquier hombre de su mismo nivel. Las tensiones de la tarde y la noche anteriores se desvanecen cuando el alba emerge de su hogar debajo del horizonte, pintando el cielo con un tumulto de colores brillantes.

Todavía no hemos terminado de comer cuando un guardia irrumpe en la casa.

—¡Los chalcas están aquí, acercándose a través de las milpas!

Agarro la espada de Quetzalmázatl y salgo corriendo, seguido por el guardia y el señor Cihtli. Al rondar la casa, veo movimiento en tres campos diferentes.

—Tres escuadrones. Sesenta hombres.

—Probabilidades pésimas para nosotros cinco —dice Cihtli arrastrando las palabras.

—Seis —corrige una voz detrás de nosotros. Pólok ha salido, empuñando un enorme garrote con navajas de obsidiana incrustadas en su bulbosa cabeza—. Estudié en un telpochcalli en Chalollan cuando era adolescente. Luego luché contra los tepanecas. No dejaré que estos bastardos toquen a mi esposa o a mis hijos.

Cihtli acepta una espada de uno de los guardias. Nos separamos para proporcionar la protección más amplia posible.

—Solo tenemos que aguantar hasta que mi tío llegue con refuerzos —les recuerdo, volviendo a calcular el tiempo de ida y vuelta a Chollan—. Que será, quieran los dioses, en cualquier momento.

Entonces saltan los chalcas de entre los tallos de maíz y comienza la lucha. Los guardias del señor Cihtli son valientes, pero están fuera de forma. Sus atacantes los empujan hacia atrás, y en cuestión de segundos los tres están sangrando por múltiples heridas.

Aunque el señor Cihtli tiene poco más de sesenta años, una vez fue general de Tetzcoco, veterano de múltiples guerras. Los instintos militares se activan y lanza un ataque frenético contra los chalcas, avanzando *hacia* el escuadrón que tiene delante, tajando y rebanando en un estilo poco elegante, pero mortalmente violento.

Pólok simplemente se mantiene firme y golpea con su arma pesada a cualquier soldado chalca lo suficientemente tonto como para acercarse. Cuarenta años de niño y de hombre labrando la tierra le han dado a mi suegro tendones de jaguar, y sus golpes son demoledores.

Veo todo esto desde los bordes de mi percepción. Mi corazón se hincha con las palabras que dijo mi madre en la última noche de mi infancia.

«El amor es delicado, frágil. Aprende a guardarlo en lo profundo de tu corazón, rodeado de carne disciplinada, mente aguda, defensas resueltas y sobrias. En esta vida, no hay otro camino que luchar para proteger lo que te importa. En lo más profundo de tu desesperación, recuerda. Debes convertirte en un escudo contra el viento para la flameante llama de la devoción».

Observo al enemigo por un momento. Entonces lo capto, el ritmo de estos brutales cabrones invasores, estas bestias que me quitarían la última gota de alegría, que apagarían la luz divina en los ojos de mi gente.

Aullando mi amor a los cielos, me convierto en un torbellino de destrucción.

El tirón de la gravedad se afloja. Salto y giro, y el filo de mi espada corta gargantas, abre venas, desgarra cartílagos, rompe huesos.

Cinco hombres caen ante mí. Diez.

El undécimo, con el rostro lleno de ira y horror, viene hacia mí con una alabarda, decidido a mantenerme a raya, buscando atravesarme como a una rata.

Pero me abalanzo contra él y brinco sobre su lanza, blandiendo mi espada con cada onza de fuerza mientras le caigo encima, con todo mi dolor y rabia.

La espada le atraviesa el cuello, tumbando su cabeza al mismo suelo que trabajé junto a la familia de mi amada. La sangre brota de los hombros vacíos del hombre, rociando esa rica tierra, que bebe su vida como si estuviera desesperada por saciar una sed infernal.

Un grito suena detrás de mí.

Los guardias han caído. Una docena de chalcas rodean a Pólok, que da vueltas, cegado por un corte en la frente que chorrea sangre sobre sus ojos.

Corro en su ayuda, saltando al círculo y peleando espalda con espalda con él, gritando instrucciones.

—¡Viene uno hacia usted del sur-suroeste! ¡Otro directamente en frente! ¡Dele un garrotazo ya!

La situación se está poniendo grave. Los veintitantos soldados restantes se separan del señor Cihtli, que ha caído, agarrándose la pierna, y se unen al ataque contra nosotros. Pólok cae de rodillas. Me paro sobre él, girando mi espada para desviar los ataques.

Pero me estoy cansando.

Y son demasiados.

Siento una navaja morder mi costado. Sangre se derrama del corte punzante.

Otra en mi pierna derecha. Luego mi izquierda.

No, aquí no. Así no. Si mi muerte es todo lo que querías, ¿por qué demorar tanto?

He hecho lo que querías. Me he convertido en un agente de tu voluntad.

¿No estás escuchando? Maldito seas, Tezcatlipoca. Sabía que me abandonarías.

Y como en respuesta, un gruñido familiar rompe el estruendo del tumulto.

Mi coyote.

Mi corazón se hincha de amor y alivio al ver su cuello blanco, destellando mientras salta.

Se arroja sobre los soldados incrédulos, chasqueando sus poderosos dientes, desgarrando brazos y piernas, aullando como un monstruo surgido del mismísimo Mictlán.

Asustados, gritando de dolor, los soldados se retiran por un momento.

La tía Coyote, gimiendo al verme herido, me acaricia con el hocico y lame mis heridas.

—¿Estás bien, tía? —pregunto al inspeccionarla—. Eso fue una locura. ¿Por qué te arriesgarías tanto? Estos no son venados, compañera.

Presiona su nariz contra la mía, y sus inteligentes ojos dorados miran profundamente en mi alma. Luego ella ladra suavemente como si dijera: «Tonto. Eres mi amigo. Por supuesto que debía acudir en tu ayuda».

El señor Cihtli se acerca cojeando. Su herida es solo superficial, por fortuna.

—Es una bestia notable, majestad. Sin embargo, el respiro que nos ha ganado será breve. Mire. Vuelven los chalcas.

Sin quitarle la vista al enemigo invasor, me ayuda a ponerme de pie. Pólok, limpiándose la sangre de la frente, se esfuerza por pararse a nuestro lado.

Con gestos de complicidad, formamos un triángulo, hombro con hombro, mirando hacia afuera.

La tía Coyote ruge, agazapándose a mis pies.

Los soldados nos rodean, comienzan a estrechar su círculo, acercándose con espadas y lanzas extendidas.

—Matemos a cuantos hijos de puta podamos —escupe el señor Cihtli con sorprendente crudeza—, para que se compongan canciones sobre lo que lograremos este día.

Levantamos las armas.

Y el aire se llena de repente con un silbido sibilante.

Plaf. Plaf. Plaf.

Flecha tras flecha perforan el pecho, los brazos y las piernas de nuestros atacantes. Con gritos de muerte, caen al suelo uno por uno.

Vuelvo la mirada hacia la carretera.

No estoy preparado para ver lo que me espera.

Veinte arqueros mexicas están preparando sus arcos para otra andanada. Detrás de ellos se halla mi tío Zácatl, con el puño en alto.

—¡De nuevo! —grita.

Se escucha el tañido de las cuerdas de los arcos, el golpe sordo de las puntas de obsidiana contra la armadura y la piel.

En segundos, todos los chalcas restantes yacen muertos o retorciéndose.

—Ni en mil años podría haber predicho esto —murmuro, tocando la tierra empapada de sangre—. ¿Es esto obra tuya, madre? ¿Abogas por mí incluso allí, en el inframundo, suplicando a los dioses?

Pólok no espera una explicación. Entra corriendo a la casa, gritando los nombres de su esposa e hijos. El señor Cihtli deja caer la punta de su espada contra el suelo, apoyándose con fuerza en el pomo como si fuera un bastón.

La coyote me acaricia con un gemido suave. Palmeo el suelo y me pongo de pie.

—¿Zacatzin? —exclamo, todavía estupefacto—. ¿Qué . . . ? Digo, ¿cómo . . . ?

Los mexicas bajan sus arcos, dejando pasar a su comandante. Cruza las varas entre nosotros con una sonrisa.

—Acolmiztzin, mi sobrino más querido. Es tan bueno verte con vida.

Nos abrazamos por un momento. Tiemblo de emoción, pero me controlo mientras nos separamos para mirarnos el uno al otro con asombro.

—Tú primero —digo simplemente—. Solo cuéntame todo.

Zácatl ladea la cabeza y respira hondo.

—Sí, eso es lo más lógico. Hace como . . . ¿medio año? Sí, hace diez meses solares, un mensaje de Cholollan llegó a tu tía Azcatzin en Tenochtitlan. Era de la hermana de tu padre, y explicaba que sí estabas vivo y que habías estado viviendo en una finca aquí en las afueras de Tlaxcallan. Explicó que la Mano Mortal andaba detrás de ti y pidió ayuda para mantenerte a salvo. Bueno, tú conoces a Azcatzin. Inmediatamente fue a las casas de todas sus hermanas y medias hermanas, todas sus cuñadas y primas. Sus palabras y reputación tuvieron un impacto poderoso: todas esas mujeres tenochcas, la mayoría de ellas relacionadas con el emperador, se solidarizaron con ella cuando hizo una petición a Tezozómoc.

—¿Dices . . . directamente? ¿En Azcapotzalco? ¿Qué le pidieron?

—Que te perdonara. Salvar tu vida. Permitirte libertad condicional. Ese viejo bastardo se tomó su tiempo para pensarlo. Probablemente tenía a su hijo de mierda susurrando todo tipo de odio a su oído. Pero luego recibió un mensaje del rey Toteocih en Chalco diciendo, al parecer, que eras prisionero allí. Un error tonto por parte de Toteocih intentar usarte para chantajear al emperador. Tezozómoc odia a los chalcas mucho más que a ti. Es una de las razones por las que nos pidió que les hiciéramos la guerra. Para fastidiar a la confederación, declaró que ya no eras un hombre buscado, otorgándote la libertad siempre y cuando te mudes a Tenochtitlan y permanezcas allí.

Por un momento me quedo inmóvil, con la boca abierta. El mismo hombre al que estoy decidido a matar, la persona responsable de la masacre de mi familia, la caída de mi ciudad, el exilio de mi pueblo . . . ese tirano rabioso está retirando la amenaza de muerte a cambio de *¿qué*? ¿Mi encierro de por vida en la isla de México? ¿De verdad cree el emperador que consentiré en ser una de sus mascotas? Bastardo. Su arrogancia y crueldad no tienen límites.

Al mismo tiempo, Tezozómoc me acaba de hacer un favor increíble.

Una sonrisa astuta se retuerce en mis labios. Ya no tengo que huir, ni mis seres queridos tampoco. Pero además, el tonto decrépito me está poniendo justo donde siempre planeé ir.

Casi me abruma de nuevo la sensación de un destino divino, como si la Monarca de lo Cercano y de lo Junto hubiera rotado las ruedas cósmicas un diente de engrane más cerca de un futuro oculto.

Zácatl entrecierra los ojos ante las emociones encontradas en mi rostro. Antes de que comience a interrogarme, necesito entender completamente lo que ha sucedido.

—¿Cómo pudiste encontrarme *aquí*?

—Aunque el rey Chimalpopoca no estaba muy complacido con el comando imperial, sabía que tenía que cumplir. Entonces me mandó a mí, su hermano menos querido, a que fuera a buscarte a Tlalmanalco. Por supuesto, cuando llegamos, nos enteramos de que habías escapado con la ayuda de algún príncipe. Lamento decirte que fue decapitado.

El recordatorio de la muerte de Quetzalmázatl me vuelve a impactar. Me froto los ojos, maldiciendo entre dientes.

—No debería haber dejado que me liberara. Todavía estaría vivo.

Zácatl se inclina hacia mí, la preocupación tensando sus rasgos.

—Ah, Acolmiztzin. Pero te habrían decapitado en su lugar. ¿Era tu amigo ese príncipe chalca?

Asiento, callado.

—Pues, dio su vida por ti. Ahora se abre camino a través de los cielos junto al sol. Ánimo, sobrino. No todos los hombres pueden elegir un fin tan noble.

Por un momento escucho la voz de Quetzalmázatl, más grave que la mía, cantando ese triste refrán: «Los amigos son como las flores: florecen brevemente y luego se van para siempre».

—¿Por qué la granja? —pregunto una vez que recupero mi compostura.

—Oh, sé cómo piensas, mi querido sobrino. La granja es la opción más cercana y lógica. Así que nos apresuramos por el paso y hasta la frontera de Tlaxcallan con Tepeyacac. Otras personas nos señalaron este lugar, y luego llegamos sólo para descubrir que te estaban partiendo el hocico.

Me río, a mi pesar, aliviado por nuestras bromas habituales.

—Tío, eso no es justo. Yo personalmente maté a quince hombres en menos de un cuarto de guardia.

Encoge de hombros y señala a sus hombres.

—Habrías estado muerto en una fracción de ese tiempo si no hubiéramos matado al resto. Puedes ser un poderoso guerrero y aun así recibir una paliza, príncipe heredero.

—No es un príncipe heredero —dice Izcalloh al salir de la casa con los demás—. Es el rey de Tetzcoco, señor supremo acolhua, jefe chichimeca.

Zácatl bate las manos en respuesta.

—Lindos títulos. Por desgracia, ahora otros hombres también los reclaman, así que tiene un camino por recorrer antes de que lo llame «mi señor». En este momento, su apodo más importante es sobrino del rey Tenochca. Después trabajaremos en lo demás.

Sekalli e Izcalloh se preocupan por mis heridas durante la mayor parte de una guardia, lavando y vendando los cortes. Sekalli me maldice por atreverme a lastimarme. Izcalloh me hace saber su disgusto de maneras menos directas y más corteses. Pero siento su amor, cálido y reconfortante. Y trabajan conjuntamente, en tándem, con el deseo compartido de curarme y castigarme.

Mirándoles de lejos, con la cola rebotando de vez en cuando contra los tallos de maíz, se halla sentada la coyote, como si espera confirmar que estoy bien.

Cuando me pongo de pie y la saludo con la mano, da un ladrido agudo, agacha la cabeza una última vez y luego sale corriendo hacia el volcán. Tengo que luchar contra las lágrimas. Sekalli e Izcalloh entienden por instinto, y cada quien toma una de mis manos mientras la veo alejarse.

Los humanos que quedamos comenzamos a arrastrar los cuerpos chalcas a una fogata en medio de un campo baldío. Luego, otro grupo de soldados llega apresurados a la granja, exigiendo verme.

Limpiándome el hollín de la cara, doy la vuelta al granero para encontrarme con ellos.

Son guerreros acolhuas de Chalollan, dirigidos por mi tío Coyohuah, acompañados de Tocual y los dos guardias que envié con él. Por fin.

—¡Majestad! —exclama mi tío, corriendo a mi lado—. ¿Hemos llegado demasiado tarde? Veo heridas vendadas. ¿Fue gravemente lastimado, señor?

—No, Coyohuahtzin. Llegaron refuerzos. —Hago un gesto a los mexicas que cargan a los chalcas muertos—. El hermano menor de mi madre, Zacatzin.

Explico la situación mientras los otros hombres se reúnen: el señor Cihtli, Pólok, Zácatl. Miro a mi alrededor buscando a Izcalloh, y le hago un gesto para que se acerque.

—Me alegro de que estés aquí, Coyohuahtzin. Recordarás a Cihtzin, el amigo más cercano de mi padre. Lo encomiendo a él y a su esposa a tu cuidado. Llévalos a nuestro calpolli en Chalollan. Ocúpate de que tengan una mansión digna. Enviaré bienes valiosos como recompensa muy pronto. —Me dirijo al padre de Izcalloh—. Debo pedirle que realice dos servicios importantes, señor. Primero, continúe como mi embajador en su nuevo hogar. Tenemos mucho que coordinar y arreglar.

—Por supuesto, majestad. Como serví a su padre, así le serviré a vuestra merced. ¿Cuál es el segundo servicio que me pide realizar?

Inhalo profundamente.

—Concédame a su prole, Izcalloh, en concubinato. Le necesito, y le trataré con el mayor amor y respeto. Sé que nunca se ha apartado de su lado. Sé que la señora Azcálxoch le extrañará mucho. Pero le verás a menudo, ya que será mi portavoz con los refugiados acolhuas. Izcalloh viajará a Tlaxcallan dos veces al año, para ayudarlos a prepararse para el día que los dioses ordenen para nuestro glorioso regreso a la patria.

El señor Cihtli se vuelve hacia Izcalloh, y su expresión normalmente impasible se suaviza con afecto.

—¿Es este el destino que deseas, mi joya preciosa?

—Sí, padre. Lo amo y deseo servirlo siempre.

El general veterano luego cae de rodillas y se dirige a mí.

—Siendo esta su voluntad y la suya, señor, me siento honrado de poner a mi única prole en sus manos. Cuídele bien, como hemos hecho su madre y yo.

Al anochecer, han partido para Chołollan. Zacatzin y sus hombres arman un campamento afuera. Llorando, Izcalloh se retira a los dormitorios de Pólok y Makwíltoch para calmar su dolor por la separación, y Sekalli y yo nos sentamos juntos, mirando las llamas moribundas del hogar.

—Cumpliste tu promesa —dice finalmente, tomando mi mano entre las suyas.

—Poloktsin *resultó* levemente herido —digo, y ella sonríe al oír la forma reverencial del nombre de su padre—, pero de hecho sí lo protegí con mi vida. Y no permití que los chalcas entraran en esta casa. Por eso espero que puedas creer en mi próxima promesa: te mantendré a salvo, amada, mientras esté con vida. A ti. A nuestros hijos. A tus padres. A tus hermanos.

Sekalli me aprieta las manos.

—Sí que sabes dar discursos, Neza.

—Todo lo que tienes que hacer . . . —continúo.

—Y aquí viene la trampa —murmura, aunque solo está bromeando, silbando en la oscuridad incognoscible de nuestro futuro.

—Todo lo que tienes que hacer —repito, levantando una ceja con fingida frustración—, es decir que sí. Que serás mi consorte real, a mi lado, amándome mientras podamos amar. Luego, mañana partiremos a nuestro nuevo hogar en el corazón del lago de la Luna.

Sus ojos redondos de búho brillan con lágrimas de alegría y el reflejo de chispas danzantes.

—Está bien —susurra en el aire fresco de la noche—. Hagámoslo, bebé lindo.

{31} VISIÓN

Llegando a Tenochtitlan

Después de una oración al amanecer,
dejamos atrás las múltiples milpas
para viajar a través del paso a Colhuacan,
tierra controlada por los mexicas.

Al día siguiente, tomamos canoas
desde la ciudad de Iztapalapan
a través del sur del lago de la Luna
a la isla de México, ese paraíso
de verdes jardines y estuco blanco,
adornado con frescos y sauces.

Los recién llegados se asombran
al navegar los anchos canales
de Tenochtitlan, que se amplia
un poco más cada día al dragarse
y depositarse cieno negro
en sus bordes elongados.

Para mí, la llegada es tensa.
Buenos recuerdos y malos,
encimados en palimpsesto:
familia y enemigos,
infancia y presente.

Por fin llegamos a la casa de Zácatl
donde nos reciben mis tías
y las demás mujeres nobles
que han luchado para ganar
libertad para mí y los míos.

Una vez que nos hemos instalado,
comienza una fiesta de bienvenida:
mi tía Ázcatl da un discurso,
asperjando vino a los dioses
en aprecio adorador
de una familia reunida.

Por ahora, al menos,
nosotros somos todos,
aunque claramente
no mexicas,
tenochcas.

Guerra evitada

Al día siguiente, es hora
de presentarme ante el rey
con mi consorte y concubine.

La mueca altiva de Chimalpopoca
se vuelve sonrisa condescendiente
cuando los tres nos arrodillamos.

"Nos rompe el corazón, sobrino,
que tu padre eligiera este destino
por él mismo y por ti.

"Empero, ahora extendemos las alas
para reunir a tu pequeña familia
y protegerla con garra y pico.

"Incluso hemos controlado la crisis
que precipitaste en Chalco. Tlacaéllel,
sacerdote del fuego de México . . .

"Ha accedido a casarse con Maquiztli,
antes la prometida del mismo príncipe
que perdió la vida por facilitar tu huida.

"Su padre, el rey de Amaquehmecan,
se unirá a nosotros por este matrimonio,
que marcará el comienzo de la paz.

"Lo creas o no, esa es nuestra voluntad:
la paz, bajo la mirada sabia y atenta
de nuestro abuelo, el emperador.

"Hay lugar para ti en nuestro mundo,
pero primero debes revertir la declaración
que hiciste el día de nuestra coronación."

Chimalpopoca se inclina en su trono.
"Debes declararte mexica, muchacho.
Entonces estaremos seguros de tu lealtad."

Trago saliva y mi estómago se revuelve.
"Ante su majestad y Huitzilopochtli,
Dios Supremo, Señor del Sol y la Guerra . . ."

Hago una pausa, el puño sobre el corazón.
"Afirmo a todos que soy un mexica orgulloso,
vástago de la Casa de Acamapichtli."

Mi tío sonríe, satisfecho por fin,
ahora que mi humillación es completa.
"Bienvenido al imperio, sobrino."

El águila dorada

Esa noche, después de dar vueltas y vueltas
al lado a Sekalli en nuestros amplio lecho,
tengo un sueño. Quizá una visión.

Una voz retumba desde un huracán:
"Date cuenta de tus formas nahualli,
jefe chichimeca, y ¡ataca!"

La estrella de la mañana se eleva sobre
esa tormenta oscura y arremolinada,
enviando magia parpadeante hacia mí.

Mi cuerpo comienza a temblar,
y, de repente, plumas brillantes
brotan de mi piel estremecida,
como las plumas de Coyotlinahual,
y me transformo en
una enorme águila dorada.

Me elevo a los cielos,
y el viento me lanza
hacia Azcapotzalco.

El palacio imperial se asoma abajo,
y caigo como una piedra catapultada
irrumpiendo en la sala del trono.
El viejo Tezozómoc da gritos
cuando me lanzo sobre su cuerpo
para desgarrarlo con el pico.

Mientras muere, mira
cómo devoro su corazón.

Y de nuevo me estremezco y me transformo.
Mi piel se abre, revelando pelaje, garras y fauces
al convertirme en un jaguar
que roe sus pies y piernas
mientras huyen las hormigas.

El emperador ha muerto,
derribo su palacio,
luego salto a las montañas,
y voy cavando profundo
con gruñidos atronadores
hasta convertirme
en su caliente,
palpitante
corazón.

{32} EL FUTURO FLORECE

SÓLO CONOZCO A un hombre que puede interpretar este sueño. Acercarme a él podría ser peligroso. Sus motivos siempre han sido inescrutables, incluso cuando era un adolescente. Revelarle mi sueño ahora podría traer consecuencias catastróficas si juzgo mal su carácter. Pero necesito aliados poderosos si voy a enmendar lo que me han hecho a mí ya los míos. Personas que puedan alterar a mi favor las realidades políticas de Tenochtitlan.

Así que tan pronto puedo, visito a mi tío Tlacaéllel en su palacio, donde los cortesanos y sirvientes hacen los preparativos para recibir a su esposa.

—Acolmiztzin —comienza cuando nos sentamos en su cámara de meditación—. O, más bien, Nezahualcoyotzin, un nombre que prefiero. Me alegro de tu visita, sobrino. Desde que supe que fuiste tú quien con su estrategia le dio la ventaja al ejército chalca contra nosotros, he sentido tanto alivio como un gran orgullo. No me sorprende que te hayas convertido en un líder militar tan efectivo. Mis respetos.

Sospecho que está siendo sincero. La filosofía militar que ambos pueblos heredaron de los toltecas enfatiza el respeto por los oponentes honorables. Ni Tlacaéllel ni yo nos hemos comportado como Tezozómoc y los de su calaña en el campo de batalla. No tenemos ninguna razón para sentir ira el uno hacia el otro.

—Gracias, Tlacaelleltzin. También admiro tu agudo intelecto y perspicacia. Por lo tanto, me gustaría tu opinión sobre un sueño que tuve recientemente.

Relato los detalles, que se han grabado a fuego en mi mente como si realmente me hubieran sucedido. Golpetea distraído un pincel contra la mesa de escribir a su lado. Después de varios momentos de contemplación, saca un volumen con páginas dobladas de un cofre de caña a su lado, consultando varios glifos mientras mueve sus labios en silencio.

Luego deja el códice a un lado y habla por fin.

—Una visión. El mensaje de tres dioses. Has sido realmente bendecido. —Hay un mínimo indicio de envidia o irritación en su voz—. La estrella de la mañana es Quetzalcóatl, dios patrono del pueblo de tu padre, cuya energía creadora desencadena tales transformaciones. El águila arpía dorada es el nahualli de Huitzilopochtli, dios patrono de los mexicas, el pueblo de tu madre. El mensaje es claro: Tezozómoc morirá si aceptas esa parte de tu identidad.

Acomoda su forma larguirucha sobre su petate, pasando los dedos de su mano derecha a través del largo cabello que cuelga sobre sus túnicas sacerdotales hasta su regazo. Después de medirme cuidadosamente, Tlacaéllel continúa con su interpretación mientras desenreda un mechón.

—Finalmente, el jaguar es una de las muchas formas animales de Tezcatlipoca. El nombre del nahualli es clave. Tepeyóllotl: corazón de montaña. De esa forma destruyes las piernas y el palacio del emperador y, por ende, estás destinado a derribar el imperio tepaneca después de su muerte, vengando a tu familia y eliminando a sus posibles herederos. —El odio en sus ojos me sobresalta, pero implica que he tomado la decisión correcta. Mi tío no tiene amor por Tezozómoc, lo puedo ver—. Solo después de que eso suceda, Tezcatlipoca se contentará con que tú seas el gobernante legítimo de Acolhuacan, hundirá su ira contra la humanidad en las montañas por un tiempo, y dejará de atormentarte.

Su interpretación me deja atónito. Sin embargo, apenas puedo comenzar a reflexionar sobre mis próximos pasos, por temor a que le revele este destino a su hermano el rey.

Tlacaéllel entrecierra sus ojos, y sus labios delgados se curvan en una sonrisa misteriosa.

—Tienes miedo, como efectivamente deberías tener. No hay forma de que sepas qué haré con esta información. —Luego extiende su mano y la pone sobre la mía, un gesto de afecto muy poco característico—. Afortunadamente para ti . . . yo también deseo la destrucción de ese viejo bastardo y su imperio decrépito.

No puedo ocultar mi sorpresa ante esta noticia.

—Tú . . . ¿qué?

—México está destinado a algo más que vasallaje a los tepanecas, Nezahualcoyotzin. He escudriñado la voluntad del cielo una y otra vez, en las entrañas de los pájaros, en espejos de obsidiana y de agua. Toda adivinación revela la misma verdad: Huitzilopochtli pretende que dominemos el mundo rodeado de mar, de orilla a orilla, hacia el norte hasta la Tierra de los Muertos, hacia el sur hasta el paraíso acuático de Tláloc. Todo.

Mi mente se aturde. Nunca imaginé que tuviera tales aspiraciones.

—¿Dices que Huitzilopochtli quiere que México se levante contra Tepanecapan?

Tlacaéllel pasa los dedos por un códice pintado que se halla en la mesa. Los glifos del primer pliegue me dicen que es una historia de los mexicas.

—Mi difunta hermana sin duda compartió la historia de nuestra gente contigo, sobrino. El gran jefe Mexihtli sacó a nuestra tribu de las tierras chichimecas hace siglos. Pasamos generaciones vagando por Cuextecapan, adoptando algunos de sus dioses, aprendiendo su idioma. Mexihtli abandonó este plano terrenal y fue reverenciado como un dios. Nuestros antepasados cargaron sus restos envueltos mientras se dirigían a Anáhuac, esa región de lagos. A los nahuas locales les enojaban nuestras maneras brutales, pero nos contrataban como mercenarios, hasta que al final terminamos en cautiverio en Colhuacan y nos mezclamos con esa gente, olvidando nuestra lengua original. Entonces escapamos, hicimos nuestro éxodo a esta isla y la llamamos México, lugar de Mexihtli. Pero para entonces, por supuesto, habíamos comenzado a decirle Huitzilopochtli a nuestro dios, ya que nos había llevado hacia el sur hasta esta nueva patria.

Asiento en respuesta. Difícilmente es una historia auspiciosa, aunque ciertamente un testimonio de la resistencia de los mexicas.

—Reescribiré ese cuento —anuncia Tlacaéllel, una declaración sorprendente—. Huitzilopochtli también me ha dado una visión. Los mexicas, como todas las naciones nahuas y los toltecas antes que nosotros, salimos de las nueve cuevas de Chicomóztoc hace mil años. Simplemente fuimos los últimos en dejar ese lugar sagrado. Y antes de nuestro tiempo en Chicomóztoc, todos vivimos en Aztlan, bajo el régimen brutal de los aztecas, de cuya tiranía huimos por esta tierra prometida. Somos un *solo pueblo*, Nezahualcoyotzin. Y pretendo unificar a todos los nahuas bajo un solo gobierno, guiado por los mexicas. O mejor dicho, por esta familia. La Casa de Acamapichtli, a la cual perteneces.

Es una idea audaz, descarada, imposible. Sin embargo, el frío ardor de los ojos de mi tío sugiere que puede suceder tal como él dice.

—Pero reescribir la historia, vaya —reflexiono—. ¿La gente aceptará la nueva versión?

Tlacaéllel se toca el pecho.

—Tu padre era devoto de la Monarca de lo Cercano y de lo Junto, ¿no es así? ¿Por qué llamamos a esa fuente divina «auto-creadora» y *no* «auto-creada»?

Aunque me mira expectante, no tengo una respuesta fácil.

—Porque —se responde a sí mismo con una sonrisa satisfecha—, la creación de identidad es algo *continuo*, sobrino. *Lo que éramos* se destruye a medida que pasa el tiempo, reemplazado por *lo que somos*. Mi hermano el rey necesita que seas mexica, por ejemplo. ¿Puedes serlo?

Dada su honestidad brutal, solo puedo decir la verdad.

—En este momento, estoy dispuesto a ser cualquier cosa para recuperar mi trono. Y como dices, tío, soy descendiente de Acamapichtli. Un miembro de esta familia que elevarías por encima de todas las demás.

El rostro de Tlacaéllel se ilumina de genuina alegría.

—Ah, eso es bueno, muy bueno. Verás . . . el rey Chimalpopoca está ciego al destino divino que he descrito. Es totalmente una criatura de su abuelo, dedicada a la desmoronada Casa de Tezozómoc. Aún así, voy convenciendo a mis otros hermanos. Tomará paciencia y tiempo ganarlos para nuestra causa. Pero tu presencia en Tenochtitlan es un regalo de los dioses. Requiero de tu ayuda para fortalecer a México y prepararlo para su futuro glorioso.

Mis manos tiemblan con una mezcla de ansiedad y emoción. Quiero confiar en mi tío. Quiero creer que todo lo que he soportado ha sido para traerme *aquí*, en este *momento*.

Decido tener fe. Confiar en su visión y en la mía.

—Sí. Le daré la mano, Tlacaelleltzin. Mientras trabajamos en secreto, también prepararé a mi pueblo en el exilio. Cuando llegue el momento, Acolhuacan estará con México.

—Excelente. Aunque no le mentiré. Pretendo que nuestra alianza sea desequilibrada. Tenochtitlan será primero entre iguales, por así decirlo. Pero tendrá Tetzcoco y Acolhuacan, se lo juro por mi vida, majestad.

Sus palabras provocan lágrimas en mis ojos y traen calidez a mi corazón. Mi sueño nunca ha sido hacer de Tetzcoco la ciudad más poderosa de Anáhuac. Simplemente la más bella, un santuario para artistas, músicos y filósofos. Si Tenochtitlan quiere la gloria política, pueden tenerla.

Tlacaéllel se pone de pie, ayudándome a hacer lo mismo, y por primera vez en toda nuestra vida, los dos nos abrazamos.

Dos meses después, estoy paseando fuera de la cámara de parto mientras Sekalli gime, ahogando las vulgaridades que ha jurado frenar en presencia de la nobleza. La partera le ha dado cihuapahtli así como una bebida infundida con cola de tlacuache molida, pero sus caderas son estrechas, por lo que sufre de todos modos.

Un último gruñido y escucho llorar a nuestro bebé.

La partera grita y chilla como una guerrera. Entonces las cortinas se abren. Izcalloh, que ha estado asistiendo a la partera, me indica que pase.

—Sekalli ha ganado la batalla, señor. Ha capturado un hijo para vuestra merced.

Adentro, mi amada está sonriendo, el cabello pegado a su frente por el sudor. Vemos como la partera levanta a nuestro hijo de la camilla y le recita las viejas palabras:

—Has llegado a la tierra, chiquito, nuestro amado niño. Que la Monarca de lo Cercano y de lo Junto te mantenga sano y salvo, para que puedas conocer a tu familia y aprender tu linaje. Bienvenido, precioso príncipe, a este mundo resbaladizo, lleno de dificultades y tristezas, pero también de amor y luz.

Con el corazón lleno de orgullo y afecto, me pregunto por un momento si la Monarca de lo Cercano y de lo Junto podría haber enviado el alma del niño no nacido que perdí en Tetzcoco para encarnarse de nuevo como nuestro hijo.

Imposible de saber. Pero me gusta pensar que la Fuente agrega equilibrio a la tristeza del mundo de esta manera.

Bajando al recién nacido de nuevo al petate, la partera corta el cordón umbilical con un movimiento hábil y lo envuelve en una manta para ponerlo en los brazos de Sekalli.

Luego deposita la placenta en una vasija de barro, que Izcalloh acepta.

—Señor Nezahualcoyotzin —dice la anciana al ponerse de pie—. ¿Has elegido un nombre para este tu hijo primogénito?

La fecha es 1 Cipactli, el signo que honra al leviatán primordial sobre cuya espalda se formó la tierra por Quetzalcóatl y Tezcatlipoca. Pienso en el nuevo Tetzcoco que planeo moldear junto a este niño.

—Le nombro Cipactli —respondo.

Ella pone el cordón umbilical en mis manos.

—Noble Izcalloh enterrará la placenta de la señora Sekalli en un rincón de la casa de su familia. Su alteza debe mantener este cordón a salvo, hasta que los dioses lo lleven al campo de batalla una vez más. Allí, en medio del fuego y la inundación de la guerra, debe dejarlo caer. Solo así se asegurará el futuro de Cipactli como hombre valiente y virtuoso.

Miro el ombligo retorcido y ensangrentado durante mucho tiempo, imaginándolo tirado entre las ruinas destrozadas de Azcapotzalco.

Luego me arrodillo al lado de Sekalli y beso a mi hijo en su cabecita puntiaguda.

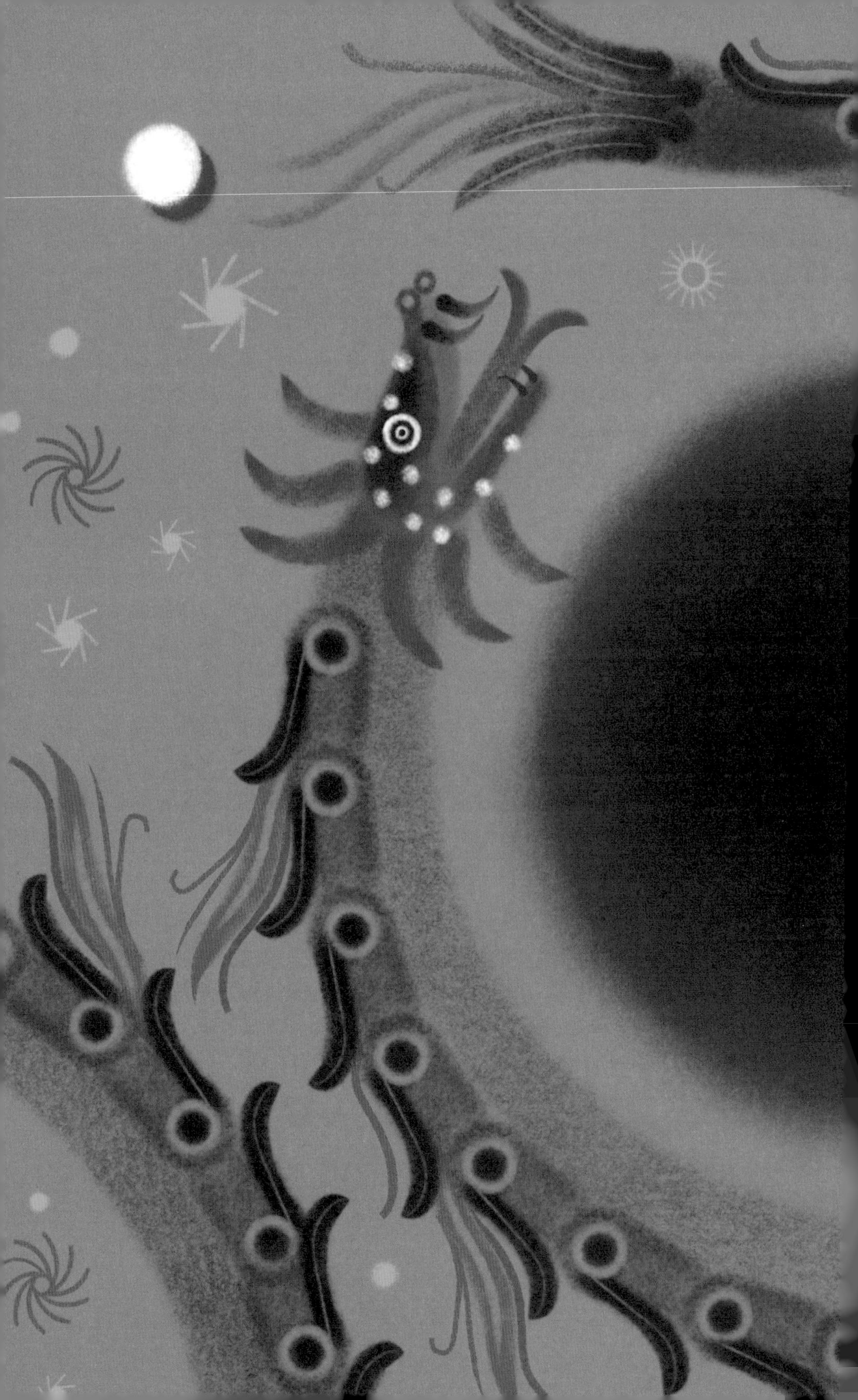

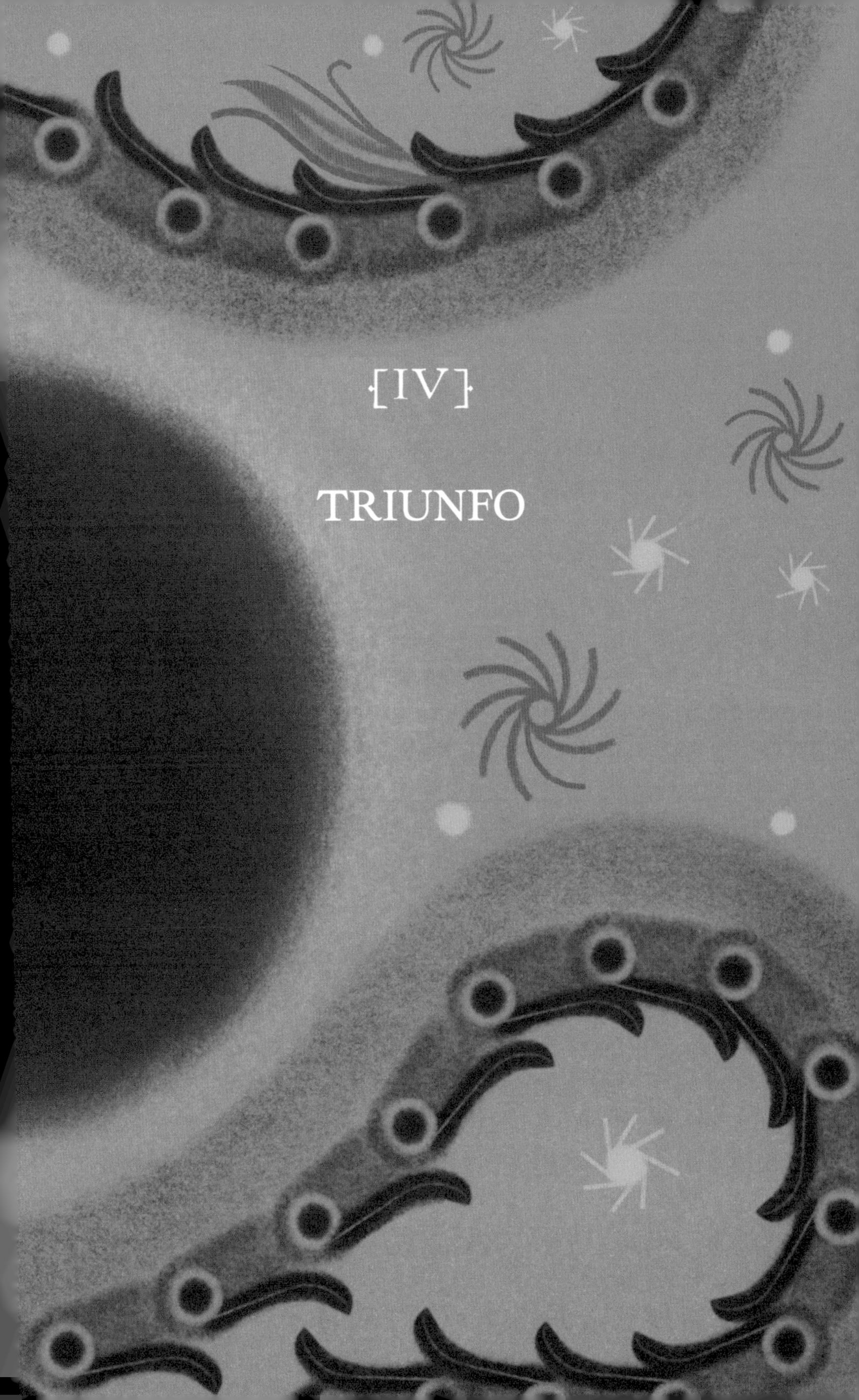

[IV]

TRIUNFO

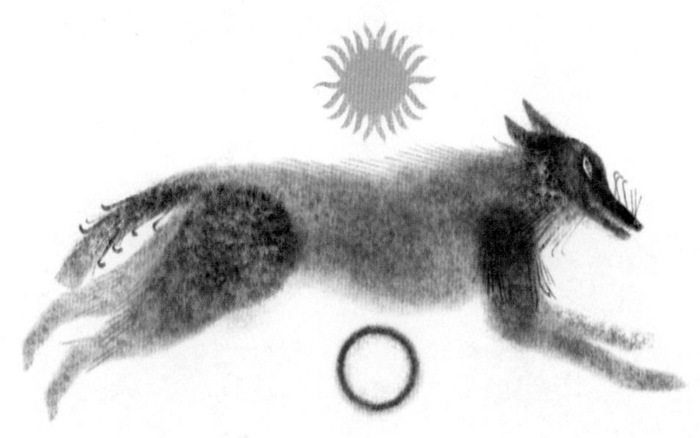

[33] LA LARGA ESPERA

Nunca perdono, nunca olvido

El tiempo pasa
como siempre lo hace,
ciclos que giran eternos,
dos calendarios como engranes
con dientes entrelazados
alineados cada cincuenta y dos años.

Al virar, me jalan
siempre hacia adelante,
lejos de los atropellos
del pasado.

Las heridas forman costras,
el amor y el trabajo
y la danza de los días
curan el dolor mientras
dejan cicatrices sagradas.

Pero nunca perdono,
nunca olvido:
el fuego de mi venganza
nunca muere, avivado
por cada noticia
sobre el cruel reino
de mi hermano bastardo,
Yancuilli.

Se convierte en una letanía:
La toma de mi ciudad.
El exilio de mi pueblo.

La pérdida de mi país.
La muerte de mi padre.
La muerte de mi madre.
La muerte de mi hermano.
La muerte de mi hermana.
La muerte de mi amante.
La muerte de mi hijo.

Repito estas ofensas
una y otra vez
mientras mis planes,
ideados en secreto,
se gestan lentos pero fuertes,
alimentados por el penar de mi pueblo,
el júbilo autocomplaciente
de mis enemigos,
hasta mis intrigas
quedan sólidas y bien enrolladas,
como las espirales
de una pequeña serpiente
enroscada en su huevo
a la espera de romper
la cáscara
y atacar.

Las cosas que hago para mantenerme ocupado

6 Pedernal es el año en que cumplo dieciocho.
Cuando he explorado la biblioteca real
y absorbido todo el conocimiento que puedo,
entro al calmécac de Tenochtitlan
y me presento ante los sacerdotes.
Paso sus pruebas con puntajes perfectos,
confirmando mi valía a la nobleza de la ciudad.

7 Casa es el cuarto año
desde el asesinato de mi padre.
Mudo a mi familia a una finca.
en la cresta del cerro Chapoltépec
donde he construido una mansión
para consorte, concubine, hijo y suegros.
Allí realizamos el último memorial,
y saludamos a mi padre por última vez
antes de que entre, para siempre,
al Reino Incognoscible.

8 Conejo es cuando Chimalpopoca,
habiendo visto mis grandes habilidades
en la construcción de mi propia mansión
y otros dos para sus hermanos,
me nombra arquitecto real.
Mi primera tarea es construir
una nueva calzada entre la isla
y Tlacopan, bastión tepaneca.
El trabajo consume mi tiempo,
pero Izcalloh supervisa el lento desarrollo
de mis planes a la vez que cuida a Sekalli,

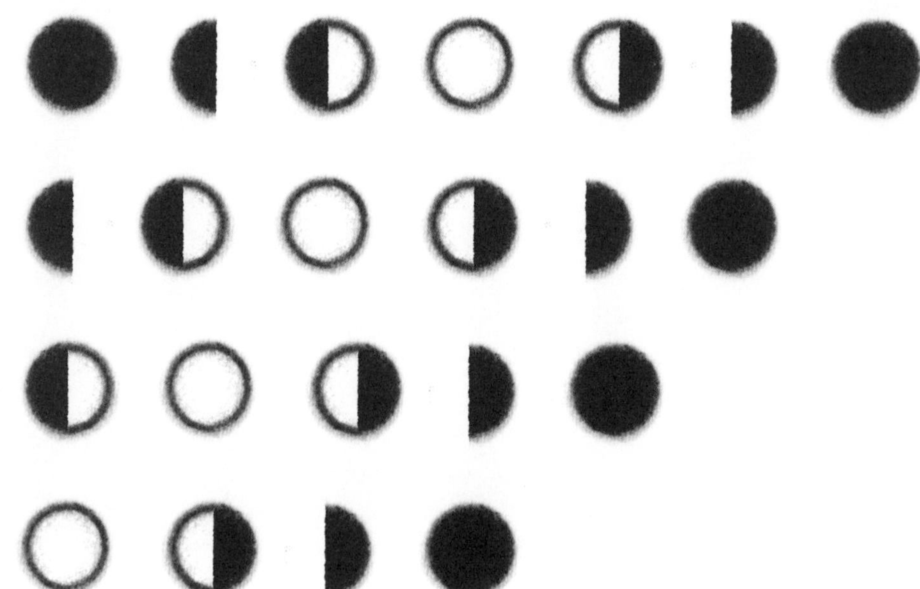

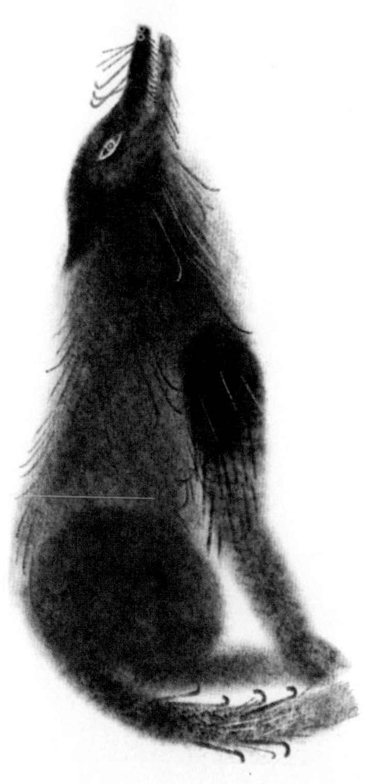

que vuelve a quedar embarazada,
y Tlacaéllel jura que cualquier temor
que el emperador tenía se disuelve
al ver su nueva ruta directa
a Tenochtitlan levantarse
por mis propias manos y mente.
El bastardo no puede imaginarse
la razón real del puente.

9 Caña es el año en que mi segundo hijo
llega al mundo, gritando con la cara roja
como si fuera un dios de las llamas.
Tlecoyotl, lo llamo: coyote de fuego.
Y justo cuando comienza a caminar,
la calzada está completa.
Tezozómoc visita nuestra ciudad,
y me elogia con voz temblorosa.
Mientras me arrodillo ante el viejo,
deseo quitarle una espada
de las manos de un guardia
y cortarle la garganta. Pero espero.
Me estoy volviendo experto
en esperar.

10 Pedernal presenta un dilema.
Un levantamiento en Chimalhuacan,
una ciudad acolhua en la costa
del lago de la Luna; el emperador
ordena a Moteuczoma que intervenga
conmigo como segundo al mando
y mi joven y ansioso tío Temictli
como mi escudero. Es una prueba,

pero la red de espías de Izcalloh
avisa a los rebeldes a tiempo,
y se esparcen al viento o se esconden
así que termino ayudando a mi tío
a buscar los líderes rebeldes.
Cuando me veo obligado a ejecutarlos,
me digo a mí mismo que es necesario:
su impaciencia ha puesto en peligro
mis planes y a mi pueblo.
Pero ahora algunos acolhuas
pierden su fe en mi liderazgo,
y el emperador está encantado
de que su nuevo peón mexica
se mueve como él quiere.

11 Casa me otorga la oportunidad
de empezar a construir un acueducto
de los manantiales cerca de mi mansión
hasta Tenochtitlan al noreste.
Un proyecto masivo puntuado
por la finalización de muchos aspectos
de nuestro plan masivo y ambicioso
y un nuevo y feliz matrimonio entre
mi joven tío Temictli,
su tiempo en calmécac terminado,
y la hermana de Sekalli, Yemasaton.

En lo que parece tanto una eternidad
como un abrir y cerrar de ojos,
voy de un adolescente exiliado
a un hombre de veintitrés años.

Pero en mi fuero interno
aún tengo dieciséis años,
atrapado en ese árbol,
mirando a
mi padre
caer.

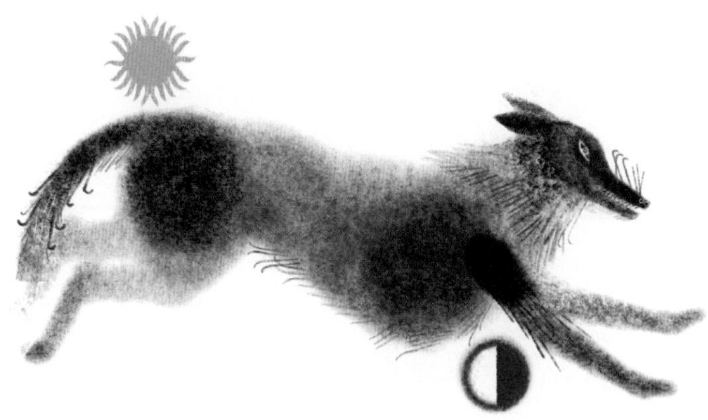

[34] CELEBRACIONES

Exactamente seis años después del nacimiento de mi primer hijo, me despiertan los besitos suaves de Sekalli.

—Sé que trabajaste hasta tarde —me susurra al oído—. Pero el sol ya casi está arriba. La mansión pronto estará llena de gente y de preparativos. El más breve de los momentos, sólo tú y yo. Antes de que empiece el caos controlado de las celebraciones.

Con una sonrisa soñolienta, me acerco a ella. La maternidad y el paso de los años han suavizado y redondeado sus ángulos, la han suavizado en todos los lugares correctos. Sin embargo, aún encajamos como si estuviera destinado por los dioses. La intimidad rápida pero satisfactoria: una de las extrañas paradojas de la vida doméstica.

—Mmm —dice Sekalli después de que hayamos descansado en los brazos el uno del otro durante un momento—. Qué lindo estuvo. Pero tengo que ponerme en marcha. Tus chamacos van a seguir dormidos durante las guardias matutinas si no los despierto.

Beso la parte superior de su cabeza.

—Tan perezosos como su tío materno.

—¡Ja! También hay un montón de holgazanes en la Casa de Acamapichtli, que lo sepas. Mi cuñado, por ejemplo.

Me río. Cuando Temictli era mi escudero, literalmente tenía que sacarlo a rastras de nuestra tienda cada amanecer para las campañas de batalla. El Hacha Nocturna, como todos lo llamaban, se mantenía activo hasta bien pasada la medianoche y luego ni pío por la mañana.

—Está bien, querida. Voy a asearme y vestirme. Te veré abajo para el desayuno.

Después de tomarme mi tiempo con el aseo, entro a mi habitación, un espacio separado que reservo para mis libros e instrumentos, herramientas y mesa de escribir. Encuentro a Izcalloh preparando un conjunto de ropa que logra ser elegante, sin parecer demasiado formal.

—Déjame vestirte, majestad —me dice. Así que me quedo de pie, obedientemente, y me dejo en sus manos. Sé que, dados los meses de separación que sufrimos mientras coordine con nuestra gente en Tlaxcallan, estas pequeñas tareas le brindan consuelo y alegría, acercándonos por unos momentos cada día que Izcalloh pasa en casa.

—Vi a un mensajero subir la colina ayer por la tarde. ¿Qué noticias manda tu padre? —pregunto—. ¿Ha aceptado la ciudad de Huexotzinco incorporar algunas de sus tropas a nuestro ejército cuando llegue el momento?

Ajustando mi taparrabos, asiente.

—Tentativamente, sí. Dependiendo de la fecha. ¿Sabemos algo más sobre la salud del emperador?

Levanto el pie izquierdo para que Izcalloh pueda ponerme una sandalia.

—Sólo los mismos rumores. Los tepanecas están haciendo todo lo posible para mantener su enfermedad en secreto. Pero es una apuesta segura que de hecho está muy enfermo.

Desliza un suave chaleco azul sobre mi cabeza, alisando las arrugas de una manera sensual que me hace reír.

—¿Qué sucede, mi señor?

—No empieces algo para lo que no tenemos tiempo, amor. No querrás enfrentar la ira de la señora Sekalli si no bajamos a desayunar pronto.

Izcalloh me mira con un puchero fingido antes de echarme la capa sobre los hombros.

—La señora Sekalli, la señora Sekalli —gruñe—. Supongo que debería consultar el horario que nos ha preparado. Tal vez pueda pasar aunque sea una noche contigo este año.

—Vamos —le insto con una risa, tomando su mano—. Hay que darnos prisa. Es un día para celebrar, no para estar gimiendo. En cualquier sentido de la palabra.

Sekalli está conduciendo a los niños a la mesa baja cuando entramos al comedor. Tlecoyotl sólo tiene tres años y medio, pero es casi tan alto como su hermano. Sekalli insiste en que se parece al padre de ella, y el señor Pólok ciertamente es más alto que la mayoría de los hombres de mi familia.

—¡Papá! —grita Cipactli—. Ven, siéntate a mi lado. Es mi cumpleaños y mamá dice que debes acatar mis deseos.

—¡Izcallohtzin! —Tlecoyotl balbucea, liberándose de Sekalli para ir a los brazos de mi concubine. Al igual que yo cuando era niño, adora los cuentos fantásticos de Izcalloh.

Makwíltoch sale de la cocina, seguida por dos miembros del personal doméstico, todos cargados con cuencos humeantes de atolli.

—Vengan, mis nietos. Ya basta de molestar a sus padres. Necesitarán mucha energía para todas las festividades del día, así que coman.

Dejo que Cipactli me lleve a un lugar en la mesa. Al sentarnos, gesticula con una mano imperiosa.

—¿Esto es todo lo que vamos a desayunar?

Le alboroto el pelo.

—Confía en mí, hoy habrá mucha comida, pequeño monstruo marino. Es mejor no llenarse demasiado ahora para poder disfrutar de todas las delicias.

No mucho después del desayuno, comienzan a llegar los invitados, cada uno anunciado por nuestro mayordomo.

—¡La señora Azcatzin!

Me apresuro a saludar a mi tía, quien nos sacó a mí y a mi familia de nuestro peligroso exilio, dándonos la oportunidad de una nueva vida, y posiblemente un nuevo imperio.

Sus damas de compañía llevan muchos regalos para mi hijo mayor. Izcalloh los guía a la mesa del patio reservada como lugar para los obsequios.

—Querida tía —le digo, cayendo sobre una rodilla en reconocimiento de su estado y edad—. Ha sido cansado llegar. Le doy la bienvenida a nuestra humilde morada.

Me levanta con una mano suave.

—Reverenciado sobrino, es bueno verte. Rezo para que la Monarca de lo Cercano y de lo Junto les haya dado un poco de salud a ti y a los de tu casa.

—De hecho, se nos ha concedido la gracia de la Dualidad. Hijos, vengan y ofrezcan sus saludos.

Mis niños se apresuran a acercarse e inclinarse. Cipactli pronuncia las palabras que Izcalloh le ha inculcado.

—Honrado personaje, sus pajes le saludamos. Ha recorrido una gran distancia y humildemente se lo agradecemos. Esperamos que el cielo haya hecho que se levante este día sintiéndose bien. Por favor, entre y descanse.

Es un ritual repetido por muchos de los miembros más antiguos de la Casa de Acamapichtli. Pero cuando llega el tío Zácatl con su mujer

Nazóhuatl, prescindo de las formalidades y los abrazo a ambos con fuerza.

—Supe que has adquirido algunos instrumentos nuevos importados del extranjero —murmura Zácatl—. ¿Confío en que tú y yo tendremos la oportunidad de animar las festividades más tarde?

Asiento con entusiasmo.

—Sí. Ya he encargado a algunos miembros de mi personal que los coloquen en el otro extremo del patio. ¡Espero celebrar el cumpleaños de mi hijo y la finalización del acueducto contigo!

Los hijos de Zácatl son un poco mayores que los míos, pero los niños se saludan emocionados y salen corriendo a jugar, lejos de las miradas indiscretas de los adultos. Riéndose contentas, Sekalli y Nazóhuatl juntan las cabezas, charlando hasta que el mayordomo anuncia en voz alta:

—¡La señora Yemasaton!

La hermana de Sekalli es ahora una hermosa joven de diecisiete años. Su asistente la ayuda a entrar, atendiéndola con preocupación como una madre ansiosa.

—Tengo buenas noticias —nos exclama a todos—. La partera lo confirmó justo esta mañana. ¡Estoy encinta!

Sekalli corre para abrazarla, sus los ojos llorosos pero alegres. Las otras mujeres, invitadas y familiares, la rodean, tocando su vientre y ofreciendo bendiciones.

—¡Felicidades! —grito por encima del tumulto—. ¿Dónde está el futuro padre? No me digas que aún no se ha levantado de la cama.

Yemasaton ignora la burla.

—Va a llegar un poco más tarde, junto con Tlacaelleltzin y Moteuczomatzin. Se apresuró al palacio para darles la buena, y luego un mensajero me vino a informar que estaba ayudando al general y al primer ministro con algo importante.

La noticia es intrigante. Un poco preocupante, para ser honesto. Estoy en el consejo ahora y estoy acostumbrado a involucrarme en asuntos importantes; se siente mal ser excluido, incluso en el cumpleaños de mi hijo.

Mientras el personal doméstico comienza a decorar el patio, trato de no hacer caso de un mal presentimiento en segundo plano, en mi mente. Me ocupo de colgar la olla de barro llena de frutas y dulces que los niños intentarán romper más tarde, después del banquete, antes de la música y el baile.

Acabo de terminar cuando aparece el señor Pólok, sacudiendo polvo de yeso de su jubón. Me guiña un ojo y sonríe antes de estrecharnos los antebrazos a modo de saludo.

—¿Bueno, padre? —pregunto, impaciente.

—Ya está listo cuando quieras enseñárselo, Nezahualcoyotzin.

Aclarándome la garganta llamo a mis invitados para reunirlos. Los miembros mayores de la familia de mi madre me miran con frialdad o con una expresión de desconcierto, como si fuera una rareza que han llegado a tolerar o respetar a regañadientes. Pero los ojos de los más cercanos a mí brillan con verdadero amor y admiración. Y ellos son los que finalmente importan más.

—Como saben, el día de hoy marca el cumplimiento no solo del sexto año de vida de mi primogénito, sino también del acueducto que siempre proveerá de agua dulce a nuestra amada Tenochtitlan desde este mismo cerro. Síganme para que puedan ver nuestra gloriosa hazaña de ingeniería.

Como un maestro pintor deseoso de revelar su última obra, guío a varias docenas de nobles mexicas a los manantiales cercanos, que ahora alimentan el mecanismo más ingenioso que jamás haya ideado, una idea que se me ocurrió en un bote durante el último viaje que hice con mi madre y mi padre, remando desde esta isla rocosa hasta las orillas pantanosas de nuestra patria. Que ahora sea una realidad, que realmente haya construido algo que ayudará a los mexicas por generaciones a pesar de toda la tragedia que nos infligieron, es casi demasiado difícil de creer.

Hecho de pino y otras maderas duras, el acueducto se extiende desde la cima del cerro Chapoltépec, a lo largo de un estrecho soporte de limo dragado y piedra, hasta el pequeño islote de Mazatzintamalco. Allí da vuelta en un ángulo de noventa grados y continúa hacia el este, por la ancha calzada que construí entre Tenochtitlan y la ciudad tepaneca de Tlacopan.

Un ejército de soldados podría marchar en cuatro filos lado a lado por ese puente.

Su tamaño es deliberado, por supuesto. Tlacaéllel y yo hemos estado sentando las bases para la guerra que se avecina. Si Chimalpopoca sospecha algo, no lo dice.

Moteuczoma se ha unido a la cábala. También su tío, el viejo y cicatrizado Itzcóatl. Estamos tentadoramente cerca de devolverle la jugada a Tepanecapan para siempre.

Ojalá mis tíos ya estuvieran aquí para contemplar este logro. Una vez que el agua fluya por estas tuberías, llenaremos las cisternas en Tenochtitlan y Tlatelolco. La pieza final estará en su lugar. Los mexicas podremos resistir un asedio por lo menos durante cien días.

—La última sección acaba de instalarse —dice el señor Pólok a todos, que se muestran sorprendidos con el tamaño y la extensión del acueducto. Mi suegro se ha desempeñado como supervisor en todos los diversos proyectos de infraestructura que he llevado a cabo durante la última media década. Su conocimiento y habilidad abarcan mucho más que el suelo y el riego—. Estamos listos para empezar.

—Entonces de la orden, señor Pólok. ¡Mostremos a nuestros invitados lo que puede hacer este artilugio!

Se aleja para ordenar que se abran las compuertas.

—Estoy seguro de que todos han tenido que beber un poco de agua turbia y ligeramente salada a lo largo de los años —les digo a mis amigos y familiares reunidos—. Si los dioses quieren, esos días han terminado.

Como si fuera una señal, el agua empieza a fluir por el acueducto, en dirección a mi ciudad adoptiva.

Una ovación general sube por todas partes mientras la gente entrecierra los ojos contra el sol, tratando de ver el progreso del agua.

—¡Una señal auspiciosa! —declaro—. Supongo que el resto de las festividades de hoy serán igualmente emocionantes y exitosas. ¡Regresemos y celebremos a mi hijo, el príncipe Cipactli!

En medio de sus aplausos, dirijo al grupo de vuelta a nuestra mansión. Sin embargo, antes de que lleguemos al patio, mi tío y antiguo escudero Temictli llega corriendo solo por el camino sinuoso que conduce a la cumbre. Estoy a punto de preguntar dónde están Tlacaéllel y los demás, pero hay una urgencia extraña y estrangulada en sus rasgos que hace que todo el grupo se detenga y se quede en silencio.

—¿Qué, Temic? —pregunto—. Parece que vas a estallar con una noticia monumental. Escúpelo, ya, antes de que asustes a esta buena gente.

Le toma un momento recuperar el aliento después de la larga subida, pero luego agita su mano hacia el norte. Hacia Azcapotzalco.

—Tezozómoc —jadea—, está muerto.

Mis invitados inhalan bruscamente o murmuran su sorpresa.

Que ese bastardo no muera bajo mi espada . . . parece inaceptable. Sin embargo, Tlacaéllel y yo hemos discutido esta posibilidad. El emperador cumplió noventa y dos este año. Se había quedado casi completamente sordo y ciego, sus asistentes tenían que llevarlo en andas de un lugar a otro, envuelto en una manta como un bebé para evitar el frío que juraba sentir en los mismos huesos.

Pero Tezozómoc tiene hijos. Decenas de hijos. La mayoría tan viles como su padre. Igual de culpables de crímenes contra mi pueblo.

La venganza todavía es posible.

—¿Estás seguro? —exijo.

Temictli asiente.

—Está muerto. Y su hijo Quetzalayatzin ha sido coronado emperador.

No Maxtla. Interesante. Importante. O será más fácil de derrotar, o su selección desencadenará un cisma en Tepanecapan. Ambas opciones me funcionan.

—Vamos adentro, Temic. —Me obligo a sonreír—. Te mereces un trago por haber corrido tan lejos con esta noticia.

Mi joven tío da un paso hacia mí. Su respiración se está ralentizando, pero hay algo de éxtasis que aún asoma en sus ojos.

—Hay más —continúa Temictli—. Es la razón por la que me enviaron ahora. Quetzalayatzin entró al palacio de su padre, a sus cámaras interiores, y allí la encontró.

Cuchillos helados de premonición suben tallando por mi columna vertebral.

—¿A quién? ¿A quién, maldito sea?

Temictli coloca una mano temblorosa sobre mi hombro.

—Mi hermana. Tu madre. Matlalcíhuatl, su majestad. No está muerta. Ha sido esclava del emperador todos estos años.

Se necesitan todos los presentes para sujetarme.

[35] UN NUEVO TIRANO ASCIENDE

Cinco días después, Izcalloh y yo entramos en la sala de audiencias del rey. El trono está vacío, pero el consejo de gobierno está presente: sumos sacerdotes, líderes de barrios, jueces principales y, por supuesto, el general Moteuczoma, el general Itzcóatl y el primer ministro Tlacaélel.

Cada miembro del consejo trae su séquito de cortesanos y ayudantes a las reuniones. Siempre que puedo traigo a Izcalloh, cuyo consejo no me ha fallado ni una sola vez.

Aproximadamente la mitad del consejo es parte de nuestro grupo de conspiradores, México Ascendente. El resto son los hombres de Chimalpopoca, inquebrantables en su lealtad al rey y al emperador.

—¿Dónde está el rey? —pregunto en cuanto nos hemos instalado en nuestro lugar en el lado este de la cámara—. ¿Ya regresó el enviado imperial con mi madre?

Aunque quise insistir en ir a acompañar a mi madre a casa, el rey Chimalpopoca me lo prohibió y me aseguró que el nuevo emperador la enviaría de vuelta con escolta militar para garantizar su seguridad.

Casi lo desobedecí, pero los miembros del grupo me convencieron de lo contrario, para no trastocar todos nuestros planes enfureciendo al rey.

Al verme, Tlacaéllel se pone en movimiento como un cuervo, con la túnica negra y el pelo largo revoloteando a su alrededor. Sus largas piernas cruzan rápido el espacio que divide a los concejales este y oeste: militares y cívicos. Hay una tristeza y compasión inusuales en sus ojos cuando toma mis manos entre las suyas.

La presión de sus dedos sobre los míos me hace saber que esto es en parte una artimaña. Escucho atentamente para detectar el mensaje oculto de sus palabras.

—Reverenciado sobrino, acaban de llegar malas noticias. Maxtla ha tomado el poder en Azcapotzalco, destituyendo a su hermano menor del trono imperial e instalando a su hijo Tecollotzin como rey de Coyoacan.

Una guerra civil. Nuestra oportunidad, por fin. Debería estar eufórico . . . pero aún así todo en lo que puedo pensar es en mi madre, languideciendo, olvidada durante más de media década . . . hasta que las dulces caritas de Tozquen y Tochpilli surgen espontáneamente en mi memoria.

—¿Y su hermana, primer ministro? ¿La reina de Tetzcoco? ¿Qué hay de ella? ¿Qué hay de sus hijos? —Mi voz se apaga en un sollozo. Siento como Izcalloh pone la palma de su mano en mi espalda, tratando de consolarme.

—No lo sabemos, arquitecto real. Antes de desaparecer, el rey envió un mensaje para que nos reuniéramos. Supongo que él le explicará . . .

Le interrumpen unas voces detrás de la pantalla que oscurece la entrada privada del rey en la parte trasera de la cámara. Cuando todos nos volvemos, Chimalpopoca sube al estrado con otros dos hombres, uno vestido con el atuendo del emperador, el otro una persona pequeña que lleva el cetro imperial y un paquete de materiales para escribir.

Un balbuceo confuso surge del consejo reunido. Me froto los ojos y ladeo la cabeza hacia los recién llegados, tratando de entender qué está pasando.

—De hecho, sí, le explicaré la situación, primer ministro Tlacaéllel. —Chimalpopoca nos mira con arrogancia, contento de habernos sorprendido, sonriendo ante su propia astucia—. Concejales, para los que nunca lo conocieron, les presento a Quetzalayatzin, hijo de Tezozomoctzin y legítimo heredero del trono imperial.

Quetzaláyatl indica a su compañero.

—Este es Tetontli, mi escribano y ayudante.

—Le estamos brindando asilo al emperador —sigue Chimalpopoca—, mientras le ayudamos a idear un plan para eliminar a Maxtla para que el sucesor elegido por mi abuelo gobierne el imperio.

Sin hacer caso de la mano que Izcalloh pone en mi brazo para advertirme, doy un paso adelante para dirigirme a ambos.

—Su majestad imperial, me aseguraron que mi madre sería devuelta a Tenochtitlan. ¿Acaso sus hombres la escoltaron fuera del palacio antes de que ocurriera esta rebelión?

—Me temo que no, real arquitecto Nezahualcoyotzin. —Hay desdén y desinterés en sus ojos, como si la vida de mi madre fuera una distracción innecesaria en este momento—. Se le estaba, eh, alimentando y cuidando cuando el usurpador tomó el control. Si queremos liberarla, necesitaré tu ayuda para recuperar mi trono.

Furioso, reprimo el deseo de escupirle en la cara.

Su escriba tira de su capa. Quetzaláyatl se inclina para que el hombre le susurre al oído.

—¡Ay! Sí. Como incentivo adicional para tu ayuda, mis hombres descubrieron que no sólo tu madre ha estado en la sección de esclavos del templo, sino también tus dos hermanos menores.

Doy un paso hacia atrás, tambaleándome. Izcalloh se apresura a sostenerme y llevarme de regreso a mi posición.

A través de la bruma confusa que nubla mis ojos, veo a Tlacaéllel ladear la cabeza antes de volverse para responder por mí.

—Puede estar seguro de que este consejo hará todo lo posible para detener a Maxtla.

Se comienza a discutir opciones. Se sugieren múltiples ideas, la mayoría imposibles sin una invasión masiva de Tepanecapan, que ni el rey ni el emperador depuesto aprueban. Trato de concentrarme, pero me sigo imaginando a Tozquen y Tochpilli, trabajando durante seis largos años bajo la mano cruel de un tirano, sin una palabra del hermano mayor que formó alegre una familia y construyó monumentos para la ciudad que los había traicionado.

Cómo deben odiarme. Qué destrozados deben estar.

Izcalloh se inclina cerca de mí para murmurar:

—No podrías haberlo sabido.

—¿Y eso importa? —digo con voz rasposa—. Mi inacción los ha mantenido esclavizados. Eso es todo lo que los tres saben.

Chimalpopoca nos hace un gesto.

—¿Se les ocurrió a ustedes dos una posibilidad? —pregunta.

Izcalloh piensa rápido.

—Estaba sugiriendo una trampa mortal. Algo que el arquitecto real podría construir.

Por un momento, esta propuesta me parece tonta, pero los engranes de mi mente giran hasta que los dientes encajan en su lugar. Una idea atrevida toma forma. En última instancia, puede que no sea factible, pero vale la pena intentarlo.

Como mínimo, sospecho que emocionará lo suficiente al rey como para que se acabe esta reunión y el grupo de conspiradores pueda poner en marcha nuestros planes. Únicamente derrocar el imperio liberará a mi familia esclavizada.

—Su majestad imperial, ¿Maxtla le ofreció tierras a cambio de la pérdida de su título?

—Sí. Me cedió control de una vasta hacienda entre Azcapotzalco y Tlacopan. Más una pequeña porción de los impuestos de algunos pueblos cercanos. Insultante, a decir verdad.

—¿Por qué no construir una mansión allí y luego invitarlo a su inauguración?

Tetontli vuelve a susurrar al oído de Quetzaláyatl.

—Será tan imposible que un asesino se le acerque en mi mansión como en su propio palacio —responde—. La guardia imperial es legendaria.

—Ah —replico—, pero no pretendo que enviemos a un asesino. Pienso enterrarlo bajo el escombro. Puedo diseñar una mansión que se derrumbe con tan sólo eliminar una viga de carga. Entra el falso emperador con su séquito, se disculpa vuestra merced por un momento, luego, con un tirón de cuerda, derriba el techo de piedra sobre sus cabezas.

Tanto Quetzaláyatl como Chimalpopoca se incorporan más.

—¿En cuánto tiempo? —pregunta el rey.

—Una semana para elaborar los planos. Entonces puedo enviar a mi mejor equipo de construcción y tener el edificio listo en cien días a lo mucho.

—¿Qué piensa su majestad imperial? —pregunta Chimalpopoca.

Quetzaláyatl reflexiona un momento, pidiendo el consejo de su escriba. Entonces levanta su cetro.

—Aprobamos el plan.

Una semana después, los planos están hechos. Sin embargo, cuando se los entrego al rey, éste parece tenso.

—Ese bastardo está tramando algo —murmura Chimalpopoca, tirando de su cabello—. Maxtla, digo. Acabo de recibir una invitación para la dedicación de un palacio remodelado cerca del recinto sagrado de Azcapotzalco. Aunque era para las concubinas de Maxtla, está armando todo un espectáculo para dárselo a su hermano menor Quetzalayatzin, a quien promete que será nombrado alguacil de la ciudad mientras Maxtla se enfoca en el imperio en general.

En mis entrañas se agita una premonición. Maxtla lo sabe. Y si es así, sabe quién propuso la idea. Si antes me odiaba, ahora me querrá muerto. Mi familia podría estar en peligro.

Pienso en todas las personas que estuvieron en la reunión.

—El escribano. Debe haberle revelado el plan a Maxtla. Es una trampa, majestad.

Chimalpopoca golpea su mano contra la pared.

—Sí. Una maldita trampa para el emperador y para mí. Envié un mensajero a su majestad imperial, advirtiéndole. Otro a Maxtla, disculpándome y explicando que no puedo asistir debido a una importante ceremonia religiosa.

—Será imposible que Quetzalayatzin no se presente. Maxtla lo tachará de traidor y lo mandará ejecutar de todos modos. Una situación sin salida, señor.

Chimalpopoca gime con rabia desesperada.

Casi podría sentir lástima por él, si no fuera por la imagen que tengo en la mente de mi madre, Tozquen y Tochpilli, en harapos sucios, en la oscuridad.

Unos días después, la noticia de la muerte de Quetzaláyatl se extiende por todo Tepanecapan y México. El nuevo tirano ordena una semana de luto.

Ninguno de nosotros es tan idiota como para asistir a la cremación y los ritos funerarios de Quetzaláyatl en Azcapotzalco. Sin embargo, al quedarnos en Tenochtitlan, caemos directo en el juego tortuoso de Maxtla.

Llega otro decreto imperial. El rey Chimalpopoca de Tenochtitlan y su tío, el rey Tlacatéotl de Tlatelolco, ofrecerán personalmente sacrificios en el templo de Huitzilopochtli para asegurar la ascensión del alma de Quetzaláyatl a la Casa del Sol, ya que no cayó en la batalla y, de lo contrario, podría ser condenado a cuatro años en Mictlán.

Con el decreto viene un conjunto de ropa para Chimalpopoca. Tilma y taparrabos de algodón sin teñir, por debajo de la dignidad de un rey.

—Viste estas ropas de plebeyo blanco como un deudo humilde —repite el mensajero imperial—. Libérate de la falsa vanidad y el orgullo cuando estés ante tu dios.

Me encuentro con Tlacaéllel, horrorizado por este curso de los acontecimientos.

—Te das cuenta de que Maxtla planea matarlo, ¿no?

Tlacaéllel suelta una risa sombría.

—Él mismo se buscó este destino, sobrino. Incluso ahora, intenta racionalizar las acciones de Maxtla, preguntándose cómo podrá doblar la rodilla y conservar algo de dignidad. No es buen soberano. No tiene valor para estar en la cima. Prefiere ser un perrito faldero, un itzcuintli sin pelo acariciado por su amo.

Aparto estas palabras con la mano.

—Ese no es mi punto, tío. ¡Chimalpopoca *entregó a mi madre y mis hermanos al emperador*! Gracias al cielo están vivos, pero han vivido como esclavos durante más de seis años. Por derecho, Chimalpopoca debe morir a *mi* mano.

Tlacaéllel suspira, juntando las palmas y tocándose los labios, pensativo.

—Entiendo tu frustración. Primero Tezozómoc, ahora Chimalpopoca. Pero los dioses tienen sus propias formas de impartir justicia. Cuando decidan que eres la herramienta para la tarea, pondrán a tu enemigo frente a ti. —Pone sus manos huesudas en mis hombros y me mira a los ojos—. Como están las cosas ahora, si tratamos de eliminar o advertir al rey, el trabajo de seis años puede quedar en nada. Maxtla podría ganar.

No se puede negar la verdad de sus palabras, por difíciles que me resulte escucharlas.

Sin embargo, algo más me preocupa.

—Maxtla *debe* saber que dibujé planos para una trampa mortal, con la intención de matarlo. ¿Por qué no me invitó a este ridículo sacrificio?

—Para empezar —explica Tlacaéllel, soltándome y volteando para mirar por la ventana a la Gran Pirámide—, no quiere incluirte con dos reyes. No quiere legitimar tu reclamo de sucesión. Eres el arquitecto real de los mexicas, no el rey de Tetzcoco. Y todavía no está listo para convertirte en mártir, me imagino. Has visto la forma en que los jaguares juegan con sus presas, ¿verdad? Maxtla es un depredador igual.

Gimo con desesperación.

—Me quiere poner nervioso por mi familia, tanto aquí en Tenochtitlan como allá en Azcapotzalco. Paralizado por la preocupación, será menos probable que lo ataque. Más probable que cometa errores. Y cuando menos lo espere, cuando más aturdido esté . . .

—Maxtla te atacará —finaliza Tlacaéllel, volviéndose hacia mí—. Pero ya estás preparado, ¿no?

Asiento con la cabeza.

—Lo estoy. Pero me vendría bien una buena noticia, tío.

—Bueno, la hay. Recibí un mensaje de nuestro hombre en Tlacopan.

Tlacopan es la ciudad tepaneca más cercana a Tenochtitlan, justo al oeste, a orillas del lago de la Luna. Llevamos años cultivando relaciones con sus mercaderes y nobles. Muchos están listos para apoyarnos contra el régimen imperial de su nación. Nuestro contacto principal es el general Totoquihuaztli, quien nos ha prometido a todos diez mil de sus tropas. Todo lo que necesitamos es al rey, que por lástima es uno de los hijos de Tezozómoc.

—¿Cómo han reaccionado a los eventos recientes? —le pregunto a Tlacaéllel.

—Este comportamiento despótico de Maxtla ha puesto en su contra a su hermano mayor, el rey Tzacuálcatl, haciéndolo más abierto al sentimiento pro-mexica en Tlacopan. Pronto tendremos un aliado abiertamente solidario, en lugar de solo una banda de rebeldes tepanecas.

Murmuro gracias al cielo. Las tres puntas de nuestra estrategia están casi listas.

En el próximo día auspicioso, los reyes de las ciudades gemelas de México, vestidos con sus ropas blancas de luto, ascienden los escalones de la Gran Pirámide en el recinto sagrado de Tenochtitlan con un guerrero otomí capturado en una escaramuza reciente. Su muerte honrosa como víctima sacrificial servirá para sustituir el fin innoble de Quetzaláyatl.

Justo cuando los reyes colocan el corazón del hombre en la cuenca de jaguar, unas tropas irrumpen en la plaza a través de la puerta occidental.

Soldados tepanecas. Enviados por el emperador, justo por la calzada que construí a Tlacopan.

Ni Moteuczoma ni Itzcóatl llaman a los guerreros mexicas para enfrentarse a ellos. Chimalpopoca los mira con ojos llenos de furia por su traición.

La fuerza imperial se despliega alrededor de la base de la pirámide. Llevan consigo una jaula de madera. El comandante de las fuerzas, el general Huecanmécatl, sube la mitad de los escalones y hace un anuncio a todos en la plaza.

—Por orden del emperador Maxtlatzin, los reyes Chimalpopoca y Tlacatéotl se entregarán de inmediato a mi custodia, por los delitos de conspiración y traición al imperio. Otros conspiradores serán castigados cuando lo decida el emperador y deberán preparar sus almas para el peso completo de su ira.

Tlacaéllel tenía razón. ¡Y el bastardo incluso me anuncia sus intenciones!

—Los nobles que no estén involucrados en el intento de asesinato han de preparar una demostración de su lealtad. Desciendan ahora, soberanos de México. Debemos escoltarlos a Azcapotzalco para que rindan cuentas al emperador y reciban su justicia.

Mientras la ciudad observa con horror, los soldados tepanecas conducen a los dos reyes a punta de lanza hacia la jaula, donde los obligan a sentarse con la cabeza gacha entre las rodillas.

Las tropas imperiales se alejan marchando. El silencio se cierne como un sudario sobre el recinto sagrado hasta que, en algún rincón, una mujer comienza a gemir con un dolor inconsolable.

Mientras el juicio falso de Chimalpopoca se lleva a cabo en Tepanecapan, el consejo debate su sucesor. Sus partidarios sugieren instalar a su hijo Xíhuitl Témoc, de diez años, con Itzcóatl como regente, pero los demás rechazamos la idea. El niño es demasiado enfermizo y está sujeto a las garras de sus parientes tepanecas. Finalmente, llegamos a un acuerdo: Itzcóatl será el próximo gobernante de Tenochtitlan.

Los conspiradores nos reunimos en varias ocasiones, concluyendo una y otra vez que el rey será ejecutado. Evitando a los hombres de Chimalpopoca, quienes están angustiados y siguen enviando misivas suplicantes a Maxtla, aseguramos que el sucesor de Tlacatéotl en nuestra ciudad hermana aún cree en la causa. El regente Cuauhtlahtoa nos asegura que sí, y que sus tropas están listas para entrar en acción en cualquier momento.

—¿Las canoas? —le pregunto a Tlacaéllel.

—En un almacén en Tlalmanalco, listas para ser recogidas.

—Como puedes imaginar —le digo—, estoy ansioso, quiero empezar *ahora*, pero Izcalloh me dice que espere el momento adecuado.

Tlacaéllel asiente.

—Su consejo es correcto, como siempre. Poner las cosas en marcha demasiado pronto podría despertar las sospechas de Maxtla. Que nos imagine, acobardados aquí con miedo, totalmente a su merced. Estará menos preparado. Tu madre, hermana y hermano viven en ese palacio. Un paso en falso de tu parte, y fácilmente podría mandarlos matar.

Su recordatorio me pone los pies en el suelo. Estoy desesperado por liberar a mi familia, por recuperar mi trono, pero no tanto como para arriesgar sus vidas innecesariamente.

Esperaré el momento adecuado. Y llega bastante pronto.

En un plazo de cinco días, Chimalpopoca es ejecutado.

Los rumores afirman que Tlacatéotl logró escapar, pero fue acribillado a flechazos en una canoa no lejos de la costa por los tepanecas que lo perseguían.

Itzcóatl convoca de inmediato al consejo de gobierno.

El jefe del mercado se pone de pie, retorciéndose las manos con sombrío dolor y derrota, para hablar por los hombres de Chimalpopoca.

—Todos ustedes, señores, escucharon el mensaje entregado en el recinto sagrado. Tenemos que demostrar nuestra lealtad al trono tepaneca. No hay más remedio que someterse por completo al emperador Maxtlatzin. Para evitar que nos aniquile, debemos organizar un envío de nobles a Azcapotzalco. Los portadioses llevarán a Huitzilopochtli ante su majestad imperial, y nos entregaremos a su merced. Quizá perdone a parte de la aristocracia mexica, aunque solo sea para servir como cortesanos o esclavos en su palacio.

Objetivamente, entiendo su razonamiento cobarde. Maxtla tiene doscientos mil guerreros bajo su mando. Si convergen en esta ciudad, los veinticinco mil soldados mexicas serán destruidos.

Tlacaéllel se pone de pie de un salto, lívido.

—¿Han perdido la cabeza? ¿Qué cobardía se ha estado enredando en el corazón de los mexicas para que digan tales tonterías? En lugar de ofrecernos de la manera humillante que describes, ¡seamos firmes!, ¡luchemos hasta el final para defender nuestro reino y nuestro honor!

Echa una mirada a Itzcóatl a través de los mechones de cabello que cubren su rostro.

El sumo sacerdote interrumpe, con una sonrisa astuta.

—Itzcoatzin, si te niegas a aceptar enviar un enviado al emperador, no aprobaremos tu coronación como rey. Durante mucho tiempo tú y tus hermanos han trabajado en secreto contra Chimalpopoca. ¿Pensaste que ninguno de nosotros se había dado cuenta? Estás encantado de que el rey esté muerto. Pero escúchame bien: no gobernarás legítimamente a menos que pidas al emperador su perdón y guía, tal como ordenó en el mensaje leído en voz alta durante la aprehensión de Chimalpopoca. No intentes arrebatarle el poder a la gente con la mitad del consejo objetando. Destrozarías este reino.

Tlacaéllel inclina la cabeza hacia atrás y lanza una carcajada.

—Oh, perfecto. Los tontos piensan que han rebotado la pelota con su cadera y a través del aro. Itzcoatzin, venerado tío y regente, concedamos la cuestión. De hecho, deberíamos conocer la voluntad de Maxtlaton. —Emplea el diminutivo, haciendo que los concejales leales a Tepanecapan se retuerzan incómodos—. Envíame como tu embajador con un testigo de esa facción blandengue.

—Qué bravura —murmura el sumo sacerdote—. Estarás muerto en el momento en que pongas un pie en el palacio imperial.

—¡Entonces que así sea! —exclama Tlacaéllel—. No tengo miedo a la muerte. Todos debemos morir. ¿Qué me importa si encuentro mi destino hoy o mañana? ¿Para qué ocasión debo mantenerme vivo? ¿Cuándo y dónde podría darle un mejor uso a mi vida que aquí y ahora? Elijo morir con honor en defensa de este reino. Mándame a mí, Itzcoatzin. Deseo ir.

Itzcóatl se levanta y lo abraza.

—Me enorgulleces, Tlacaelleltzin. Si mueres en esta misión, te juro que a tu esposa e hijos nunca les faltará nada, para que siempre recuerden este momento, cuando mi valiente sobrino eligió dar su vida por el honor de México.

Luego, señalando al sumo sacerdote, Itzcóatl ordena:

—Tú lo acompañarás. En seguida. Llévense un escuadrón de guardias reales. Y suficiente tiza y plumas.

Tiza y plumas. Aplicadas a los rostros de los guerreros que se enfrentan a una muerte segura.

Mientras el sumo sacerdote palidece y tartamudea, Tlacaéllel se vuelve hacia mí y articula una palabra silenciosa:

Mañana.

[36] A HUEXOTZINCO

Sekalli se pone tan terca como siempre cuando doy la palabra esa noche.

—¿Por qué, Neza? —pregunta en la privacidad de nuestra habitación—. No *quiero* arrastrar a todos a Mixcoac. Es solo un pueblucho de pescadores, pero está muy cerca de Coyoacan. ¿Y nuestro personal? Aunque ningún tepaneca nos vea antes de subirnos a las canoas, estaremos muy apretados en la quinta de tu tío Zácatl. ¿No podemos quedarnos aquí? ¿No puedes nada más, qué sé yo, poner un guardia o algo así?

Tomo su cara entre mis manos y la beso suavemente.

—Es precisamente la razón por la que hacemos esto al amparo de la oscuridad. Además, Izcalloh y yo te acompañaremos a Mixcoac. Y Zácatl ha agregado otra ala a su quinta, por lo que tendrán mucho espacio. Créeme, esta colina es un objetivo estratégico. Será una de las primeras cosas que ataque Maxtla, si decide tomar Tenochtitlan por la fuerza. Pregúntale a Izcalloh si dudas de mí.

Con un suspiro, deja caer los hombros.

—Bien. No voy a contradecir el conocimiento táctico de los tremendos cuates tetzcocas. Me rindo. Déjame empacar algunas cosas esenciales. ¿Puedes checar que estén bien? Haré que el mayordomo recoja su ropa y sus juegos.

Encuentro a mis hijos en el jardín central del retiro, tratando de atrapar ranas en un estanque mientras su tío adolescente Omaka observa, riéndose de sus payasadas.

—¡Ah! —exclamo—. ¡Mi coyote de fuego y mi monstruo marino, cazando ranas juntos! ¿Por qué no invitaron a su padre, escuincles?

—¡Papá! —ambos gritan, corriendo para abrazar mis piernas y explicarme con entusiasmo sobre los dos tipos diferentes de anfibios que viven en nuestro estanque.

—Genial —digo, besando la parte superior de sus cabezas—. Simplemente genial. ¿Y saben dónde hay aún *más* especies de ranas, e incluso ajolotes rosados? En casa del tío Zacatzin, en Tenochtitlan.

Los rostros de los niños se iluminan de emoción.

—Yo quiero ir para allá, padre —dice diplomáticamente Cipactli.

—¡Ahora! —agrega su hermano menor, en un tono que hace eco de la obstinación entrañable de su madre.

—¡Está bien, entonces vámonos! Omaka, vamos a subirnos a las canoas y a cruzar el lago, así que mete algo de ropa en una bolsa y encuéntranos en la entrada principal.

El adolescente arquea una ceja, sospechoso, pero asiente con la cabeza.

Mientras llevo a los niños a lavarse las manos, los sonidos de golpes distantes, destrozos y gritos llegan al retiro palaciego.

—¿Qué es eso, padre? —pregunta Cipactli.

—No estoy seguro, pero démonos prisa. Vengan, chamacos.

Nos apresuramos hacia la entrada. Ya está mi suegra con el personal de cocina. Sekalli viene corriendo también.

—¿Escucharon . . . ? —comienza, pero el señor Pólok irrumpe por la entrada, jadeando, con un hacha en la mano.

—¡Nezahualcoyotzin! ¡Centenares de tepanecas han convergido en la colina! Acaban de cerrar las compuertas y desbaratar unas cuantas varas del acueducto. Media docena de trabajadores acaban de caer bajo sus espadas.

—¿Lo siguieron? —exijo.

—¡Sí! ¡Me venían pisando los talones!

Hago un gesto a todos.

—Rápido, a mi estudio. ¡Apúrense!

Levanto a mis hijos en mis brazos y dirijo el camino. Aparto a un lado mi escritorio, me agacho, dejo a Cipactli en el suelo y tiro del anillo de cobre colocado en uno de los tablones de madera. Se eleva sobre unas bisagras, revelando una escalera que conduce hacia abajo.

—¡A los túneles! ¡Estarán sobre nosotros en cualquier instante!

Gimiendo, llorando o maldiciendo, mi familia se abre camino hacia la ruta de escape que excavé en las entrañas de esta colina antes de que se completara la construcción de la mansión. No había forma de que mi familia viviera en territorio tepaneca sin algún tipo de salida secreta.

Bajo a los niños a los brazos de su abuelo, cierro la trampilla sobre mí y la aseguro con una serie de cerrojos y barras. Sekalli ya ha encendido algunas antorchas y está conduciendo a todos por los giros y vueltas.

Nadie habla mientras nos acercamos a la puerta oculta en el otro extremo del laberinto. Me dirijo al frente de nuestro grupo y abro la puerta, que está disfrazada con montones de tierra y hierba.

—Está bien, el camino está despejado —susurro—. Bajen por el sendero lo más rápido posible. Una vez que lleguemos a la orilla del lago . . .

Izcalloh pone su mano en mi brazo.

—No, amado mío. Esa ruta nos deja completamente expuestos. No podemos atravesar decenas de varas sin cobertura alguna. Y los tepanecas podrían estar esperando en el muelle de todos modos.

Sekalli se vuelve hacia su padre.

—¿No hay dos pasarelas de tablones de madera que corren en paralelo al acueducto hasta Mazatzintamalco?

Pólok asiente, emocionado.

—Sí, y dejamos muchos huecos en el camino, al igual que en la calzada. Podemos arrojar los puentes de madera al agua una vez que pasemos . . .

— . . . y cualquier perseguidor tendrá que detenerse, a menos que sea tan estúpido que intente viajar por las tuberías de madera, que se romperán con su peso —concluye Sekalli, rascándose la sien de forma exagerada—. Digo, si recuerdo bien la aburrida ciencia.

Miro con amor a las personas reunidas a mi alrededor.

—Los dioses realmente me favorecen. ¿Qué mejor familia podría esperar un rey en el exilio? Hagamos esto.

Corremos cuesta arriba, a través de la ladera boscosa, y pronto llegamos a los restos destrozados del último tramo del acueducto. No hay tepanecas a la vista, así que nos dirigimos al comienzo de la estructura de soporte y comenzamos a pisar con mucho cuidado la pasarela.

Estoy ayudando a Cipactli a trepar con el apoyo de su abuelo cuando un grito agudo resuena detrás de mí. Un soldado tepaneca ha saltado de algún escondite y trata de arrancar a Tlecoyotl de los brazos de Sekalli. Antes de que pueda hacer algo al respecto, mi hijo menor muerde el brazo del enemigo, y su madre levanta un trozo de roca del suelo, estrellándolo contra la sien del soldado.

Cae como muerto.

—¡No vuelvas a poner una puta mano —escupe Sekalli— encima de mis hijos!

Bajamos por la suave pendiente, apoyándonos contra el acueducto para mantener el equilibrio, arrojando los tres puentes que cruzamos al agua, por si acaso.

Pero los dioses nos sonríen. No nos siguen más enemigos. En Mazatzintamalco, asustamos a un guardia cuando saltamos a la calzada hacia Tlacopan, pero me reconoce de inmediato.

—¿Puedes acompañarnos a la quinta del príncipe Zacatzin? —pregunto—. Creo que la ciudad está a punto de ser asediada.

En la mañana, después de apenas unas pocas horas de sueño en la casa de mi tío en Tenochtitlan— muy agitada la mitad de la noche debido a nuestra repentina y tumultuosa llegada —recibo la noticia de que Tlacaéllel ha regresado a la ciudad, solicitando que todos los puentes sobre las calzadas sean levantados para evitar una invasión de la isla. Las tropas tepanecas que atacaron Chapoltépec han sido avistadas acampadas en las afueras de Mixcoac. Itzcóatl ordena una convocatoria general, solicitando que todos los tenochcas que puedan se reúnan en el recinto sagrado.

—Sekalli —susurro, sacudiendo a mi consorte ligeramente. Sus ojos se abren—. Es hora. Debo partir con Izcalloh antes de que rodeen la ciudad.

Ella asiente somnolienta y me toca la mejilla.

—Cuídate, bebé lindo. Te amo más que la vida misma.

—Yo igual te amo, tecolotita. —Nos despedimos con un beso dulce, aunque corto. Rezo a los dioses que no sea el último.

Con Izcalloh, me dirijo a los muelles del este, pero me detengo brevemente en el recinto sagrado para ver qué dirá Tlacaéllel a su ciudad.

Nuestro regente y su hermano están en lo alto de la Gran Pirámide. La acústica precisa diseñada durante décadas les permite dirigirse a la multitud con claridad, mientras el sol despeja las montañas hacia el este.

—He regresado de mi audiencia con el emperador Maxtla —anuncia Tlacaéllel—. Cuando le pregunté qué pensaba hacer con los mexicas, así respondió: «Aunque sea yo quien gobierne Tepanecapan, querido sobrino, es voluntad de mi pueblo que haga la guerra contra tu nación. Si los rechazo, pongo a mi familia en riesgo. Tu traición ha enojado a mis hijos y consejeros. Quieren ver a los mexicas borrados del mundo rodeado de mar».

Tlacaélllel levanta un puñado de plumas en una mano espolvoreada con tiza.

—A ese mensaje, simplemente respondí: «Entonces los mexicas no tenemos más remedio que desafiarte, tirano, declarándote nuestro enemigo mortal. O caemos en el campo de batalla y somos esclavizados, o lo harán los tepanecas y tú. Nuestro dios me dice que has comenzado una guerra que no puedes ganar. He traído la tiza y las plumas, el escudo y las flechas. Permíteme prepararte para una muerte segura».

Ahogo una risa. Es bastante improbable que Tlacaélllel realmente apareciera ante Maxtla, y mucho menos que el emperador le permitiera realizar ese ritual en particular. Pero es buen teatro. Los mexicas rugen de emoción, imaginando la humillación del gobernante al que desprecian.

Sin embargo, en medio de los vítores llegan gritos de tristeza y miedo. Itzcóatl se dirige a las voces clamantes.

—No teman, hijos míos. Ganaremos su libertad sin que le suceda daño a un solo civil.

—¿Qué pasa si fallan? —grita alguien.

Tlacaélllel sonríe a su manera maníaca.

—Si fracasamos, nosotros los hombres nobles de la ciudad, nos pondremos en sus manos para que hagan lo que quieran. Devórennos sobre platos rotos y sucios, si eso les parece un castigo apropiado. Pero si tenemos éxito, deben entender algo: *sus vidas son nuestras.* Deben prometer servirnos y rendirnos tributo, trabajando como mejor nos parezca, jurando homenaje para siempre a nosotros, su amos y señores. Si están de acuerdo, déjenme escuchar sus voces como una sola, repitiendo el grito de guerra de nuestros antepasados: ¡MEXIHCO TIHUEHCAHUAH! ¡MÉXICO PERDURA!

Mientras resuenan los gritos al unísono en Tenochtitlan, Izcalloh y yo seguimos hasta los muelles. Nos espera una canoa con provisiones. Nos alejamos remando, apuntando la popa hacia la costa sureste.

Aunque hemos planeado este momento durante seis años, resolviendo cada detalle con Tlacaéllel y los demás, apenas puedo creer que finalmente esté sucediendo. Voy a derribar el Imperio Tepaneca. Voy a retomar mi ciudad. Mi país entero.

Estoy de espaldas a Tenochtitlan, así que no veo qué hace que a Izcalloh se le agranden los ojos y le tiemblen los labios.

—Majestad, ha comenzado —dice, señalando algo detrás de mí.

Volteo para contemplar una flota de canoas tepanecas que se abren en abanico hacia el norte y el sur de la isla. Muchas docenas se curvan aún más para rodear por completo el reino de México.

El asedio va en progreso. La cuenta regresiva comienza ahora. La velocidad es esencial.

Nos lleva casi dos días llegar a Huexotzinco, primero cruzamos a Chalco para evitar las patrullas acolhuas ahora leales al emperador, y luego viajamos por el paso entre los volcanes.

Izcalloh visita la ciudad seguido, por lo que los guardias le reciben con un saludo.

—Pero, ¿quién es este tipo que está con vuestra merced, noble Izcalloh? —pregunta uno—. Tiene aspecto de noble mexica.

Mi concubine y consejere no puede resistir una leve risa.

—Este joven no es otro que Acolmiztzin Nezahualcoyotzin, rey de Tetzcoco, señor supremo acolhua, jefe chichimeca.

Los hombres se ponen rígidos, se inclinan y se hacen a un lado.

—Realmente te gusta decir todo eso, ¿no? —murmuro después de que pasamos la puerta.

—Oh, sí —responde con un guiño coqueto—. Casi me estremezco de placer.

—¡Ja! —exclamo, dándole un codazo suave—. En el momento en que Sekalli no está cerca, de repente quieres coquetear. Te asusta, ¿no? Incluso después de todos estos años.

—Un poco —admite Izcalloh—. Pero ahora la admiro. Y me trata como una amistad querida. Eso ayuda mucho.

El calpolli acolhua está en el extremo noroeste de Huexotzinco. Tratamos de pasar desapercibidos mientras serpenteamos por sus calles, en dirección a la mansión de Motoliniatzin, antiguo rey de Coatlichan. Sin embargo, nuestras identidades se descubren rápido y se corre la voz. Mi gente sale de sus casas, callada y expectante al verme pasar.

Finalmente, uno se atreve a exclamar:

—¿Es hora, su majestad? ¿Ha llegado el momento?"

Me detengo y miro a mi alrededor a los cientos de rostros que esperan escuchar mi voz, recibir la noticia tan esperada.

—Sí, mi amado pueblo acolhua. Es hora. Estoy aquí para llevar a nuestras tropas a la victoria. Derrocamos a los tepanecas, luego recuperamos nuestra patria.

El clamor que sube deja en vergüenza el griterío de los mexicas.

Han soportado tanto. Ver que su sufrimiento puede llegar a su fin me conmueve. Mis ojos se llenan de lágrimas, e Izcalloh me lleva rápido a una mansión en la colina cercana.

El rey Motoliniatzin, normalmente sobrio y serio, está sin aliento de emoción cuando nos saluda.

—Escuchamos que el viejo tirano estaba muerto, pero su embajador y portavoz ha sido claro a lo largo de los años. Su muerte fue sólo una de las condiciones para desencadenar nuestra invasión de Tepanecapan. ¿Se han cumplido las demás?

—Efectivamente —le digo—. Tenochtitlan tiene suficiente comida y agua para resistir un asedio. Y una ciudad tepaneca se ha aliado con nosotros en secreto. Tlacopan. Tan pronto como podamos convocar a los otros cuatro xiquipiltin aquí, marcharemos.

Todavía me cuesta creer el increíble trabajo que Izcalloh y su padre han hecho estos seis años en coordinación con los reyes en el exilio. Cinco xiquipiltin. Cuarenta mil soldados, nobles y plebeyos, reunidos lejos de los espías de Tepanecapan, armados y con armadura, listos y ávidos por pelear.

Junto a los mexicas y otros aliados formamos una hueste militar que no puede perder. Casi siento lástima por los tepanecas.

Casi.

Las demás legiones tardan tres días en marchar a Huexotzinco desde otras ciudades de la República de Tlaxcallan. Izcalloh y yo pasamos gran parte de la espera reuniéndonos con líderes clave en el calpolli, haciendo planes para la restauración de los gobiernos legítimos en las ciudades acolhuas, después de que hayamos eliminado a los reyes títeres rebeldes para que los gobernantes originales, exiliados durante mucho tiempo, puedan volver a sentarse en esos tronos.

En nuestro tiempo libre, sin embargo, exploramos algunos de los hermosos manantiales y lagos en la sombra oriental de Iztaccíhuatl, asistimos a una danza a gran escala que representa la creación de la tierra, y disfrutamos de la cocina de Huexotzinco. Delicias como nopal a la parrilla y el guajolote salvaje en salsa de cacao deleitan nuestro paladar y nos dan ganas de más placeres.

Las noches que pasamos en nuestra amplia habitación en la mansión del rey son mágicas y dulces, como si el resto del mundo se hubiera desvanecido por un tiempo, dejándonos sólo a Izcalloh y a mí sobre la faz de la tierra.

En esa última mañana, en la oscuridad del amanecer, el incienso ritual se filtra por debajo de la puerta, el tipo de incienso que los clérigos ofrecen a los dioses a la mitad de cada guardia, seis veces al día, por todo Anáhuac. Una tradición religiosa de olor dulce.

Tal vez despertándose por ese olor que conoce tan bien, Izcalloh me acaricia, haciendo pequeños ruidos de satisfacción como un ocelote o un cachorro. Medio dormido, le doy un beso en la frente.

—¿Qué sucede, preciosa flor?

—Me siento tan feliz —murmuran—. Ojalá este momento pudiera durar más. Pero todo está a punto de cambiar. Tu exilio se acaba. Habrá alianzas. Hijas de príncipes y reyes.

—Shhh —digo, atrayéndole hacia mí y acariciando su suave espalda—. Tú y yo nunca cambiaremos. Siempre te necesitaré. Asesorándome. Amándome.

Aunque su voz está amortiguada contra mi pecho, puedo distinguir sus palabras susurradas.

—Elijo creerte.

Cuarenta mil hombres se mueven mucho más lentamente que dos, diez o cien.

Incluso con cada rey exiliado liderando un xiquipilli en la forma ordenada y dirección que hemos planeado, atravesar el paso toma dos días.

En la mañana del segundo, escucho un aullido familiar. Me despego de la legión del rey Motoliniatzin, y me apresuro hacia las colinas, con Izcalloh a mi lado.

Tengo razón. Es ella.

Vieja ahora, su hocico tan blanco como el nezahualli de pelo en su cuello. Pero la coyota me reconoce de inmediato, y se acerca cojeando para lamerme la cara mientras me arrodillo para saludarla.

—Tía Coyote —murmuro, incapaz de detener las lágrimas o los sollozos que me sacuden el pecho—. Has venido a verme partir a la

guerra, ¿verdad? Querida amiga, gracias. Por esta despedida y por todo lo demás.

Acariciándome, aúlla suave, casi inaudiblemente, levantando la cabeza.

En un afloramiento no muy lejano se encuentran otras dos hembras.

Sus hijas.

Todos nos miramos por un momento, luego tomo su cara delgada entre mis manos.

—Yo también tengo hijos ahora. Así que hago un voto, tía. Como tú me has protegido, así mi familia protegerá a la tuya. Pronto seré el señor supremo de los humanos en estas tierras. Serás mi glifo: mi estandarte. Y mi mandato real mantendrá libres estas laderas para tus descendientes, mientras mi linaje prevalezca.

Entonces me pongo de pie y me inclino ante ella. Mueve la cola y agacha la cabeza. Luego, con un gemido quedo, se vuelve para subir el laborioso camino hacia su familia.

Izcalloh me mira con asombro.

—Ella . . . parecía entenderte, mi señor.

Tomo su mano y la beso, abrumado por una epifanía.

—Por supuesto que me entendió. No es una coyote ordinaria, amor mío. Es mi guía, mi doble, mi alma animal, mi nahual.

Otro sollozo me estremece el cuerpo.

—Ella se aleja para morirse, y quería que lo supiera. Volverá a donde pertenece: lo más profundo de mi ser, de donde los dioses la sacaron para auxiliarme en mi hora más oscura.

El ejército está a punto de girar hacia el sur hacia Tlalmanalco cuando un grupo de guardabosques tepanecas, que custodian la frontera entre la ocupada Acolhuacan y Chalco, nos entrevé.

—¡Mierda! —grito, señalando a un grupo de otontin que viaja junto a mí—. ¡Tenemos que detenerlos!

Tienen una ventaja considerable sobre nosotros, pero estamos más desesperados. Si se comunican con una de las ciudades, podría arruinarse el elemento crucial de sorpresa.

Corro como nunca en mi vida, volando sobre el suelo rocoso. Mis soldados avanzan, manteniéndose a mi velocidad, que fluye como si brotara de una fuente nueva dentro de mí, la coyote dorada en el centro de mi ser.

Los tepanecas se cansan, tropiezan. Seguimos avanzando, en un acuerdo silencioso de que descansaremos cuando estos bastardos estén muertos, y no un momento antes.

Después de casi dos guardias de persecución, estamos sobre ellos, gritando como zohuaehecah, las fantasmas gimientes de mujeres agraviadas que se dice rondan las colinas al este.

Blandiendo nuestras espadas, rebanamos y cortamos a nuestros enemigos hasta aniquilarlos.

Luego colapsamos en la tierra manchada de sangre, jadeando y mareados.

El viaje de regreso es lento, casi angustioso. Cuando nos reunimos con la hueste, Izcalloh ya ha adquirido las canoas, que ahora transportan nuestros soldados sobre sus cabezas.

Diez mil barcos, cada uno con capacidad para cuatro hombres. Seis años tardó Chalco en construirlos bajo los auspicios del rey Quetzalmazatzin de Amaquehmecan, cuyo yerno Tlacaéllel pagó generosamente a la federación por su cooperación y silencio.

Y al anochecer del día siguiente, nos encontramos en la orilla sureste del lago de la Luna, listos para lanzarnos en esas canoas contra el mayor imperio desde los toltecas.

Los tepanecas rodearon la isla el día que Izcalloh y yo partimos.

El reino de México ha soportado este asedio durante trece días.

Estamos a punto de terminarlo.

[37] DERRIBANDO A LOS TEPANECAS

Por la calzada

Esperamos hasta que las fuerzas tepanecas
se retiran por la noche
para descansar y reponer flechas.
Luego, divididos en dos flotas
de veinte mil combatientes,
nos dirigimos al norte y al sur,
pegados a la orilla
al surcar el agua remando.

Excepto Izcalloh y yo.
Dejando a los reyes a cargo,
nos dirigimos directo a Tenochtitlan
nadando en silencio por las nieblas
que se levantan cual cortinas del lago.

Izcalloh regresa a la quinta
para dar noticia a la familia
que estamos bien,
y yo me apresuro al palacio real
donde se reúne el consejo
revisando los daños del día.

"¡Nezahualcoyotzin!", exclama el rey.
"Dinos que ha llegado tu ejército."
Confirmo.
"Aterrizan en media guardia,
la mitad al norte de Azcapotzalco
y la otra cerca de Chapoltépec,
listos para converger al amanecer."

Aunque las fuerzas mexicas lucharon
todo el día, repeliendo cada intento
de invasión, las despertamos
para disponerlas en el recinto sagrado,
y luego llevarlas marchando
por la calzada
hacia Tlacopan.

Centinelas tepanecas vigilan
del otro lado, no para detenernos
sino para animarnos hacia adelante.
Envían un mensaje al rey de Tlacopan:
puede finalmente acabar
con su subterfugio.

Nos recibe el general Totoquihuaztli
con un saludo en las afueras de Tlacopan.
"Sus guerreros pueden descansar aquí
mientras reunimos los nuestros.
¿El plan sigue siendo desatar el ataque
durante la tercera guardia de la noche?"

Le devuelvo el saludo.
"Efectivamente, reverendo general.
Pero primero, ¿puedo pedir prestado
el uniforme de un oficial
y un escuadrón selecto
disfrazado de infantería?
Debo colarme detrás
de las líneas enemigas."

Detrás de las líneas

Con mi pelotón de tlacopanecas,
viajo descaradamente por la noche
al noroeste, hasta Azcapotzalco.
Vamos lenta y deliberadamente.
Dos mil varas. Media guardia.

El rey Tlacopaneca Tzacuálcatl
les ha informado a los mexicas
que mi madre y mis hermanos
se mantienen en el ala cortesana
del palacio imperial.

Mi plan es audaz, descabellado.
Nos dirigimos a la entrada del palacio,
Nos presentamos a los guardias.
Hago mi mejor acento tepaneca,
añado su arrogancia desdeñosa.

"Soy el comandante Ce Mazatl
de Tlacopan, con información urgente
para su majestad imperial, que obtuvimos
torturando a un espía mexica, atrapado
cuando se infiltraba en nuestra ciudad."

Acompañados a la sala de audiencias,
esperamos bajo guardia armada,
nuestras espadas confiscadas,
para que alguien con autoridad
llegue a recibir nuestro informe.

En mi corazón murmuro oraciones
prometiendo incienso y alabanza
y sacrificios, si aunque sea por última vez
el Señor del Caos se digna
a estar de mi lado.

¡Helo aquí! El mismísimo
Maxtla entra dando zancadas,
una mueca torcida en su rostro.

Atrapado

“Ese no es un comandante tepaneca”,
escupe a sus hombres. “¿Son tontos?
¿Por qué dejaron que Acolmiztli
entrara a mi casa?”

Los soldados se inclinan o se arrodillan,
ladrando sus disculpas, suplicando
el perdón de su emperador.
Sigo su ejemplo. Es parte del plan.

“Maxtlatzin, emperador del mundo,
bien merezco su rencor y su ira.
Sin embargo, soy un desesperado cuya familia
está en sus manos. Perdone mi locura.”

“¿Cuál es tu propósito aquí, traidor?
Dudo que hayas venido a rogarme.”

“¡Oh, pero sí le rogaré! Por la vida de mi madre
y de mis hermanos. Hagamos un intercambio.”

Se despierta su interés. Cuando dos guardias
han puesto dagas a mi garganta, se acerca.

“¿Qué cambiarías por esas tres almas?
Te advierto, son más caras que las gemas.”

“Los mexicas y los chalcas se han aliado.
Planean una invasión. Yo sé cuándo.

Que traigan a mi familia aquí, por favor.
Si están ilesos, se lo contaré todo."

Ladea la cabeza y sonríe, desconcertado.
"Si me estás mintiendo, gatito,
los matare a los cuatro sin remordimiento
y acabaré con el linaje de Ixtlilxóchitl."

El saqueo comienza

Maxtla envía dos guardias
al ala cortesana, y
ordena que un batallón
rodee el palacio.

"Tu reputación ha crecido",
explica con un gruñido.
"Pero no te irás de aquí
si no lo permito, gatito."

Pronto, sus hombres arrastran
a tres personas nueva a la sala.
Mi madre ha envejecido dos décadas.
en sólo seis años, al parecer.

Apenas reconozco a Tozquen,
alta y hermosa, mujer adulta.
Con ella hay un niño soñoliento
de once veranos: Tochpilli.

"¡Acolmiztli!", exclama mi madre,
y se apresura a arrodillarse ante mí
cubriendo mi rostro de besos.
Los ojos de Tozquen se agrandan.

"Aquí están". dice Maxtla.
Sujeta los hombros de mis hermanos,
para retenerlos. "Ahora habla,
o los verás morir a los tres."

Si he planeado esto bien,
sólo quedan unos instantes.
Unas mentiras más, y luego
el caos se desatará.

"Comenzó con Tlacaéllel.
Despues de la boda. Él sueña
con un imperio mexica, con rebelarse
y reescribir la historia.

Su suegro estuvo de acuerdo,
y convenció a la federación
aliarse en secreto, almacenar
armas, construir canoas."

Revelo la suficiente verdad
para que la mentira se sienta real,
y concuerde con información
que ya puede poseer.

"El obstáculo era el rey Chimalpopoca,
pero Tlacaéllel le engañó a su majestad
para que lo eliminara. ¿El asedio?
Para hacerle creer que ha ganado."

A través de la puerta abierta veo pasar
a un clérigo, balanceando su incensario,
ese ritual ofrecido todas las noches
en el punto medio del amanecer.

Es hora. Miro a los de mi escuadrón.
Parpadean, confirmando su presteza.

"¿Cuándo atacarán, hijo de puta?",
gruñe Maxtla, furioso.

Detengo a mi madre con la mano al pararme.
"Justo ahora, maldito bastardo tepaneca."

Los dioses gozan de las coincidencias dramáticas.
En ese momento, suenan las trompetas de caracola
y los tambores de señal retumban: ¡alarma!
Gritos y chillidos se escuchan por todos lados.

Mis rebeldes tepanecas selectos entran en acción,
usando puños y pies para aplastar a los guardias.
Doy la vuelta y golpeo al que está a mi derecha,
arrancando una daga de piedra de su cinturón.

Luego, girando, corto la garganta del tonto
a mi izquierda, agarro a mi madre
por el brazo y corro hacia Maxtla.
Ella abraza a sus hijos y yo sujeto al emperador.

"Vamos", gruño, con la daga en su cuello.
"Ve diciéndoles a todos que se retiren.
Voy a recuperar a mi familia, escoria,
y tú eres mi pasaporte imperial."

Azcapotzalco en ruinas

Cuando por fin salimos, retrocediendo
a lo que debería ser un débil amanecer,
Azcapotzalco arde con un fuerte brillo.

Los guardias que nos han seguido
sigilosamente, alejados por esta daga
y las órdenes de su amo, se asustan.

Algunos de ellos corren para luchar o huir.
Las calles están repletas de guerreros:
acolhuas, mexicas, tlacopanecas.

En la plaza frente al palacio están nuestros generales
con diez feroces escuadrones brindando protección.
Mi madre ve al tío Coyohuah y corre a su lado.

"Sorpresa", murmuro al oído de Maxtla. "Ríndete.
O no te rindas, pues. De todos modos, se acabó".
Levanto la voz. "¡Vamos a derribarlo todo!

"Dejen que huyan las mujeres y los niños,
y tomen prisionero al que deponga sus armas,
¡pero la ciudad de Azcapotzalco muere hoy!

"¡Derrumban cada edificio hasta los cimientos!
¡Que no quede piedra sobre piedra!
¡Que sólo las hormigas vivan jamás aquí!"

Con una patada en las piernas,
obligo a Maxtla a arrodillarse

ante sus enemigos.

"¿Qué dicen, amigos? ¿Familia?
¿Aliados? ¿Cuál es su veredicto?
¿Qué sentencia debe recibir?"

Tlacaéllel cruza el espacio entre nosotros,
y me entrega su espada de dos manos.
"Culpable, Nezahualcoyotzin. Muerte.
Alzando la espada, siento a Tezcatlipoca
fluyendo por mis tendones: humo turbulento,
fuerza caótica, poder destructivo."

"¡Esto es por mi padre, pedazo de mierda!", grito,
y balanceo el arma hacia su cuello tembloroso,
cortándole la cabeza de un solo golpe.

Excepto por los sonidos de la lucha distante,
hay un momento de silencio mientras miramos
como su cuerpo cae lentamente hacia un lado.

Entonces abro una bolsa en mi cintura,
saca los cordones umbilicales de mis hijos,
y los arrojo a la tierra ensangrentada.

"Ya casi terminamos", susurro
a la Noche y al Viento, que se desvanecen
con el sol y el calor de la mañana.

"Una última tarea para ti, y me retiro
de toda la muerte y la devastación
que tanto disfrutas, enemigo de ambos lados."

No hay respuesta. No importa.
Corro, los ojos llenos de lágrimas,
para abrazar a los que amo.

[38] LA TRIPLE ALIANZA

Los hijos, primos y tíos de Maxtla son menos fáciles de despachar. La guerra continúa durante meses. Nuestro ejército se mueve de pueblo en pueblo, acabando con las cada vez más reducidas fuerzas tepanecas. Al enterarse de la muerte de Maxtla y la destrucción de Azcapotzalco, muchos soldados plebeyos deponen sus armas o se pasan a nuestro lado. De esta manera, nuestras fuerzas aliadas pasan de doscientos mil a casi doscientos cincuenta mil, mientras que los que siguen fieles a la causa imperial son menos de cuarenta mil.

Hago mi parte, pero primero llevo a mi madre y hermanos a Tenochtitlan.

—Pensé que nunca más probaría la libertad —me dice la reina mientras nos desplazamos por el lago en una canoa—. Sin embargo, aguanté, confiando en la Monarca de lo Cercano y de lo Junto, creyendo que encontrarías un camino, mi querido Acolmiztli.

Tozquen toma mi mano.

—Apenas puedo dar crédito a mis ojos, hermano mayor. Cómo he anhelado ver tu rostro y sentir tu cálido abrazo. Hice todo lo que pude para ayudar a Tochpilli a recordar, pero el emperador y sus hijos lo acosaban todos los días con historias, obsequios y promesas.

Tochpilli frunce el ceño, sus puños apretados.

—No saben nada. ¡Ninguna de las dos! Al dejar que me engatusaran y tentaran, *¡los mantuve alejados de ambas!*

Veo el horror en sus ojos y entiendo que él, más que nadie, necesita mi amor. Lo tomo de los hombros y lo acerco a mí con un leve jalón.

—Me enorgulleces, príncipe Tochpiltzin. Luchaste con tu mente y tu corazón. Esa pelea es la más difícil de lidiar, pero de joven has dominado una estrategia que cualquier general envidiaría.

La tensión en su cuerpo se afloja y se apoya en mí, aliviado. Entonces las lágrimas comienzan a fluir, y me rodea el pecho con los brazos, apretando con fuerza.

Hará falta mucho amor para curarlo. Por fortuna, el resto de mi familia está esperando, con el corazón abierto, rebosante de cariño.

En la villa de Zácatl nos reunimos todos. Mamá abraza a los hermanos con los que finalmente se ha reunido, y luego empiezo a presentar a los demás.

—Reina viuda Matlalcihuatzin, conoce a la señora Sekaltzin. Es mi consorte real, madre de mis dos hijos, Cipactli y Tlecoyotl. Niños, esta es su abuela.

Mi madre se arrodilla llorando para abrazar a los pequeños. Limpiándose los ojos, se pone de pie para saludar a Sekalli.

—Gracias, señora Sekaltzin, por ser la ayuda idónea de mi hijo y por darle a estos hermosos herederos. Espero con ansias un momento de paz, cuando podamos pasar tiempo juntas y hacernos amigas.

Sekalli hace una reverencia como si hubiera nacido en la nobleza.

—Al igual que yo, su majestad.

—Y recordarás a Izcalloh, hije del señor Cihtzin, que alguna vez me cuidaba y tutoreaba. Se ha unido a mí en concubinato. Ahora encabeza mi harén . . .

— . . . que consiste de una sola persona —murmura Sekalli, provocando risas.

— . . . y funge como mi principal asesore.

Izcalloh se inclina profundamente.

—Es un honor ser parte de la familia de su majestad. Por favor, acuda a mí cuando necesite algo, reina viuda.

—¡Ay, dulce Izcallohtzin! Qué placer volver a ver a una persona tan encantadora y refinada. Debí suponer que su majestad te seduciría. Siempre estuvo muy obsesionado con tus encantos, ¿no es así?

Sekalli me mira con recelo, pero se abstiene de hacer un comentario sarcástico. Exhalo un suspiro de alivio.

Y así continúan las presentaciones. En poco tiempo, Omaka ha llevado a Tochpilli a recorrer el vecindario; Tozquen ha sido «adoptada» por la hermana de Sekalli, Yemasaton, quien casi se la lleva a rastras para que conozca a otras jóvenes esposas mexicas; y la tía Azcatzin lleva a mi madre a la cocina para que juntas supervisen la comida del mediodía y compartan los chismes de una década.

—Mi corazón está tan lleno —les digo a Sekalli e Izcalloh—, que podría estallar.

Cada quien toma una de mis manos. Nos quedamos mirando a los demás durante mucho tiempo.

Tepanecapan finalmente queda bajo nuestro control, pero no sin tragedias. El rey Tzacuálcatl cae bajo la espada de uno de sus sobrinos. Itzcóatl y yo acordamos que Totoquihuaztli debe tomar su lugar como rey de Tlacopan.

Con el orden relativo restaurado, finalmente celebramos una pequeña convención constitucional. Hemos derribado un gobierno. Ahora es el momento de forjar uno nuevo.

México está representado, por supuesto, por Itzcóatl— ahora oficialmente rey —y sus sobrinos Tlacaéllel y Moteuczoma. A ellos se unen Cuauhtlahtoa de Tlatelolco y su primer ministro. En representación de Tlacopan está el rey Totoquihuaztli y su primer ministro. Yo, por supuesto, represento a Acolhuacan. Me acompaña Izcalloh y varios reyes acolhuas en el exilio.

Los escribanos de cada una de las tres naciones están presentes para pintar imágenes e inscribir glifos que representan las estructuras acordadas hoy.

Tlacaéllel lidera la discusión, siendo el artífice principal de la propuesta.

—Hemos discutido estos términos por separado y juntos en varios lugares clandestinos. Sin embargo, me complace vernos reunidos oficialmente por fin, habiendo logrado varios de nuestros múltiples objetivos. Resumiré lo que todos hemos acordado tentativamente, luego podemos comenzar a negociar algunos de los detalles.

Me inclino hacia Izcalloh y susurro:

—Te dejo esto a ti. Escucha con atención y ayúdame a conseguir un buen trato, sin arruinar nuestra reconquista de Acolhuacan. Necesito a los mexicas. Démosles lo que quieran.

—Deben existir dos estructuras separadas —continúa Tlacaéllel—. Primero está la política. El núcleo de nuestra camarilla ha sido el liderazgo de un trío de ciudades: Tenochtitlan, Tetzcoco y Tlacopan. El poder político residirá en cada uno de ellos. Tres lugares de poder. Una triple alianza.

Con un gesto hace que un escribano despliegue ante nosotros un mapa de Anáhuac. Las fronteras de nuestras naciones existentes— México, Acolhuacan, Tepanecapan —se han extendido hasta los bordes.

—Cada rey controlará las ciudades dentro de su región, con la salvedad de que el soberano mexica es el primero entre sus pares. Un rey de reyes, si se quiere. El poder judicial fluirá desde Tenochtitlan, siendo los tribunales de Tlacopan y Tetzcoco divisiones regionales de la corte principal mexica. A medida que el territorio de esta Triple Alianza se expanda, las conquistas del oeste y noroeste caerán bajo la administración de Tlacopan, el este y sureste bajo Tetzcoco, y el norte y noreste bajo Tenochtitlan.

Tlacaéllel hace una pausa. No hay objeciones hasta el momento.

—En cuanto a esas posibles conquistas, serán impulsadas principalmente por la visión del rey tenochca, con el consejo de sus dos pares. Una vez pactado un conflicto, Tlacopan y Tetzcoco deberán aportar tropas y material.

Hace una pausa mientras señala el mapa de nuevo.

—Ahora para el segundo sistema. El tributo. Notarán las líneas rojas que dividen a Anáhuac en siete distritos tributarios. Tenochtitlan estará a cargo de nombrar a los recaudadores de impuestos y de fijar las tarifas, tomando en cuenta las necesidades y preferencias de los otros dos lugares de poder. Luego distribuiremos el tributo recaudado en forma proporcional. México recibirá la mayor parte, seguido de Tetzcoco y finalmente Tlacopan. He sugerido 50-30-20, pero lo negociaremos en un rato.

Aunque me parece bien que México lidere y reciba el mayor tributo, hay una condición que quiero imponer.

—Durante una conversación anterior —interrumpo—, vuestra merced mencionó que habría tres centros de acopio donde se reuniría el tributo para su distribución. Seré franco: preferiría que los «lugares de poder» *no* sirvieran también como centros de acopio. Dejemos que otros reyes se enfrenten a la pesadilla logística de almacenar y proteger el tributo.

Totoquihuaztli golpetea su mesa con los dedos para mostrar su conformidad.

—Sí, estoy de acuerdo.

Tlacaéllel sonríe.

—Aceptable. Ahora, si todos estamos de acuerdo en esto a grandes rasgos, vamos a profundizar en los detalles.

Ahogando un suspiro, miro a Izcalloh. La expresión de emoción en sus rostros casi me hace reír.

Quisiera estar en cualquier otro lugar, francamente. De preferencia la Casa de la Canción en Tetzcoco, pero un sitio de construcción funcionaría muy bien. Por los nueve infiernos, incluso el campo de batalla es mejor que las minucias aturdidoras de la planificación socioeconómica. Aparentemente, he descubierto los límites de mis actividades intelectuales. ¡Que otros se enfrenten a la burocracia!

No mucho después de que se sella el acuerdo, Itzcóatl anuncia que voy a ser coronado rey de Tetzcoco en el recinto sagrado de Tenochtitlan.

—Creo que podemos prescindir del ritual del ayuno y el descenso metafórico —bromea mientras cenamos juntos en su palacio esa noche—. Por lo que cuentas, has experimentado más de lo que te corresponde de dificultades preparatorias.

Suelto un suspiro exagerado.

—Ah, gracias, tío abuelo. Ya estaba empezando a temer la ceremonia de coronación.

Itzcóatl me mira de soslayo.

—No hace falta decir, espero, que no sólo te apoyamos por el amor que sentimos por ti. Es en el mejor interés del pueblo mexica. Eres tanto uno de nosotros como eres acolhua, y aunque permitimos que Tlacopan juegue su papel mínimo, tú y yo sabemos la verdad de las cosas. Esta no es una Triple Alianza igualmente dividida.

—Claro, Itzcoatzin. —Trato de no sonar exasperado, pero ya hemos abarcado el tema antes—. Sé que este es un imperio mexica, y soy parte integral de la visión que vuestra merced y Tlacaélleltzin buscan difundir por todo el mundo rodeado de mar. Los nahuas unidos, bajo el liderazgo mexica.

El nuevo rey . . . el nuevo *emperador* . . . me da palmaditas en la mano.

—Corrección, bajo el liderazgo *de esta* familia. Sólo la nuestra. Para siempre. La Casa de Acamapichtli seguirá creciendo. Surgirán nuevos príncipes y princesas, que necesitarán señoríos y tierras, sirvientes que los cuiden, tributo para ampliar su riqueza.

Me guardo lo que pienso sobre los imperios, que son un desperdicio extravagante de esfuerzo, porque también veo la lógica en asegurar la ascendencia de nuestra familia. En lugar de ponerlos en palabras, dejo que el rey tenochca infiera mis sentimientos por sí mismo.

—Sí, señor. Y tendrá todo mi apoyo como su pariente y compatriota mexica, siempre. A cambio, espero que su majestad me permita centrarme en el pueblo acolhua. En la ciudad de Tetzcoco. En mi visión de un renacimiento cultural en los pueblos bajo mi liderazgo que, por supuesto, redundará en beneficio de Tenochtitlan también.

Una sonrisa atraviesa su rostro envejecido y lleno de cicatrices.

—Te escucho bien, real arquitecto Acolmiztzin Nezahualcoyotzin. Una vez que lleves la corona acolhua, tus aliados y hermanos iremos contigo a las tierras natales de tu padre, volviendo a tus manos las ciudades que una vez conquistamos para Tezozómoc y Chimalpopoca. Después de instalarte en Tetzcoco, los mexicas no interferirán en tu obra mientras yo gobierne.

—Gracias, señor.

Itzcóatl se inclina hacia mí, hablando con un tono cómplice.

—Queda, sin embargo, el asunto de la futura reina de Tetzcoco. Tlacaéllel me dice que has rechazado sus sugerencias de princesas mexicas adecuadas. Devolviste las concubinas que te ofreció el rey de Tlacopan. ¿Deberíamos preocuparnos? La persona que primero elegiste para el concubinato sugiere ciertas inclinaciones.

Los malditos mexicas y sus prejuicios. Recuerdo el origen de Itzcóatl. Su madre, como Sekalli, era plebeya. Quizá entienda mi deseo de darles a los hijos de ella la oportunidad de brillar antes de obligarlos a competir con medio hermanos completamente nobles.

Aún así, dudo que ninguno de mis tíos pueda entender mi razón más profunda.

He encontrado a la mujer que amo. Le prometí no casarme mientras ella viva.

Y estoy dispuesto, como mi padre, a luchar contra el mundo para cumplir esa promesa.

—Cuando me haya instalado en mi palacio —respondo—. Con gusto aceptaré la elección de concubinas de vuestras mercedes. Sin embargo, en cuanto a una reina, esperaré hasta encontrar a la mujer perfecta. Confío en que respetará esa decisión.

Los ojos de Itzcóatl se achican por un momento. Luego suelta una risa suave que casi comienza como una burla.

—Eres raro, Yohyontzin —comenta, usando deliberadamente el antiguo apodo que no he escuchado desde la infancia—. Pero por supuesto. Vive tu vida como te plazca. Te ha funcionado hasta ahora.

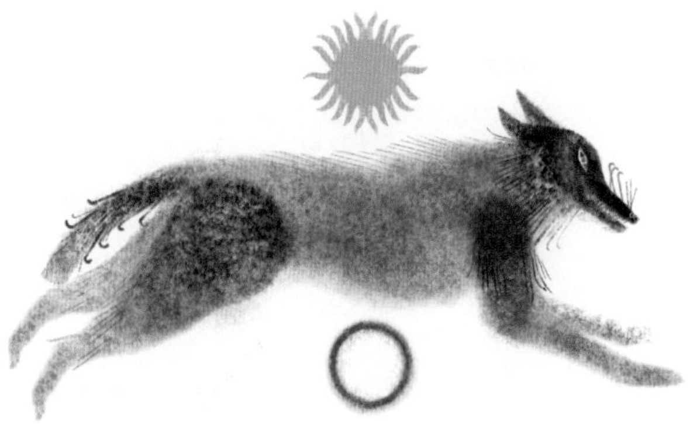

{39} RETOMANDO TETZCOCO

DESPUÉS DE LA grandeza de la coronación— el momento más abrumador para mí es contemplar esa multitud repleta desde lo alto de la Gran Pirámide —y los días de fiestas de celebración, las diez mil canoas llenas de soldados parecen un espectáculo familiar y cotidiano.

Me espera una situación interesante. La tierra de mis ancestros está en medio de un levantamiento irónico. A través de hábiles espías, Itzcóatl ha enviado un mensaje a los guerreros mexicas que ocupan las ciudades acolhuas. El rey de Tlacopan también ha despachado órdenes a las tropas tepanecas en otras ciudades de mi patria. Ahora esos soldados, instalados por el emperador Tezozómoc hace años para proteger a sus reyes títeres, se han vuelto *en contra de* los usurpadores, tomando las ciudades ocupadas y preparando el camino para mi ejército.

Nuestro ejército, más bien. Moteuczoma encabeza una legión de mexicas. También nos acompañan algunas compañías de tepanecas.

Pero la mayoría somos acolhuas, obligados a abandonar nuestros hogares después de ver a nuestras familias masacradas, exiliados durante una década. Nuestras parejas e hijos esperan con gran expectación, desesperados por caminar por esas calles familiares, por volver a la vida que sus antepasados vivieron durante generaciones.

La luz matutina se cuela a través de las montañas, cayendo sobre la superficie del lago de la Luna, que resplandece dorado y verde como si lo encendieran chispeantes puntas de pedernal lanzadas por el mismo sol. El viento se levanta del este, empujándonos suavemente como un amante que finge desinterés antes de ceder a la pasión.

El ritmo de los remos en el agua es lento y somnoliento. No bastará.

Izcalloh sostiene mi tambor de señales en su regazo. Lo levanto con una sonrisa juguetona. De pie en la proa, empiezo a batir un compás, fuerte y claro, contagioso. Me imagino las ondas sonoras: se enroscan en el aire en todas direcciones, se hunden en el agua y la tierra, se elevan hacia los cielos, hasta que todas las ruedas del cosmos giran a mi ritmo.

—¡Vengan, hermanos! —grito—. ¡Remen con sus mismas almas! Ma Acolhuacan tihuiyan! ¡Ma Tetzcoco tihuiyan! ¡Vamos a Acolhuacan! ¡Vamos a Tetzcoco!

Otros tambores de señales en toda la flota comienzan a sonar al mismo ritmo. Los remos se hunden más profundo, se mueven más rápido.

Como una serpiente de fuego de la época de los semidioses, avanzamos unidos a través de las ondas.

De regreso a casa.

Casi cien mil tropas de la Triple Alianza atacan las catorce ciudades principales de Acolhuacan a la vez, convergiendo con las fuerzas que ya intentaban arrebatar el control de cada una de las manos de los usurpadores imperiales. Yo, sobra decirlo, he elegido Tetzcoco.

Las mansiones y los templos todavía se elevan sobre las verdes copas de los pinos, pero ya no son blancos como la nieve que cubre las montañas cercanas. Yancuilli los ha hecho pintar de rojo, verde y azul a la manera mexica.

Izcalloh y yo nos acercamos a la puerta del este. Se está desmoronando y ha quedado medio destrozado, pero los gigantescos guerreros de piedra aún se ciernen orgullosos y altos a ambos lados.

—Este es el compromiso del que hablaba —me dice Izcalloh mientras entramos a la ciudad, los soldados han despejado el camino—. Hacer lo que se debe hacer.

Se están apagando incendios aquí y allá. Los techos de paja de los santuarios y las casas de la clase trabajadora se muestran humeantes y carbonizados. Hay un silencio extraño. Los perros se escabullen, sus rabo entre las piernas.

Están abiertas las puertas de los almacenes, destruidos y saqueados.

Pero ¿y las mansiones? Sus muros de piedra siguen en pie, imponentes e impasibles, incluso mientras mis soldados sacan arrastrando a los usurpadores desde adentro.

—Mira lo que le ha pasado a mi ciudad, Izcalloh —digo, abrumado.

—Para librar una casa de pestilencia, hay que quemar todos los petates —me recuerda—. Su majestad se hizo mexica. Facilitó la ascendencia de ese pueblo. Sin vuestra merced, nunca podrían haber logrado el dominio. Ahora aquí estamos en el corazón de nuestra ciudad, mi amado rey. Mire el Templo de la Dualidad ante nosotros. Testimonio de la fe que su majestad mostró a la Monarca de lo Cercano y de lo Junto.

Miro hacia la cima. Como era de esperar, Yancuilli cerró el santuario de Quetzalcóatl y ungió el templo de Tezcatlipoca con innumerables baldes de sangre humana.

El Señor del Caos no está del todo saciado, hermano. Vamos a darle postre, ¿de acuerdo?

Tomo la mano de Izcalloh:

—Gracias, amor mío. Por estar a mi lado, guiándome hacia adelante, creyendo en mí siempre. Pero no hemos terminado. Hay un último asunto del que debo encargarme.

Inclino mi cabeza hacia atrás y grito a todo pulmón.

—¡Yancuilli! ¡Sal de donde estés, miserable bastardo, y enfréntate a mí!

Mientras el eco de mi voz se desvanece, un soldado corre a mi lado.

—Majestad, se ha refugiado dentro de la pirámide, bajando la escalera de caracol que conduce del templo de Tezcatlipoca a las cámaras interiores.

—Un cobarde hasta el final. Que todos los hombres con las manos libres traigan leña y resina de pino al templo. Tírenlo por la escalera. Luego prende fuego al santuario.

Los ojos del hombre se abren.

—Señor, eso seguramente . . .

—Destruirá el templo, sí. Quizás la pirámide misma. Pues, construiré otro, más grandioso, elevándose hasta los mismísimos cielos. Pero ahora mismo . . . ¡*quemen ese edificio hasta los cimientos y sáquenme a Yancuilli*! ¿Te quedó claro?

Sin dudarlo, se apresura a obedecer. Cientos de hombres suben corriendo las escaleras por los cuatro costados, cargando ramas.

Convierten el templo en una yesca.

Y a un gesto mío, le prenden fuego.

El humo sale de ambos santuarios. Crujen y gimen y finalmente se derrumban, lanzando chispas furiosas al brillante cielo azul, como estrellas que no logran romper los lazos de la tierra y flotan por un enfermizo momento de gloria, antes de caer al suelo.

La Pirámide de la Dualidad, de piedra y hormigón, se construyó sobre una plataforma anterior de madera y barro. El interior está tan caliente que mis hombres tienen que bajar los escalones o correr el riesgo de sufrir quemaduras graves en las plantas de los pies.

Me quedo mirando la puerta en la base de la pirámide, la que los sacerdotes usan para escaparse sin ser vistos durante ciertos rituales.

Se abre por fin. Estalla hollín negro y humo, y en medio, un hombre.

Yancuilli.

—¡No lo dejen escapar! —grito—. Diríjanlo hacia mí.

Yancuilli toma varias respiraciones entrecortadas y levanta los ojos. El odio se agita en su mirada.

—Hola, bastardo. —Levanto la mano en señal de bienvenida sarcástica—. He vuelto.

—¿Me mandarás ejecutar, pues? —se burla.

—No. En absoluto. He venido a matarte yo mismo. Un duelo.

Yancuilli se señala a sí mismo. Sus vestiduras reales están ennegrecidas y quemadas.

—No traigo armas, hermanito.

Mirando alrededor a los soldados alineados en la plaza, señalo al anterior soberano títere de Tetzcoco.

—Que alguien le dé un par de dagas.

Desabrochando mi capa, se la entrego a Izcalloh junto con mi alabarda.

—Proceda con cuidado, señor —me advierte.

—Un coyote siempre lo hace.

Sacando las dagas de obsidiana de mi cinturón, corro hacia Yancuilli, quien acaba de recoger un par que arrojaron en su dirección.

Salto en el aire, bajando mis puñales al caer hacia él.

Con un brazo me bloquea, cortándome el abdomen. Mi armadura acolchada evita que la punta de su estilete toque mi piel.

Luego viene un intercambio de golpes y cuchilladas, una furiosa ráfaga de navajas de obsidiana que se deslizan peligrosamente cerca de la piel. Yancuilli no se ha enmohecido durante los últimos ocho años en el trono. Ha practicado, ha mejorado.

Ah, pero yo también.

Estudio sus pasos arrastrados, sus estocadas y giros.

Su ritmo alargado es tan claro para mí como el primer día que lo descifré.

Así que empiezo a bailar, entrando y saliendo, ajustándome a su ritmo.

Rajada. Abro una vena en su brazo derecho.

Tajo. La sangre gotea de un corte en su cuello.

Pinchazo. Hiero su muslo izquierdo, haciendo que cojee.

Estocada. Desgarre. Rebanada. Puñalada.

Dando un paso atrás, me mira con ojos vidriosos y vacíos.

Entonces comienza a huir.

—¡Deténganlo! —grito—. ¡No lo dejen salir de la plaza!

Pero ese no es su plan. Demasiado tarde, lo veo desviarse hacia Izcalloh.

Sus manos agarran el ornamentado tocado clerical, tirando hacia atrás del cabello largo y ondulado. Izcalloh deja caer mi capa y mi lanza mientras Yancuilli le lleva arrastrando hacia el camino principal, presionando la daga de obsidiana con tanta fuerza contra su cuello que le perfora la piel color arena, sacando burbujas de sangre.

El rostro de Eyolin se traslapa por un instante sobre sus facciones, un presagio horrible.

—No —gimo, jadeante.

—Quédate atrás, hijo de puta, o le corto la hermosa garganta a tu xochihuah.

Mi corazón late con un terror errático. Las manos de Izcalloh se contraen como si intentara luchar. Niego con la cabeza.

—No. No resistas. Deja que te arrastre, Izcalloh. Por favor.

Yancuilli sonríe.

—Sí, muy sabio. Ahora suelta tus puñales y da la orden. Diles que me dejen salir. Liberaré a esta hermosura tuya fuera de la ciudad. Te lo juro.

Se ríe irrespetuoso, y suena justo como el bravucón roto que me torturaba de niño.

Entonces la bruma de miedo que nubla mi vista se aclara, y veo.

La coyote, acosando al venado.

Esperándome.

Bien.

Una respiración profunda.

Dejo caer mis dagas y doy unos pasos hacia él.

—Detente, Acolmiztli. No me sigas. Sólo da la orden.

—Que nadie se acerque —pronuncio, mi voz clara y fuerte. Siento como la coyote se expande en mi corazón, hasta expulsar todas las debilidades y preocupaciones humanas, dejando solo la presa ante mí—. Déjenlo ir.

Otro paso. Otro.

Yancuilli sigue arrastrando a Izcalloh hacia atrás, riéndose.

—Morirá antes de que me alcances. Sólo detente. No hay nada que puedas hacer, a menos que estés dispuesto a sacrificar a alguien que amas. Ah, pero ya has hecho eso antes, ¿no? No podías detenerme entonces. No puedes detenerme ahora.

Debería sentir rabia, pero mis ojos brillan como oro. Huelo su sangre, escucho el latido asustado de su corazón.

Los dedos de mis pies chocan contra un objeto.

Mis labios se retiran, mostrando encías negras y caninos.

—¡No te muevas, Izcalloh! —aúllo—. ¡No te atrevas a moverte!

Recogiendo la lanza a mis pies, la arrojo con todas las fuerzas que habitan mi carne híbrida.

El aire silba con la velocidad de su paso.

Y da en el blanco, entrando por el ojo derecho de Yancuilli y destruyendo su cerebro. La punta atraviesa la parte posterior de su cráneo con un estallido de sangre y sesos. Sus miembros se sueltan, sus tendones aflojados para siempre.

La daga se desliza del cuello de Izcalloh cuando el hombre que una vez robó el trono de mi padre cae muerto al suelo.

—Eso es por Eyolin —le susurro a su alma en vuelo—. Y por nuestro hijo.

Corro hacia mi preciosa flor entonces, tomando su rostro entre mis manos.

—¿Estás bien? —ambos nos preguntamos a la vez.

La coyote sigue fuerte en mí. Me río de la necesidad que siento de lamer su herida.

Pero mejor le doy un beso ante los dioses y todos mis hombres.

Está hecho. Hemos terminado. Ya suéltame. Déjame ir.

Como en respuesta a mi oración, el Templo de la Dualidad se derrumba sobre sí mismo.

{[40]} REY

Seis meses después, Tetzcoco rebosa
de equipos de construcción traídos
de toda la región de Anáhuac.

Pero esta mañana, no estoy en la ciudad.
Voy caminando con Sekalli por las laderas
de Tetzcohtzinco, cerro rocoso cercano.

"Es una vista hermosa", dice en la cumbre,
Y me sonríe, sus ojos de búho brillantes.
"Pero, ¿por qué me has traído aquí, cariño?"

"Para compartir lo que veo, lo que construiré.
Con el brazo indico el bosque que se eleva arriba,
hacia la lejana cumbre del monte Tláloc."

"Te traeré un río, amada Sekaltin, le tallaré
un nuevo curso a través de la roca y la tierra,
hasta estanques que talaré en esta misma colina.

"Convertiré sus laderas en escalones para tus pies,
colgaré enredaderas en flor en cada peñasco desnudo,
llenaré los arroyos y ojos de agua con peces y lirios.

"Un paraíso para mi consorte, dueña de mi corazón,
un refugio para ti de las preocupaciones del mundo.
Y allí, donde comienza el bosque, un hogar.

"Pero diferente a todo lo que hayas visto.
Redonda como el templo de Ehecatl, sin ángulos,
todo suave y terso como tu piel perfecta.

"En su centro, nuestra recámara, cálida y oscura,
lejos de la política, lejos de los niños,
lejos de mis concubinas y todos los chismes.

"Allí, por un rato, podemos recordar la granja,
esos paseos de medianoche, esos encuentros ebrios.
Podemos vivir el momento, sólo tú y yo."

Sekalli se limpia las lágrimas de la mejilla, riendo.
"Puedo verlo, bebé lindo. Pero también entiendo
que una obra tan maravillosa no será sólo para mí.

"Le perteneces a tu pueblo, y se congregará
para ver la última hazaña de su majestad.
Mucho después de que me olviden, vendrán."

Mi Sekalli es sabia, pero ahora callo su sensatez
con un beso mientras los pájaros trinan suavemente
y, amortiguado por la distancia, aúlla un coyote.

"Sí, vendrán y se maravillarán, asombrados,
preguntándose quién era la mujer especial
que era dueña del corazón de tal rey."

Bajamos de la mano a una litera que espera
y luego, detrás de guardias y asistentes,
volvemos a la ciudad, que se cierne en esplendor . . .

como el enjoyado corazón de Quetzalcóatl,
que resurgió de las cenizas de la inmolación
para fijarse como una estrella humeante en el cielo.

En la residencia ancestral de mi familia,
le doy otro beso a Sekalli. "Entra, amada.
Debo quedarme un rato más."

No muy lejos, un extenso complejo palaciego
va tomando forma: Hueyitecpan, lo llaman mis hijos.
El Castillo Grande, para contrastar con el viejo Cillan.

Más allá de su lujosa residencia para rey y consorte,
su ala espaciosa para las concubinas, los dos patios,
cámaras de audiencia y casas de huéspedes, jardines . . .

En el recinto sagrado, una nueva pirámide
se eleva nivel por nivel desde la tierra santa.
Su santuario dual será la envidia de Tenochtitlan.

En su corazón he enterrado las cenizas envueltas
de mi padre, custodiadas durante casi una década
por el fiel Totocahuan, ahora general.

Por deferencia a mis parientes mexicas,
albergará los ídolos del lluvioso Tláloc
y Huitzilopochtli, Dios de Guerra y Sol.

Cuatro espacios me importan más. Un templo
a la Monarca de lo Cercano y de lo Junto,
fuente dual de todo, desplegándose siempre.

El Ministerio de Ciencia y Música, en el que
el florecimiento cultural de Tetzcoco tomará forma
para preservar nuestro conocimiento y arte.

El Colegio de Filósofos, donde la gente más sabia
de Anáhuac se reunirá para sondear los grandes misterios
que obsesionan a los pensadores en todas partes.

Y mi Mansión de la Canción, rebosante de tambores
y flautas y trompetas, instrumentos importados
de todos los rincones del mundo rodeado de mar.

Sonrío, aunque las lágrimas me hacen arder los ojos.
Estoy ansioso por escuchar la música
que mi pueblo entonará.

Porque amo el canto del cenzontle,
pájaro de cuatrocientas voces;

amo el aullido del coyote,
haciendo eco en los picos nevados;

amo el color del jade
y el enervante perfume de las flores;

pero más que toda esa preciosa beldad
amo a mis semejantes: la humanidad.

—*EN TLAMILIZTLI*—

—FIN—

NOTA DEL AUTOR

En el 2001, yo tenía treinta y un años y comenzaba a estudiar náhuatl, un idioma indígena de México hablado en la época de la invasión española por la gente que comúnmente llamamos aztecas y en la actualidad por 1,5 millones de nahuas. El idioma se había usado brevemente en la frontera donde nací, los pueblos establecidos en ambas orillas del Río Grande a mediados del 1700 por familias mestizas de Saltillo . . . y nahuas tlaxcaltecas de la comunidad vecina de San Esteban de Nueva Tlaxcala.

Aunque mi fascinación surgió de una exploración de los rasgos nahuas de mi comunidad mexicoamericana, ya había comenzado a intentar leer textos nahuas de la época colonial, lo que me llevó a una exploración más profunda de cómo era Mesoamérica antes de la llegada de los europeos. En medio de esta profundización mía, el gobierno mexicano renovó su moneda, cambiando los «nuevos pesos» a simplemente «pesos» y ajustando los colores y el diseño. Fue entonces cuando presté atención por primera vez al billete de 100 pesos. En el frente estaba la imagen de un rey indígena, Nezahualcóyotl, de quien sabía muy poco. A su izquierda había un glifo intrigante: un gobernante en un trono con la cabeza de un coyote flotando sobre él, su cuello rodeado por un collar extraño. Y a su derecha, en una letra tan pequeña que necesité una lupa para leerlo, había un poema.

Cuando leí esas líneas, se me llenaron los ojos de lágrimas. Eran las palabras de una persona que entendía el valor de otros seres humanos, que los amaba por encima de toda la belleza y las riquezas del mundo. ¿Quién era este hombre? ¿Por qué, en todos mis años de escolaridad en el sur de Texas, nunca había aprendido sobre él?

Comencé a investigar. Cuanto más investigaba, más asombrado me quedaba. Nezahualcóyotl parecía haber sido una de las mentes indígenas más brillantes en la historia de las Américas. Un ingeniero, arquitecto, estadista, soldado, general, músico . . . y poeta. Uno de los pocos poetas de un pueblo originario antes del contacto europeo cuya obra ha sobrevivido hasta el presente.

Y sus logros más asombrosos los obtuvo de joven. Muchos durante sus años de adolescencia, cuando concibió un plan para derrocar la dictadura que había asesinado a su padre y crear una nueva Triple Alianza de Anáhuac: el Imperio Azteca. Y como parte de esta poderosa nueva nación mesoamericana, Nezahualcóyotl había convertido su ciudad natal de Tetzcoco en un centro multiétnico de arte, literatura y música. Un verdadero Camelot de las Américas.

Pero mi asombro conllevaba frustración. ¿Cómo se había borrado esta figura del conocimiento de mi comunidad? Aunque venerado en México, apenas se menciona en los Estados Unidos, incluso entre la gente chicana. En definitivo, existen muy pocos libros populares sobre él.

Pasé veinte años aprendiendo todo lo que pude sobre una figura que representaba, en mi opinión, lo mejor de la cultura nahua o azteca.

Luego comencé a escribir este libro que tienes en tus manos, tomando las historias sobre su vida que sobrevivieron a la conquista y entrelazándolas con adiciones ficticias pero verosímiles para detallar su mundo. Creo que, como yo, verás a Acolmiztli Nezahualcóyotl como una persona increíblemente fascinante. Sus acciones y sus palabras, algunas de las cuales están de hecho incluidas en esta historia, pueden incluso hacerte llorar, también.

Lo que prometo es que nunca te olvidarás de él.

—David Bowles
27 de abril, 2023

AGRADECIMIENTOS

Este libro, quizás más que otros en los que he trabajado, existe gracias al apoyo e investigación de muchas otras personas. Primero y ante todo, necesito agradecer a Amanda Mijangos, cuyo impresionante arte da una vibrante autenticidad a *El príncipe y la coyote.* ¡Es un honor trabajar contigo en un segundo libro, amiga! Y hablando de amistad, mando un enorme abrazo a Libia Brenda, que me prestó su ojo crítico e hizo muchas sugerencias claves para esta versión en español.

Esta representación del viaje y la cultura de Nezahualcóyotl se enriqueció por la investigación de muchos brillantes antropólogos, historiadores, arqueólogos y expertos en náhuatl, más personas de las que podría enumerar. Pero destacaré como particularmente influyentes a Jongsoo Lee, David Carrasco, Camilla Townsend, Alfredo Federico López Austin, Caroline Dodds Pennock, Miguel León-Portilla, Matthew Restall, Eloise Quiñones Keber, Ross Hassig, Susan Schroeder y Michael E. Smith, algunos de los cuales incluso tuvieron la amabilidad de contestar preguntas que tuve durante la gestión y composición del libro.

Finalmente, un escritor no es nada sin un equipo que está a su lado. Para mí, eso significa mi esposa, Angélica; mis hijos—Loba, Charlene, Angelo; mi yerno Jesse y mi nuera Rachel; mis agentes, Taylor Martindale Kean y Stefanie Von Borstel; y el editor y le coeditore de este libro, Nick Thomas e Irene Vázquez, junto con el resto de las increíbles personas de Levine Querido.

¡Tlazohcamati, ammochintin! ¡Gracias a todos ustedes!

GUÍA DE CONCEPTOS DESCONOCIDOS

Prólogo

Tetzcoco—Ahora conocido como Texcoco, la ciudad fue fundada en una colina que los chichimecas, un grupo de conquistadores del noroeste que invadieron el área, llamaron «Tetzcotl». El significado de esa palabra se ha perdido, aunque al parecer era el nombre de una flor que crecía en la zona.

La Serpiente Emplumada—«Quetzalcóatl» indica literalmente una serpiente cubierta con el plumaje de un pájaro quetzal. Es el nombre del dios de la creación y el orden, hermano de Tezcatlipoca, dios de la destrucción y el caos.

La Dualidad—En lugar de binarios, los nahuas creían en la coexistencia simultánea de dos lados . . . y una escala deslizante entre cada extremo. Por ejemplo, lo masculino y lo femenino eran a la vez uno, separados, y mezclados en diversos grados a través del universo.

Un heraldo de muerte—Las lechuzas eran vistas como agentes de Mictlanteuctli, señor del inframundo y dios de la muerte.

Una espada de obsidiana—La maccuauhuitl (garrote-en-la-mano) tenía un tamaño y forma entre un bate de cricket y un remo. Traía cuchillas de obsidiana pegadas en una ranura alrededor de su hoja plana.

Capítulo 1

Calmécac—Literalmente «línea de casas», era una escuela para jóvenes aristócratas, adjunta a los principales templos de una ciudad.

Tepanecas—«Gente del lugar de la roca», un grupo que surgió de la mezcla de chichimecas nómadas con los toltecas, una civilización cuyo imperio cayó alrededor del año 1200 e.c. Vivían en el lado este de Anáhuac, y afirmaban haberse originado en Tepan (lugar de la roca). Su capital era Azcapotzalco.

Acolhuas—«Los de hombros fuertes», un grupo de nahuas tolteca-chichimecas que vivían en el lado occidental de Anáhuac. Su capital era Tetzcoco.

Mexicas—«Gente de México», un grupo de habla náhuatl anteriormente conocido como mexihtin, que ingresó a Anáhuac después de la caída del imperio tolteca y del surgimiento de los acolhuas y tepanecas. Fueron cautivos de los colhuahqueh durante generaciones, antes de hacer un éxodo hacia la Isla de México.

El lago de la Luna—Más tarde conocido como Lago Texcoco, este cuerpo de agua era llamado «Metztli iapan» ⟦literalmente «luna su-lago»⟧ por los nahuas.

Capítulo 2

Los dioses del viento y la lluvia barren—Se pensaba que el dios del viento (Ehecatl) y los dioses menores de la lluvia (tlaloqueh) despejaban el camino para el cambio de estaciones.

Huitzilopochtli: nacido hombre, hecho divino—Los mexicas creían que Huitzilopochtli había sido originalmente el líder mortal de los mexihtin, el hombre que los sacó de Aztlan.

Nuestro Señor el Sol—El sol en sí era conocido como Tonatiuh («Él va dando calor») y originalmente se le llamaba Nanahuatzin. Era hijo de Quetzalcóatl.

Descender para ascender—Se creía que el sol hacía su camino hacia el Inframundo para avivarse antes de su regreso al amanecer siguiente. Y Quetzalcóatl descendió al Inframundo al menos dos veces, para emerger con herramientas vitales.

Las calzadas—La isla de México estaba conectada a la tierra firme por anchos puentes de lodo compactado y piedra, con huecos a través de los cuales se colocaban tablas de madera.

Las chinampas y los xochimilcas—Los primeros jardines flotantes fueron creados en Xochimilco, una ciudad que producía la mayoría de las flores de la región.

Buen hombre—Para dar algo del sabor de las diferentes variedades del náhuatl, se emplean en este libro diferentes dialectos del español, algunos arcaicos o rurales.

El recinto sagrado—En el corazón de cada ciudad nahua había una plaza ceremonial con varios templos y el calmécac.

Metáfora tolteca—El imperio tolteca era una civilización nahua que colapsó doscientos años antes de que naciera Nezahualcóyotl.

Cada noche del mes—Los meses en el calendario Nahua tenían veinte días.

Capítulo 3

Coatépec, lugar de nacimiento de Huitzilopochtli—Los mexicas creían que la montaña Coatépec, al noroeste de Anáhuac, era donde su dios patrón había nacido de la diosa Coatlicue.

El Espejo Humeante—Traducción literal de «Tezcatlipoca», dios de la destrucción y el caos.

Los Caballeros Jaguar—«ocelomeh», una orden militar destacada.

Capítulo 4

Los tetzcocas—Debido a la naturaleza multiétnica de Tetzcoco, era importante que los reyes de la ciudad promovieran una especie de identidad colectiva para todos los ciudadanos del reino.

Anáhuac—«Junto a las aguas», el nombre del enorme valle lleno de lagos donde tiene lugar la acción de este libro. Ahora conocido como el valle de México, está ocupado principalmente por la Ciudad de México.

El Camino Tolteca—Una traducción de «toltecayotl», las tradiciones del pueblo tolteca.

Señor supremo acolhua—«Ahcolhuah Teuctli». El título del rey que encabeza la alianza de los reinos acolhuas. Se le considera el primero entre sus pares.

Capítulo 5

El coro celestial—«In yéctli cuícatl». Los poetas nahuas afirmaron que podían escuchar una canción divina cantada por pájaros que eran las almas de los guerreros caídos.

Reino incognoscible—«Quenamihcan». Después de la muerte, los nahuas creían que pasarían cuatro años en uno de varios reinos espirituales posibles antes de pasar a un lugar o estado que no podían imaginar.

Capítulo 6

La Monarca de lo Cercano y de lo Junto—«tloqueh nahuaqueh», un título para la dualidad, la fuente divina de todo, que existe en el nivel más alto del cielo, Omeyocan (Lugar de la dualidad).

Capítulo 7

Xochihuah—Un género queer en la cultura nahua que no se alinea con las percepciones modernas. Nombra a una persona asignada varón al nacer, pero que resulta transfemenina o no binaria . . . a menudo también bisexual o gay.

Los dioses floridos—La dualidad masculina-femenina de Xochitéotl, que se despliega para ser Xochiquétzal y Xochipilli.

Tozquen, llamada así por nuestra abuela—Su abuela paterna fue la princesa Tozquentli de Coatlichan.

Mascando chicle—Entre los nahuas, mascar chicle en público se consideraba indecoroso y sin refinar.

Perro de juguete con ruedas—Aunque los nahuas nunca usaron vehículos con ruedas, crearon muchos juguetes que las usaban.

Chichiton—«perrito» o «cachorro» en náhuatl.

Las viejas palabras—«huehuetlahtolli», discursos rituales reservados para ocasiones importantes.

Capítulo 8

El día es 5 Caña—Las fechas nahuas consistían en un número entre 1 y 13 más uno de los signos de veinte días.

Mis tíos y tías—Los títulos que un joven noble usaría con los plebeyos como una forma de tratamiento respetuoso.

El sumo sacerdote—Cada calmécac estaba dirigido por sacerdotes.

Xochihuahqueh—El plural de xochichuah.

Quinto sol—La era actual, conocida como "Nahui Olin" (4 Movimiento). El sol fue destruido al final de la última, de ahí este ritual.

El mes de Tepopochtli: Este es uno de los dieciocho meses de 20 días (metztli, que también significa «luna») que componen el calendario solar, seguido por cinco a seis «días de expansión» (nemontemi) destinados a completar los 365 a 366 días en un año.

Chachalaca—Una especie de ave que parlotea mucho.

Una olla de chiles—Sostener la cara sobre tal olla era un castigo común para los niños.

Teotihuacan—Una ciudad masiva ubicada al noreste de la actual Ciudad de México. Era antigua incluso en la época de Nezahualcóyotl.

Cemolin—Significa «conjunto único de movimientos». El plural es «cemolintin».

Teocóatl—La dualidad unificada de Quetzalcóatl y Cihuacóatl.

Capítulo 9

Trecena—«Cencalli», literalmente «familia» ⟦de trece días⟧. Había veinte, conformando el calendario sagrado de 260 días, que se alinea con el calendario solar una vez cada 52 años.

Glifos en un libro pintado—Los libros o códices nahuas usaban una combinación de ilustraciones y glifos que representaban palabras o sonidos reales. No tenían alfabeto ni silabario.

Capítulo 10

Tlazohtla versus *tlazohtli*—En náhuatl, este intercambio sería . . . «¿Tinechtlazohtla?»

«Tinotlazohtli» (en lugar de «Nimitztlazohtla» o «te amo»). Él hace eco de la palabra de ella con una que suena similar, pero decepcionante.

Salón de la Canción y Casa de Flores—La música jugó un papel ritual muy importante en la vida de los estudiantes y guerreros.

Patlacheh—Un género queer en la cultura Nahua. Una persona asignada hembra al nacer, pero que resulta transmasculina o no binaria . . . a menudo también bisexual o lesbiana.

La amplia sombra—Los líderes nahuas a menudo se comparaban con grandes cipreses en las metáforas náhuatl.

«Mi primera canción»—Adapta partes de la canción LII del códice *Cantares mexicanos*. Era común entre los poetas nahuas utilizar las flores como metáfora de la amistad fugaz.

«Mi segunda canción»—Adapta partes del canto VI del códice *Romance de los señores de la Nueva España*. El códice afirma que fue compuesto por Tlaltécatl, un poeta que era amigo del abuelo paterno de Acolmiztli, Telchotlala.

Capítulo 11

Colhuahqueh—Miembros de una etnia que vivía entre Chalco y México. Habían mantenido en cautiverio a los mexicas durante varias generaciones antes de que obtuvieran su libertad y se establecieran en la Isla de México.

Toltecáyotl—«El camino / estilo tolteca», que implicaba una dedicación a la cultura elegante, la arquitectura compleja, el arte fino, la música sofisticada.

Chichimecáyotl—«El camino / estilo chichimeca», que implicaba una feroz agresión en el campo de batalla combinada con un estricto código militar de honor.

Nauhtzontli, centzontli—La raíz -tzontli significa literalmente «cabello». Se usa para contar múltiplos de cuatrocientos.

Pantin—Singular «pantli» (literalmente «banderete»). Escuadrones de veinte hombres.

Capítulo 12

Nomiccama—Literalmente «mi» (no-) «mano» (ma-) de «ser querido muerto» (micca)

Capítulo 13

Las cirujanas—Entre los nahuas, era común que los médicos fueran mujeres.

La Casa del Sol—«Tonatiuh ichan», el reino espiritual donde van las almas de los guerreros caídos, para acompañar al sol cada mañana en forma de pájaros y mariposas a medida que se eleva a su cenit.

Aceptarlo como su padre, su madre, su gran ciprés y escudo—Estas son más metáforas para un gran gobernante.

Ce Ácatl, la encarnación humana de la Serpiente Emplumada—Muchos nahuas creían que Quetzalcóatl se había encarnado como un rey tolteca, también conocido como Topiltzin (nuestro noble amado).

El Árbol del Mundo—La enorme ceiba, creada a partir de la cola cortada de Cipactli, el leviatán primordial, que sostiene las trece dobleces o niveles del cielo.

Capítulo 14

Envuélvelo y quémalo—La práctica tradicional para los nobles al morir era ser envuelto y cremado; las cenizas luego se almacenaban en una bolsa especial.

El sendero del conejo, el camino del venado—Metáforas nahuas de una vida peligrosa e irresponsable fuera de los confines de la tradición y la civilización.

Ohuihcan Chanehqueh—Literalmente «dueños de lugares peligrosos». Hasta el día de hoy, estos espíritus tramposos de la naturaleza se conocen como «chaneques» en español mexicano.

Capítulo 15

Teopixqui—Literalmente «guardián de los dioses».

Tlaloqueh—Los hijos de Tlaloc, que controlan la lluvia y las tormentas.

Atolli—Un plato caliente de harina de maíz hervida, conocido en español mexicano como atole.

Los sobrevivientes de la Tercera Edad—La tercera iteración de la tierra fue destruida por Tláloc en una lluvia de fuego después de que Tezcatlipoca secuestrara a su esposa. No queriendo que se extinguiera toda vida, Quetzalcóatl salvó a un grupo de personas dándoles alas para que pudieran volar sobre la tierra en llamas.

Capítulo 16

El hongo cuitlacochin—Este manjar, que todavía se come en todo México, se conoce como Huitlacoche en español mexicano.

Tepicmeh—Los nahuas veneraban a la mayor de las montañas circundantes como moradas o encarnaciones de ciertos dioses, y hacían galletas de amaranto en forma de picos para honrarlos.

Iztaccíhuatl y Popocatépetl—«Mujer blanca» y «montaña humeante», respectivamente, se cree que estos volcanes son lo que queda de dos amantes desafortunados.

Capítulo 17

El Camino Negro—En Mesoamérica, la aparente grieta oscura en la Vía Láctea era un camino hacia el reino espiritual.

El árbol nodriza—Chichihuahcuauhtli, un árbol en el nivel más alto del cielo donde las almas de los niños son amamantadas y cuidadas hasta que puedan renacer.

El humo caótico del espejo de obsidiana de Tezcatlipoca—El Dios del Caos tenía un espejo que flotaba detrás de su cabeza o estaba sujeto a su pierna izquierda. El humo salía de él, de ahí su nombre. Podía usarlo para ver cualquier cosa en el cosmos.

El enemigo de ambos lados, el que se burla de los hombres—Epítetos o títulos dados a Tezcatlipoca porque él es el dios embaucador del caos, que levanta y derriba a todas las personas según caprichos que no pueden comprender.

El norte—Llamado en náhuatl «Mictlampa» o «hacia la Tierra de los Muertos».

El Dios de la Escarcha—Llamado Itztlacoliuhqui, «hoja de obsidiana curva», como si su toque frío fuera igual de mortal.

«En la casa de escritura»—Traducción y adaptación del canto XXXII del *Romance de los Señores de la Nueva España.* Atribuido a Nezahualcóyotl en ese códice.

Citlaltépetl—«Montaña de las estrellas», hoy también conocida como Orizaba.

Coyotlináhual—«Un coyote es su doble». Tezcatlipoca, a diferencia de otros dioses que tenían solo una forma animal, podía asumir múltiples formas, incluida la de este coyote emplumado.

Capítulo 18

Sekalli—Su nombre significa «1 Casa», la fecha de su nacimiento. La mayoría de los plebeyos usaban solo su fecha de nacimiento como nombre.

Makwíltoch—«5 Conejo».

13 Casa versus *1 Conejo*—El número al comienzo de los nombres de año se restablece después del número trece, volviendo a uno.

Cihuateteoh—Estos eran los espíritus de las mujeres que morían en el parto. Consideradas guerreras, acompañarían al sol cada día mientras bajaba en el oeste. Cerca del anochecer, a menudo intentaban robarse a los niños, añorando el papel maternal que nunca llegaron a desempeñar.

Yemasaton—«3 Venado», con un sufijo diminutivo (-ton) para mostrar cariño.

Omaka—«2 Caña».

Pólok—Este nombre no es una fecha de nacimiento. Podemos suponer que el granjero obtuvo un nombre personalizado debido a alguna acción en la batalla cuando era más joven. «Pólok» está relacionado con el verbo para «conquistar».

Ahuízotl—Una criatura acuática legendaria que tenía una quinta mano al final de su cola.

Nixtamalizar—Cocer el maíz con cal, aumentando su valor nutritivo.

Durante los próximos cuatro años—Los guerreros al morir pasarían cuatro años en la Casa del Sol.

Tubo de tabaco—Los cigarros se inventaron en Mesoamérica.

Capítulo 19

Patolli—Un juego de mesa parecido a las damas o al Go.

Tilma—Capa de algodón.

Cintéotl—«Dios del maíz».

Xilonen—Dios de las mazorcas verdes de maíz.

"Oh sacerdotales varas de plantar"—Esta canción es una adaptación de un ritual reportado en *Tratado sobre las supersticiones paganas* de Hernando Ruiz De Alarcón.

Itzpapálotl—«Mariposa de obisidiana», diosa patrona del pueblo tolteca.

Capítulo 20

Cipactli—Después de esta transformación, el gran Leviatán primordial se convirtió en «Tlalteuctli» o «monarca de la tierra», una de las diosas más importantes.

Calendario doble—Los sistemas solar y sagrado de cronometraje, cuyos ciclos se alinean cada cincuenta y dos años. Quetzalcóatl se lo enseñó a la primera mujer y al primer hombre, Oxomoco y Cipactonal.

Capítulo 21

Chilpoctli—Conocido en tiempos modernos como «chipotle», chiles jalapeños ahumados.

Mayáhuel—La historia sagrada cuenta que Quetzalcóatl se enamoró de esta nieta de Tzitzimitl, una feroz diosa de la destrucción. Cuando ella siguió a la pareja a la tierra, él transformó a su amada y a sí mismo en árboles. Pero la feroz diosa no se dejó engañar y destrozó a Mayáhuel. Entonces Quetzalcóatl plantó los trozos de su amada, y se convirtieron en plantas de agave.

Cuatrocientos conejos borrachos—«Centzontotochtin», dioses menores de la embriaguez.

Tlachihualtépetl, la montaña artificial—La pirámide más grande del mundo, en términos de volumen cúbico.

Capítulo 22

Colhuacan—Este reino una vez mantuvo cautivos a los mexicas (entonces llamados mexihtin) durante muchos años antes de que escaparan y fundaran Tenochtitlan en la isla de México.

Cuatrocientos hermanos—«Centzonhuitznahuah», literalmente «Cuatrocientos Sureños», refiriéndose a las innumerables estrellas en el cielo del sur.

Capítulo 23

"*Huérfano*"—Traducción y adaptación del canto XIX de *Romances de los Señores de la Nueva España.* Atribuido a Nezahualcóyotl en ese códice, que afirma que escribió la pieza en el exilio, huyendo de los soldados del emperador Tezozómoc.

Los avatares de Tezcatlipoca—Nezahualcóyotl parece vislumbrar a Coyotlináhual (el coyote emplumado) y Tepeyóllotl («corazón de la montaña», el jaguar gigante doble de Tezcatlipoca).

Capítulo 24

Quetzalmázatl—«Venado emplumado»

¿Non habedes oído?—Para mostrar la diferencia entre los dialectos acolhua y chalca del náhuatl, hago que algunos campesinos usen un lenguaje anticuado.

El casco del hombre muerto—Una de las imágenes más famosas de Nezahualcóyotl lo representa usando un casco de este tipo.

Hijo de Nezahualpilli—Esto es un poco una broma histórica, ya que muchos años después, un hijo de Nezahualcóyotl (quien lo sucederá en el trono) se llamará «Nezahualpilli» (príncipe con collar de ayuno).

Una guerra florida—Combate ritual destinado no a la victoria real sino a la captura de víctimas sacrificiales.

Tomiccama—Literalmente «las manos de nuestros seres queridos muertos».

Mariposas, colibríes, águilas—Nezahualcóyotl sugiere que los guerreros inferiores no reciben tanta gloria cuando acompañan al sol durante cuatro años después de su muerte.

Los Caballeros Ááguila—«Cuauhtin», una orden militar especial.

Los nonohualcas—Una etnia del antiguo imperio tolteca que no era nahua.

Capítulo 25

Sí, Quetzalmazatzin—Dirigirse a un noble, ya sea un superior militar o parte de la clase dominante, por su nombre es una peligrosa violación de la etiqueta que podría causar la muerte.

Bajo de la sombra de nuestras alas y anchas plumas—Otra metáfora que representa las responsabilidades de un líder en el pensamiento nahua es el refugio que un ave madre le da a sus crías.

Nacido en un escudo con su espada en la mano—Se creía que Huitzilopochtli había emergido del vientre de su madre completamente armado, cayendo sobre su escudo e inmediatamente lanzándose al combate con sus cuatrocientos hermanos.

Inundación de ira fulgurante—Los nahuas llamaban a la guerra «tlahchinolli teoatl» o «fuego e inundación».

Capítulo 26

Cuauhcalco—Literalmente «lugar de las jaulas de madera», una especie de cárcel para prisioneros militares

Por los Trece Cielos—Se pensaba que los cielos tenían trece capas o pliegues diferentes en los que se ubicaban diferentes dioses o fenómenos astrales.

La devoradora de pecados—Se decía que Tlazoltéotl («diosa del vicio») no solo tentaba a los humanos a pecar, sino que también les devoraba el pecado cuando se lo confesaban, dejándolos más puros que antes.

Xipe Tótec—Un dios de la agricultura y el renacimiento, representado vistiendo la piel desollada de un ser humano.

Capítulo 27

Nexquimilli—Literalmente «bulto de cenizas», que en este caso son los restos cremados y zombificados de una persona.

Centlapachton—«Pequeña cosa aplastada», un duende aterrador.

Tzontecómatl—La palabra describe una cabeza separada del cuerpo (literalmente «calabaza con pelo»). La versión monstruosa puede saltar y perseguir a sus víctimas.

La Tierra de los Muertos—los nahuas creían que el sol se bajaba a Mictlan, la Tierra de los Muertos, cada noche para que el Dios del Fuego pudiera reponer sus llamas.

Capítulo 28

Copalxócotl: Esta fruta produce una espuma de olor agradable que uno puede usar para limpiarse. La higiene era muy importante para los nahuas anteriores a la invasión.

Capítulo 29

Los nueve infiernos—Se decía que Mictlan, el Inframundo, constaba de nueve regiones peligrosas que las almas tenían que cruzar para purificarse y avanzar más allá, hacia el Reino Incognoscible.

¿Casarme con una princesa?—Esta no es una promesa falsa. Pasarán varias décadas antes de que Nezahualcóyotl finalmente se case con una princesa. No puede casarse con Sekalli, ya que ella es una plebeya y tal ceremonia no estaría permitida.

Cuauhpilli—«Águila noble», un plebeyo elevado a caballero.

Capítulo 30

Mi joya preciosa—los padres nahuas a menudo se referían a sus hijos como «joya» o «pluma de quetzal», dos de los artículos más valiosos de Anáhuac.

Capítulo 31

La casa de Acamapichtli—Irónicamente, ese primer rey de México era solo mitad mexica. Su madre era de la nobleza de los acolhuas y colhuahqueh, y cuando los mexicas se le acercaron para gobernar en Tenochtitlan, Acamapichtli estaba viviendo en . . . Tetzcoco.

Capítulo 32

El paraíso acuático de Tláloc—Llamado «Tlalocan», esta región de ultratumba se estableció especialmente para gente que naciera discapacitada o que muriera a causa del agua o las tormentas. Era un reino exuberante y perfecto donde nunca más sufrirían.

Reescribiré ese cuento—Los historiadores nahuas registraron que Tlacaéllel efectivamente llevó a cabo esta revisión histórica, destruyendo todo rastro del pasado menos que glorioso de los mexicas. Otras naciones nahuas, sin embargo, conservaron lo que sabían de la verdad.

Auto-creadora—«Moyocoyatzin», un epíteto que también podría significar «auto-gobernada».

Su abuelo—Nótese que Tlacaéllel no era nieto de Tezozómoc también. Los tres gobernantes principales de Tenochtitlán tenían madres diferentes. Tezozómoc era el abuelo materno de Chimalpopoca. El abuelo materno de Tlacaéllel era el rey de Cuauhnáhuac.

Capítulo 33

Pedernal, casa, conejo, caña—Los años en el calendario solar obtienen su nombre del último día del último mes del año. Debido a la alineación del calendario sagrado, solo cuatro signos pueden terminar el año. Estos son conocidos como «portadores» del año. El número que acompaña al nombre aumenta en uno cada año y luego los números se reinician después de trece.

Un hombre de veintitrés años—Hay más leyendas sobre las hazañas de Nezahualcóyotl durante estos seis años de las que podrían caber en un libro. Basta decir que obtuvo gran parte de su perdurable reputación mientras esperaba su oportunidad de vengarse.

Capítulo 34

Temictli—«Sueño». Irónicamente, será la hija de Temictli, Azcalxóchitl, con quien Nezahualcóyotl finalmente se casará muchos años en el futuro cuando su primer esposo de ella muera en la batalla. Como él necesita un heredero totalmente real en ese momento y ella necesita la protección del matrimonio, Nezahualcóyotl se lo propone.

Pequeño monstruo marino—«Cipacton», una referencia al leviatán primordial que comparte su nombre.

Capítulo 35

Imposible que Quetzalayatzin no se presente—Si el heredero imperial depuesto se hubiera negado a ir, Maxtla habría reunido tropas tepanecas y acolhuas para invadir la Isla de México, que probablemente habría caído.

Tlacopan—La importancia de esta ciudad rebelde no puede ser exagerada. Los planes trazados por Nezahualcóyotl, Itzcóatl y Tlacaéllel no habrían funcionado sin los desertores tepanecas.

Que han rebotado la pelota con la cadera—Una metáfora deportiva, refiriéndose al popular juego de pelota mesoamericano conocido hoy como ollama.

Capítulo 36

En territorio tepaneca—Chapoltépec está justo al borde del territorio tepaneca.

Mazatzintamalco—Un pequeño islote al suroeste de la Isla de México.

Bastante improbable—Aunque las fuentes afirman que esto realmente sucedió, Tlacaéllel es demasiado inteligente como para entrar en la guarida de un león de esa manera. Maxtla lo habría hecho apresar de inmediato. Y el emperador ciertamente no se habría quedado quieto mientras Tlacaéllel realizaba este ritual en su cuerpo.

Xiquipilli—Literalmente «saco de grano», esto significa un grupo de 8,000.

Zohuaehecah—«Mujeres-vientos», ahora más comúnmente conocido por el nombre en español de una de su especie: Llorona.

Capítulo 37

Dos mil varas—Una vara es un «tlalcuahuitl» y mide como 2.5 metros.

Ce Mázatl—Como Nezahualcóyotl nació en un día 1 Venado, este es otro de sus nombres (aunque rara vez se usa).

Que sólo las hormigas—Azcapotzalco significa «lugar de hormigueros».

Capítulo 38

Tres lugares de poder—Una traducción literal del nombre real de lo que ahora llamamos el Imperio Azteca: in Excan Tlahtoloyan, «los tres lugares de toma de decisiones».

Sus prejuicios—Los mexicas tenían leyes más estrictas sobre las relaciones entre personas del mismo género que otros grupos nahuas.

Capítulo 39

Una serpiente de fuego—«Xiuhcóatl», que puede ser una especie de dragón o un arma divina (como en el caso de Huitzilopochtli, quien empuñó una como un cañón contra sus hermanos y hermana).

Capítulo 40

Tetzcohtzinco—Las ruinas de este maravilloso jardín siguen siendo una de las más grandes maravillas de las Américas.

El enjoyado corazón de Quetzalcóatl—Al final de sus cincuenta y dos años de vida como Ce Ácatl Topiltzin, la Serpiente Emplumada fue a la orilla del mar y se prendió fuego. Su corazón se elevó a los cielos para convertirse en Venus, que en Mesoamérica se conoce como la estrella humeante.

El canto del cenzontle—Estas líneas finales son una adaptación del poema atribuido a Nezahualcóyotl que aparece en el billete de cien pesos en México.

SOBRE EL AUTOR Y LA ILUSTRADORA

David Bowles es un autor y traductor mexicoamericano del sur de Texas. Entre sus múltiples títulos premiados se encuentran *Cuentos sagrados de América*; *Serpiente emplumada, corazón del cielo: Mitos de México*; *Flower, Song, Dance: Aztec and Maya Poetry*; y *Noche antigua*. David actualmente se desempeña como vicepresidente del Instituto de Letras de Texas.

Amanda Mijangos nació en la Ciudad de México. Egresada de la Facultad de Arquitectura UNAM, estudió ilustración en México y Buenos Aires. Ha ilustrado libros y revistas para gente lectora de toda edad y da talleres de dibujo e ilustración para todo público. Su trabajo ha sido reconocido con premios de múltiples países. Este es su tercer libro para Levine Querido, después de *Cuentos sagrados de América* y *Las ovejas*.

EL DISEÑO DE EDICIONES LQ

Ediciones Levine Querido es un sello dedicado a llevar literatura infantil y juvenil de excelencia a los lectores hispanohablantes, mediante el trabajo conjunto con autores, ilustradores, traductores y editoriales de todo el mundo. El logo de Ediciones LQ fue diseñado con letras de Jade Broomfield.

Supervisión de la producción: Freesia Blizard
Diseño del libro: Sarah López
Editor: Nick Thomas
Editore asistente: Irene Vázquez
Directora editorial: Danielle Maldonado

Ediciones
LEVINE QUERIDO